U0113018

天津博物館藏

直報

柒

天津古籍出版社

直報

光緒二十二年六月

直報

光緒二十二年六月初一日　第四百五十二號
西歷一千八百九十六年七月十一日　禮拜六

上諭恭錄　誌晴　五月分選單　易州供給
遷地弗良　賊贓俱獲　何物作祟　體恤考生
接篆傳聞　魚行津貼　命案覆訊　是惡作劇
喻利之尤　載鬼一車　有蝗三日　英電譯登
各行告白　京報照錄

啓者本館於去臘自行購辦機器鉛字建造房屋延請名人主筆曾登報章佈　聞以採辦人昧於字體將三號五號兩種鉛字先行寄到四號字開爐傾鑄須今春始能來津因急於開辦姑用三五兩號暫爲排印明知字形微小多費　閱者清神所幸俱屬新鑄點畫逼清尚可厲目現在四號報字已經運到由手民揀查裝架定於五月初一日起凡論說新聞一律改用四號擺印至承　仕商惠登告白則三四五三種字體俱全可隨客便價各公道如有珍奇秘本書籍本館亦可代爲排印價必從廉卽各種洋文鉛字本館亦各備齊如蒙　賜顧亦可照辦特此佈啓伏希　垂顧是幸

直報館謹啓

上諭恭錄

上諭吳廷芬著調補吏部右侍郎仍兼署工部右侍郎兵部右侍郎著楊頤補授欽此

誌晴　續前稿

如曰天以好生爲德豈此被災成澤國者非戴天之民而天之好生或有所擇故有好有不好抑將有所待時好時不好乎茲復接連霖沛廿四日一夜檐溜淙淙達旦猶淋零未歇想低鄰婦子望隴興嗟長此不休去歲災祲今將復見上無所施其術下無所用其力而一任天之若威若怒如醉如痴斬無靈而呼不應也有心乎無心乎予固以爲無心故無情無情故不愛民也今之晴霽不過會逢其適非天心之有所眷佑審矣予曰唯唯是猶有說夫陰晴風雨寒燠之天形體之天也水旱癘疫夭札之天氣數之天也佑民愛民無感弗屆義理之天也斯三天者各有其義各有其實未可概以天字綜而括也試以形體言之南華老人曰天之青青其正色耶其遠而無所至極耶故宣夜之書云漢秘郎書郗萌記先師相傳天無質仰而瞻之高遠無極目精既絕故蒼蒼然譬如旁望遠道之黃山而皆青俯察千仞之幽谷而皆黑青非眞色黑非有體也日月衆生自然浮生虛空中皆以氣運云云其非有人焉以主宰之推行之事事稱量以爲可知也其爲風雨災異者諺云月而仰水漸長月而戾水無滴按月有九行青白赤黑各二道皆出入於黃道中故曰九行道不中而過南則爲陽道不中而過北則爲陰行陽道則旱行陰道則潦陽則氣散故無點滴陰則氣凝故水漸長也月爲水之精水不能自發其光必借火光以爲光日火之精也故月必借日以爲光月生時如仰瓦是行陰道如弓弦戾樣是行陽道以占旱潦驗如龜著又南華云大塊噫氣其名曰風四時之風分四方爾雅釋其名俾雅解其義然未細察其來去竊嘗考於古證於今以察其來去之踪迹大抵春風之氣力自下而上下驗葭灰之飛上覘紙鳶之起與夫扶搖羊角之團旋直立知其自下而上也秋風之氣力自上而下故草木黃落天高氣清物皆瑟縮而殞脫知其自上而下也夏風之氣力橫行空中故樹杪多風色而低底少爽意知其橫行空中也冬風之氣力附着土上是以刮地而吼嘘氣生寒知其附着土上其大較也總之陰陽二氣之合風其噫也雲其氣也雷其聲電其光也風多而低則合速

故雨大而點疎風少而高則合遲故雨細而點密氣寒則雨凝於上而成雪雹霰之流也陽氣暴上陰氣驟迫則成雹陰陽不調則風發屋雨溢河雪至牛目雹殺驢馬皆陰陽相蕩之灾祲春秋繁露已詳之其或猛烈驕怪有物憑之非天之有意爲是也此形體之槪也以氣數言之如禮記月令所載春行夏令何災行秋令何災行冬令何災夏秋冬令之錯行亦如之其數之定而有徵者毋庸悉贅　未完

光緒二十二年五月分選單　○鹽運同兩廣葛延齡直隸監　同知山西蒲州孫汝漳直隸舉　知縣福建甯化鄒經鎔浙江監四川定遠羅錫瀠湖北舉湖北安陸王立勳安徽廕四川大甯熊登第江西舉山西左雲陳宏燮浙江監貴州綵陽崔鳳昌安徽附山西永和聶照潛江西甲陜西淸澗張冲霄直隸甲湖南甯鄉劉佐宸浙江舉　布經歷貴州符繼勳浙江監　直州判直隸易州張禧培四川拔　府經廣東廉州馬國鈞四川監　縣丞山西陽曲韓惠祖雲南廩　吏目貴州鎭甯吳人彥湖南監　巡檢湖北房縣陳方實順天廣東封川劉其傳順天湖南桂陽李光第四川監　典史安徽定遠劉懷深順天附甘肅通渭梁秀浙江山西滎河廖滎四川監浙江餘杭姜遇鴻山西供事四川井研姚長齡直隸俱監

易州供給　○慕陵總管衙門恭查　慕東陵　莊靜皇貴妃位前執事人員不敷應用奏請添設所有官兵應支俸餉銀米業經照數關領在案其應需差馬四匹於五月二十三日准察哈爾都統派員咨送　慕陵總管衙門收訖其馬匹喂養例由易州知州供給茲將馬匹毛片口齒除咨報兵部轉飭直隸藩司箚飭易州知州即將馬匹每月草料銀兩按月申送以便喂養

遷地弗良　○津城無賴名曰混星其住處曰鍋夥窩娼聚賭無所不爲遺害閭閻不獨在於天津已也卽在京師亦復從同遷地而不爲良久爲都人側目聞有若人禽居獸處在前門外燕家衚衕者械鬥之案纍纍中城侍御恭奉　上諭査辦匪徒日前札飭中西坊捕獲六人申送刑署審辦其餘尙有五十餘人幸逃法網一律倐然遠引矣特不知能痛改前非勉爲良善否

賊贓俱獲　○五月二十二日四更時京師菜市汎兵丁巡查至彰儀門內瞷張衚衕見二人携物潛行形跡可疑跟至大川店地方乘其住歩分贓將甲乙二犯包袱四箇座鐘一架一併拿獲送交南營遊戎署內轉詳步軍統領衙門究辦

何物作祟　○京師西直門內中街有廷某者廂藍旗人詩書門第閥閱世家近因貧乏拆賣別墅舊房五間內獲一獸似犬而小比猫則大長喙短腿尾如帚厥色黃聞而觀者甚夥至暮而死剝其皮瘞之是夜各屋自出烟火以水救之濕而無所焚廷之子女並二姪均顚仆氣絕移時方醒次早廚房飯菜俱變作穢物闔家老幼不家食不舉火者數日矣不得已於五月二十三日遍邀親友懇爲設法公議作表文二分一焚東獄廟一焚都城隍廟不知能驅妖出屋默邀神佑否竊按狐類不一依人而居者到處皆有非怪也驅而去之可矣獲而剝之則過矣物亦猶人宜其不肯甘休也

體恤考生　○學海堂經古課題已錄前報原限初二日繳卷玆於三十日奉運憲佘都轉批　吏禮兩科轉示與考諸生因雨限十日之外復展限五天以免繕作拮据

接篆傳聞　○頃據官塲傳述新任鹽運使李都轉興銳電知六月初三日交卸山東運司署任擬於六月十三日來津接長蘆運司篆務刻聞佘都轉飭房赶辦交代務令至期無誤云

魚行津貼　○津邑五方雜處戶口繁雜日用食物曁魚蝦蟹等件日消何止千萬斤日昨魚行中人云魚行經紀安某通知本郡城鄉各魚店現値大差臨邇供應浩繁若不早爲設法籌措賠累何堪以後無論何處魚船來津售賣河蟹每包抽津錢二百文以資津貼而免賠累倘有不聽約束者稟縣究追云

命案覆訊　○黃二在閘口下海順店被砍身死驗訊各節已兩登前報玆悉二十八日提犯覆訊張仍供如前詞店夥及該管地方僉稱張大率人行兇之時並未見婦人在塲旋提犯婦李氏研訊大令詐稱他們均說你男人執刀砍黃二之時你得便脫逃何得硬嘴不招張李氏神色驚惶惟供非因小婦起事實因有暗娼韓氏與黃二相好嗣後吾男人亦去與韓氏謀姦於是黃二與吾男人有

仇遂起意將黃二殺害云云大令卽令差限當日將韓氏逮案二十九日訊及韓氏堅稱黃二張大均不認識不知何處風波遽然將小婦人帶案等語隨令張李氏質對據韓氏供仍如前又將李氏跕磚該氏面不更色及下堂時走至二門頗有剛强自足之態嘻至死不變强哉矯

是惡作劇　○茲聞某亘票莊老板前於三更時由某處回舖行至針市街某衚衕背後忽飛來一繩套及頸項心知被勒手不及舉已有人背負以起行不十數武咽喉已被勒氣閉移時氣轉復甦則赤條條一絲不掛自料賊定遠颺無從搜緝身單力弱夜深矣可奈何因奔回本舖應門者見而駭問某但云可惡可惡險些險些急到臥房易衣履始將被刼情形一一告僕云其衣服洋銀暨銀錢票約値數百竿擬將銀錢票號碼掛失以便拿賊或謂因恐事屬不雅未便報案或謂不願報案暗自雇人訪查蓋以其夜深方回本舖者實係在溫柔鄉買笑回來又有人言此人追歡買笑意氣頗豪但待下手頭太窄恐係某小班伙計勾通賊人以出惡氣其言是否實未可知然花下狂蜂每爲風雨所妬尋香者其知之否

喩利之尤　○城内某宅少公子抱微恙毋太夫人惡醫喜巫閨闈之恒情也因請項神焚香者鄭媪來媪口作大言云此病保好太太云果好我必重謝詎治多日未見少痊遂又另請在門頭男巫焚香禱告頓覺痊愈不料女巫鄭媪聞信立卽乘輿前往索謝該宅門政等向與理論鄭索謝愈急繼之以怒門政等立將鄭小轎摔毁旋相揪扭鄭披頭散髮見者莫不掩口葫蘆謂鄭非項神實項鬼耳津俗近日男子無事則學習在門但講磕頭若干便可療病婦女無事則學作姑娘以呵欠拍掌爲下神病者或因勿藥有喜則以爲神之靈感巫之道術實則皆爲索謝計也不務民義而諂瀆鬼神是誠喩利之尤者矣

載鬼一車　○范羣者靜邑人流寓津城南門迤西日拉洋車爲糊口計昨晚拉一坐客至雙廟比及放車空回天已二鼓至僧王祠前猛來一人飛身登車言但向西拉到處下車價當優給范見慷慨遂拉車飛行至天近五更頓覺車輕回視車上無人只留白打錢兩卷四望車轍原只在義地中徘徊一夜疑懼頓起毛髮倒竪肌粟旋生拉車出地東方已曉抵家具告家人聞而悚然面色皆變正言論間范忽倒地撫之氣絶人言如是誠異事也

有蝗三日　○豐潤距城七十餘里南孫塘庄蝗孽食苗殆盡大令恐小民無力捕捉遂捐廉派委收買藉資民食計蝗蟲每大斗付給京錢四百文現已收買百餘石需銀五百兩左右於二十二日特用大車若干輛運至衙署驗訖據老農云凡蝗蟲頭有三目者食禾二目者不盡食禾查孫塘庄所生之蝗大半約皆三目噫異矣

英電譯登　○柏靈某印字處肆筵設席祖餞李傅相觥酬交錯之際主賓歡洽惜使相無懇辦之件耳○羅賓生已晋上等爵位○北司塔弗德郡軍士之在帷代哈發者有多人因疫斃命○兵部大臣莊士謂不列顚軍隊并未奉諭前往東溝力第如祈奏納准行則英兵紮於伊及甚爲有益也○包爾塌與色非亞包爾極力亞及忙探格陸連盟之事茲已起議○法國使署已將稅息單除去○李傅相行抵荷蘭里漾地方管理該河大臣以禮相迓○波淚瑪軍隊擊敗瑪塔必爾大戰七點鐘之久瑪失百人不列顚傷亡者共二十三人而已

大英國駐津工部局諭　查東洋車捐一項每月每輛本局向章收捐洋五角惟近來工程浩大事務殷繁自本年西歷八月一號起每輛收捐洋七角五先以資辦公爲此諭知各車夫一體遵照勿違切切此諭　光緒二十二年四月二十九日

奇門課命　秣陵雪峯散人奇門理數得其異人秘訣凡推終身休咎先將本命參合八門九星據理直斷絲毫不爽今來津門停車試道　諸公果有懷疑不決者請來試之　寓紫竹林中和棧

浙紹朱鈍翁醫脉精良久揚沽上仍寓彌勒菴

新開蘇報館

新寄津門　蘇報出售五月十六日新開
蘇報館開印日登上諭京報論說序篇採
選各國各省各埠聞錄續登各行告白
主顧曾先遍覽一目暸然閱者賜函分送
不悞蘇報分寄天津北門內府署西三聖
菴西直報分處內便是至此一家別無二
處　梁子亨啓

盧扁復生

僕患虛癆咳喇歷十餘
年百藥罔效今春由都
假道津門復兼勞役氣
痛玆蒙普安醫室任君
棟臣診治服藥數帖氣
痛遂除二十餘帖癆證
亦愈亟登報章以誌謝
悃　滇池喻嘉泰啓

天津美昌字號

本號自辦各國鐘表玩物大小
八音琴各欵新式保安座燈掛
燈各樣紙烟呂宋烟御用香
皂廣東各名家臘丸黑白烟膏
各省東土西土一概發莊貨高
價廉本號修理鐘表格外價廉
諸君　賜顧者請　光降是幸
特此佈　聞
新開在鍋店街中間坐北門面

烏利文洋行

啓者本行開設香港上海三十餘年四方
馳名專售各式金銀鐘錶鑽石戒指八音
琴千里鏡眼鏡等物並修理鐘表價錢比
別家格外公道今本行東家巴克由上海
來津開設在紫竹林裕泰飯店旁請
諸君降臨光顧是幸特此佈
聞　丙申年六月初一日禮拜六

文美齋

新到繙繹新法化學格致水陸兵法天算等書本
齋另有細目留心經濟時務者請來購取可也
普天忠憤集　繪圖中東戰紀　中日戰紀　奏疏
錄要　洋務新論　時事類編　洋務實學　行軍
鐵路說　鐵路圖考　通商始末記　萬國史記
公車上書記　打密電報本　德國操法　中西紀
事　西學六種　正續盛世危言　西算新法　西
法筆算　西法算學入門　四元玉鑑　算學筆談

浙杭元吉永號

本莊自置紗羅綢緞
新樣洋辮花素洋布
川廣夏貨團摺雅扇
南貨頭油俱全祇爲
近時錢市漲落不同
故而各貨減價開設
估衣街中間路北凡
仕商賜顧者無悞
特此佈達

義興順號

本店自置綢緞顧繡
綾羅紗絹哈喇大呢
花素洋布俱全貨高
價廉開設天后宮北
仕商賜顧無悞特
此佈　達
頭號杭寗綢三錢八
頭號江寗綢二錢八
頭號蓽本緞三錢二
哆囉蔴整疋按原碼　四分五

保命險告白

啟者本行代理
長明人壽保險
公司如　紳商
欲保者請移玉
至紫竹林法租
界第一樓東間
壁華昌洋行面
議可也此佈
英商華昌洋行啟

六月初一日銀洋行情
天津九七六錢
銀盤二千六百三十文
洋元一千八百五十文
紫竹林九六錢
銀盤二千六百七十文
洋元一千八百八十文

六月初二日出口輪船禮拜日
海晏　輪船往上海　招商局
重慶　輪船往上海　招商局
順和　輪船往上海　怡和行

直報

光緒二十二年六月初三日 第四百五十三號
西歷一千八百九十六年七月十三日 禮拜一

上諭恭錄　誌晴　五月分教職單　平道奉移
還陽以孝　麵部春長　荷池秋旱　圜法轉機
解銀赴鄂　府示照登　悔之何及　爲夫捉子
幸未走脫　迷失又見　東報照譯　日本商務
各行告白　京報照錄

啓者本館於去臘自行購辦機器鉛字建造房屋延請名人主筆曾登報章佈　聞以採辦人昧於字體將三號五號兩種鉛字先行寄到四號字開爐傾鑄須今春始能來津因急於開辦姑用三五兩號暫爲排印明知字形微小多費　閱者清神所幸俱屬新鑄點畫遒清尚可厲目現在四號報字已經運到由手民揀查裝架定於五月初一日起凡論說新聞一律改用四號擺印至承　仕商惠登告白則三四五三種字體俱全可隨客便價各公道如有珍奇秘本書籍本館亦可代爲排印價必從廉即各種洋文鉛字本館亦各備齊如蒙　賜顧亦可照辦特此佈啓伏希　垂顧是幸　直報館謹啓

上諭恭錄

上諭刑部右侍郎着徐樹銘兼署欽此　上諭崑岡着管理理藩院事務毋庸管理工部欽此　上諭步軍統領衙門奏遵保獲盜出力員弁懇恩獎勵一摺着該部議奏欽此　上諭左庶子濟徵奏各省實缺州縣不宜任意更調請飭嚴定章程一摺着吏部議奏欽此　上諭左庶子濟徵奏督撫叅劾屬員請飭詳陳劣跡以杜弊端等語疆吏叅劾屬員自應以核實爲主嗣後務須詳陳劣跡不得以空言叅奏欽此　上諭恩澤等奏請將虧短稅課之筆帖式懲辦等語黑龍江呼蘭筆帖式色克圖春瑞興經徵租稅銀錢胆敢挪移至鉅萬之多實屬藐玩色克圖春瑞興均着即行革職仍勒限追繳以重欵項該部知道欽此　上諭昨日道旁叩閽之江蘇民人彭錫珠着交刑部嚴行審訊欽此

誌晴　續前稿

至淮南子六合之說謂孟春與孟秋爲合仲春與仲秋爲合季春與季秋爲合夏冬之合類此孟春始贏孟秋始縮仲春始出仲秋始內季春大出季秋大內孟夏始緩孟冬始急仲夏至脩仲冬至短季夏德畢季冬刑畢故正月失政七月涼風不至二月失政八月雷不藏三月失政九月不下霜四月失政十月不凍五月失政十一月蟄虫冬出其鄉六月失政十二月艸木不脫七月失政正月大寒不解八月失政二月雷不發九月失政三月春風不濟十月失政四月草木不實十一月失政五月下雹霜十二月失政六月五穀疾狂其定數皆可預知此氣數之概也以義理言之乾元亨利貞乾天也元善之長也仁也即桃李棗杏查梨橘柚核中之仁以及百穀種中皆有仁人之生也亦有仁中庸曰人者仁也天之命之所以生者故易言大哉乾元萬物資始乃統天此一天字不特爲生人物之天實即莊子所謂生天生地之天乃天然好生之仁也仁主於愛春秋傳曰天之愛民甚矣豈無所見而故爲此借天欺人之語也者今子據旱乾水溢癘疫災祲形體氣數之天寒暑偶乖陰陽偶過因以罪夫義理之天謂天不民愛果其不愛何不並寒暑而無之且併高厚而無之吾

恐天心一喪則世且無民惟子與吾皆民也世苟無民今夕何夕吾兩人者尙得優游談讌耶客起問曰吾子之言誠辯矣無如畔天爲三之三天者其終各不相謀乎曰坐我明語子天之爲義圍天地體萬物推四時之變顯鬼神之情天地恢恢其道一也萬物芸芸其性一也四時亹亹其運一也鬼神洋洋其德一也一者何也曰天也或言形體或言氣數或言義理經書所載或兼言或專言毋得膠柱要之形體不外氣數氣數不外義理有本末有精粗有幽明隱顯而其實則皆通於一將以有形有體者爲天則形體豈無因而至者故有天地復有鬼神有萬物復有四時此末不離本明不離幽顯不離隱之義也雖然由本以及其末由幽以測其明由隱以卜其顯順而推之則勢有必然逆而挽之則勢無可易

此稿未完

光緒二十二年五月分教職單　○教授山西朔平程象濂汾州廩正諭直隸萬全王錫命順天山西平定賈克恭路安廣東順德楊錫福昭州廣西鬱林梁克衛桂林上思秦鐘蓉桂林俱舉　訓導直隸內邱孫承休天津歲山西沁源武崇智太原歲直隸滿城王延年深州安徽霍山姚延禧鳳陽河南宜陽任景周開封福建永福蔡友當延平甯洋劉襄福州廣東饒平馬德熙廣州雲南巧家廳余自芬臨安俱舉　復諭山東藥陵王守典濟南附陝西華陰劉清垣西安拔江西德與李士梅吉安副湖北光化田逢年武昌舉廣東龍門李熙春瓊州廩翁源鄭潤波廣州附廣西陸川朱點桂林副懷遠傅紹衡桂林副　復訓直隸景州張學鴻順天廩安徽甯國胡維翰徽州附山東東平張兆桓蘇州舉山西平定渠兆清太原附雲南鶴慶何毓秀曲靖廩路南呂效湯雲南增

平道奉移　○醇賢親王福晉喪儀各差已列前報茲聞步軍統領衙門委派營弁督飭兵丁由德勝門內醇賢王府邸起至興化寺街皇城拐角皇城根西安門大街西四牌樓阜成門大街至海甸一帶街道均於五月二十六日起按段一律平墊以備奉移　醇賢親王福晉金棺値差人等步履平坦以昭愼重

還陽以孝　○崇文門外東馬尾帽衚衕有劉陳氏事姑以孝聞於五月十九日忽患急病而亡其姑並其夫劉甲哀痛逾恒次晨卽爲棺殮並循俗例延僧超度越三日門外忽來一嫗年約六旬向門內熟視半晌大言曰吾當陰差爾家死者是一少婦姑聞言驚喜交集問嫗曰爾旣知之有何見教嫗曰請勿悲傷此係一孝婦命尙未終吾適誤勾已受冥杖一千今冥王仍令我等於今夕二更後護送還陽言畢逕去其姑及甲半信半疑繼念該嫗分文不受吾謝或非騙術遂命甲於當晚扒開棺蓋視之正當炎熱屍身如常並未腐爛靜以待之正交二鼓果聞棺內呼吸有聲甲啓蓋微觀但見該婦兩目微開喉間作響甲駭極呼齊同室某乙丙共爲驗視皆謂已有生機日間某嫗之言自當應驗咸慫恿甲扶婦坐起進以薑湯米汁待至天明婦竟呻吟作嘆息聲畧能言語惟歿後事亦不甚明晰用特訪錄以眀忠孝大節實能起死回生云

麴部春長　○頃與西友談及嗜酒之癖西人爲最盛而製酒之數則以法國爲最多統計每年所製蜜酒共有三千零三十六兆加倫而法國已佔一千零五十一兆六十六萬四千加倫之數英國次之德國又次之然亦約有三百零二兆二萬五千加倫所餘一千餘兆則比國丹國俄國瑞國那威西班牙意大利土耳其及各小國分佔至少者亦過一兆之數卽此蜜酒一種而製造已有如許之多西人情躭麴蘗斷非華人所能望其後塵矣

荷池秋早　○京師右安門外關廂唐家花園白蓮盛開一時白面公子粉黛佳人或鬥牌或着棋相率爲逭暑之計而不知蓮花妙處每在月白風清之候或當晚涼夕照之時一縷清香沁人心脾未許俗人領畧也園壁懸有楹聯云雨從青若笠邊過秋在白荷花下來所題殊合園中清景也

圜法轉機　○頃聞津埠錢行洪泰裕等十家聯名具禀督轅因現在山海關及楊村分司皆以公務要需巨欵滙銀來津易錢竊以津郡銅錢原本短絀若再准以巨欵載運出境恐津屬市面制銀益不敷周轉懇憲作主適督憲牌示約云機器局現已開齊十爐日可出錢四萬三千旣堪搭放開工亦足以資周轉爾商人毋虞制錢短絀云云若是則機器局上裨　國計下裕民生周轉流通實爲

濟急要務其圜法一大轉機乎

解銀赴鄂　○前由制軍奏請在東局鼓鑄制錢復請在直籌款撥往湖北另鑄大小銀洋以廣圜法而利市面業已後先邀允法至善也現奉督憲飭鹽運司在蘆課項下指撥銀二萬兩委派候補鹽大使孔慶霄管解前赴湖北藩庫交納另有應解黑龍江銀九千兩由該省將軍奏明卽由直隸解交鄂撫代鑄洋元亦經奉　旨准行刻將此項銀九千兩亦在運憲引課項下指撥卽由孔慶霄一併管解除由制軍分咨外該大使已領批擬於初八日起程矣

府示照登　○前次府憲轉奉　督憲諭令將各處暨城內荒塚棺木骨殖有地者准其自移無力者歸官移厝處地安塟澤及枯骨已登前報玆將其告示二張列後　一曰　告爾貧苦人戶　城內不許浮厝　准報明義阡局　給壘義地安土　又曰　凡放牲畜　理應自牧　若聽自去　踹踐奔觸　侵損義地　害及枯骨　嚴拏究懲　後悔莫贖　告爾軍民　改過速速　明免官刑　暗積陰福

悔之何及　○河東于家廠盛某傭工於東機器局因與同人不合屢欲尋死已登前報昨又與妻口角負氣出門臨行曰我不能活不如投河一死妻以其負氣也聞其言亦未全信疑係仍赴局上工至晚未歸妻心不安嗣後連日不歸妻恐必死因倩人於各河岸去尋今已十數餘日昨於下庄子地方傳來準信實因河岸上人見有浮屍撈起已埋該處恐有人尋難以識認將該屍褲帶留以爲憑玆以其帶寄質盛妻妻始痛悔從前之口角而已無及也吁嘻嘻嗃嗃家人所忌觀此益信無違夫子之戒旨深矣哉

爲夫捉子　○昨河東火神廟後脚行鬭毆用鎗將欒姓刺斃已登前報有王二者在縣署自認凶手屍父供言凶手不係王二實係張平將我刺兒死張平得信比卽逃走因將張平之父抓獲屢次嚴訊張平之母見夫年邁受刑恐有不測卽着兒子張平到案張平不從昨辰刻其母領守望局勇丁赴張大庄子由平之舅家抓來送案矣夫與子孰親想平之平日不孝必有以傷其母心者矣

幸未走脫　○高奎六者著名之土匪也係王大頭勾二鷄骨頭王六等羣毆案中要犯曾於光緒十九年九月間經前調任李大令摶霄嚴拿究辦未獲而逸現因案已完結犯皆解獄高乃暗自回津仍前不安本分昨經河北關上郭某潛往縣署具報王大令命檢高之底案核係要犯卽行密諭幹差務獲究辦經該差等於二十九日將高奎六緝獲行至河北岸邊該犯僞稱欲溺遂投於河意在冀登彼岸遁去差等爰大呼救人經下駛貨船用篙搭住差隨就船上將該犯背縛載以洋車拉至縣署飛卽禀報大令卽傳諭快傳官木匠將木籠修好羣相傳爲高奎六不日站籠矣

迷失又見　○自春徂夏失迷幼孩之事屢見疊出屢登前報日昨南門洞有楊姓住東門內經司衚衕口年約四旬眼淚汪汪手持銅鑼聲言年逾四旬祇有此子甫四歲乳名洪兒身穿印花洋布褲掛靑布官尖鞋和尙頭自昨日天西在街玩耍至今二日尙未找獲云云能否合浦珠還殊莫必也

東報照譯　○日本製茶公司將上年自五月至十二月茶斤刋報共十七萬七千四百斤運往舊金山者十三萬三千一百斤其餘則運往奇加臯紐約甲納大等處○大阪輪船公司正月分共進九萬餘元較上年多二萬餘該公司已定添新船五隻約一千五百噸者均購自美國○東京新設俄文學堂定於下月初一日開館

日本商務　○西報載日本橫濱訪事來信云日本上年出口貨共一萬二千五百餘萬元較前年約增二千三百五十餘萬元進口貨共一萬一千六百二十餘萬元較前年約增八百三十七萬餘元

盧扁復生　僕患虛癆咳喇歷十餘年百藥罔效今春由都假道津門復兼勞役氣痛茲蒙普安醫室任君棟臣診治服藥數帖氣痛遂除二十餘帖癆證亦愈亟登報章以誌謝悃　　濵池喻嘉泰啓

北門東
文德堂
新出石印唐寅竹譜　新出石印蘭石
畫譜　新出蕩平奇妖傳　許眞人擒
蛟全傳　蘭蕙同心錄　三寶太監下
西洋　格致須知十六種　中西算學
大成　增删算法　洋務新編　鐵路
圖考　螢窻異草　游歷日記　中東
戰紀本末　蜃樓外史　覺後傳　普
法戰紀

批售塞門得土
本行現擬批售頂上英國
伯德蘭塞門得土二三千
桶限于西歷十月十一月
交貨并批賣新舊各鐵仍
于該期交貨因敝行有便
輪直抵塘沽碼頭水脚便
宜故以上貨價格外廉省
如諸君欲批者請移玉至
敝行面定可也　此佈
英商華昌洋行謹啓

天津
美昌字號
本號自辦各國鐘表玩物大小
八音琴各欵新式保安座燈掛
燈各樣紙烟呂宋烟御用香
皂廣東各名家臘丸黑白烟膏
各省東土西土一概發莊貨高
價廉本號修理鐘表格外價廉
諸君　賜顧者請　光降是幸
特此佈　聞
新開在鍋店街中間坐北門面

烏利文洋行
啓者本行開設香港上海三十餘年四方
馳名專售各式金銀鐘錶鑽石戒指八音
琴千里鏡眼鏡等物並修理鐘表價錢比
別家格外公道今本行東家巴克由上海
來津開設在紫竹林裕泰飯店旁請
諸君降臨光顧是幸特此佈
聞　丙申年六月初三日禮拜一

金陵
仁記南味坊
自製本機元殘京緞甯綢紗縐絨線糟
貨食物金腿海味南貨俱全近因錢市
漲落不同分別減價抑因無耻之徒假
冒南味者甚多雖云謀利誠恐亂眞欲
辨薰蕕用煩楮墨
寄售　雨前一千二百文　碧螺春三千文　龍井一千八百　每斤津錢　福建條
絲格外公道　開設宮北大獅胡同內

浙杭
元吉永號
本莊自置紗羅綢緞
新樣洋辮花素洋布
川廣夏貨團摺雅扇
南貨頭油俱全祗爲
近時錢市漲落不同
故而各貨減價開設
估衣街中間路北凡
仕商賜顧者無悞
特此佈達

義興順號
本店自置綢緞顧繡
綾羅紗絹哈喇大呢
花素洋布俱全貨高
價廉開設天后宮北
仕商賜顧無悞特
此佈　達
頭號杭甯綢三錢八
頭號江甯綢二錢八
頭號摹本緞三錢二
哆囉蔴整　四分二
疋按原碼

保命險告白
啓者本行代理
長明八壽保險
公司如　紳商
欲保者請移玉
至紫竹林法租
界第一樓東間
壁華昌洋行面
議可也此佈
英商華昌洋行啓

六月初三日銀洋行情
天津九七六錢
銀盤二千六百二十二文
洋元一千八百四十五文
紫竹林九六錢
銀盤二千六百六十二文
洋元一千八百七十五文

六月初四日出口輪船禮拜二
海晏　輪船往上海　招商局
六月初四日進口輪船禮拜二
連陞　輪船由上海　怡和行

直報

光緒二十二年六月初四日　第四百五十四號

西歷一千八百九十六年七月十四日　禮拜二

論婦女忌食鴉片　大祭禮成　司馬喪儀　魚池例養

節烈待旌　憲批照錄　鐵路津費　壽辰免賀

部餉起解　委任得人　想像前徽　因姦被殺

稱干比戈　險途歧出　各行告白　京報照錄

啓者本館於去臘自行購辦機器鉛字建造房屋延請名人主筆曾登報章佈　聞以採辦人昧於字體將三號五號兩種鉛字先行寄到四號字開爐傾鑄須今春始能來津因急於開辦姑用三五兩號暫爲排印明知字形微小多費　閱者清神所幸俱屬新鑄點畫逼清尚可厲目現在四號報字已經運到由手民揀查裝架定於五月初一日起凡論說新聞一律改用四號擺印至承　仕商惠登告白則三四五三種字體俱全可隨客便價各公道如有珍奇秘本書籍本館亦可代爲排印價必從廉卽各種洋文鉛字本館亦各備齊如蒙　賜顧亦可照辦特此佈啓伏希　垂顧是幸

直報館謹啓

論婦女忌食鴉片

自鴉片烟傳入中國流毒遍於二十餘行省上自公卿大夫下至負販細民吸烟之人幾於十得其半憂世之士罔已痛心疾首嘆爲天降浩刼矣乃不謂此風竟波及于閨閣之中查其所以吃烟之故則半因疾病傳染困苦不堪父母溺愛使之吸成者亦有夫吸烟而婦隨之者并有母吃烟而女學之者總之不顧日後無窮之害苦但圖眼前一時之安逸此等人最爲無識可笑然又有甚于此者西女士羅醫生嘗告余曰四川一省幾于人人吸烟婦女口角微嫌動輒吞服生烟覓死昔年入一人家見一室之中三人同時吞烟而卒因謂中國人不知保愛性命而婦女爲尤甚言次不勝嘆息余因憶客粵西時見恩隆縣暨歸順州等屬一帶地方盡種烟土而以雲南廣南府爲尤甚該處所出之土卽名廣南土男子之吃烟者無論矣卽女子八九歲以上亦多吃烟者且聞男子婚嫁必先問其家有烟土田多少烟鎗若干以定允否蓋他處尚以吸烟人少爲上等人家彼處則竟以愈多爲富而愈妙也此種風氣實出情理之外雖不過苗疆一二土州縣如此然以所聞所見證之則知中國婦女之吃烟者亦已十人而得其二三查婦女吃烟之害尤甚男子擇其大者言之一曰導淫邪吸煙必須横眠男子科頭跣足已屬不登大雅女子終日横陳更復成何體統且吸煙必有伴侶既有女伴亦有男伴每見人家女子吃煙往往有男客攙雜其間嫌疑不避已屬可恥何況一燈如豆兩情如火半夜深更安保其必無有傷風化之事夫世風日偸內外之界雖嚴尚不能無懼乎苟且若一吃鴉片則癮來之時其苦萬狀遂不能不通融辦理而男女于是乎混雜矣此最爲可怕者也一曰艱生產鴉片煙雖有安神順氣之功而久服則精血銷耗眞元必虧故吸煙之人無不面黃肌瘦肩聳背駝者生下兒女自益軟弱無力多病少壽惟胎孕之成陰陽並重或者父弱母强猶不足爲患若母亦吃煙則兒女脆弱更不待言況吃烟人每謂初上癮時極助陽事久而久之精氣暗虧幾致不通人道男子如此女子可知不育既貽乏嗣之憂卽有生育亦多夭殤之慮貽害無窮言之可痛一曰敗門戶女子之職以主持門戶爲第一要義蓋一家之中夫男大都出外謀生中饋一切全仗婦女在家料理若一吃烟則晚眠晚起吃烟之時又去其半斷不能再顧家事有錢之家其權必歸於傭僕既啓其竊盜之心又啓其邪淫之念甚或子女不能照管反被下人引

誘學壞往往有主母高臥夢中而家中笑柄已喧傳鄰里者以余所見比比皆是至於織紡之司盡廢烹調之務都忘猶其小焉者耳其他害處尚多較之男子總覺有過者而無不及其害如此當局者宜如何猛省悔悟立地戒絕局外者宜如何鑒及前車誓不悞犯乎惟是婦女罪歸夫主女子吃烟其咎當歸於男子所望父母戒其女夫戒其妻兄弟戒其姊妹家長戒其姬妾隨時開導不令陷入迷途已吸者勸令設法戒絕未吸者勸令切勿上口庶幾頹風可以漸挽大之登斯民于仁壽小之肅體統于閨房皆此道也抑更有說者婦女之病以氣鬱爲多而鴉片烟頗有藥到病除之妙故婦女吃烟有心犯之者少大半因病爲名殊不知初吃烟時烟力勝于病力故能暫時平安然亦強爲制伏非眞有驅除二豎力也及久而久之烟力反徵烟癮已成病轉有增而無減此一定之理令試就因病吃烟之人而逐一問之未有謂吃煙始終有效者其有損無益固已彰明較著矣是以人家婦女如有因病而思鴉片或親友不忍病者之苦勸令暫時吃食有識之人務當從旁竭力阻止斯爲愛人以德之道也嗚呼黑籍沈埋紅顏老去大聲而疾呼之亦巾幗中一帖清涼散乎

大祭禮成 ○五月二十九日 皇上大祭 醇賢親王福晉之期經內務府劄行光祿寺備辦牲牢酒饌並傳知造辦處預備楮錢金銀錠等物 皇上 皇后挨次奠酒以盡孝思是日値差內侍暨王府第辦理喪儀値差夫役人等奉 皇上賞賜白金一千兩以示辛勤奬賞云

司馬喪儀 ○兵部右侍郎王雲舫少司馬患病逝世呈遞遺摺已見邸抄茲聞五月二十九日爲齋醮之期延請賢良寺叢林戒僧唪經追薦是日前往奠祭者皆係諸鉅公門庭如市聞已諏定六月二十四日發引所有槓前如何儀仗威嚴俟訪明再錄

魚池例養 ○光祿寺𠝹傳養魚佃戶張某諭以本年內東安門南北池子內西安門內南北池子放魚秧及前門外金魚池所養魚秧每尾鯉魚現有一斤有餘仰該佃戶人等毋許私行售賣一面派夫嚴行看守並每日清晨在城外梁家園等處積聚雨水坑內撈取魚蟲小心飼養以備御膳房應用云

節烈待 旌 ○三生夙契六禮告成願作鴛鴦比翼飛仙不羨化爲蝴蝶同夢都酣也況乎累葉家聲不數太原公子名花國艷幾疑姑射神人此則人世不易覯之遭逢石上舊精魂之因果矣不料好事多磨未能百年偕老如京師前門外延壽寺街余家胡同羅麗山者兵部部屬也聘娶陸氏女爲室迨迎娶過門後一則芸案高吟香待挹夫桂杏一則蘭閨謹守職思盡乎蘋蘩夫婦之間不啻敬如賓客詎料羅患怔忡之病醫治罔效竟于五月中浣拋妻撒手而逝是之子雖詠于歸而我辰幾嗟安在陸氏自夫逝世衾殮已畢痛不欲生乘間以一盞紫霞膏吞服畢命當經夫弟羅崑山赴北城稟報具結攔驗該氏實係矢志殉節並由諸同鄉官以其節烈可嘉據情代求城憲奏請 旌表從此煌煌 褒語聞 命自天渺渺貞魂感 恩無地泚筆記之不禁爲之起敬

憲批照錄 ○欽命二品頂戴天津河間兵備道高 示天津縣人劉萬勝稟批請追家俱不認墊欵實屬有心狡執惟墊欵是否屬實存物摺果否足憑當時縣斷是否准抵仰天津縣查明具覆核奪具稟違式又無抱告着即申飭此批

鐵路津費 ○津蘆鐵路欽奉 諭旨試辦已有端倪聞現已修至楊村迤北昨奉 督辦津蘆鐵路胡尹憲委蔡大令親赴運署承領長蘆鹽課銀三十萬兩歸爲鐵路津費飭交滙豐行裕源號振泰承三商或滙兑或易錢均係赴工交納云

壽辰免賀 ○六月初八日係佘都轉太夫人壽辰預於初二日飭下各房至期不准備禮並飭轉諭闔署屬員是日亦不准來署禮祝至于同城寅誼屆期備送禮儀僅接來單登簿不必向內通稟概不領受凡親行拜會或特祝嘏者概行擋駕云按 醇親王福晉實爲 皇帝本生妣初六日奉移金棺是時正在持服期內凡屬官塲禮宜概免慶賀云

部餉起解 ○長蘆司庫奉部文應解夏季榮工加價銀五萬兩又加秤銀七百五十兩刻由運憲札委候補鹽大使吳文緯候補鹽巡檢戴呈輝千戎徐澤芬循例由陸路管解赴戶部交納除一面詳請督憲奏咨外即於本月初五日起程矣

委任得人 ○美員馬君格磊負才名多智術尤善華語泰西之出色人員也昔充上海總領事署繙譯及英公堂會審諸要差

計二年之久凡關交涉措置允諸以故爲在滬各大憲所傾慕嗣復在津充領事署繙譯計有五載尤爲中西官商所悅服今丁君家立以北洋大學堂事繁責重所有副領事之職礙難兼顧爰請外部開缺專就掌教一席而美領事以襄贊需員遂延聘以佐理之人謂美領事有知人之明吾爲我華卜得人之慶也

想像前徽　○今之幕友即古之幕僚也佐理政治裨益良多昔左文襄佐歷任湘撫籌兵籌餉不遺餘力當時之忌之者列入彈章幾至禍遭不測幸曾文正胡文忠封章入奏　文宗顯皇帝明鑒萬里翻然改圖俾以專征重任蔚爲中興名臣以是觀之幕職中之人材可忽乎哉前讀邸抄湘撫陳中丞奏叅幕友任麟查辦驅逐其中事故遠人不得而知惟聞直隸藩憲王方伯因電請從輕致被波累有奉　旨革職之說王方伯公忠清正曾任湘臬任麟時在幕中其優劣知之必眞電請之處自必不同阿好吾輩西人不敢謂任有左之才德獨惜當軸者不能體　顯皇之能聽曾胡也噫

因姦被殺　○某甲者祖居楊村操舟爲業有女十九歲姿色娉婷曾許西州某姓子爲妻舵工某乙因在船數年與女有染女婿家來信擬於五月十六日婚娶舵工某乙戀姦情熱與女密商潛逃乘甲不在船即僱車載女逸去女叔得耗尾追之行至北倉地方乙回顧知事已洩即囑車夫舍道就荒而走女叔飛步向前乙知難以走脫催車急行乙自持刀等候女叔甫至乙不答話手起一刀砍女叔倒地隨即連砍數刀立即斃命乙四顧無人即用刀掘坑掩屍冀以滅迹埋未畢適來行客五人有好事者詰其所埋何物乙以掩埋死狗對客曰一狗之血胡多若此言次即近前去看乙知不能瞞意欲盡殺五人力恐不敵未免神色倉皇早被五人覷破正糾纏間女父已率人赶到當即將乙捆縛及問女之所在乙仍不肯言客曰吾見一車載女向西南去訖走當不遠也衆即赶回女車並乙亦置車上拉赴武清縣報請相驗究辦矣姦本近殺其情節不能思議非第於其本夫也縱姦誨淫律法極嚴家法或弛其亦未之或思矣

稱干比戈　○昨夜五更鬧口下某店有住客數人忽然稱干比戈該店掌急將大衆全行勸出店外旋即刀傷二人聞係因崔姓者曾拐帶多人等情當由地方一併送案矣

險途歧出　○津郡某斗店與京都連號往返川換乃事體之常詎昨日京都同號掌櫃某姓者由都解標銀五千兩來津不知該掌櫃何以生心不良携銀他往現在津號已偵騎四出云○又天津泰康源京莊原與京號往返滙兌向稱捷便茲聞前日該莊被某姓騙去津錢二千吊遣人四出跟踪已無影響似此情形生意中險途百出矣

浙紹朱鈍翁醫脉精良久揚沽上仍寓彌勒菴

批售塞門得土

本行現擬批售頂上英國伯德蘭塞門得土二三千桶限于西歷十月十一月交貨并批賣新舊各鐵仍于該期交貨因敝行有便輪直抵塘沽碼頭水脚便宜故以上貨價格外廉省如諸君欲批者請移玉至敝行面定可也　此佈
英商華昌洋行謹啓

天津
美昌字號

本號自辦各國鐘表玩物大小八音琴各欵新式保安座燈掛燈各樣紙烟呂宋烟御用香胰皂廣東各名家臘丸黑白烟膏各省東土西土一概發莊貨高價廉本號修理鐘表格外價廉
諸君　賜顧者請　光降是幸
特此佈　聞
新開在鍋店街中間坐北門面

和緩遺風

僕患咯血多年今春由南來津舊疾復作兼患喘促痛苦異常茲延普安醫室任君診治月餘之久竟將喘促咯血二證漸次就愈感銘肺腑亟登報章以誌謝悃
粵西余虛舟啓

敬啓者京城售報處改在前門外琉璃廠小沙土園路西寶興木廠又楊梅竹斜街中間路南聚興隆小器作內兩處分售此白
售報人陳午濤謹啟
寓前門內刑部後身
草帽胡同北頭大院
內

逸雲齋

本齋專辦進呈紅黃綾紙奏摺萬壽賀本正副表文大赤喜壽圍屏緙絲喜壽屏對描金洒金貢蠟清水冷金雨雪貢碓宋錦龍綾各種裱綾裱絹加重白礬宮絹蘇製顏料八寶硃砂印色東瀛印色詩箋琴絃日晷羅盤端歙各硯湖筆徽墨自製水筆紈摺雅扇上嫩葵扇十錦詩箴各種帖套各式帳簿鐫刻雲白銅尺墨盒香盒金玉圖章搢紳名人書畫揭裱古今字畫册頁手捲並躉售木板石印鉛板各種書籍碑帖摹刻翰苑仿影名目繁瑣不及備載諸公賜顧者請移玉估衣街東首路北德興里大門內便是價目格外從廉擇日開張先此佈告

逸雲齋主人謹白

浙杭 元吉永號

本莊自置紗羅綢緞新樣洋辮花素洋布川廣夏貨團摺雅扇南貨頭油俱全祇為近時錢市漲落不同故而各貨減價開設估衣街中間路北凡仕商賜顧者無悞特此佈達

紙炮出售

啓者敝號專售東洋各式紙炮貨眞價廉諸君如有欲購者祈光臨敝號面議爲幸特此佈聞

紫竹林英租界日本剃頭舖東豐號

義興順號

本店自置綢緞顧繡綾羅紗絹哈喇大呢花素洋布俱全貨高價廉開設天后宮北仕商賜顧無悞特此佈 達

頭號杭寧綢三錢八
頭號江寧綢二錢八
頭號摹本緞三錢二
哆囉蔴整疋按原碼 四分二

文美齋

新到繙繹新法化學格致水陸兵法天算等書本齋另有細目留心經濟時務者請來購取可也

普天忠憤集 繪圖中東戰紀 中日戰紀 奏疏錄要 洋務新論 時事類編 洋務實學 行軍鐵路說 鐵路圖考 通商始末記 萬國史記 公車上書記 打密電報本 德國操法 中西紀事 西學六種 正續盛世危言 西算新法 西法筆算 西法算學入門 四元玉鑑 算學筆談

烏利文洋行

啓者本行開設香港上海三十餘年四方馳名專售各式金銀鐘錶鑽石戒指八音琴千里鏡眼鏡等物並修理鐘表價錢比別家格外公道今本行東家巴克由上海來津開設在紫竹林裕泰飯店旁請諸君降臨光顧是幸特此佈聞

丙申年六月初四日禮拜二

保命險告白

啟者本行代理長明人壽保險公司如紳商欲保者請移玉至紫竹林法租界第一樓東間壁華昌洋行面議可也此佈

英商華昌洋行啟

六月初四日銀洋行情

天津九七六錢
銀盤二千五百七十五文
洋元一千八百一十三文
紫竹林九六錢
銀盤二千六百一十五文
洋元一千八百四十三文

六月初四日出口輪船禮拜二
海晏 輪船往上海 招商局
六月初四日進口輪船禮拜二
連陞 輪船由上海 怡和行

直報

光緒二十二年六月初五日
西歷一千八百九十六年七月十五日
第四百五十五號
禮拜三

書靜邑東鄉聯約事　古錢待考　枯楊生梯
升遷電信　書院課題　熱審減刑　命案再錄
勇於爲善　歛費肇禍　監守自盜　轎夫二則
剿回近信　倫敦近電　各行告白　京報照錄

啓者本館於去臘自行購辦機器鉛字建造房屋延請名人主筆會登報章佈　聞以採辦人昧於字體將三號五號兩種鉛字先行寄到四號字開爐傾鑄須今春始能來津因急於開辦姑用三五兩號暫爲排印明知字形微小多費　閱者清神所幸俱屬新鑄點畫逼清尚可厲目現在四號報字已經運到由手民揀查裝架定於五月初一日起凡論說新聞一律改用四號擺印至承　仕商惠登告白則三四五三種字體俱全可隨客便價各公道如有珍奇秘本書籍本館亦可代爲排印價必從廉卽各種洋文鉛字本館亦各備齊如蒙　賜顧亦可照辦特此佈啓伏希　垂顧是幸
直報館謹啓

書靜邑東鄉聯約事

春初本報載郵法可嘉一則係友人採來靜海縣東鄉聯約追賊事其時以遣勇四散匪徒藉端滋擾鄉民盜賊充斥刦竊之案遠近時有所聞竊喜是鄉聯約既以清查保甲卽以廣樹聲援無家賊自不招外盜出入相友守望相助至善也擬登其約以風鄰壤爲相觀而善之摩惜客言約畧未能詳悉茲悉其處爲靜邑東鄉總局在大王家庄地方聯約者五六十村仿袁氏鄉約立條規二十四則合極備登以公衆覽繼之者或更斟酌損益因地因人因時制宜則一鄉之政是亦爲政矣謹登其約如左　一約聯甲戶共立合同字據每村三五首事公直人登名畫押一切公事由總局會議各村分局遵約照辦情節重大者仍與總局會議定奪　一各村按戶造册十家一牌凡養牲家註明驢牛騾馬幾頭初登局簿時出公費錢一次每頭計京錢三十二文存局以備總局經費至本村分局公費酌量貧富公攤不必按照牲畜　一總局繼需經費隨事攤派如驢一頭應出京錢一百文牛每頭二百文騾馬每頭三百文毋得任意增減　一聯約意在守望相助各村宜置木梆更鑼大鑼長明燈皮襖火槍撓鈎等件大旗一面手旗二桿　一每夜支更按戶輪流出夫一戶一夫一牲畜一夫小村每夜四人大村每段四人如核戶實係無人支更每冬令出京錢二三百文添補燈油費用單寒戶不必一律輪派　一夜間有警鳴鑼爲號此呼彼應循聲急赴勿得紛拿如賊已竊物逸去以追得爲止不必擒賊倘一時未能追得傳鑼鄰村一半守村一半離村八九里約賊去路會合兜截村有不出一人者罰錢二十千　一夜有挖竊支更者不覺宜罰支更人京錢二千　一凡盜失牲畜緝拿不獲由總局賠償半價如被盜之村並無支更人失其半價應本村首事人賠償總局不管若獲追還原贓事主應出酒資京錢二千分奬追獲出力之人事主若貧自當別論　一凡因驅逐盜賊被傷者由總局周給養贍因傷身死每名邮京錢二百吊文若係禦搶刦之賊由總局給邮一半事主給邮一半　一遇有刦路等情得耗卽率衆鳴鑼兜截驅逐如被刦人受傷甚重報官審驗覓地將養或愈或斃隨卽稟官勿遲　一聯約境內見有面生可疑及手牽牲畜身無行李者便加盤詰倘其言語支離卽約衆送官究詰　一某村如有慣賊暨窩巢等情一面報官一面約衆掩執其住房無論典買租借當卽封閉免留餘孽　一偸竊禾稼及落地柴草指物

論罰罰以五倍偸竊錢粟衣物數少者罰以十倍數多者罰以五倍三倍兩倍概以一倍賠償失主餘歸總局充公倘不受罰送官究懲一寶局骰局牌九局無論大小一併禁止犯者罰局頭一千至十千如已經官査拿公局不復聞問　一村中如有不法之徒訛詐放火夜入人家情節可疑者本村首事人出首會商總局送官嚴懲否則逐離境界但放火須訪明實據不得率意妄指　此稿未完

古錢待考　○今之所謂制錢古之所謂貨幣也或曰泉刀或曰貨布其名不一然當王者貴一時無不流通至外國之錢則中原罕見況其在數千百年之上哉王君蘊山近自山西回京行篋中儲羅馬國銅貨十有四枚斑駁陸離一望知爲古器上鑄羅馬皇諱於中國時代約在東西兩漢之間噫是錢也胡爲乎來哉溯夫漢之武帝雄才大畧欲通西域史臣猶或非之初未聞遠涉重瀛入歐洲之境且歷稽史册其時亦未聞有歐人遠至中華然則是錢奚來友人與余皆以爲異余謂或有好古西士傳敎至晋而偶遺之歟然不敢據以爲定錄之以俟博物君子

枯楊生梯　○京師東長安門外某甲者年屆古稀積貲甚富而顧瞻膝下尙少甯馨擬解慳囊置側室以爲收效桑榆之計某媼者以撮合山自任其鄰有女年及笄矣有玉環之肥而媚態橫生見者心醉嫗導甲覘之大悅聘以朱提三百金擇吉五月二十八日迎娶柔鄉娛老意興方濃詎甲烟霞痼癖瘦骨如柴甫諧角枕之歡竟赴夜台之召亦可謂樂極生悲不知量力者矣

升遷電信　○直隸藩憲王方伯因發印電罣誤已紀昨報聞官場友人傳說已接京電直藩一缺奉　旨將山西布政司員鳳林調補所遺晋藩以桂中行升授西臬　簡蔡希邠補授合亟錄登以供衆覽惟員方伯到任需時王方伯卽須交卸傳聞季廉訪暫署未知確否俟見明文再爲錄報

書院課題　○初二日問津三取兩書院官課不提不推等因已登前報玆將兩院生童各題列後　問津生文題　帝典曰克明峻德皆自明也　童文題　康誥曰首句　通場詩題　槐夏午陰清得清字　生五言八韻　童六韻○三取生文題　詩曰周雖舊邦其命維新是故君子無所不用其極　童文題　康誥曰第二句　通場詩題　荷淨納涼時得涼字　生五言八韻　童六韻○初三日輔仁書院關道課業經考訖謹將題目照錄生文題　顏淵問仁兩章錄全題　童文題　仁人無敵於天下以至仁　生童詩題　賦得六月食鬱及薁得鬱字　生五言八韻　童六韻

熟審減刑　○現奉刑部行知凡有司衙門熟審減刑府縣各署均循例照章示諭矣

命案再錄　○昨河東火神廟後岳姓被毆身死已將驗報獲犯各節列報玆悉其詳事因該處脚行是日有應分進項大家公分而岳獨向隅岳怒甚口出惡言同人有王禿子陳二張狗者卽喝令攢打不料竟致打死由該地方捉獲王禿子等三犯送案訊據王禿子供認毆傷致命不諱惟屍兄岳某指係張狗打死所到案者皆屬帮兇等語因飭差限將張狗速行註到無如張已隱遁屢比未獲刻已據承辦快役偵探張狗下落當於昨晚率衆在鄭庄將張緝獲到案矣如何訊辦容探再報

勇於爲善　○河東施磨廠前有某姓之幼童年十一二歲在河內洗澡練水入水至河心已形力盡稍緩須臾卽沉水底斯時並無過往之船突有一人身穿熟羅長衫見幼童欲溺不顧衣履聳身下河一手將幼童抓住援之登岸問該童居住處送之至家該童之母一貧婦也見救命人羅衣盡濕心切不安惟有崩角在地其人以爲不妨惟囑該童不可再自下水竟淋漓而去噫斯人也有從井之義矣

歛費肇禍　○昨據城守營汎兵在侯家後向各娼窰挨歛規費無不照例供給惟駱八楊玉清邢二等娼寮支吾不給因之口角詎駱八等竟敢毆差傷痕甚重於是勇目卽禀知城守營徐都戎一面派勇抄拿駱八等送縣究治一面發封將楊玉清等三處娼寮封禁於二十九日由縣訊各認開娼寮屬實並供稱均因索費起衅當將註到之駱八駱九姚八卽邢二賀八卽楊玉等一併戒責一百六十下押候覆訊

監守自盜 ○某票莊在津設立有年其司事同人以應酬生意不免呼朋喚友作悠游遣興之舉茲聞該莊司帳某姓者因有虧空乘機盜出銀四千兩數日未回該號號中人遣人尋找並查知有四千兩虧空聞將送案並將其素日最密之小班班掌及伙計等逮案限五日內交人人言藉藉未知確否俟訪實再錄

轎夫二則 ○津邑四門官道尋常泥滑行人稍可支持一遇陰雨非常難行日昨推水夫金甲推水一車由北而南行走甚爲費力甫抵大儀門十字路口適有某公館空轎由西而東金甲一時顧此失彼悞將轎圍掛破些須而轎夫等大肆咆哮遂將金甲揪扭經眾人勸解許俟賠補轎夫等云回明敝上饒否任汝運氣遂將金甲帶赴公館未知可饒恕否○昨有某候補者乘轎行抵津道西石橋衚衕口由西而東適值衚衕內有某公館官眷乘轎由南而北二轎一時兩不相讓致將官眷轎子撞倒玻璃碰破女眷左面擦傷比及追趕而某候補轎已走遠當即回寓不知作何結局

剿回近信 ○甘友來信云董軍門自前月在東南川大勝堡連獲勝仗後兵威更振刻下北大通等城相繼克復陷賊地面大半肅清邇日各省又到有援兵若干營兵力益厚遂乘勝分路兜剿當即滅此朝食矣

倫敦近電 ○波混瑪與瑪人戰事一節茲據詳細電信稱兩軍交綏之始瑪人聲勢極壯不列顛紛紛敗北持之又久終將瑪賊逐去云○李相國節抵柏靈德政府敬禮有加倭公使頗懷妬心思所以撓之旋謂人曰吾再四體察情形德施李受實爲國者之虛儀耳○前謂日本支那俄羅斯三國連盟實無稽語也合亟更正○瑪亂日甚葛伯爵已照准由開波轉運以濟軍需并預聲明無須茄他得公司給費云○大軍發往柏喇者日無停晷

三十三班洋文時書餘部無多列後　泰西新史要覽　文學興國策此二種第一洋文要書　新政論議　自歷明證八種　華英讞案定章　時當列國變通興盛記　萬國史記　救時捷要　快心醒睡錄　洋務捷要　洋務實學　西事類編　原板西海記天外歸槎　各國富強興國策　各國地球新錄　鐵路圖考　各國遊歷　鐵路工程　全圖中東戰紀　中日戰輯附六圖　中日始末　洋務十三篇　西算新法　全圖算法大成　新算學啓蒙　中西繪圖算法大成　華英尺牘　新編學算問答　英語註解　英語問答　中英和約通商稅則　密電書　普天忠憤　四元玉鑑　通商始末　餘者閒書暇續登　天津府署西三聖菴西梁子亨啓

和緩遺風 僕患咯血多年今春由南來津舊疾復作兼患喘促痛苦異常茲延普安醫室任君診治月餘之久竟將喘促咯血二證漸次就愈感銘肺腑亟登報章以誌謝悃　粵西余虛舟啓

批售塞門得土

本行現擬批售頂上英國伯德蘭塞門得土二三千桶限于西歷十月十一月交貨并批賣新舊各鐵仍于該期交貨因敝行有便輪直抵塘沽碼頭水腳便宜故以上貨價格外廉省如諸君欲批者請移玉至敝行面定可也　此佈

英商華昌洋行謹啓

天津美昌字號

本號自辦各國鐘表玩物大小八音琴各欵新式保安座燈掛燈各樣紙烟呂宋烟御用香胰皂廣東各名家臘丸黑白烟膏各省東土西土一概發莊貨高價廉本號修理鐘表格外價廉諸君　賜顧者請　光降是幸特此佈　聞

新開在鍋店街中間坐北門面

北門東　文德堂

新出石印唐寅竹譜　新出石印蘭石畫譜　新出蕩平奇妖傳　許眞人擒蛟全傳　蘭蕙同心錄　三寶太監下西洋　格致須知十六種　中西算學大成　增刪算法　洋務新編　鐵路圖考　螢窗異草　游歷日記　中東戰紀本末　蜃樓外史　覺後傳　普法戰紀

光緒二十二年六月初五日
直報
第三版
一八五三

逸雲齋

本齋專辦進呈紅黃綾紙奏摺萬壽賀本正副表文大赤喜壽圍屏緙絲喜壽屏對描金洒金貢蠟清水冷金雨雪賫碰宋錦龍綾各種裱綾裱絹加重白礬宮絹蘇製顏料八寶硃砂印色東瀛印色詩箋琴絃日晷羅盤端歙各硯湖筆徽墨自製水筆紈摺雅扇上嫩葵扇十錦詩箴各種帖套各式帳簿鐫刻雲白銅尺墨盒香盒金玉圖章摺紳名人書畫揭裱古今字畫册頁手捲並躉售木板石印鉛板各種書籍碑帖摹刻翰苑仿影名目繁瑣不及備載諸公賜顧者請移玉估衣街東首路北德興里大門內便是價目格外從廉擇日開張先此佈告

逸雲齋主人謹白

浙杭 元吉永號

本莊自置紗羅綢緞新樣洋辮花素洋布川廣夏貨團摺雅扇南貨頭油俱全祇爲近時錢市漲落不同故而各貨減價開設估衣街中間路北凡仕商賜顧者無悞特此佈達

紙炮出售

啓者敝號專售東洋各式紙炮貨眞價廉諸君如有欲購者祈光臨敝號面議爲幸特此佈聞紫竹林英租界日本剃頭鋪東豐號

義興順號

本店自置綢緞顧繡綾羅紗絹哈喇大呢花素洋布俱全貨高價廉開設天后宮北仕商賜顧無悞特此佈　達

頭號杭寧綢三錢九
頭號江寧綢二錢九
頭號摹本緞三錢三
哆囉嘛整　四分二
正按原碼

文美齋

新到繙繹新法化學格致水陸兵法天算等書本齋另有細目留心經濟時務者請來購取可也

普天忠憤集　繪圖中東戰紀　中日戰紀　奏疏錄要　洋務新論　時事類編　洋務實學　行軍鐵路說　鐵路圖考　通商始末記　萬國史記　公車上書記　打密電報本　德國操法　中西紀事　西學六種　正續盛世危言　西算新法　西法筆算　西法算學入門　四元玉鑑　算學筆談

烏利文洋行

啓者本行開設香港上海三十餘年四方馳名專售各式金銀鐘錶鑽石戒指八音琴千里鏡眼鏡等物並修理鐘表價錢比別家格外公道今本行東家巴克由上海來津開設在紫竹林裕泰飯店旁請諸君降臨光顧是幸特此佈聞

丙申年六月初五日禮拜三

保命險告白

啟者本行代理長明人壽保險公司如紳商欲保者請移玉至紫竹林法租界第一樓東間壁華昌洋行面議可也此佈

英商華昌洋行啟

六月初五日銀洋行情

天津九七六錢
銀盤二千五百六十五文
洋元一千八百零三文
紫竹林九六錢
銀盤二千六百零五文
洋元一千八百三十三文

六月初六日出口輪船禮拜四　新濟　輪船往上海　招商局
六月初六日出口輪船禮拜四　連陞　輪船往上海　怡和行

直報

光緒二十二年六月初六日
西歷一千八百九十六年七月十六日
第四百五十六號
禮拜四

上諭恭錄　書靜邑東鄉聯約事　恭備照料
欽派承修　南城示牌　兩餉達部　惟期晚蓋
三欵解部　大局攸關　敬謝不敏　更正昨報
分贓逞兇　藉神行竊　漂棺待認　驚孩可虞
福被蒼生　各行告白　京報照錄

啓者本館於去臘自行購辦機器鉛字建造房屋延請名人主筆會登報章佈　聞以採辦人昧於字體將三號五號兩種鉛字先行寄到四號字開爐傾鑄須今春始能來津因急於開辦姑用三五兩號暫爲排印明知字形微小多費　閱者淸神所幸俱屬新鑄點畫逼淸尙可厲目現在四號報字已經運到由手民揀查裝架定於五月初一日起凡論說新聞一律改用四號擺印至承　仕商惠登告白則三四五三種字體俱全可隨客便價各公道如有珍奇秘本書籍本館亦可代爲排印價必從廉卽各種洋文鉛字本館亦各備齊如蒙　賜顧亦可照辦特此佈啓伏希　垂顧是幸
直報館謹啓

上諭恭錄

上諭前據陳寶箴奏查辦劣幕任驎一案近接直隸布政使王廉印電據實上陳當經降旨將王廉交部議處茲據王文韶奏藩司王廉以前次印電並非請託呈懇代奏剖明心迹並鈔錄原電呈覽一摺王廉以不干已之事輒發印電卽非請託已有應得之咎閱電內藉其家產千萬不可等語非請託而何乃不聽候部議曉曉置辯殊屬冒昧王廉着卽行革職王文韶率行據情代奏亦屬不合着交部察議欽此

書靜邑東鄉聯約事　續前稿

一邪教犯禁愚人迷惑不悟如有充作教主聚衆傳法訪聞確實勸令速改不改卽送官嚴拿勿悔　一戶口男女如有不孝不慈不義事出恒情外者衆當實意勸戒改悔如久不改悔恐釀命案禀官究治　一青苗會久干例禁游手閑人不得包攬看青　一路死貧人公局前往查明報官或令地練暫行掩埋插簽標記宿店病故店主自加斟酌務於該客生前詢明如有行李務須報官如知里居速卽與家屬送信　一如有容隱盜賊暫停及袒庇惡黨情事量其家資論罰但罰至京錢五十千爲止　一凡事或未報總局致有謬誤又或於盜賭人等恃勢恣意毆打致啓訟端總局不與分過分局首事各宜審愼　一凡遇重大事公同商議事既舉行必須和衷共濟不得怠慢坐視設或存心不公卽令退去才不勝任另行擇人公舉所舉之人或家室不淸後經查出引荐人當先受罰　一首事人宜聯氣誼每年正月十六日會飲每月初二日會茶距局太遠有不按月會茶者聽　一總局暨各分局不得多積錢財免致滋事一切入項出項歲終列榜通知　以上所約雖未極臻美備顧法無不善亦視其行之何如耳欲善俗者其以是爲嚆矢焉可

稗觚氏曰書言齊其政不易其俗誠以俗者原非一人一日所爲其積漸也素矣故以美政化惡俗也勢難而以美俗救惡政也勢易然必有人焉以主持維繫之如王彥章公居鄉不肖姓名恥爲所識蓋德望之洽於影衾聲聞之入於瘖痳者深也斯人不出而圖吾君斯人苟出而圖吾君則德之流行有不速於風草也者其誰信之道咸以來粵匪猖獗蔓江鄉黨燕薊而古滄有知方効死之甲兵

雲津有捐生卻敵之令尹類能得民心齊衆志奮臂一呼同聲相應於以捍畿疆禦賊衛爲僧親賢王殲賊嚆矢繼而山東柳林陳貫甲獨樹一幟保障一方犯其境者胆爲寒志爲懾江右之義甯武甯上猷南康瑞昌等處亦皆以鄉團抵賊雖使五尺之童臨陣俱能執干戈衛社稷天下事無倡不行果倡以義男兒意氣縱橫出於天性夫豈襲取其時東南半壁柱石除昔之關胡袁沈曁今之頭等全權大臣李爵相秉龍節握虎符身任封疆外如曾文正左文襄彭剛直數名賢或起鄉團或出幕府而楚南羅李諸公則又約昆季率生徒轉戰而前提三尺劍著等身書卽健將卽純儒　國家中興實基乎此鄉先生概可少乎哉今靜邑東鄉以聯約護居民兼保逆旅雖云小試其端乎舉此治國與天下豈有異耶此中有人殆所謂賢豪間者非歟聞其總局紳董類多老師宿儒惜未盡詳姓字有董君者乙亥經奎應試之文久傳海內其學宗濂洛關閩著有春秋左傳復註原性韻譜等書約皆探本然不易之理極其大以求其中讀者每嘆漢宋名儒精神仍有未到處夫人而知之僕固不能道其隻字也獨是言之非難行之爲難誠使坐而言卽起而行則仁之於父子義之於君臣禮之於賓主智之於賢者聖人之於天道性也有命焉吾不知其命竟何如然其言已異乎儕輩矣董君勉乎哉姑誌之以爲他日用行兆

恭備照料　○醇賢親王福晉喪儀禮節已列前報茲聞奉移之期另派王大臣恭送沿途照料所有抬夫曁執事夫役均由鑾儀衛工部箚飭五城兵馬司正指揮吏目轉飭正陽門外東珠市口德源槓房三里河永和槓房臥牛衚衕天興槓房平樂園永源槓房北橋灣德裕槓房及各喜轎鋪大興宛平二縣執事夫頭覓夫承當差使各役均先向工部領穿花紅駕衣沿途換班抬往每班槓夫九十六名共覓抬亭執事夫役六百三十八名均經五城司坊官沿途彈壓煌煌乎　鉅典也

欽派承修　○烏龍亭工程琉璃瓦片脫落木料朽壞應卽修理昨經工部奏請　欽派承修大臣溥少司農良委派司員寶部郎李部郎督飭天德泉盛延年聚豐木廠官商人等擇於六月初二日前往開工興修

南城示牌　○南城兵馬司吏目陳錫康昨奉　城憲牌示因案撤任所遺員缺委派揀發吏目戴式棻署理云

兩餉達部　○廣東巡撫咨差卽用知縣李錫三滙解光緒二十二年分內務府經費銀五萬兩又隨解抬費銀一千六百五十兩飭交號商百川通日昇昌新泰厚蔚泰厚蔚長厚各號商於五月二十六日午刻赴戶部投批交納○又湖廣總督咨差候補知縣劉憲景補用知縣呂埜管解光緒二十二年三四兩月固本京餉銀一萬兩亦於五月二十八日午刻赴戶部交納矣

惟期晚蓋　○京師宣武門內西四牌樓馬市地方有開設肉鋪之屠戶滕三齊產也自開湯鍋以來稍有積蓄一妻一妾頗足溫飽惟以膝下無兒爲恨五月二十三日夜謂妻妾曰吾不日將死如死後事宜如何安排是夜坐談片刻卽命家人各去就睡又遣妾往廚房炊麵作點心滕三乘房中無人卽自取殺猪尖刀一柄穿入喉腔及妾回房已氣絕矣次日都中傳爲奇事或言滕三早年所得之財盡屬非義故爲寃鬼所尋或言滕三一生開肉鋪所殺猪盈千累萬獲利成家殺戮太衆故有此報羣議紛紜不知誰是但既爲屠戶焉能戒殺如欲戒殺惟期晚蓋放下屠刀立地成佛能之者誰耶

三欵解部　○長蘆運署例解戶部領引咨單秤飯等項銀兩本届應納三欵銀計一百六十兩已由佘都轉札委候補鹽大使增鈺照章解投戶科山東司交納聞於初五日起程云

大局攸關　○谾興埠自隄頭建閘該村遂成澤國緣此閘係北運河洩盛漲衛官隄之舉不但此也且能殺上下西河鳳河及永定河下注寒鴨浦等河怒流然又恐過傷民田以故閘口之門加高培厚襄以石坡必須水勢岌岌方能啓閘於田不害刻因河水陡漲津道憲擬卽提閘洩水以顧大局該村職員溫長綸等赴水利局稟請緩啓閘門旬日俟禾稍長卽或洩水當不爲害等因批示旬日原可稍緩但須移會天津道憲斟酌倫於大局無碍似可准行若於大局有關恐不能顧小失大云云聞溫某仍欲赴道稟懇未知能蒙批准否

敬謝不敏　○初四日報登壽辰晃賀一則據訪事人來單以爲本城憲署之事初不料其毫無影響也昨與官場友人談及運憲謙光下逮屆期應否叩祝友人曰吾昨見報正深詫異都轉弱冠時椿萱並謝人所共知貴館所登祝壽云云何人所說豈非怪事本城之事尙且錯悞至此何以取信於人耶本館敬聆之餘殊深抱愧因書此以謝不敏

更正昨報　○昨登升遷電信一則內晉藩一缺係湘臬俞廉三擢升湘臬一缺桂中行調補蔡希邠係升授桂臬之缺合亟更正以昭核實

分贓逞兇　○昨有南門內混混行至河東被該處混混喝打旋經南門內羽黨多人往爲報復聞係兩造皆給河剝船接銷老米爲分利不明而起兩造均受有傷痕並有刀傷過重之三人均抬赴有司請驗矣

藉神行竊　○女巫某氏昨與隣人療災拈香作勢陡云黃三太太臨壇大家只顧注視該巫乘便將隣之銀鐲一付竊取入懷隣固不之知也忽爾神退巫告辭奈鐲未藏好頓落於地聲鏘然衆方驚顧適其家督仲氏素不信巫趂此大肆凌辱謂神猶竊耶爰喝令將巫身徧搜搜畢麾之去巫羞愧於路購阿芙蓉膏吞之比至家已舌短語哽家人知其中有變急用糞汁灌之將洋藥盡行嘔出幸未斃命家人詰其由巫又無顏吐實巫子疑有他故猝然持械尋病家將爲武病家以係比隣不與較但言何爲爾爾巫子亦不能道其原委隣右僉云不知底裏胡可妄爲巫子乃悻悻而反見者知者無不啞然

漂棺待認　○津邑以連年患水四郊墳墓被水冲漂者不可枚舉今有飽材一口厚約七八寸不知何時漂流至衛南窪材頭大書皇清例贈登仕郎顯考宋四公諱聯第享年七十四壽靈柩如有找者問西頭呂祖堂西王家雜貨舖水舖南姚姓便知

驚孩可虞　○津郡五方雜處宵小溷跡白晝刼竊者往往有之昨鼓樓西歐家衚衕後楊娃子五歲嬉戲門首被賊將手上銀鐲項上銀錢一併摘去孩駭極哭喊楊甲赶緊出院追赶已無踪矣有孩之家尙多着意勿任孩自己在外玩耍破財事小嚇壞孩童眞可慮也

福被蒼生　○遵屬粮價屢屢低落白米一百六十斤津錢不過六千紅高粮一百六十斤津錢不過三千蓋因二麥豐收大田茂盛五月以來無日不雨雨後輙晴自是有秋預兆鄉農皆以爲吾　制軍所賜謂王制軍所至歲無不熟果爾則農得一稔勝　國家賑濟千般矣

浙紹朱鈍翁醫脉精良久揚沽上仍寓彌勒菴

竹笑蘭言

津門爲人文會萃之區名流常臨之地近聞有墨禪上人者號心香清才絕俗瀟灑出塵向來住錫京師性喜遊覽精於翰墨曩曾歷遊吳楚等省選勝尋幽遊踪半天下並曾至日本朝鮮二國所作水墨蘭石竹菊筆意清超神致生動而章法變幻精妙出人意表信非常手所及故其所到之處聲名藉甚索畫者踵接於門近者橐筆來津暫寓本城鼓樓南大街路東任宅內精於繪事者見之當不以此言爲虛也謹登諸報以告識者

天津美昌字號

本號自辦各國鐘表玩物大小八音琴各欵新式保安座燈掛燈各樣紙烟呂宋烟御用香胰皂廣東各名家臘丸黑白烟膏各省東土西土一概發莊貨高價廉本號修理鐘表格外價廉諸君　賜顧者請　光降是幸特此佈　聞

新開在鍋店街中間坐北門面

告白

敬啓者京城售報處改在前門外琉璃廠小沙土園路西寶興木廠又楊梅竹斜街中間路南聚興隆小器作內兩處分售此白

售報人陳午濤謹啟

寓前門內刑部後身草帽胡同北頭大院內

逸雲齋

本齋專辦進呈紅黃綾紙奏摺萬壽賀本正副表文大赤喜壽圍屏緙絲喜壽屏對描金洒金貢蠟清水冷金雨雪瓷硾宋錦龍綾各種裱綾裱絹加重白礬宮絹蘇製顏料八寶硃砂印色東瀛印色詩箋琴絃日晷羅盤端欵各硯湖筆徽墨自製水筆紈摺雅扇上嫩葵扇十錦詩牋各種帖套各式帳簿鐫刻雲白銅尺墨盒香盒金玉圖章搢紳名人書畫揭裱古今字畫冊頁手捲並躉售木板石印鉛板各種書籍碑帖摹刻翰苑仿影名目繁瑣不及備載諸公賜顧者請移玉估衣街東首路北德興里大門內便是價目格外從廉擇日開張先此佈告

逸雲齋主人謹白

和緩遺風

僕患咯血多年今春由南來津舊疾復作兼患喘促痛苦異常茲延普安醫室任君診治月餘之久竟將喘促咯血二證漸次就愈感銘肺腑亟登報章以誌謝悃

粵西余盧舟啓

金陵仁記南味坊

自製本機元淺京緞寧綢紗縐絨線糟貨食物金腿海味南貨俱全近因錢市漲落不同分別減價抑因無恥之徒假冒南味者甚多雖云謀利誠恐亂眞欲辨薰豬用煩楷墨

寄售 雨前 碧螺春 龍井 每斤津錢 一千二百文 三千文 一千八百文 福建條絲格外公道 開設宮北大獅胡同內

烏利文洋行

啓者本行開設香港上海三十餘年四方馳名專售各式金銀鐘錶鑽石戒指八音琴千里鏡眼鏡等物並修理鐘表價錢比別家格外公道今本行東家巴克由上海來津開設在紫竹林裕泰飯店旁請諸君降臨光顧是幸特此佈聞

丙申年六月初六日禮拜四

浙杭元吉永號

本莊自置紗羅綢緞新樣洋辮花素洋布川廣夏貨團摺雅扇南貨頭油俱全祇爲近時錢市漲落不同故而各貨減價開設估衣街中間路北凡仕商賜顧者無悞特此佈達

義興順號

本店自置綢緞顧繡綾羅紗絹哈喇大呢花素洋布俱全貨高價廉開設天后宮北仕商賜顧無悞特此佈達

頭號杭寧綢三錢九
頭號江寧綢二錢九
頭號摹本緞三錢三
哆囉蔴整疋按原碼四分二

保命險告白

啟者本行代理長明人壽保險公司如紳商欲保者請移玉至紫竹林法租界第一樓東間壁華昌洋行面議可也此佈

英商華昌洋行啟

六月初六日銀洋行情

天津九七六錢
銀盤二千五百六十五文
洋元一千八百零三文
紫竹林九六錢
銀盤二千六百零五文
洋元一千八百三十三文

六月初六日進口輪船禮拜四
新豐 輪船由上海 招商局

六月初六日出口輪船禮拜四
新濟 輪船往上海 招商局
連陞 輪船往上海 怡和行

直報

光緒二十二年六月初七日
西歷一千八百九十六年七月十七日
第四百五十七號　禮拜五

上諭恭錄　京師防火議　例戴花翎　解管蜂蜜
時疫宜防　鹽價頓漲　練餉起解　過關勿急
失足落水　顯報不爽　被拐幸獲　兩有不是
自取其辱　是之謂混　相節行程　各行告白
京報照錄

啓者本館於去臘自行購辦機器鉛字建造房屋延請名人主筆曾登報章佈　聞以採辦人昧於字體將三號五號兩種鉛字先行寄到四號字開爐傾鑄須今春始能來津因急於開辦姑用三五兩號暫爲排印明知字形微小多費　閱者清神所幸俱屬新鑄點畫逼清尚可屬目現在四號報字已經運到由手民揀查裝架定於五月初一日起凡論說新聞一律改用四號擺印至承　仕商惠登告白則三四五三種字體俱全可隨客便價各公道如有珍奇秘本書籍本館亦可代爲排印價必從廉即各種洋文鉛字本館亦各備齊如蒙　賜顧亦可照辦特此佈啓伏希　垂顧是幸　直報館謹啓

上諭恭錄

上諭直隸布政使着員鳳林調補山西布政使着俞廉三補授桂中行着調補湖南按察使廣西按察使着蔡希邠補授欽此　上諭依克唐阿奏請調補副都統等語盛京副都統前已有旨簡放溥蔚矣各省副都統向係特旨簡放該將軍率請以福州副都統綽哈布調補實屬冒昧依克唐阿着交部議處欽此　上諭李秉衡奏黃流伏汛盛漲下游利津縣屬北岸之趙家菜園漫溢成口請將在事各員分別衆處並自請議處一摺本年山東黃河伏汛驟漲五月十八日下游利津縣北岸趙家菜園因値風狂浪急搶護不及致將堤身刷塌七八十丈水由東北土塘順流而下與呂家窪倒漾之水相接在事員弁實屬疏於防範副將徐天慶着卽行革職知縣張學易巡檢方棟林均着革職留工其下游提調候補知府倉爾　着摘去頂戴總辦候補道丁達意着交部議處李秉衡督率無方着一併交部議處該撫務當督飭在工各員加意防護卽將漫口盤築裹頭免致續塌餘着照所議辦理該部知道欽此　旨加恩安續俊璋着賞給二等侍衛清佐栢山着賞給三等侍衛錫璋寶存桐麟志斌托普端榮禧文斌麟鈇均着賞給四等侍衛在大門上行走欽此　硃筆松安補授內閣學士兼禮部侍郎銜欽此　硃筆葛寶華補授太常寺少卿欽此　兵部題考試八旗文童彈壓考試八旗武童監試副都統各一本奉　硃筆這場內彈壓着左翼副都統彭壽右翼副都統德魁去欽此　硃筆這監試着芬車去欽此

京師防火議

都門回祿之災幾無虛日甚至一夕聞警四五次良由舖商戶口殷繁人烟稠密戒備容有或疎而煤油盛行又爲引火之物是以祝融氏不時稅駕非安議防備不可顧或謂多立水會可以防火而都門水會之盛多至數十所似可恃而不恐矣無如水會雖多而終不免延燒者何也蓋僅有救火之會未多儲潑火之水則火故不能速熄也每見京中之救火者無論火焚從何地必派水夫往井泉汲水距井近者火未及盛水已先施滅火必矣其距井遠者水來必緩緩則不足以供用火得肆焚如之威矣且汲水之夫遠則必勞勞則欲速

不得火更成燎原之勢嚮邇不能則欲求火之速熄豈可得乎然則果何策以熄之玆有易緩爲急轉勞爲逸之策一曰勸捐水缸一曰埋缸在地一曰積水相貸所謂勸捐水缸者何京師街巷之中或爲居人或爲列肆罔有不畏火患者査其地於井較遠勸伊各市磁缸設在門側務令汲水盈缸以備水會之用因其人之貧富以爲捐之多寡諒所費無幾且係自防其患與別項勸捐不同想商民無不樂從也所謂埋缸在地者何査京師首善之區衢路窄狹鋪戶林立者多倘兩旁各設水缸車轎往來殊爲未便且缸在地上隆冬時結水成冰何以救火必須埋覆地下令與地平既可不礙行人卽至嚴寒亦不結凍或在以石版或覆以木版一遇火警啓置一旁取水用之固有近在咫尺者所謂積水相貸者何商民之貧者注水不過二三缸卽多亦不過四五缸富者注水不過七八缸至十餘缸而巳一家所注之水未必能救一家之火所貴挹彼注玆互相假貸則取之不禁用之不竭未有不足於用者至火熄之後仍由被火家雇工汲水爲之注滿其缸易地皆然彼此皆無所憾取水尙有不便者哉若此者缸皆注水水常盈缸既可省臨時汲水之勞亦可備異日不虞之用脫有火患取之當前卽是者卽取之左右逢源火未及燃而泉巳畢達無待衆會齊來只須一會之力而炎帝巳退處於無權矣則保全者不甚大哉爰擬支詞一則以備當事者之採擇焉

例戴花翎　○宗室獻帛爵章京現有懸缺應卽於宗室世職中揀充以備　太廟中執事日前宗人府行飭各族長卽將本旗世職章京中堪是差者於三日內造册報府以憑核辦按獻帛爵章京充補者雖不加給薪俸而照例戴用孔雀花翎云

管解蜂蜜　○吉林打牲烏拉總管雲奇峰總管生派委翼領濟納吉爾管解蜂蜜五十餘壘抵京報明東華門舁入內廷至總管內務府堂上投文交納

時疫宜防　○京師刻下時疫盛行此患不治者十八九推究其故皆緣地土穢惡兼之都人嗜啖瓜果且多露宿日積月累釀成斯疾故多貧苦食力之人亦可哀矣

鹽價頓漲　○天津生鹽在灘作鹽時每百包價約至十四五兩由去年海嘯毀鹽不少今歲收成又不甚多各商裝運均有定額不能少減聞現在生鹽每百包價巳漲至七十餘兩爲歷來所未有玆有所聞合當錄登

練餉起解　○本月初六日午刻運署飭房由正項庫提出庫平元寶銀一萬零七百兩裝鞘十一根派委候補鹽大使李文芷儘先把總王弁解赴省城詢係保定練軍月餉限於初七日起程由水路進省交納云

過關勿急　○本邑商賈及各州縣外客均住河北大街客店者居多以致各局行店同事暨跑合之人赴各店貿易者竟如梭織日昨有跑合某甲赴河北大街辦事正値開關甲心急搶關一時失愼遂落水中踪影不見至初六日午屍身由原處浮起經該管地方禀縣屍母聞之至北關認領慟哭欲絕寄語行路人開關時勿急急也

失足落水　○鄧某在某洋行充當夥計與人送貨行至河北大關失足落水身死次日該屍親將屍撈獲寄在侯家後老君堂不知作何了結矣

顯報不爽　○人生積德爲先天理昭彰報應不爽某乙者某署散役素行不端無惡不作於五月二十三日偶得病證百藥罔效二十六日夜間忽兩目直視拘攣之狀儼似捆縛聲號如鬼時發時止口內常念求饒聲徹閭里二十七日午刻始行氣絕屍貌獰獰人畏視之按某乙生前所作則顯報不爽矣

被拐幸獲　○月初有某甲携一女寓南門外某店稱是兄妹住三四日甲早出及回店其妹巳無踪影問店中人均稱不知甲連日偵探今早在火車站遇見某乙偕其妹同行甲揪乙欲毆經衆人勸解說合仍將此女交甲領之而去說者謂乙雖拐帶而甲亦非眞兄妹是拐帶遇拐帶也然乎否乎若果甲亦拐帶終必有破案之一日

兩有不是　○侯家後有杜某者與南北小班抬轎爲生昨晚正抬某妓至各酒館上局正行至江叉衚衕地方一時疎忽將某

署某差官撞傷某卽用脚將該轎夫猛踢登時氣絕適有衆人將某攔住一同赴縣喊控幸至中夜杜某復甦未死次日兩造取保令某爲杜養傷云聞該妓在轎內吃驚不小矣

自取其辱 ○訪事云據青鎭友人來言本邑某甲以賣布爲生日昨赴楊柳青趕集行至該鎭東街有丁姓婦某氏呼甲買布甲見氏少艾頓起邪念言語輕薄氏含嗔而退甲見氏退亦卽捲包而逸氏歸家向夫丁乙備言其詳乙忿火中燒邀集街鄰赶至東渡口將甲追獲始則辱罵繼以毆打經鄉紳邵生勸阻當卽稟送該管汛弁將甲棍責一百並令脂粉塗面在通衢陪罪始罷行人見之皆爲捧腹

是之謂混 ○昨西南城角茶園正値開台演劇有南門內混混三人大水溝混混二人向該掌櫃索要規費因屢經支吾混混早街之次骨至昨猝將掌櫃誘至園外飽以老拳但不知該茶園作何處置也

相節行程 ○前接電報頭等全權大臣李傅相已由荷蘭行抵比利時茲聞官塲友人傳說相節於六月初四日已到法京巴黎都城呈遞國書云

三十四班書籍 仕商託寄取出餘部無多出售甚廉 新出池北偶談（八卷其中神仙鬼怪大儒之嘉） 新成隋唐演義（精繪全圖校補十卷） 新訂圖註八十一種難經（脉訣） 新印算學叢書（二十一種） 天文算學 同文算學課藝全圖 新編學算問答（張香帥式跡） 新演學算筆談 代數術 新選啓蒙算法 增刪算法統宗 泰西易筋經法（天津學堂選） 新法西算 算法大成 中西全圖算法大成 四元玉鑑細草 新校洋務捷要（張之洞題簽） 普天忠憤集 救時捷要 洋務實學 十三篇（彭剛直題選） 西事類編 快心睡醒錄 泰西新史 文學興國策 時事新編 西海記天外歸槎 自東徂西 自歷明證八種 （時當）列國興盛記 萬國史記 華英讞案 各國地球新編 格致須知全圖十六種 海上奇書 繪圖中西醫學入門 葛仙翁肘後奇方 孫眞人千金寶要方 經驗良方 增續萬寶全書 繡像醒夢錄 開闢演義 小部三國志 諸葛心書 全部西遊記 說唐全傳 下西洋演義 五代殘唐 羅通掃北 說岳全傳 大明奇俠傳 英烈全傳 征西全傳 天寶圖傳 萬花樓前後套 明珠緣 意外緣 蓋三國 歡喜奇觀 客窗閒話 新蘇笑話 一片情 忠烈姻緣十六齣 文武香毬 桃花扇書 花間聯 玉堂字彙 淵梅子評 金錢數 生生數 竹譜 蘭石畫譜 各樣尺牘 繪圖中東戰紀 中日戰輯 中日始末 劉帥地營法 各色畫報 萬國公報 代送申報 新聞報 滬報附送異跡仙踪 新出蘇報 本津直報 購取各書爭先爲快遍覽各報賜函分送不悞 天津府署西三聖菴西直報分處梁子亭啓

竹笑蘭言

津門爲人文會萃之區名流常臨之地近聞有墨禪上人者號心香清才絕俗瀟灑出塵向來住錫京師性喜遊覽精於翰墨曩曾歷遊吳楚等省選勝尋幽遊踪半天下並曾至日本朝鮮二國所作水墨蘭石竹菊筆意淸超神致生動而章法變幻精妙出人意表信非常手所及故其所到之處聲名藉甚索畫者踵接於門近者橐筆來津暫寓本城鼓樓南大街路東任宅內精於繪事者見之當不以此言爲虛也謹登諸報以告識者

烏利文洋行

啓者本行開設香港上海三十餘年四方馳名專售各式金銀鐘錶鑽石戒指八音琴千里鏡眼鏡等物並修理鐘表價錢比別家格外公道今本行東家巴克由上海來津開設在紫竹林裕泰飯店旁請諸君降臨光顧是幸特此佈聞 丙申年六月初七日禮拜五

敬啓者京城售報處改在前門外琉璃廠小沙土園路西寶興木廠又楊梅竹斜街中間路南聚興隆小器作內兩處分售此白 售報人陳午濤謹啟 寓前門內刑部後身草帽胡同北頭大院

逸雲齋

本齋專辦進呈紅黃綾紙奏摺萬壽賀本正副表文大赤喜壽圍屏緙絲喜壽屏對描金洒金貢蠟清水冷金雨雪責硾宋錦龍綾各種裱綾裱絹加重白礬宮絹蘇製顏料八寶硃砂印色東瀛印色詩箋琴絃日晷羅盤端歙各硯湖筆徽墨自製水筆紈摺雅扇上嫩葵扇十錦詩牋各種帖套各式帳簿鐫刻雲白銅尺墨盒香盒金玉圖章搢紳名人書畫揭裱古今字畫册頁手捲並覓售木板石印鉛板各種書籍碑帖摹刻翰苑仿影名目繁瑣不及備載諸公賜顧者請移玉估衣街東首路北德興里大門內便是價目格外從廉擇日開張先此佈告

逸雲齋主人謹白

浙杭 元吉永號

本莊自置紗羅綢緞新樣洋辮花素洋布川廣夏貨團摺雅扇南貨頭油俱全祇爲近時錢市漲落不同故而各貨減價開設估衣街中間路北凡仕商賜顧者無悞特此佈達

和緩遺風

僕患咯血多年今春由南來津舊疾復作兼患喘促痛苦異常玆延普安醫室任君診治月餘之久竟將喘促咯血二證漸次就愈感銘肺腑亟登報章以誌謝悃

粵西余盧舟啓

義興順號

本店自置綢緞顧繡綾羅紗絹哈喇大呢花素洋布俱全貨高價廉開設天后宮北仕商賜顧無悞特此佈　達

頭號杭寗綢三錢九
頭號江寗綢二錢九
頭號摹本緞三錢三
哆囉蔴整疋按原碼　四分二

告白

本行發售電鈴得律風及電報材料呼喚靈捷貨眞價廉並有機器匠人親到安置妥當隨時修理准保不壞如有欲購者請移玉到敝行面議可也

紫竹林裕通洋行告白

保命險告白

啟者本行代理長明人壽保險公司如紳商欲保者請移玉至紫竹林法租界第一樓東間壁華昌洋行面議可也此佈

英商華昌洋行啟

新書出售

分類洋務經濟時事新論者長白仲英部郎所採輯也凡練兵鐵路製造以及化學光學重學諸法紡織格致開礦等事無不網羅著爲論說并各國名士所撰時事議論中西關係輯要秘法製造無烟火藥說亦均附載洋洋數十萬言誠大觀也石印六本裝以錦函實價洋八角托天津萬寶堂袁字山房嫏嬛書莊京都宏文書局出售

上海文運書莊啓

北門東 文德堂

新出石印蘭石畫譜　新出石印唐寅竹譜　新出蕩平奇妖傳　許眞人擒蛟全傳　蘭蕙同心錄　三寶太監下西洋　格致須知十六種　中西算學大成　增删算法　洋務新編　鐵路圖考　螢窗異草　游歷日記　中東戰紀本末　蜃樓外史　覺後傳　普法戰紀

六月初七日銀洋行情

天津九七六錢
銀盤二千五百八十七文
洋元一千八百一十五文
紫竹林九六錢
銀盤二千六百二十七文
洋元一千八百四十五文

六月初七日進口輪船禮拜五
新豐　輪船由上海　招商局
六月初八日出口輪船禮拜六
北平　輪船往上海　礦務局
富平　輪船往上海　礦務局

直報

光緒二十二年六月初八日　第四百五十八號

西歷一千八百九十六年七月十八日　禮拜六

上諭恭錄　三堂接篆　有光家乘　升薇列柏

委用得人　官司僭事　交因事見　行同誑騙

城市奪錢　險遭不測　應非善類　恐成巨患

來稿照登　各行告白　京報照錄

啓者本館於去臘自行購辦機器鉛字建造房屋延請名人主筆曾登報章佈　聞以採辦人昧於字體將三號五號兩種鉛字先行寄到四號字開爐傾鑄須今春始能來津因急於開辦姑用三五兩號暫爲排印明知字形微小多費　閱者清神所幸俱屬新鑄點畫逼清尚可寓目現在四號報字已經運到由手民揀查裝架定於五月初一日起凡論說新聞一律改用四號擺印至承　仕商惠登告白則三四五三種字體俱全可隨客便價各公道如有珍奇秘本書籍本館亦可代爲排印價必從廉卽各種洋文鉛字本館亦各備齊如蒙　賜顧亦可照辦特此佈啓伏希　垂顧是幸　直報館謹啓

上諭恭錄

旨艾慶瀾稽察祿米倉富亮稽察南新倉王鵬運稽察舊太倉戴恩溥稽察海運倉胡景桂稽察北新倉㥯颺稽察富新倉胡孚宸稽察興平倉宗室宜烈稽察太平倉文郁稽察本裕倉宗室文英稽察儲濟倉楊晨稽察中倉宗室增濟稽察西倉寶安稽察豐益倉鄭思賀稽察內倉欽此　上諭長庚等奏領隊大臣因病呈請回旗據情代奏一摺索倫領隊大臣德恩着開缺回旗調理欽此　旨兩廣鹽運司運同着葛延齡補授山西蒲州府水利同知着孫汝漳補授湖南衡州府通判着陳祖貽補授福建甯化縣知縣着鄒經鎔補授四川定遠縣知縣着羅錫瀵補授湖北安陸縣知縣着王立勳補授四川大甯縣知縣着熊登第補授貴州綏陽縣知縣着崔鳳昌補授山西永和縣知縣着聶昭潛補授陝西宜川縣知縣着鄭宗光補授直隸易州直隸州州判着張禧培補授都察院筆帖式着銘珏補授理藩院筆帖式着崇佩補授廕生桂全恩銘順通俱着以侍衛用斌福鍾祿俱着以旗員用陝西道監察御史着崇蔭補授截取郎中王嘉禾李澐徐承義御史胡景桂學正王祖慶俱照例用保送直隸州主事李慶雲着交部記名以直隸州知州用內閣中書着惠禧補授擬補內閣中書緒儒盧銘勳凌萬銘福州將軍衙門筆帖式普淸俱准其補授年滿雲貴總督衙門筆帖式文續山西巡撫衙門筆帖式崇源俱發往原省照例用保舉直隸候補知縣金永直隸沿河候補知縣賴汝顯江蘇候補知縣孫玉堂山東候補知縣孫穎雲南候補知縣顏先春廣西補用知縣陳模俱照例用俸滿安徽鳳陽府通判訥淸安安徽建平縣知縣崇福俱回任陞補順天東路同知劉仲咸着准其升補補授廣西崇善縣知縣袁樹菽着准其補授開復前雲南補用同知文端着准其開復原官照例用奏留吏部學習員外郞福緒額外主事李春溥俱准其留部擬補盛京刑部筆帖式文哲揮盛京戶部筆帖式志光盛京禮部筆帖式吉人俱准其補授特旨官江蘇遇缺卽補道羅麓森着發往廣東交許振褘差遣委用明保江蘇候補道錢志澄試用道沈瑜慶俱以道員仍發江蘇儘先補用並交軍機處記名請旨簡放特旨官前四川候補道夏旹着開復原官發往四川補用明保刑部候補主事汪時深着賞給四品銜欽此

三堂接篆　○新簡吏部右侍郎吳少冢宰定於六月初七日辰刻上任示仰闔署司員筆帖式書皂人等至期一體謁見毋違特示○新簡兵部右侍郎楊容圃少司馬定於六月初七日卯刻上任示仰闔署司員筆帖式馬館監督步軍統領五營將弁暨書皂人等至期一體謁見毋違特示○大學士總管理藩院事務崑筱峯中堂定於六月初七日巳刻上任示仰闔署司員書皂人等至期一體謁見毋違特示

有光家乘　○秦烈婦崔氏直隸清苑縣人維新女適江南旭山秦君世鈞先是光緒初間畿輔大饑江南諸善士倡捐錢票賑焉秦君偉齋實預其事而厥弟旭山與之俱勇於義凡散錢發票實事求是毋濫毋遺崔公維新嘆曰是誠善士可妻也以女孫妻之卽烈婦光緒十六年成婚於順天府上年十月南歸而旭山以積勞成疾歸未久病益劇婦侍湯藥寢食皆廢俄而旭山卒婦以頭觸棺血涔涔誓俱死家人爭護持之既葬語人曰我以夫喪事大故苟延殘喘今事畢矣上無養親之職下無撫孤之任不死何爲幸無我阻也家人百方慰解泣曰既承娣姒苦勸且少留盡禮俗例自初喪始每七日必設祭婦哭拜如禮將及五七遂絕粒勸少進則蒙被臥如是四日天大雪婦乘人不見掬而大啖意將速死次日果體熱如火又五日卒距夫亡方匝月查與例載烈婦殉夫事在百日內者相符從一而逝堪維風化之源大義常昭宜荷　天章之寵存茲月旦以備風聞

升薇列柏　○直藩王方伯因獲嚴譴亟求交卸茲悉藩司一缺已奉督憲奏委臬司季士周廉訪署理所遺臬司一缺奏委未經到任運憲李勉林都轉署理均經檄行遵照不日當各接篆視事矣

委用得人　○守望總局總辦兼營務處提調候補府李少雲太守兩篼局務除暴安良不遺餘力現因宵小繁多地面遼闊昨委候補縣王銳川大令景沂接辦守望西北分局事宜大令前曾充當段員諸事認眞上游倚重今於六月初三日接任分局差使將各段勇役地方傳齊嚴行面諭略謂勇役地方等務當晝夜梭巡不准稍有懈怠屢見地方有套白狠案件此風斷不可長自諭之後倘仍有前項情事卽將該段勇役嚴懲責成務獲究辦除分派本局施把總加意巡查外各該段勇役地方務卽懍遵所有烟館茶室等處定以三更爲限一律上門東洋車不准在街市通夜拉人攬坐如再故違重責不貸至於賭博賊盜混混鍋匪土娼遊勇尤當隨時隨地留心禁止拏辦不得賄縱更不得挾嫌誣陷自此次面諭之後該勇役地方務宜洗心滌慮認眞巡察以免咎戾切切等語大令甫經到差卽能雷厲風行嚴行諭辦行見宵小斂跡居民可以高枕無憂矣

官司僧事　○河北大寺住持僧宏義出外朝山廟內無人照料有皖人某甲聲稱爲候補知縣在廟內居住與該僧代管出入等項聞該廟通年約有一二千金進項皆某甲經收刻下廟宇頗形殘破所有廟前會首不敢過問而甲復引串同鄉某姓等在廟呼盧喝雉橫行不法前經僧會司派宏義徒弟慈露至廟住持詎甲不容將慈露非刑拷打有傷可驗似此以官而管僧事復與會首牴牾如果屬實是亦一奇聞也

交因事見　○王某者富室也因事傾家饔飧莫卜於本月初五日長辭於世其子某乙無力棺殮惟痛哭頓足置屍鎖門而去隣人以其出措殮資也遲久不歸隣方疑惑俄見王子貿貿然來囑鄰幫爲治喪鄰問來何暮也王子曰今非故人某某者幾不來矣遂述所遇初王子之鎖門去也以家貧如洗父生不能謀兩餐父死不能備棺殮回想當日全盛時事事人仰於我今一寒至此靦顏求人不如死在三岔河徘徊彼岸方寸已亂正擬身付東流忽有人攬裾問故視之乃總角同窗故人也心頓清白如夢初醒遂訴其情且告之悔故人亦以父未葬徒殉無益相規勸且曰我固無麥舟左驂然些須尚可措也遂至某鋪兌取青蚨若干曰以此當爲尊人致奠無須償也善哉友也俗所謂有事見交情者是矣惜尚未悉斯人姓字俟訪再登

行同誑騙　○張順者係獨流一帶鄉人於上年自置三百石河剝船一隻或裝糧食或裝洋貨往來河南道口等處今春攬載洋貨至道口某村將貨交代清楚除上脚之外下脚應找錢百十餘吊該處付假銀二十餘兩及至錢鋪合錢方知是假再向付銀之家

掉換竟不承認張姓老實輾轉多日祗得回津仍找原攬之人同往理論至今尙未了結以生意中人行同誆騙亦無恥之甚也

城市奪錢 ○城內王姓者有妹嫁閘口某姓家日昨王遣幼子送去食物數色並囑借錢一吊文妹果如數付給至天夕時携之回家行至東城根忽遇匪人欺其年幼將錢搶去該子喊叫大哭由後追赶而該匪已無踪影矣似此明目張胆肆行搶奪而鄉甲局勇丁職司梭巡竟不聞不見何也

險遭不測 ○津郡房舍類多櫛比然堅固者少自六月朔日連日陰雨瓦舍新房尙可支持灰草各房少一失修遇連雨輒坍塌可慮南門大街黃姓院月之五日午後値大雨滂沱連門樓住房一併坍倒屋內男女二名口冒雨跑出險遭不測幸係白晝若黑夜則恐不免矣

應非善類 ○訪事云初三日四更河東有東洋車一輛上載一人其行甚速車後二人跟隨行至地藏菴東忽遇該處巡夜者見形跡可疑卽向攔阻隨行人再三央懇言因赴京赶路並非作歹不必盤查巡夜人詳觀車內似是男扮女裝决意報官詎該跟人各出洋槍一根欲向施放只得任其逸去三更半夜縱非改妝而兩男相隨一女其非善類亦可知矣

恐成巨患 ○河東某甲者本生意中人嗣以家貧中落學爲混混練就大刀一把人因稱爲某大刀訛詐親族朋友無惡不作受其害者指不勝屈直莫敢誰何有地方之責者倘不早爲之所恐浸淫漫衍不至釀成巨患不止也

來稿照登 ○西沽村趙堂先在堤頭村開設米面鋪因生意賠累息業收市今年在家中復開復興小面鋪以一小驢磨面以爲糊口之計昨日有朱大人所管頭號砲船兵丁陶某路過門前適値小驢出門騰踔泥濺陶某身上陶卽開口大罵欲要動武該鋪趙堂並其子趙蓮峯叩頭央求復經街隣勸解將陶勸走不料陶某於晚八點鐘率領四五十人將趙堂家中並趙堂孀居弟婦姪婦共計住房八間屋內家俱均已摔毀所有棹椅櫃橙俱用刀砍壞西沽汎張副爺聞知帶勇彈壓伊等不但不怕將副爺一齊大罵

出售 天師避瘟符又到先取爲快 上海滬報附送異跡仙踪 新聞報 新出蘇報 代送申報 各色書報 萬國公報每月一本 本津直報 各樣尺牘 代寄各板各種古今書籍中西時事閒書餘者閒書不係全載 主顧遍覽何樣報紙賜函分送不悞 天津府署西三聖菴西直報分處梁子亨啓

浙紹朱鈍翁醫脉精良久揚沽上仍寓彌勒菴

竹笑蘭言

津門爲人文會萃之區名流常臨之地近聞有墨禪上人者號心香淸才絕俗瀟灑出塵向來住錫京師性喜遊覽精於翰墨曩曾歷遊吳楚等省還勝尋幽遊踪半天下並曾至日本朝鮮二國所作水墨蘭石竹菊筆意淸超神致生動而章法變幻精妙出人意表信非常手所及故其所到之處聲名藉甚索畫者踵接於門近者橐筆來津暫寓本城鼓樓南大街路東任宅內精於繪事者見之當不以此言爲虛也謹登諸報以告識者

天津美昌字號

本號自辦各國鐘表玩物新式紙烟咀頂高紙烟各樣花洋毯時式洋燈上上大小瓶香水各欵香胰皂各省東土西土黑白烟膏寄售廣東各名家臘丸並暑藥廣同濟戒烟丸貨高價格外公道諸君 賜顧者請光降是幸特此佈聞

新開在鍋店街中間坐北門面

保赤稱奇

僕携眷寓津數載兒輩有疾率少延醫服藥次子年甫六齡前月下浣忽於夜半頓患吐瀉交作絞腸腹痛危險異常當延津道西箭道內普安醫室任君棟臣診治卽用外摩之法將吐瀉止住隨出一方藥到病除感激萬分登報鳴謝

秦中全仲甫啓

逸雲齋

本齋專辦進呈紅黃綾紙奏摺萬壽賀本正副表文大赤喜壽圖屏緙絲喜壽屏對描金洒金貢蠟清水冷金雨雪灑碰宋錦龍綾各種裱綾裱絹加重白礬宮絹蘇製顏料八寶硃砂印色東瀛印色詩箋琴紘日晷羅盤端歙各硯湖筆徽墨自製水筆紈摺雅扇上嫩葵扇十錦詩牋各種帖套各式帳簿鐫刻雲白銅尺墨盒香盒金玉圖章搢紳名人書畫揭裱古今字畫冊頁手捲並躉售木板石印鉛板各種書籍碑帖摹刻翰苑仿影名目繁瑣不及備載諸公賜顧者請移玉估衣街東首路北德興里大門內便是價目格外從廉擇日開張先此佈告

逸雲齋主人謹白

告白

本行發售電鈴得律風及電報材料呼喚靈捷貨真價廉並有機器匠人親到安配妥當隨時修理准保不壞如有欲購者請移玉到敝行面議可也

紫竹林裕通洋行告白

文美齋

新到繙繹新法化學格致水陸兵法天算等書本齋另有細目留心經濟時務者請來購取可也

普天忠憤集　繪圖中東戰紀　中日戰紀　奏疏錄要　洋務新論　時事類編　洋務實學　行軍鐵路說　鐵路圖考　通商始末記　萬國史記　公車上書記　打密電報本　德國操法　中西紀事　西學六種　正續盛世危言　西算新法　西法筆算　西法算學入門　四元玉鑑　算學筆談

烏利文洋行

啓者本行開設香港上海三十餘年四方馳名專售各式金銀鐘錶鑽石戒指八音琴千里鏡眼鏡等物並修理鐘表價錢比別家格外公道今本行東家巴克由上海來津開設在紫竹林裕泰飯店旁請諸君隆臨光顧是幸特此佈聞

丙申年六月初八日禮拜六

浙杭 元吉永號

本莊自置紗羅綢緞新樣洋辮花素洋布川廣夏貨團摺雅扇南貨頭油俱全祗爲近時錢市漲落不同故而各貨減價開設估衣街中間路北凡仕商賜顧者無悞特此佈達

義興順號

本店自置綢緞顧繡綾羅紗絹哈喇大呢花素洋布俱全貨高價廉開設天后宮北仕商賜顧無悞特此佈　達

頭號杭寗綢三錢九
頭號江寗綢二錢九
頭號摹本緞三錢三
哆囉嘛整疋按原碼　四分二

保命險告白

啓者本行代理長明人壽保險公司如紳商欲保者請移玉至紫竹林法租界第一樓東間壁華昌洋行面議可也此佈

英商華昌洋行啟

六月初八日銀洋行情

天津九七六錢
銀盤二千五百六十七文
洋元一千八百零五文

紫竹林九六錢
銀盤二千六百零七文
洋元一千八百三十五文

六月初九日進口輪船禮拜日
北直隸　輪船由上海　怡和行

六月初十日出口輪船禮拜一
北平　輪船往營口　礦務局
富平　輪船往上海　礦務局

直報

光緒二十二年六月初十日　第四百五十九號
西歷一千八百九十六年七月二十日　禮拜一

上諭恭錄　錄孫觀察請添育才館禀　造福蒼生
慘若滅門　一夜兩灾　狂且龜鑑　憲批照錄
榜示照登　峠生骨肉　有乖名敎　行眞可鄙
退婚惡習　講求實學　路透電音　各行告白
京報照錄

啓者本館於去臘自行購辦機器鉛字建造房屋延請名人主筆曾登報章佈　聞以採辦人昧於字體將三號五號兩種鉛字先行寄到四號字開爐傾鑄須今春始能來津因急於開辦姑用三五兩號暫爲排印明知字形微小多費　閱者淸神所幸俱屬新鑄點畫逼淸尙可厲目現在四號報字已經運到由手民揀查裝架定於五月初一日起凡論說新聞一律改用四號擺印至承　仕商惠登告白則三四五三種字體俱全可隨客便價各公道如有珍奇秘本書籍本館亦可代爲排印價必從廉卽各種洋文鉛字本館亦各備齊如蒙　賜顧亦可照辦特此佈啓伏希　垂顧是幸

直報館謹啓

上諭恭錄

上諭陶模奏特參貪劣武員一摺記名提督借補陜西定邊協副將劉連陞於請領火藥鉛丸私行變價入已復於沿途索支運費平日不事操防實屬貪劣不職劉連陞着卽行革職並撤銷勇號拔去翎枝以肅戎行餘着照所議辦理該部知道欽此　旨倭恒額着賞給三等侍衛作爲伊犂索倫領隊大臣照例馳驛前往欽此　都察院題考試八旗文童監試御史請　點一本奉　硃筆着文博蔣式芬監試欽此　硃筆高燮曾補授兵科掌印給事中欽此　旨連順着賞給副都統銜作爲科布多參贊大臣照例馳驛前往欽此　上諭魁福奏假期屆滿病勢增劇懇請開缺回旗一摺科布多參贊大臣魁福着准其開缺調理欽此　大[illegible]題六月二十三日祭　火神廟奉　旨遣常明行禮欽此　又題六月二十八日　萬壽聖節致祭　太廟奉　旨遣凱泰行禮欽此　又題七月初一日孟秋時享太廟奉　旨朕親詣行禮後殿遣魁斌行禮東廡遣德壽西廡遣黃永安各分獻欽此

錄孫觀察請添育才館禀　憲批附後

奏調北洋差遣候選道孫寶琦謹禀　大人閣下敬禀者竊維自古造就人才無不由於學問北洋各處學堂原所以仿行西法預儲人才但皆限於一格未能講求根本有用之學上年　憲台奏明設立大學堂列爲四班分課各種學問仰見　憲台作育人才用意至爲深遠惟聞學堂中所招頭二三班學生皆須先通洋文始得入學肄業其四班學生雖但通漢文者亦可收錄而限於額數願學之士見遺者不少職道伏思現在時事多艱需才孔亟非廣求造士之方不足以濟時艱而收實用不揣冒昧擬請創設學館挑取仕紳子弟分課中西學問取之至愼課之必嚴務拔眞才力除積習庶可漸收得人之效惟當此帑藏支絀之時何能大開學舍廣集生徒惟有先就醫學堂之地約容學生六十人將來籌有經費再圖擴充現計敎習束脩以及學生筆墨書紙館中火食等項每月約需銀五百兩擬請每月撥給公欵銀二百兩學生每人每月具脩膳銀六兩以資貼補現在初創備辦一切先請撥給公欵銀一千兩職道謹擬開辦章程十五條恭呈　憲鑒倘蒙　俯允可否　札飭津海關李道查照施行迅速舉辦所有開辦經費以及月需經費應由何處支領並求

批飭李道遵照職道爲造就人才起見冒昧瀆陳是否有當懇祈　憲台訓示不勝屏營之至伏惟　垂鑒職道寶琦謹稟　未完

造福蒼生　○北城察院高侍御因北城地面各宦寓所時有報竊等案屢經嚴緝未獲是以邇來於每夜十點鐘時親詣各處嚴查閭閻賴以安枕侍御之造福斯民爲不淺已

慘若滅門　○京師去夏瘟疫流行往往醫治不及卽作長眠近日城廂內外復有嬰兒患痘者險證甚多間有染患瘟疫證及斑疹者亦多不治頃聞宣武門外松樹衚衕紀某夫婦年將花甲膝下一子年近而立娶媳黃氏井臼親操料理家務井井有條五月十六日一對鴦鴛同染瘟病醫治不效遽至雙亡紀某老夫婦痛子情切寢食俱廢旋於二十一日亦同赴九泉抑何慘哉

一夜兩災　○五月二十九日四更時崇文門內東四牌樓四條衚衕某雜貨鋪不戒於火當經鳴鑼四起各水會旋卽赶到竭力撲救共計燒毀房屋十數間天曙時又聞北新橋某烟店失愼一時烈燄飛騰不可收拾遠近水會飛馳而來極力澆救該管地面官廳弁兵均到場彈壓幸井泉近在咫尺取水亦便然巳燒去房屋十五間細詢起火之由因使鋪夥生火遺落紙堆立卽焚燒等情該管地面官廳卽將起火事主解案責押以爲失愼者儆

狂且龜鑑　○宣武門外老牆根地方某甲貌如冠玉性好揮金不但肆情花柳醉倒勾攔卽偶見彼妹一經賞識無不百計營謀務遂其欲而後已雖有瓜葛弗計也人或以因果報應勸之則笑爲老生常談於是恣意宣淫靡所顧忌妻某氏亦放誕風流顧影弄姿有中表某乙者垂涎巳久値甲揮霍之餘漸形窘迫乘機常以重賂博某氏歡一日遇氏設帨之辰甲尙流蕩忘返乙竟携旨酒嘉肴特爲稱觴氏喜甚歡飲間乙故以溫語挑之遂至芭蕉捲雨楊柳隨風一對野鴛鴦居然交頸正在斷雲零雨間甲適施施而來睹此形狀忿火中燒持刀破扉入不料乙巳奪門而出甲舉刀相向氏乃忸怩言曰郎君偸香竊玉伊誰相禁今我偶一爲之遂作此等面目耶設他人似爾恐骨皮早作鼓響矣甲聞言不覺刀落於地默默無言氏乃洗盞更酌携手入座開懷痛飲盡歡而罷若甲者可謂善於引過摭若轉圜矣用特錄之以爲好狹邪遊者之龜鑑云

憲批照錄　○督憲批示　具呈商人孟彝仲抱告家人楊玉此案前經批司飭州確查迄今兩月有餘尙未稟覆仰運司迅催該州將原查情形據實具覆毋再久延致滋藉口粘單抄存

榜示照登　○運憲佘爲榜示事照得考取學海堂光緒二十二年三月二十八日師課經古試卷評定等第列後　計開　內課舉貢生員十名　劉寶和　趙元禮　王振鈞　王春瀛　陳自中　胡家祺　王德純　陳文炳　崔炳炎　陳恩榮　外課舉貢生員孟繼鐸等六名　附課舉貢生員傅世光等二十四名　內課童生陳有正等六名　外課童生劉寶珍等十名　附課童生馬騰霄等二十六名　光緒二十二年五月二十九日榜

衅生骨肉　○旺道莊某甲者生有二子皆成立近來家庭頗有詬誶聲據甲云長子聽婦挑唆不孝父母長子則云兄弟不睦父偏愛寵弟篾兄以此紛紜莫解日昨將小夫婦一併送逆子聞信携妻逃至于家廠至親家藏匿甲竟協同差役由該家抓獲而去竊謂子之不孝因不待言而甲之惡長愛幼亦不爲無因此偏之爲害而家之所以不齊也可不愼與

有乖名教　○城內某甲昔在永平府充當門丁稍有積蓄年老乏嗣繼族姪某乙爲後乙去年失偶媒定稍直口黃姓女爲妻未及迎娶而甲又病故乙因中饋無人遂於五月下旬過門後有本邑某生偵知其事向乙挾制以服內娶親等詞欲稟官究治乙煩孔方兄出爲調處事乃得寢噫乙固有應得之罪然愚民無知尙有可原若某生者以義始而以利終無乃爲名教罪人乎

行眞可鄙　○本城某甲者世業商家資豐厚然猶放利而行無微不入聞有某官物故其如夫人不能守柏舟節意將改嫁囊有積蓄白銀竟至七千兩之多首飾衣服不計其數甲垂涎頗甚百計鑽營欲納爲次妻現有某乙從中撮合巳有成議果爾則是見利忘義停妻再娶雖曰紅鸞照命未免淸議貽譏吁可鄙也

退婚惡習 〇夫婦者人倫之始教化之原也易首乾坤詩始關睢蓋取諸此故男女婚娶之事不可不謹焉河東大佛寺前程姓家有子十餘歲媒定某姓女爲妻某姓因家貧將女送至程家童養女年幼無知不能得翁姑歡時加淩虐日昨不知用何物毆打渾身如錐刺血流不止隣人皆抱不平暗給某姓送信女父母來見傷痕太重勢將興訟程煩人說合意在退婚而某姓尚未應允此雖細事而風俗之澆漓已可概見

講求實學 〇豐潤縣盧大令奉文變通書院章程添取天算格物等學將上諭與山西巡撫胡大中丞與順天府尹胡大京兆奏摺均抄粘書院門首現與紳董商議欵項置買書籍延請深明洋務通曉算學格物之山長此後肄業諸生如有精通者必加獲異獎按大令素通算學曾在天津武備學堂爲算法教習本擬親自教導現以案牘甚繁又兼河工未竣故必延請教習以資師傅從此講求實學不徒事文藝之末矣

路透電音 〇百里岩者前任尼伯拉司加議員也茲巳由公衆推舉爲候補伯里璽天德矣又以西未爾爲副伯里璽天德〇法議院已將馬達加司加作爲一屬國之事定立一劵據〇義大利樞密院大臣致任〇合衆邦之羣主聞立百里岩爲候補總統之事頗爲詫異〇李傅相巳至巴黎斯〇李傅相晉見法總統佛利之時屢述中法友誼之篤深謝法國爲我索回遼東之事并謂從此兩國益當和睦云云佛利答以極親熱之語〇法總統乘輿在郎乾波司地方被匪徒槍擊兩次幸均未受傷行刺之人刻巳被擒〇魯特司來信畧謂布路衛由軍情甚危叛賊刻巳南下深恐瑪加拉加司與瑪他必爾連合云〇李中堂到英格蘭須停留四個禮拜聞說不列顚政府將預備大房一所與之居住派一告假之英副領事爲伴〇義大利兵之在開沙拉者人皆望其早日撤去

啓者本館奉准招集英年子弟分課中西學問現在一面延聘漢文洋文教習一面招集學生准備七月初一日開館如有仕紳聰髦子弟願來就學者務於六月二十以前到館報名以憑去取如年歲不合格文理尚遠者幸免投名本館雅意儲才諸從核實力杜浮夸之習來肄業者務當恪守館規到館之後一年之內不得離館以免功課參差本館創辦伊始經費無多暫以六十名爲額並須酌收膳金以資貼補識者諒之

育才館啓

拍賣告白

啓者准於本月十三日卽禮拜四下午二點鐘在紫竹林海大道曾公館老房子新直報館院内樓上拍賣坐鐘掛表古銅爐古磁瓶洋燭式樣花扣花彩洋燈各樣花針玉如意銅盤胰子抬桌椅子鐵床宮燈各樣洋貨各樣家俱等件如欲買者請早來細看面拍可也特此佈達

集盛洋行啓

竹笑蘭言

津門爲人文會萃之區名流常臨之地近聞有墨禪上人者號心香清才絕俗瀟灑出塵向來住錫京師性喜遊覽精於翰墨曩曾歷遊吳楚等省選勝尋幽遊踪半天下並曾至日本朝鮮二國所作水墨蘭石竹菊筆意清超神致生動而章法變幻精妙出人意表信非常手所及故其所到之處聲名藉甚索畫者踵接於門近者槖筆來津暫寓本城鼓樓南大街路東任宅内精於繪事者見之當不以此言爲虛也謹登諸報以告識者

北門東 文德堂

石印唐寅竹譜　石印蘭石畫譜
中外經世緒言　中西算學大成
行軍鐵路工程　海上青樓圖記
各國地球新錄　繪圖中東戰紀
繪圖隋唐演義　天緣巧配　蜃
樓外史　洋務新編　柏樓異記
西學大成　西算新法　中日
戰輯　鐵路圖考　古學類編
時務要覽　四大家棋譜

保赤稱奇

僕携眷寓津數載兒輩有疾率少延醫服藥次子年甫六齡前月下浣忽於夜半頓患吐瀉交作絞腸腹痛危險異常當延津道西箭道内普安醫室任君棟臣診治卽用外摩之法將吐瀉止住隨出一方藥到病除感激萬兮登報鳴謝

秦中全仲甫啓

逸雲齋

本齋專辦進呈紅黃綾紙奏摺萬壽賀本正副表文大赤喜壽圍屏緙絲喜壽屏對描金洒金貢蠟清水冷金雨雪賁碰宋錦龍綾各種裱綾裱絹加重白礬宮絹蘇製顏料八寶硃砂印色東瀛印色詩箋琴絃日晷羅盤端歙各硯湖筆徽墨自製水筆紈摺雅扇上嫩葵扇十錦詩牋各種帖套各式帳簿鐫刻雲白銅尺墨盒香盒金玉圖章摺紳名人書畫揭裱古今字畫册頁手捲並躉售木板石印鉛板各種書籍碑帖摹刻翰苑仿影名目繁瑣不及備載諸公賜顧者請移玉估衣街東首路北德興里大門內便是價目格外從廉擇日開張先此佈告

逸雲齋主人謹白

告白

本行發售電鈴得律風及電報材料呼喚靈捷貨眞價廉並有機器匠人親到安配妥當隨時修理准保不壞如有欲購者請移玉到敝行面議可也

紫竹林裕通洋行告白

金陵 仁記南味坊

自製本機元濅京緞寗綢紗縐絨線槽貨食物金腿海味南貨俱全近因錢市漲落不同分別減價抑因無恥之徒假冒南味者甚多雖云謀利誠恐亂眞欲辨薰蕕用煩楮墨

寄售 雨前 碧螺春 龍井 每斤津錢 一千二百文 一千文 一千八百文 福建條絲格外公道 開設宮北大獅胡同內

烏利文洋行

啓者本行開設香港上海三十餘年四方馳名專售各式金銀鐘錶鑽石戒指八音琴千里鏡眼鏡等物並修理鐘表價錢比別家格外公道今本行東家巴克由上海來津開設在紫竹林裕泰飯店旁請諸君隆臨光顧是幸特此佈聞

丙申年六月初十日禮拜一

浙杭 元吉永莊

本莊自置紗羅綢緞新樣洋辮花素洋布川廣夏貨團摺雅扇南貨頭油俱全祇為近時錢市漲落不同故而各貨減價開設估衣街中間路北凡仕商賜顧者無悞特此佈達

義興順號

本店自置綢緞顧繡綾羅紗綃哈喇大呢花素洋布俱全貨高價廉開設天后宮北仕商賜顧無悞特此佈　達

頭號杭寗綢三錢九
頭號江寗綢二錢九
頭號摹本緞三錢三
哆囉嘛整疋按原碼　四分二

保命險告白

啟者本行代理長明人壽保險公司如紳商欲保者請移玉至紫竹林法租界第一樓東間壁華昌洋行面議可也此佈

英商華昌洋行啟

六月初十日銀洋行情

天津九七六錢
銀盤二千五百五十七文
洋元一千七百九十八文
紫竹林九六錢
銀盤二千五百九十七文
洋元一千八百二十八文

六月十一日出口輪船禮拜二
通州　輪船往上海　太古行
景星　輪船往上海　怡和行
六月十二日進口輪船禮拜三
豐順　輪船由上海　招商局

直報

光緒二十二年六月十一日　第四百六十號
西歷一千八百九十六年七月二十一日　禮拜二

上諭恭錄　錄孫觀察請添育才館稟　金棺安位
揆文奮武　巨工定限　憲量如天　行有死人
厚道猶存　實心排解　友誼可風　洋報照譯
事必核實　來稿照登　各行告白　京報照錄

啓者本館於去臘自行購辦機器鉛字建造房屋延請名人主筆曾登報章佈　聞以採辦人昧於字體將三號五號兩種鉛字先行寄到四號字開爐傾鑄須今春始能來津因急於開辦姑用三五兩號暫爲排印明知字形微小多費　閱者清神所幸俱屬新鑄點畫逼清尚可厲目現在四號報字已經運到由手民揀查裝架定於五月初一日起凡論說新聞一律改用四號擺印至承　仕商惠登告白則三四五三種字體俱全可隨客便價各公道如有珍奇秘本書籍本館亦可代爲排印價必從廉卽各種洋文鉛字本館亦各備齊如蒙　賜顧亦可照辦特此佈啓伏希　垂顧是幸
直報館謹啓

上諭恭錄

硃筆張英麟補授內閣學士兼禮部侍郎銜欽此　上諭陶模奏特參貪劣不職各員一摺捐升道員分發四川試用前甘肅古浪縣知縣黃炳辰貌似有才心實貪酷開缺皐蘭縣紅水縣丞查得朗性情浮躁行爲貪鄙均着革職永不敘用以懲貪劣該部知道欽此

錄孫觀察請添育才館稟　憲批附後

附呈清摺一扣　謹擬設立育才館章程恭呈　鈞鑒　一現暫假醫學堂房屋數間專課仕紳子弟延請漢文洋文敎習分課中西學問擬名曰育才館　一學生暫以六十名爲額俟將來學者漸多再闢醫學堂後面餘地添造學舍現在房屋無多學生不能在館住宿夏日每早八點鐘到館下午五點鐘散學冬日早九點鐘到館下午四點鐘散學均在館中午餐一次　一先請漢文敎習二人每人敎二十人爲度英文敎習一人以敎三十人爲度如來學者漸多再行酌量添請並徐議添請俄文法文德文敎習　一漢文敎習須延請品行端方學問純粹者專課學生經史策論一切根本之學敎以規矩做人之道　一英文敎習課英國語言文字須兼課天文地理格致諸學館中採備各種西學圖籍儀器敎習隨時與學生講解　一漢文洋文敎習每月束脩隨時酌定　一各生報名到館須由仕紳保薦開具籍貫年歲三代及讀過何書年歲須在十五歲以上二十五歲以下文理必須已做百餘字史論或時文半篇者由管理之員隨時考試以別去取　一各生到館後不得無故曠學每月初一初八十五二十三放學四日以示休息其因家中有事或有病查明屬實方准請假如有無故常行請假者查明卽行送回以免貽誤　一各生到館肄業每月自具脩膳銀六兩其家道貧寒者減收一半所有各生需用書籍紙張皆由館中供給　一擬請管理館政一人隨時考察敎習之勤惰學生之功課各生自記功課簿每月初二集各生考驗一次如有敎習未能認眞學生資質過鈍者均卽辭去毋得瞻徇　一學生三年肄業期滿應稟請　北洋大臣考試擇其姿質聰穎才堪造就者分別派赴外洋大學堂或令至各國遊歷以期精進　一創辦之始購辦書籍筆墨紙張及添置桌椅各種木器並墊

付敎習川資等項擬先請撥公欵銀一千兩開館以後學生所交脩金恐不敷用擬每月請領公欵銀二百兩以資貼補將來館中另籌經費卽不再領公欵　此稿未完

金棺安位　○六月初六日　皇上詣　醇賢親王福晋金棺行遷奠禮初八日行奉移禮至倚虹堂目送畢還海所有御前大臣王公貝子貝勒諸鉅公均執紼恭送前往海甸園寓行禮聞悉槓前儀仗鑾駕　尾鎗阿虎鎗等件無不齊備所有槓夫値差人等均傳於初八日寅刻起槓巳刻安位毋得違悞

揆文奮武　○我朝以弧矢定天下凡在八旗子弟莫不學習騎射故大小試均須先考弓馬以示有文事者不忘武備之意今屆考試文武童生八旗生監例由各該都統造具清册達部聽候奏請　欽派大臣監射馬步箭枝以合定章而符舊制日前經兵部題考試八旗文童彈壓考試八旗武童監試副都統各一本奉　硃筆這監試着芬車去欽此巳見邸抄茲聞兵部傳集八旗滿蒙漢文童一千三百四十六名武童一千一百六十五名均於六月初四日黎明赴東華門外南箭亭聽候點名伺候閱射分列等第由兵部將文童咨送禮部都察院定期考試文章華國公侯干城堪爲諸君預祝也

亘工定限　○戶部失愼疊經列報前經戶部將顔料庫値宿書吏王馥山奏交刑部審訊茲巳審明擬徒交順天府定地起解矣並聞戶部開工定於六月初三日係敬子齋大司農焚香行禮限一年爲期工程始能告竣云

憲量如天　○昨某差官在侯家後踢傷轎夫旣死復蘇等情已詳前報嗣聞邑尊赴轅面稟一切情形上憲立將該差官斥革歸案聽候審訊並諭邑尊徇杜姓因傷斃命卽行按律辦理無許徊護等語大哉憲德其量包天地乎蓋差官雖尊僅供奔走轎夫雖賤亦係子民酌理準情固不容更有歧視也

行有死人　○前報登齊甲與石姓搆訟案內有孫某被押一節現聞孫某在押染病保出旋卽斃命該家屬將屍身盛入棺木抬至宮北恒記洋貨鋪門首當此暑熱過者莫不掩鼻聞孫姓被押緣由與該鋪頗有牽連情事不知作何了結俟訪再錄

厚道猶存　○津郡各行生意無論資本多寡而領事人無不利市三倍無如視金錢爲不甚愛惜之物任意揮霍卽難保無虧折情事日昨道經估衣街有某洋貨店忽然關門收市詢及本行人云緣該東係城內巨富於是鋪掌某甲暨上海作莊之某乙以爲用之不竭恣意豪華揮金似土賠銀至數萬兩之多該東因而收市等語所賠若干並不與較若該東者誠厚道人也

實心排解　○昨一僧在瑞成號門首募化木魚聲徹鄰右久之有劉姓者亦好事一流向僧勸說謂該號乃小本營生何能施舍吾墊數十文可也該僧置之不理劉遂大罵闍黎無理何竟不發一言欺人太甚若非看汝出家人定當飽吾老拳可跟吾同去跳河言訖拉之便走僧見勢兇猛已覺胆虛適該管地方瞥見向前彈壓僧乃忍氣吞聲而去

友誼可風　○前報所登河東盛姓投河身死一則茲悉盛某友誼最篤平日解衣推食仗義疎財故投河後衆友人爲之打撈多日始獲屍身信知該妻驗認明確然後抬至家內所有衣衾棺木皆係衆人代辦至發殯一節大家亦議醵資不費本家一文美哉脫驂贈麥之高風不圖復見於今日也

洋報照譯　○中國頭等全權大臣李爵相持節出使情形巳疊據路透電譯登報牘茲復見外洋新聞紙內載相節抵俄俄皇接待優禮用再譯錄於後李傳相及隨使諸君於西五月十九日赴莫斯科外部大臣羅拔諸福親王御前大臣達施可福伯爵均拜謁傳相度支大臣衛德來拜晤談時許初四日李相國率隨員等詣紅村行宮入見俄皇俄后傳相由火車棧房乘六馬馬車馳抵皇宮入見時親將頭等第一雙龍寶星及中國國書禮物呈遞中有古銅瓶一對二千餘年物也又有嵌寶石法藍瓶碟等所値甚鉅又巧製大燭擎一對白璧一雙大號色絲顧繡紅毯一張禮成後相節率隨員均坐特開火車至紅村地方與俄國執事各官同乘國車往雅力山

大宮有上駟院乘馬官爲之護衛傅相暨典禮大臣同車駕以灰色馬六匹馬隊相隨其餘各車咸駕四馬抵宮備設盛筵仿東方之式傅相諸人與御前大臣及朝貴多人同座宴畢舌人引傅相晉見俄皇俄后情誼極爲浹洽隨員以次接見俄皇均以温語撫之紳士衛隊駐紮宮前作爲護衛以示優異此在俄新聞紙中譯出至相節赴德閱克鹿卜廠情形另有報紙俟日內譯就再錄以供衆覽

○上禮拜六報登來稿照錄一則係禮拜五晚間西沽村公正董事等人以砲船勇丁兇狠無狀歷敘實情出貲照事必核實

啓白登報詎禮拜六日即有事不干己之李姓函致敝館囑將砲船有事一筆抹煞等語來相囑託本館以事關兵勇滋事不敢曲爲徇隱又未知事體果否屬實是以僅將來稿登之迨昨日李姓復又來館自撰一稿畧謂勇丁姚姓因送公文路經其地被驢騰踔泥汚趙姓始而央懇繼而口角打作一團經朱大人責以四百軍棍可見營規整肅云云囑本館爲之更正將前稿撤去並出十三日期付洋銀二十元向益豐號支取白紙條一紙本館以事體重大西例若登贖罪告白必須視所毀物件之數且不能出本館口氣一再申斥乃李姓去後派出專訪此事之人來館復稱所登來稿一字不虛所謂管帶朱姓平日不甚駐船是日鬧事之勇敢於號召多人肆意摔毀管帶未免縱容現已由營務處派左德之查辦徐副爺及地方均作干証已經成案云云合亟錄之以昭核實

來稿照登　○西沽村趙堂先在堤頭村開設米面鋪因生意賠累息業收市今年在家中復開復興小面鋪以一小驢磨面以爲糊口之計昨日有朱大人所管頭號砲船兵丁陶某路過門前適値小驢出門騰踔泥濺陶某身上陶即開口大駡欲要動武該鋪趙堂並其子趙蓮峯叩頭央求復經街隣勸解將陶勸走不料陶某於晚八點鐘率領四五十人將趙堂家中並趙堂孀居弟婦姪婦共計住房八間屋內家俱均已摔毀所有桌椅櫃橙俱用刀砍壞西沽汛張副爺聞知帶勇彈壓伊等不但不怕將副爺一齊大駡

啓者本館奉准招集英年子弟分課中西學問現在一面延聘漢文洋文教習一面招集學生准備七月初一日開館如有仕紳聰髦子弟願來就學者務於六月二十以前到館報名以憑去取如年歲不合格文理尙遠者幸免投名本館雅意儲才諸從核實力杜浮夸之習來肄業者務當恪守館規到館之後一年之內不得離館以免功課參差本館創辦伊始經費無多暫以六十名爲額並須酌收膳金以資貼補識者諒之

育才館啓

拍賣　啓者准於本月十三日即禮拜四下午二點鐘在紫竹林海大道曾公館老房子新直報館院內樓上拍賣坐鐘掛表古銅爐古磁瓶洋燭式樣花扣花彩洋燈各樣花針玉如意銅盤胰子抬桌椅子鐵床宮燈各樣洋貨各樣家俱等件如欲買者請早來細看面拍可也特此佈

集盛洋行啓

告白　達

竹笑蘭言

津門爲人文會萃之區名流常臨之地近聞有墨禪上人者號心香清才絕俗瀟灑出塵向來住錫京師性喜遊覽精於翰墨曩曾歷遊吳楚等省選勝尋幽遊踪半天下並曾至日本朝鮮二國所作水墨蘭石竹菊筆意清超神致生動而章法變幻精妙出人意表信非常手所及故其所到之處聲名藉甚索畫者踵接於門近者橐筆來津暫寓本城鼓樓南大街路東任宅內精於繪事者見之當不以此言爲虛也謹登諸報以告識者

浙紹朱鈍翁醫脉精良久揚沽上仍寓彌勒菴

烏利文洋行

啓者本行開設香港上海三十餘年四方馳名專售各式金銀鐘錶鑽石戒指八音琴千里鏡眼鏡等物並修理鐘表價錢比別家格外公道今本行東家巴克由上海來津開設在紫竹林裕泰飯店旁請諸君隆臨光顧是幸特此佈聞

丙申年六月十一日禮拜二

告白

本齋自製　進呈紅黃綾紙奏摺正副表文南紙綾錦畫絹赤金屏對貢牋等箋顏料印色湖筆水筆貢墨端歙等硯圖章牙器文玩各款雅扇箋柬詩筒向蒙　士林稱許　賜顧諸君請詳察焉新到繙譯新法化學格致水陸兵法天算等書名目繁多不及備載今將時務各書臚列數種留心經濟者請來擇取可也

普天忠憤集　繪圖中東戰紀本末　中日戰輯　奏疏錄要　洋務新論　時事類編　西學六種　洋務實學　行軍鐵路工程　鐵路圖考　通商始末記　萬國史記　萬國通鑑　萬國近政考　中西紀事　自西徂東　東方交涉記　中日始末記　洋務采風記　各國富强策　新繪海國圖志足本　格物入門　格致須知十六種　時務要覽　西國通俗演義　公車上書記　打密電報本　德國操法　正續盛世危言　西算新法　西法筆算　西法算學入門　學算筆談　行素軒算學　算草叢存　天文算學纂要三十二本　四元玉鑑　左文襄公兵書　左文襄公奏議　斯陶說林　竹葉亭雜記　論語旁証　隋唐演義

文美齋主人白

逸雲齋

本齋專辦進呈紅黃綾紙奏摺萬壽賀本正副表文大赤喜壽圍屏緙絲喜壽屏對描金洒金貢蠟清水冷金雨雪賁砡宋錦龍綾各種裱綾裱絹加重白礬宮絹蘇製顏料八寶硃砂印色東瀛印色詩箋琴絃日晷羅盤端歙各硯湖筆徽墨自製水筆紈摺雅扇上嫩葵扇十錦詩箴各種帖套各式帳簿鐫刻雲白銅尺墨盒香盒金玉圖章搢紳名人書畫揭裱古今字畫册頁手捲並躉售木板石印鉛板各種書籍碑帖摹刻翰苑仿影名目繁瑣不及備載諸公賜顧者請移玉估衣街東首路北德興里大門內便是價目格外從廉擇日開張先此佈告

逸雲齋主人謹白

保赤稱奇

僕携眷寓津數載兒輩有疾率少延醫服藥次子年甫六齡前月下浣忽於夜半頓患吐瀉交作絞腸腹痛危險異常當延津道西箭道內普安醫室任君棟臣診治卽用外摩之法將吐瀉止住隨出一方藥到病除感激萬分登報鳴謝

秦中全
仲甫啓

浙杭元吉永號

本莊自置紗羅綢緞新樣洋蔴花素洋布川廣夏貨團摺雅扇南貨頭油俱全祇爲近時錢市漲落不同故而各貨減價開設估衣街中間路北凡仕商賜顧者無悞特此佈達

義興順號

本店自置綢緞顧繡綾羅紗絹哈喇大呢花素洋布俱全貨高價廉開設天后宮北仕商賜顧無悞特此佈　達
頭號杭甯綢三錢九
頭號江甯綢二錢九
頭號摹本緞三錢三
哆囉蔴整　四分二
疋按原碼

保命險告白

啟者本行代理長明人壽保險公司如　紳商欲保者請移玉至紫竹林法租界第一樓東間壁華昌洋行面議可也此佈
英商華昌洋行啟

六月十一日銀洋行情
天津九七六錢
銀盤二千五百五十七文
洋元一千七百九十八文
紫竹林九六錢
銀盤二千五百九十七文
洋元一千八百二十八文

六月十一日出口輪船禮拜二
通州　輪船往上海　太古行
景星　輪船往上海　怡和行
六月十二日出口輪船禮拜三
豐順　輪船往上海　招商局

直報

光緒二十二年六月十二日 第四百六十一號
西歷一千八百九十六年七月二十二日 禮拜三

上諭恭錄　錄孫觀察請添育才館禀　八旗童試
急公好義　吉事成凶　禍起閨門　募招砲隊
前車後鑒　合浦珠還　街市奪錢　背夫潛逃
土徵設樹　譯日本友國報　各行告白　京報照錄

啓者本館於去臘自行購辦機器鉛字建造房屋延請名人主筆曾登報章佈　聞以採辦人昧於字體將三號五號兩種鉛字先行寄到四號字開爐傾鑄須今春始能來津因急於開辦姑用三五兩號暫爲排印明知字形微小多費　閱者清神所幸俱屬新鑄點畫逼清尙可厲目現在四號報字已經運到由手民揀查裝架定於五月初一日起凡論說新聞一律改用四號擺印至承　仕商惠登告白則三四五三種字體俱全可隨客便價各公道如有珍奇秘本書籍本館亦可代爲排印價必從廉卽各種洋文鉛字本館亦各備齊如蒙　賜顧亦可照辦特此佈啓伏希　垂顧是幸
直報館謹啓

上諭恭錄

上諭史念祖奏剿除積年巨匪請將知府獎勵一摺廣西泗城府西隆州屬有積匪徐三頁固恃險爲患多年經泗城府知府王方田會督兵練搗其巢穴將徐三並其子徐麻六其孫徐小洋等轟斃並生擒匪黨多名奪獲砲械甚多王方田督率營屬旬日之間渠魁授首辦理尙爲妥速泗城府知府王方田着准其酌量請奬以示鼓勵欽此

錄孫觀察請添育才館禀　憲批附後

一如仕紳願捐助館中經費者彙存以備添造學舍逐漸擴充　一館中諸事醫學堂林丞聯輝兼管照料外另派司事一員專管一切出入之欵按月禀報北洋大臣查考　一開館以後規條課程另行核議　北洋大臣批　據禀請創設育才館挑取仕紳子弟分課中西學問以期漸收得人之效籌畫至爲遠大應准照辦所需開辦經費一千兩及按月請領公欵銀二百兩應由支應局銀錢所在存欵生息項下各半撥給所擬章程十五條大致詳備惟第五條內載英文教習專課英國語言文字須兼課天文地理格致諸學等語查西國初學學堂於語言文字外兼課圖算蓋以圖算爲諸學根本不學圖算則天文地理格致諸學無從入門此條似應改爲兼課圖算俟圖算粗通後再察看學生姿質所近分別課以天文地理格致諸學庶免騖廣而荒之弊又第六條內載各生報名到館年歲在十五歲以上二十五歲以下文理必須已做百餘字史論或時文半篇等語查學西學者必須先通漢文學成之後方能融貫中西蔚爲大器如其年二十至二十五歲僅能作百餘字史論或時文半篇其爲姿質魯鈍讀書難成可想而見卽令中西兼學恐亦徒勞無功若由十五至二十歲正在致力漢文之時如文理尙未通順遽令兼學洋文則心以紛而不專亦恐終歸兩誤此條似應改爲試以策論一則必須文理優長其次者亦必文理清通方准入選其有舉貢生監中學已成年在二十五歲以內情願入館肄業者應一併收錄以資精進以上兩條均應斟酌改定俾臻盡善至館中規條暨一切未盡事宜仰津海關李道會同孫道妥議詳辦禀摺抄發

八旗童試　○向例凡考試八旗童生監試御史在貢院至公堂嚴行搜檢封門後童生各歸號桌一切換卷竄號代倩傳遞等

弊嚴行稽察卷面戳用紅號復於考試前一日將紅號底簿封密交提調官收掌以昭愼重日前都察院題考試八旗文童監試御史請點一本奉　硃筆着文博蔣式芬監試欽此巳列邸抄茲聞禮部傳集八旗應試文童一千三百四十六名於六月初七日辰刻赴貢院龍門伺候點名散卷以備初八日領題搆思奪標拔幟云

急公好義　○前門外給孤寺廟內三善水局係王幼菴善紳創設購備水龍六架旗幟燈籠等物所費數千金茲聞西直門內草廠地方某善士仰慕高風將家存大水龍一架亦於六月初四日抬送該局備緩急之用所有局中一切經費均係王善紳自備毫不募化其救患卹灾急公好義何如耶

吉事成凶　○濟生藥行周某爲子聘定朱某女爲室該女星期巳屆萱蔭忽摧朱某請於周願將吉期前移一日周可之不知犯甚凶煞當迎娶時輿夫卽路斃一人舁至火把廠派人看守及將輿夫家屬喚至而看守之人亦無故自殞是夜周姓傭婦暴卒次日幫工人又無病而死更有親串二人前來賀喜同時暴病赶緊送歸僅得抵家昨日新婦亦歌徂落統計一月中死者共七人周之滋口舌耗貲財眞一著偶錯滿盤都輸也觀此一事則陰陽禁忌之說固非盡屬子虛哉

禍起閨門　○京師前門外煤市街有劉九者素日赶車爲生時常結黨逞兇無惡不作與陳某妻有染儼若夫婦經陳聞知不願以一頂綠頭巾壓倒七尺鬚眉向妻詈罵不休豈知妻與劉巳戀姦情熱不由忿火中燒羞惱成怒竟自將頭顱用刀砍破血流如注投赴中西坊喊告聲稱伊夫陳某無故砍妻等情事關閨閣不知賢有司當如何訊斷也

募招砲隊　○自中東和議告成我　皇上於臥薪嘗胆之餘思反弱爲强之計特諭直省將軍督撫等嚴飭各將領訓練士卒精益求精以備干城日昨有前廣東督標楊管帶奉宋宮保札委由旅順來津招募砲隊一營現駐蘆家庄子東胡家店內終日訓練一俟演有成效卽赴旅順歸伍或云此項砲隊係飛鷹獵艇派祁守備鳳儀來津招練未知孰是

前車後鑒　○本埠爲諸水總滙故河溜迅疾而東浮橋新浮橋兩處爲尤甚船行稍一疎忽卽遭不測日昨有北鄉船戶某甲由他處裝來客貨牛羊骨一船赴紫竹林某行交納行抵新浮橋西悮入逆溜將船冲翻船上七人均經撈獲得慶更生而所載貨物約值數百金均漂蕩無餘矣寄語後來船行抵是處務必多加小心當以前車爲鑒云

合浦珠還　○東門外李姓家有女十歲以來昨晨上街買物至午未回各處尋找迄無踪影闔家驚惶迨天夕時女之姑丈某甲在河東小聖廟一帶瞥見東洋車一輛上有老婦懷抱一女頗與李女相似緊緊跟隨逾看逾眞上前將車攔住問老婦此女何人由何處而來該婦見事不妥下車乘間而逃甲亦不暇追究卽以原車將女送歸其家相傳李夫婦爲人忠厚素有隱德故能逢凶化吉理或然與

街市奪錢　○張祥發者海下人昨日來津寓居閘口某店天夕時有友邀同上街就便帶買零物茶館酒市未免小作勾留歸路天巳二更行至海關道南左手携現錢數百右手執所買零物忽背後來一人硬將現錢搶去追之不及懊惱而歸近來街市攫奪之事屢見迭出皆因失主以事屬細微不肯報案官府不得周知以致賊胆愈大也豈知涓涓不止乃成江河顧可以小事而遂忽諸

背夫潛逃　○夫婦爲人倫之始故之死靡他君子偕老皆言從一而終之義乃近來潛逃私奔者屢有所聞良可慨也日昨河東陳家溝東開柴廠某甲者爲子聘定東鄉范姓女爲室年十五歲月之初三日迎娶過門一對小夫妻頗稱好合初無間言忽於初八日清晨不知何故私自逃走現在各處找尋渺無踪影此雖人家瑣事而世風不古已可畧見

土徵設棧　○本埠稽徵土藥落地稅係前臬司周廉訪條陳經李傅相代奏奉　旨准行飭縣試辦遂立局稽徵嗣因稅入未見興旺嘗經前邑尊飭據德盛義豐等土局議定包辦稅銀分季呈交稟經總局憲批飭准其照辦未幾義豐等號具稟告退復經商人王德華接辦昨據稟稱病重不能辦公等情巳由縣出示招充刻據商人張榮洲稟請接設行棧擬起榮玉源字號並保任德安充當土

藥官牙情愿包納稅銀仍循舊章每百斤抽收稅銀二十兩復請頒發告示凡天津縣所轄村庄集鎮概行張貼俾衆周知以便土客投局納稅且防偷漏均蒙照准聞不日卽當出示矣

譯日本友國報　○大坂興築船澳一事經派專員妥查交到城會商議在海岸之外築擋水堤兩座一座長一千零十二間一座長一千六百二十七間船澳卽在兩堤之內擬分內外兩區外區廣五十五萬粗播淺潮時可存水二十七尺內區廣五十八萬粗播可存水十三尺雖原擬撥經費一千五百八十六萬七千零九十五元似乎過鉅然以大坂一城獲利之多兩相比較亦小數耳

來稿照登　○西沽村趙堂先在堤頭村開設米面鋪因生意賠累息業收市今年在家中復開復興小面鋪以一小驢磨面以爲糊口之計昨日有朱大人所管頭號砲船兵丁陶某路過門前適值小驢出門騰踔泥濺陶某身上陶卽開口大罵欲要動武該鋪趙堂並其子趙蓮峯叩頭央求復經街隣勸解將陶勸走不料陶某於晚八點鐘率領四五十人將趙堂家中並趙堂孀居弟婦姪婦共計住房八間屋內家俱均已捽毀所有棹椅櫃橙俱用刀砍壞西沽汎張副爺聞知帶勇彈壓伊等不但不怕將副爺一齊大罵

出售　新出池北偶談裝訂八卷其中神仙鬼怪大儒之嘉　新成隋唐演義精圖十卷　新訂圖註八十一種難經脈訣　新印算學叢書二十一種　文學興國策　泰西新史要覽此二種習學洋文當知此書　新編算學問答　洋務捷要此二種張香帥式選　新演算學筆談　算法捷徑　普天忠憤集　救時捷要　洋務實學　易筋經法天津學堂選　快心醒睡錄　西事類編　時事新編　西海記天外歸槎　自歷明證八種　自東徂西連五大卷　時當　列國興盛記　各國地球新錄　華英讞案　兩般秋雨盒　華英字典　英語註解　華英尺牘　各國富强新策　各國鐵路圖考　各國遊歷　中東戰紀本末　中日戰輯　中日始末記　公車上書　代數術　海上奇書　臺灣福洲厦門輿圖　萬國史記　繡像醒夢錄　葛仙翁肘後奇方　孫眞人千金寶要方　經驗良方　淵海子評　增續萬寶全書　開闢演義　三國志　西遊記全傳　說唐全傳　五代殘唐　說岳全傳　征西傳　下西洋演義　大明奇俠傳　前後施公案　英烈傳　天寶傳　覺後傳　劉帥地營法　蓋三國　明珠緣　意外緣　三續今古奇觀　續希奇古怪　客窗閒話　平妖傳　孽龍精傳　一片情　新鮮笑話大觀　中西戲法　熱河三十六景　忠烈姻緣十六齣　桃花扇書　文武香毬　攻政玉堂字彙　點石齋單本玉堂字彙　唐寅竹譜　花間楹聯　楹聯彙編八卷　各樣尺牘　均部無多先取爲快未登報者均然一空若用別部再候來班遍覽何樣報紙賜函分送不悞

天津府署西三聖菴紫氣堂啓

竹笑蘭言

津門爲人文會萃之區名流常臨之地近聞有墨禪上人者號心香清才絕俗瀟灑出塵向來住錫京師性喜遊覽精於翰墨曩曾歷遊吳楚等省選勝尋幽遊踪半天下並曾至日本朝鮮二國所作水墨蘭石竹菊筆意清超神致生動而章法變幻精妙出人意表信非常手所及故其所到之處聲名藉甚索畫者踵接於門近者橐筆來津暫寓本城鼓樓南大街路東任宅內精於繪事者見之當不以此言爲虛也謹登諸報以告識者

啓者本館奉准招集英年子弟分課中西學問現在一面延聘漢文洋文教習一面招集學生准備七月初一日開館如有仕紳聰髦子弟願來就學者務於六月二十以前到館報名以憑去取如年歲不合格文理尚遠者幸免投名本館雅意儲才諸從核實力杜浮夸之習來肄業者務當恪守館規到館之後一年之內不得離館以免功課參差本館創辦伊始經費無多暫以六十名爲額並須酌收膳金以資貼補識者諒之

育才館啓

拍賣告白

啓者准於本月十三日卽禮拜四下午二點鐘在紫竹林海大道曾公館老房子新直報館院內樓上拍賣坐鐘掛表古銅爐古磁瓶洋燭式樣花扣花彩洋燈各樣花針玉如意銅盤胰子抬桌椅子鐵床宮燈各樣洋貨各樣家俱等件如欲買者請早來細看面拍可也特此佈達

集盛洋行啓

逸雲齋

本齋專辦進呈紅黃綾紙奏摺萬壽賀本正副表文大赤喜壽圍屏緙絲喜壽屏對描金洒金貢蠟清水冷金雨雪賁磄宋錦龍綾各種裱綾裱絹加重白礬宮絹蘇製顏料八寶硃砂印色東瀛印色詩箋琴絃日晷羅盤端歙各硯湖筆徽墨自製水筆紈摺雅扇上嫩葵扇十錦詩牋各種帖套各式帳簿鐫刻雲白銅尺墨盒香盒金玉圖章摺紳名人書畫揭裱古今字畫册頁手捲並躉售木板石印鉛板各種書籍碑帖摹刻翰苑仿影名目繁瑣不及備載諸公賜顧者請移玉估衣街東首路北德興里大門內便是價目格外從廉擇日開張先此佈告

逸雲齋主人謹白

浙杭元吉永號

本莊自置紗羅綢緞新樣洋辮花素洋布川廣夏貨團摺雅扇南貨頭油俱全祗爲近時錢市漲落不同故而各貨減價開設估衣街中間路北凡仕商賜顧者無悞特此佈達

天津美昌字號

本號自辦各國鐘表玩物新式紙烟咀頂高紙烟各樣花洋毯時式洋燈上上大小瓶香水各款香胰皂各省東土西土黑白烟膏寄售廣東各名家臘丸並暑藥廣同濟戒烟丸貨高價格外公道諸君　賜顧者請光降是幸特此佈

聞

新開在鍋店街中間坐北門面

烏利文洋行

啓者本行開設香港上海三十餘年四方馳名專售各式金銀鐘錶鑽石戒指八音琴千里鏡眼鏡等物並修理鐘表價錢比別家格外公道今本行東家巴克由上海來津開設在紫竹林裕泰飯店旁請諸君降臨光顧是幸特此佈

聞

丙申年六月十二日禮拜三

北門東文德堂

石印唐寅竹譜　石印蘭石畫譜
中外經世緒言　中西算學大成
行軍鐵路工程　海上青樓圖記
各國地球新錄　繪圖中東戰紀
繪圖隋唐演義　天緣巧配　蜃樓外史　洋務新編　柏樓異記
西學大成　西算新法　中日戰輯　鐵路圖考　古學類編
時務要覽　四大家棋譜

著手成春

予居近海濱素患脚氣日久漸成濕痺更醫多手罔效茲延津道西箭道內普安醫室任君診治自春至夏竟將痼疾蠲除似此神奇今眞罕覯感激之至登報鳴謝

粵東于時泰啓

義興順號

本店自置綢緞顧繡綾羅紗絹哈喇大呢花素洋布俱全貨高價廉開設天后宮北仕商賜顧無悞特此佈　達

頭號杭寗綢三錢九
頭號江寗綢二錢九
頭號摹本緞三錢三
哆囉蔴整　四分二
疋按原碼

保命險告白

啟者本行代理長明人壽保險公司如　紳商欲保者請移玉至紫竹林法租界第一樓東間壁華昌洋行面議可也此佈

英商華昌洋行啟

六月十二日銀洋行情

天津九七六錢
銀盤二千五百六十二文
洋元一千八百零二十文
紫竹林九六錢
銀盤二千六百零六十文
洋元一千八百三十二文

六月十四日出口輪船禮拜五
豐順　輪船往上海　招商局
重慶　輪船往上海　太古行
六月十五日出口輪船禮拜六
新裕　輪船往上海　招商局

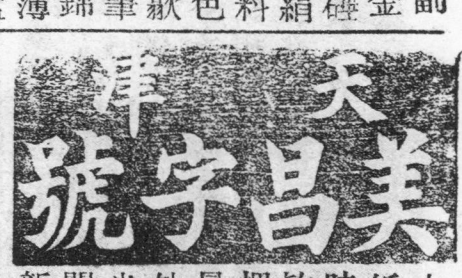

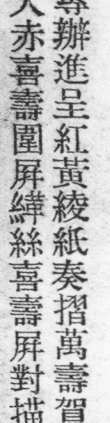

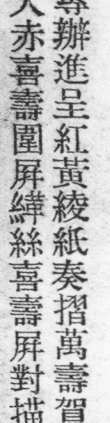

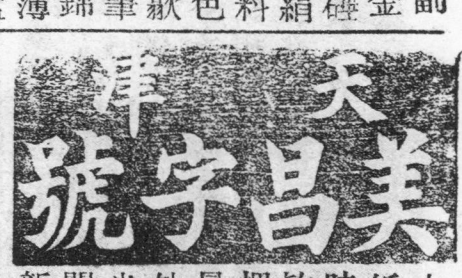

直報

光緒二十二年六月十三日
西歷一千八百九十六年七月二十三日
第四百六十二號
禮拜四

答客問修宗譜法　禦人國外　惟口興戎　鬼能爲厲
孕犬奇聞　詳訊災情　貢鹽照辦　嚴辦匪徒
囚人索債　穴墻被壓　地維再震　竊案預登
宣淫惡報　是古押衙　官牙荷校　日又添船
廈門疫信　風災紀聞　各行告白　京報照錄

本館大小各種中西新字均已到齊屢登報首佈告想邀　閱報諸公鑒賞惟版祇四頁逐日四方函告之事絡繹不絕限於篇幅未能全錄不足饜　閱者之目本館現已託人分往東瀛上海兩處購辦西國兩面報紙一俟寄到仍照從前時報式樣加版四頁共成八頁新聞既可多錄告白亦可鋪排合先布　聞伏希　垂鑒　直報館謹啓

答客問修宗譜法

客有以修宗譜詢者曰宗之有譜自古尚矣顧其例肇於何時法以奚從善曰古帝世係訂自唐虞唐虞以前約畧存之其詳不可得聞也唐虞以後夏商周係出一家而各有所祖所謂殷民六族殷民七族者乃公族之降爲庶人非凡民也春秋魯隱公攝位元年傳紀司空無駭卒羽父請謚與族公問於仲衆仲衆對曰古者以字爲謚因以爲族公命以字爲展氏是古之無譜春秋猶然何況上古記曰別子爲祖繼別爲宗繼禰者爲小宗蓋諸侯不得祖天子大夫不得祖諸侯其義其意也周秦而後歷漢魏晉宗法迭廢隋始爲族氏昭穆公族而外卿大夫家有之庶民無是也自漢董仲舒之後裔心切睦族始重其家乘溯自仲舒起爲金字譜而董氏之譜聿傳李唐世牒學稽少昊係出嬴姓其族以皐陶之子世爲刑官爲堯大理以官賜族爲理氏至殷臣理利貞避紂亂家苦縣食木子得全改理爲李列仙傳謂李姓始自太上老君於李下生人指樹爲姓語出齊東其謬固無煩指而其宗牒實成自有宋歐陽文忠公手歐陽之後蘇文公繼之爲蘇氏族譜亭叙由是而士庶之敦宗睦族者遂慨然興水源木本之思爰糾其族各成一譜其式則遵歐遵蘇又非一致然其法自是大備矣其修之也例則有定而無定無定而有定概由創修繼修之人因時起例要以上紹祖宗下貽孫子是宗譜正以濟宗法之窮也　此稿未完

禦人國外　○六月初二日有陳姓者欲赴山東平度州公幹雇車四輛載其家屬十數人行經右安門外黃村地方時已昏黑突來盜匪三十餘人手持洋槍刀械將陳姓砍傷刦去銀兩衣物等件約值三百餘金當經該管營汛勘驗現已飭捕嚴緝恐鴻飛冥冥不知果能破獲否

惟口興戎　○俗尚鬥爭曾經地方官嚴禁不改昨聞右安門外八里許中頂娘娘廟向於每年六月初一日闢廟經鄉村諸善士預期籌辦茶棚內應用家俱等項詎料張某與錢某因言語不合拔刀相刺將錢扎傷當經地方將張拿獲解交南城外坊經米益堂副指揮帶領吏仵相驗據仵作喝報錢某傷勢甚重恐有性命之憂現詳城咨送刑部按律懲辦矣

鬼能爲厲　○任某者京宦也寓崇文門外明因寺街地方或謂所居素多怪異任素亢直笑爲妄然自遷入夜間每聞步履聲

又有披髮女子面如死灰口吐長舌時或滿面血跡種種惡狀見者譁然月前任婦爲鬼所嚇昏倒於地旋用剪刀自戕比及婢媪知覺業無可救近日滋鬧益甚雖延僧道驅逐終不安靖然則膠執無鬼之論者亦可爽然矣

孕犬奇聞 ○阜城門外八里庄地方某氏婦京北人也夫遠遊日久未歸家畜一犬黠而馴婦絕愛之未幾婦有身於六月初五日一產三犬人以爲妖聚而觀者甚衆或謂卽犬戎盤弧之故轍理或然與

詳訊災情 ○十一日午後五點餘鐘邑尊王大令公出回署有三河頭村民攔輿遞稟據稱該村河水自三日前暴漲村人集衆搶護始獲平穩不料昨日陡漲數尺竟將隄岸衝刷一段並將守隄夫冲去五名僅撈獲二名餘三名未見踪影乞驗施恩等情邑尊接閱諭令候批衆唯唯而退旋由內傳諭赶將報災村民儘數追回聽候親訊至堂訊如何情形尙未訪確

貢鹽照辦 ○向例上用貢鹽皆由直隸長蘆納獻歷經遵辦在案本屆丙申年貢鹽現經運憲札飭直沽批驗所敬謹採買擇其色味俱佳者循例照數買齊以備進貢云

嚴辦匪徒 ○混混高奎六遞案情形已登前報由委廉江大令提責嚴押日昨本縣親提覆訊該犯供詞狡展大令將底案查出逐一究詰伊始閉口無言遂飭責三百六十鎖發捕快班嚴押聞候與匪首巳經收禁之盧三柴寶等一律詳辦以靖地方

因人索債 ○城內陳某富戶也因接充鹽商賠累家道日漸凌夷因欠某巨紳銀一萬九千兩屆期無力歸還遂到門懇求展限詎該巨紳竟將陳羈絆院中謂必歸清欠欵始肯放回並有刑求之說人言藉藉俟訪實再錄

穴墻被壓 ○白家水鋪胡同後劉姓家昨夜更深有賊穴墻行竊甫挖半透該房年久失修竟至坍塌將賊壓在墻下家人聞聲驚起燃燈查看見有人被壓卽行扒出口中尙有吸呼之氣久之能坐又久之能起徙倚移時大步以去劉初恐其死則甚驚繼見其蘇則甚喜及收拾磚土見有挖墻器具始恍然悟其爲賊更悟其墻之因挖而倒也則又怒且笑是固賊之不幸而幸劉之幸而不幸與

地維再震 ○自光緒十四年五月初四日申刻地動三分時之久本邑倒塌房間者何止百家近數年來雖有小動從不爲害本月十二日晚八點三十二分鐘時地又復動由西而東微覺顚簸幸不甚大畧有聲息如遠雷一震越三杪卽止此據本埠情形言之尙不知他處如何也

竊案預登 ○鬧口大街張姓者不知何許人昨日三更忽被偸兒撥門入室竊去手鐲二付銀鎖練一掛携贓而逸至次早方覺未知已否報案合先錄登

宣淫惡報 ○南門內武弁于某素好南風狎優伶比頑童是其慣技前有吳姓向伊訛索人言嘖嘖咸謂有暗昧不明之事不然彼此素無瓜葛何至出此于猶不知改悔宣淫者如故現時忽染危病上床兩次口中喃喃自語但言吾從此不敢了饒命饒命聞者無不詫異大約惡貫滿盈報應不爽耳

是古押衙 ○豐邑捕頭張某回敎中人在南關曾設旅店有楊古林庄某甲者貿易關外妻在家傭於富室嗣被西關看雹神者某乙誘去甲父無奈惟函囑子歸詰以其媳被誘故甲接信遄歸未至里門先投宿南關張某店訪妻下落不日果見妻面但思乙强已弱勢且孤愁見於面又不肯明言於人張見狀詰之甲始靦顏訴張爲不平糾數人至乙處曳甲妻藏諸店擬待乙來將理論乙以張膺官役例可捉奸拐懼不前張復給以資俾旋里乃叩謝而去甲夫婦於是破鏡重圓矣美人已歸沙叱利義士今無古押衙若張者其無愧若人歟

官牙苛校 ○豐潤縣粮市最大斗牙亦甚夥因而恃衆把持能操漲落之權凡鄉農糶粮須每斗多漲升許鋪商收買均取三分稅用本月初間若輩私議欲將斗用加倍按六分抽取以致各紳董舖商聯名將斗牙稟控經邑侯盧大令訊明除將官斗扣除外並枷號遊街示衆以警蠹牙而維市面云

日又添船 ○近聞日本向英國訂造鐵甲戰艦四艘頭等鐵甲巡船四艘二等巡船二艘又向美國定造二等巡船二只在法國德國定造水雷船若干隻日本之整頓海軍於此可見一班

厦門疫信 ○厦門初三日來電云近來疫癘盛行統計六禮內共死去三千人之多現有法國醫生尤新本製有藥水以治疫病但從未試過此次駕蒞厦門將該藥水灌近皮內居然治愈二十人可見該藥水靈驗異常惟目下尤新已遄回香港云

風災紀聞 ○客有自江甯南鄉西山村來者言上月二十五日午後該村忽被風災大木斯拔瓦屋吹倒者十餘家並吹倒草屋數十間六畜壓斃不計其數幸風勢初發居民皆奔進背風之處故人口傷損不多云

告白

本齋自製 進呈紅黃綾紙奏摺正副表文南紙綾錦畫絹赤金屏對貢臘等箋顏料印色湖筆水筆貢墨端歙等硯圖章牙器文玩各欵雅扇箋柬詩筒向蒙 士林稱許 賜顧諸君請詳察焉新到繙譯新法化學格致水陸兵法天算等書名目繁多不及備載今將時務各書臚列數種留心經濟者請來擇取可也

普天忠憤集 繪圖中東戰紀本末 中日戰輯 奏疏錄要 洋務新論 時事類編 西學六種 洋務實學 行軍鐵路工程 鐵路圖考 通商始末記 萬國史記 萬國通鑑 萬國近政考 中西紀事 自西徂東 東方交涉記 中日始末記 洋務采風記 各國富强策 新繪海國圖志足本 格物入門 格致須知十六種 時務要覽 西國通俗演義 公車上書記 打密電報本 德國操法 正續盛世危言 西算新法 西法筆算 西法算學入門 學算筆談 行素軒算學 算草叢存 天文算學纂要三十二本 四元玉鑑 左文襄公兵書 左文襄公奏議 斯陶說林 竹葉亭雜記 論語旁証 隋唐演義

文美齋主人白

啓者本館奉准招集英年子弟分課中西學問現在一面延聘漢文洋文教習一面招集學生准備七月初一日開館如有仕紳聰髦子弟願來就學者務於六月二十以前到館報名以憑去取如年歲不合格文理尚遠者幸免投名本館雅意儲才諸從核實力杜浮夸之習來肄業者務當恪守館規到館之後一年之內不得離館以免功課參差本館創辦伊始經費無多暫以六十名爲額並須酌收膳金以資貼補識者諒之

育才館啓

拍賣告白

啓者准於本月十四日即禮拜五下午二點鐘在紫竹林海大道會公館老房子新直報館院內樓上拍賣坐鐘掛表古銅爐古磁瓶洋燭式樣花扣花彩洋燈各樣花針玉如意銅盤胰子抬桌椅子鐵床宮燈各樣洋貨各樣家俱等件如欲買者請早來細看面拍可也特此佈 達

集盛洋行啓

竹笑蘭言

津門爲人文會萃之區名流常臨之地近聞有墨禪上人者號心香清才絕俗瀟灑出塵向來住錫京師性喜遊覽精於翰墨曩曾歷遊吳楚等省選勝尋幽遊踪半天下並曾至日本朝鮮二國所作水墨蘭石竹菊筆意清超神致生動而章法變幻精妙出人意表信非常手所及故其所到之處聲名藉甚索畫者踵接於門近者橐筆來津暫寓本城鼓樓南大街路東任宅內精於繪事者見之當不以此言爲虛也謹登諸報以告識者

宮北 萃文魁

本店自在上洋專辦石印鉛板各種書籍及一切中西算學格物等書然洋板書名甚繁報難勝舉賜顧者請 駕臨 敝號是幸

中西博聞報館 新開

新寄津門博聞報於六月初六日開張出報久仰作稿主人倉山舊主袁翔甫先生海上名士報張所載 上諭京報時作論說採選中外各電聞錄遍覽者一目瞭然分寄天津城內天津府署西三聖菴西直報分處內 閱者鑒之止此一家別無二處賜函分送不悞 主顧

梁子亭啓

京都魏醫專治楊梅瘙疳魚口便毒五淋白濁大瘡等證無論遠年近日三天保好永遠不犯兼治外科等證寓西城根馬家客店內

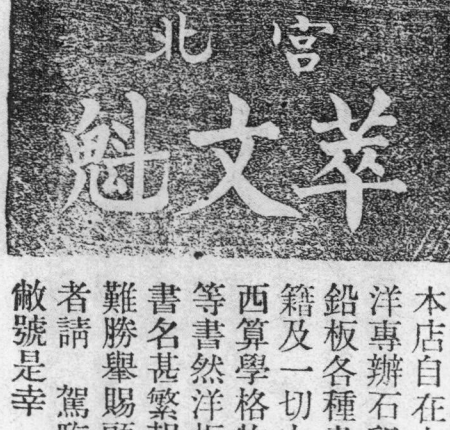

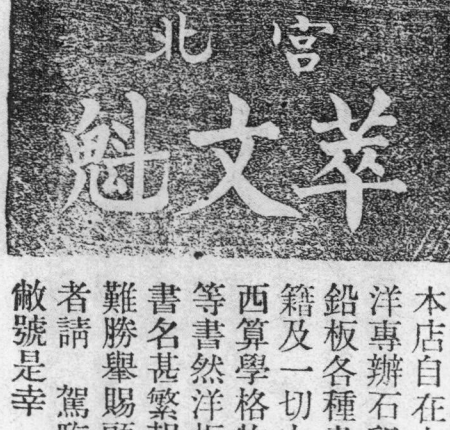

逸雲齋

本齋專辦進呈紅黃綾紙奏摺萬壽賀本正副
表文大赤喜壽圍屏緙絲喜壽屏對描金洒金
貢蠟清水冷金雨雪煮硾
宋錦龍綾各種裱綾裱絹
加重白礬宮絹蘇製顏料
八寶硃砂印色東瀛印色
詩箋琴絃日晷羅盤端歙
各硯湖筆徽墨自製水筆
紈摺雅扇上嫩葵扇十錦
詩箋各種帖套各式帳簿
鐫刻雲白銅尺墨盒香盒
金玉圖章搢紳名人書畫
揭裱古今字畫册頁手捲
並躉售木板石印鉛板各
種書籍碑帖摹刻翰苑仿
影名目繁瑣不及備載
諸公賜顧者請移玉估衣
街東首路北德興里大門
內便是價目格外從廉擇
日開張先此佈告
逸雲齋主人謹白

浙杭元吉永號

本莊自置紗羅綢緞
新樣洋辮花素洋布
川廣夏貨團摺雅扇
南貨頭油俱全祇為
近時錢市漲落不同
故而各貨減價開設
估衣街中間路北凡
仕商賜顧者無悞
特此佈達

金陵仁記南味坊

自製本機元淺京緞甯綢紗縐絨線糟
貨食物金腿海味南貨俱全近因錢市
漲落不同分別減價抑因無恥之徒假
冒南味者甚多雖云謀利誠恐亂眞欲
辦薰豬用煩楮墨
寄售 雨前 碧螺春 龍井 每斤津錢 一千二百文 三千文 一千八百文 福建條
絲格外公道 開設宮北大獅胡同內

烏利文洋行

啓者本行開設香港上海三十餘年四方
馳名專售各式金銀鐘錶鑽石戒指八音
琴千里鏡眼鏡等物並修理鐘表價錢比
別家格外公道今本行東家已克由上海
來津開設在紫竹林裕泰飯店旁請
諸君降臨光顧是幸特此佈
聞 丙申年六月十三日禮拜四

義興順號

本店自置綢緞顧繡
綾羅紗絹哈喇大呢
花素洋布俱全貨高
價廉開設天后宮北
仕商賜顧無悞特
此佈 達
頭號杭甯綢三錢九
頭號江甯綢二錢九
頭號摹本緞三錢三
哆囉蔴整 四分二
疋按原碼

德商 元亨洋行

啓者本行今定
於六月十二日
移居海大道德
公館間壁便是
專辦進出口什
貨兼售各國軍
械機器並保水
火兩險歷有年
矣如蒙諸貴商
賜顧格外克己
以擴招徠恐未
週知特此再達

著手成春

予居近海濱素患
腳氣日久漸成濕
痺更醫多手罔效
茲延津道西箭道
內普安醫室任君
診治自春至夏竟
將痼疾蠲除似此
神奇今眞罕覯感
激之至登報鳴謝
粵東于時泰啓

保命險告白

啟者本行代理
長明人壽保險
公司如 紳商
欲保者請移玉
至紫竹林法租
界第一樓東間
壁華昌洋行面
議可也此佈
英商 華昌洋行啟

六月十三日銀洋行情
天津九七六錢
銀盤二千五百六十二文
洋元一千八百零二十文
紫竹林九六錢
銀盤二千六百零六十文
洋元一千八百三十二文

六月十四日出口輪船禮拜五
豐順 輪船往上海 招商局
重慶 輪船往上海 太古行
六月十五日出口輪船禮拜六
新裕 輪船往上海 招商局

直報

光緒二十二年六月十四日　第四百六十三號
西歷一千八百九十六年七月二十四日　禮拜五

上諭恭錄　答客問修宗譜法　土木爲災　青蓮出水
打鴨驚鴛　差官領械　捕盜限期　正賊被獲
利令智昏　假藥誤人　暴富逞驕　南亦育才
各行告白　京報照錄

本館大小各種中西新字均已到齊屢登報首佈告想邀　閱報諸公鑒賞惟版祗四頁逐日四方函告之事絡繹不絕限於篇幅未能全錄不足饜　閱者之目本館現已託人分往東瀛上海兩處購辦西國兩面報紙一俟寄到仍照從前時報式樣加版四頁共成八頁新聞既可多錄告白亦可鋪排合先布　聞伏希　垂鑒
直報館謹啓

上諭恭錄

上諭依克唐阿等奏宗室官員疎防圈禁人犯請旨叅處一摺前因案移居奉天之宗室如山屢次脫逃既經奏明解回圈禁該看管等官應如何嚴加防範乃甫經到配又復潛逃殊屬疎忽看管官宗室營主事春熙專管官記名副族長學長德琛着交宗人府分別議處仍飭令嚴拿逸犯如山務獲牢固圈禁嗣後該管各官於發遣宗室人犯務當加意嚴防倘再仍前疎忽即着從嚴叅辦欽此　上諭昨日道旁叩閽之湖南民人彭明楚着交刑部嚴行審訊欽此　上諭御史潘慶瀾奏甲班主事中書呈改知縣分發人員請附於各科即用後一體酌補等語着吏部議奏欽此

答客問修宗譜法　續前稿

竊謂譜義有三其一謂譜者普也支派源流氏族遠近繪圖貼說外如賜書如遺像如服物胥於是乎考即據蒙所目覩手誌者言之如參龍董氏宗牒自江都相迄强項令王氏宗牒自王子晉迄羲獻凝其遺像俱有生氣瞻拜之下肅然如見羹墻信乎聖人爲百世之師藉以廉頑而立懦正不獨爲二氏紹聞衣德已也至賜書服物之記即中庸陳宗器設裳衣之遺義昔韋端符撰李衛公故物記畧云李丞某爲衛公冑其家世傳文帝詔與僕射公服物丞出賜書一玉帶一紫紋綾襖一靴袴一象笏一佩筆一以示端符且曰昔權文公覩此詔常泣曰君臣之際乃如是耶端符觀之亦不覺有惻於心於玉帶見遠方致物上不敢專以賜有功也於文錦衆物見其時之工志功不志靡也於詔征討見擇將材付將職也於問公疾見上答問惻公如家人之視子姓也公之勞烈如是其大固有以感之矣丞曰子觀故物似動隱心者幸爲記之於霜露變時每閱省以慰吾思也云云詩曰維桑與梓必恭敬止竊嘗以予心忖度知吾後世子孫當以不能遍知吾今日爲恨則譜之不可以不普也愼矣其一謂譜者布也家之有乘猶國之有史一國之政布在方策一家之政布在宗牒尚書君陳言孝孔子云惟孝友于兄弟施於有政是亦爲政政有未詳則事失其實而政紊既無以誌舊章即無以詔後世後之人撫殘編斷簡恨他端無所表見欲起遵守而莫由此孔子家語之傳朱栢廬治家格言之作所爲與夏書皇祖之訓同爲金匱石室珍秘也先聖後聖千古同揆詎可等弁髦棄耶故凡一切家政務宜備載宣布如指掌如列眉井井有條爲人子孫苟不能世守典章則家法之繩

嚴於國法族於斯者孝弟謹信愛衆親仁於鄉黨則恂恂於朝廟則便便未始非家政之宣布充周漸積於自然而然若習若性其所由來者遠矣一謂譜者補也非第於名派伯仲間爲其湮沒者補之疎遜者補之遷流散佚者補之之謂其謂纘前人未竟之緒善繼善述與夫事有他歧向無成例意所不及勢出礙難情闕如也將於是乎補補之使死者復生生者不愧於其死而後其心安其心安而後其名正其名正而後其言順其言順而後其事成此朝廷禮樂之所以與刑罰之所以中而家庭之燕翼貽謨所由本支百世其族大而所憑厚也　此稿未完

土木爲災　○宣武門外香山會館年久失修半多傾壞現經粵東鄉紳醵貲三萬數千金重加修理並擬添蓋亭台魚池樓閣以壯觀瞻而備遊賞今於六月初二日開工興修日前有木作趙某因豎立亭台木柱在上釘椽不料偶然失足一落千丈立卽斃命當經報驗備棺殮埋說者謂開工時日有犯煞神故致此禍質之博雅君子以爲然焉否耶

青蓮出水　○通州城西柳港村地方某甲天性凉薄貪而無親有女九歲性聰慧許配某乙子爲室已通鴛牒乃近又售於某姓作妾得價銀百金女聞之頗不爲義遂乘間逃至乙家拜見姑章告明一切布衣椎髻操作儼若成人不謂污泥中竟生此一朵青蓮花造物鍾毓亦奇矣哉

打鴨驚鴛　○宣武門外半截胡同有某公子者自命風流揮金如土尤好作狹邪遊一日訪前門外某校書清歌一曲餘音繞梁酒綠燈紅金迷紙醉公子樂甚意欲入迷香洞裏枕設神雞而校書聲價自高目無餘子竟以閉門羹待之掃興而去然公子受此一番冷落心頗不甘次夕仍赴該處設筵觴客耳熱酒酣頓翻舊憤遽效灌夫故態校書懼遭折辱宛轉嬌啼幸龜奴見幾叩頭陪罪始得寢息說者謂以眠花藉柳之場作打鴨驚鴛之舉鹵莽情形固大殺風景然如該妓之裝腔做勢白眼看人亦俗不可耐也

差官領械　○自中東事平各將領無不振刷精神一洗從前因循之習故終日訓練士卒漸成勁旅以期有備無患日昨有旅順差官奉委來津赴督辦北洋淮練各軍行營製造機器局請領新式快鎗暨鎗子若干箱雇單輪小車推至紫竹林碼頭復用撥船載赴白塘口由兵輪運回旅順交納以備營中操練云

捕盜限期　○東門內大費家衚衕某公館前月曾被盜一次雖經報案迄未破獲昨夜復有賊入院將家丁衣服竊去數件據實稟知家主當卽開列失單片請邑尊驗緝邑尊聞報卽飭房開單送比立將該管地方于永板責一百嚴押值日捕役陳玉堂板責二百釘鐐限期緝獲方可開釋不然當從重治罪云

正賊被獲　○昨局勇巡更緝獲慣賊一名劉所隨於是夜又獲賊李生當卽送縣稟請究辦業經提訊均供住東南城角薄與責懲詞猶狡展遂隔別研鞫兩賊供吐實情互相指摘同認在冰窖衚衕後李宅夥竊一案係緣天棚杆上房入院竊出衣服十二件兩人均分檢查李宅報案失單衣物雖不止此而出入道路情形相符知係正賊無疑卽飭繳贓一俟原贓起到再行定擬

利令智昏　○河東西方菴前張姓者原係南鄉人在某富家傭工昨路經東門內有二人同行相與閒話據稱與張同鄉相隔不過數十里隨由腰內取出紙包一裹託張代賣拆視乃黃金一錠張大喜以爲奇貨可居適帶有錢帖六七吊暫給二人零用俟賣出後再行合算約定三日內在某處相會及拿回請家主驗視則生鐵一塊上度金水者也再找二人踪影不見利令智昏其張姓之謂與

假藥誤人　○生易中往往取巧牟利以假冒眞受其欺者已堪痛恨乃近來藥行亦復效尤豈知溫凉補瀉稍一差池卽有關性命昨某甲因妻患病在宮北某店購藥內有假藥一味性竟相反幾至誤事隨在別店照方購買與前藥細加比較大相經庭按本草所載當歸原係去淤生新而該店潛買洋當歸其性猛悍專主破血甲持向詰責該店主惟有遜謝而已噫以此漁利假使釀成命案後悔何及哉

暴富逞驕　○小洋貨街某號洋貨鋪原係暴富近因生意鼎盛所有同事人亦改變性情異常驕傲昨有女丐向該鋪討錢其

二等掌櫃某甲始呵斥繼辱罵女丐稍一支吾卽行毆打以致女丐撒潑與之拚命幸經人再三勸解給錢數百始得了手噫惻隱之心人有同情遇若輩乞丐當憐憫之否亦不當凌辱之暴富兒經此一番折辱其知改悔乎

南亦育才 ○蘇垣西學盛行聞有教士文某本係美國塾師特航海來蘇擬在天師莊設立西國大學堂專教英文並各種格致工夫以造就吳地人材現已相定基址興工造院一經落成當卽開課此邦人士多有預赴報名者大約開塾之期則在桂花香候云

拍賣告白

啓者准於本月十七日卽禮拜一下午二點鐘在紫竹林海大道曾公館老房子新直報館院內樓上拍賣坐鐘掛表古銅爐古磁瓶洋燭式樣花扣花彩洋燈各樣花針玉如意銅盤胰子抬桌椅子鐵床宮燈各樣洋貨各樣家俱等件如欲買者請早來細看面拍可也特此佈達 集盛洋行啓

告白

本齋自製 進呈紅黃綾紙奏摺正副表文南紙綾錦畫絹赤金屏對貢牋等箋顏料印色湖筆水筆貢墨端歙等硯圖章牙器文玩各欵雅扇箋柬詩筒向蒙 士林稱許 賜顧諸君請詳察焉新到繙譯新法化學格致水陸兵法天算等書名目繁多不及備載今將時務各書臚列數種留心經濟者請來擇取可也 普天忠憤集 繪圖中東戰紀本末 中日戰輯 奏疏錄要 洋務新論 時事類編 西學六種 洋務實學 行軍鐵路工程 鐵路圖考 通商始末記 萬國史記 萬國通鑑 萬國近政考 中西紀事 自西徂東 東方交涉記 中日始末記 洋務采風記 各國富强策 新繪海國圖志足本 格物入門 格致須知十六種 時務要覽 西國通俗演義 公車上書記 打密電報本 德國操法 正續盛世危言 西算新法 西法筆算 西法算學入門 學算筆談 行素軒算學 算草叢存 天文算學纂要三十二本 四元玉鑑 左文襄公兵書 左文襄公奏議 斯陶說林 竹葉亭雜記 論語旁証 隋唐演義 文美齋主人白

啓者本館奉准招集英年子弟分課中西學問現在一面延聘漢文洋文教習一面招集學生准備七月初一日開館如有仕紳聽髦子弟願來就學者務於六月二十以前到館報名以憑去取如年歲不合格文理尙遠者幸免投名本館雅意儲才諸從核實力杜浮夸之習來肄業者務當恪守館規到館之後一年之內不得離館以免功課參差本館創辦伊始經費無多暫以六十名爲額並須酌收膳金以資貼補識者諒之 育才館啓

浙紹朱鈍翁醫脉精良久揚沽上仍寓彌勒菴

竹笑蘭言

津門爲人文會萃之區名流常臨之地近聞有墨禪上人者號心香清才絕俗瀟灑出塵向來住錫京師性喜遊覽精於翰墨曩曾歷遊吳楚等省選勝尋幽遊踪半天下並曾至日本朝鮮二國所作水墨蘭石竹菊筆意清超神致生動而章法變幻精妙出之人意表信非常手所及故其所到之處聲名藉甚索畫者踵接於門近者豪筆來津暫寓本城鼓樓南大街路東任宅內精於繪事者見之當不以此言爲虛也謹登諸報以告識者

宮北 萃文魁

本店自在上洋專辦石印鉛板各種書籍及一切中西算學格物等書然洋板書名甚繁報難勝舉賜顧者請 駕臨敝號是幸

中西博聞報館新開

新寄津門博聞報於六月初六日開張出報久仰作稿主人倉山舊主袁翔甫先生海上名士報張所載上諭京報時作論說採選中外各電聞錄遍覽者一目瞭然各分寄天津城內天津府署西三聖菴西直報分處內 閱者鑒之止此一家別無二處賜函分送不悞 主顧 梁子亨啓

德商 元亨洋行

啓者本行今定於六月十二日移居海大道德公館間壁便是專辦進出口什貨兼售各國軍械機器並保水火兩險歷有年矣如蒙諸貴商賜顧格外克己以廣招徠恐未週知特此再達

逸雲齋

本齋專辦進呈紅黃綾紙奏摺萬壽賀本正副表文大赤喜壽圍屏緙絲喜壽屏對描金洒金貢蠟清水冷金雨雪責碑宋錦龍綾各種裱綾裱絹加重白礬宮絹蘇製顏料八寶硃砂印色東瀛印色詩箋琴絃日晷羅盤端歙各硯湖筆徽墨自製水筆紈摺雅扇上嫩葵扇十錦詩牋各種帖套各式帳簿鐫刻雲白銅尺墨盒香盒金玉圖章搢紳名人書畫揭裱古今字畫册頁手捲並躉售木板石印鉛板各種書籍碑帖摹刻翰苑仿影名目繁瑣不及備載諸公賜顧者請移玉估衣街東首路北德興里大門內便是價目格外從廉擇日開張先此佈告

逸雲齋主人謹白

浙杭元吉永號

本莊自置紗羅綢緞新樣洋辦花素洋布川廣夏貨團摺雅扇南貨頭油俱全祗爲近時錢市漲落不同故而各貨減價開設估衣街中間路北凡仕商賜顧者無悞特此佈達

新書出售

分類洋務經濟時事新論者長白仲英部郎所採輯也凡練兵鐵路製造以及化學光學重學諸法紡織格致開礦等事無不網羅著爲論說并各國名士所撰時事議論中西關係輯要秘法製造無烟火藥說亦均附載洋洋數十萬言誠大觀也石印六本裝以錦函實價洋八角托天津萬寶堂責字山房嫏嬛書莊京都宏文書局出售

上海文運書莊啓

烏利文洋行

啓者本行開設香港上海三十餘年四方馳名專售各式金銀鐘錶鑽石戒指八音琴千里鏡眼鏡等物並修理鐘表價錢比別家格外公道今本行東家已克由上海來津開設在紫竹林裕泰飯店旁請諸君降臨光顧是幸特此佈聞

丙申年六月十四日禮拜五

義興順號

本店自置綢緞顧繡綾羅紗絹哈喇大呢花素洋布俱全貨高價廉開設天后宮北仕商賜顧無悞特此佈　達

頭號杭寗綢三錢九
頭號江寗綢二錢九
頭號摹本緞三錢三
哆囉蔴整疋按原碼　四分二

北門東 文德堂

石印唐寅竹譜　石印蘭石畫譜
中外經世緒言　中西算學大成
行軍鐵路工程　海上青樓圖記
各國地球新錄　繪圖中東戰紀
繪圖隋唐演義　天緣巧配　昼
樓外史　洋務新編　柏樓異記
西學大成　西算新法　中日
戰輯　鐵路圖考　古學類編
時務要覽　四大家棋譜

著手成春

予居近海濱素患脚氣日久漸成濕痺更醫多手罔效茲延津道西箭道內普安醫室任君診治自春至夏竟將痼疾蠲除似此神奇今眞罕覯感激之至登報鳴謝

粵東于時泰啓

保命險告白

啟者本行代理長明人壽保險公司如紳商欲保者請移玉至紫竹林法租界第一樓東間壁華昌洋行面議可也此佈

英商華昌洋行啟

六月十四日銀洋行情

天津九七六錢
銀盤二千五百六十二文
洋元一千八百零二十文
紫竹林九六錢
銀盤二千六百零六十文
洋元一千八百三十二文

六月十五日出口輪船禮拜六
豐順　輪船往上海　招商局
新裕　輪船往上海　招商局
六月十八日出口輪船禮拜二
連陞　輪船往上海　怡和行

直報

光緒二十二年六月十五日　第四百六十四號
西歷一千八百九十六年七月二十五日　禮拜六

答客問修宗譜法　駿奔在廟　稟攻劣弁　整頓地方
揚州夢醒　憲批照錄　節孝難全　望穿秋水
死生契闊　何處飛來　假帖宜懲　假父無情
不戢自焚　士風日下　日電告災　錄新聞報
各行告白　京報照錄

本館大小各種中西新字均已到齊屢登報首佈告想邀　閱報諸公鑒賞惟版祇四頁逐日四方函告之事絡繹不絕限於篇幅未能全錄不足饜　閱者之目本館現已託人分往東瀛上海兩處購辦西國兩面報紙一俟寄到仍照從前時報式樣加版四頁共成八頁新聞既可多錄告白亦可鋪排合先布　聞伏希　垂鑒

直報館謹啓

答客問修宗譜法　續前稿

原夫追王之義始諸周公追猶補也所以補此心之未安也是禮也達乎諸侯大夫及士庶人父爲士子爲大夫葬以士祭以大夫意謂子職已貴於父一切享用之禮自必加隆於父尊王制也加隆於父則王制行而子心不安降等於父則子心安而王制不行公故思有以安之爰思有以補之至敬其所尊則又追及先祖之先祖並追及始祖所自出誠以禮莫大於孝孝莫大於求心所安有所闕則不安補其闕則無不安然此猶爲一本所生無他歧者而言倫之常也至人子出嗣伯叔以伯叔爲父卽或以本生爲伯叔此寰古今所大不安留其闕以待補於千百世後之聖人者洎乎漢唐宋明以來帝王家迄無定論非天子不議禮天子如是庶人奚從耶漢宣帝爲孝昭後不追尊於衛太子光武上繼元帝亦不追尊鉅鹿南頓君宋英宗朝韓琦等以僕王爲英宗所自出請上詔議崇奉禮而王珪司馬光等力爭不可舉漢爲證以爲帝王由旁支入承大統尊其所出爲帝后者皆不足爲聖朝萬世法以尊親之義有所分則不專也獨歐陽文忠引喪服大祀爲人後者爲其父母降服三年爲期以示服可改而名不可沒明嘉靖朝擬推崇所出世宗詔議崇奉興獻王典禮羣議力持不可以致張桂二人揣摩上情以慫慂之上欲避位歸藩以遂其不敢加隆於所生之意情之切情之亟矣羣臣復議不可上乃激而稱帝稱宗祔廟禮由是瀆倫由是亂及嘉靖欲去本生稱號臣等乃跪伏大呼撼門慟哭楊愼謂宜仗節死義王元正張翀等謂當爲萬世瞻仰意以爲處此非常之事必自命爲非常之人大臣以道事君臨大節而不可奪千載一時非遇疾風安識勁草耶噫準以天理人情安乎否乎不求人心之所安徒恃强詞執意以市直爲當時乎爲萬世乎爲朝廷乎爲一已乎直以爲名之心私慾錮蔽仿之利令智昏如出一轍謂非萬古一大闕陷乎聖矣哉我　皇朝之彌綸世宙有以定一人之所安卽以定人人之所安也　此稿未完

駿奔在廟

○太常寺題六月二十三日祭　火神廟奉　旨遣常明行禮欽此已見邸抄茲將開送陪祀各銜名開列於左

宗人府堂主事宗室溥定理事官英慈筆帖式榮章祥徵　內閣中書慶齡毓書王廷賓陳作彥　翰林院編修奎善惠彬檢討康際清溫仲和　詹事府主簿文明陳欽九王玉麟陳時增　吏部員外郎升允主事陞祿額外郎中呂賢埜主事黃佐昌　戶部員外郎興福主事慶春員外郎宋光綸主事郭秀巖　禮部郎中祺章主事常順員外郎黃英寀主事朱贊廷　兵部員外郎廣潤主事慶春員外郎

張廷霖主事趙秉璋　刑部員外郎那福主事覺羅瑞芳員外郎夏壽田張桂林　工部堂主事伯齡員外郎福潤主事馮佩謹陳宗濂太常寺贊禮郎春福全順讀祝官崇恩啓順等均於是日黎明齊赴地安門外火神廟伺候陪祀以昭愼重

稟攻劣弁　○日前宣武門外賈家衚衕巡視北城院憲高大給諫出門正在登車時忽有北城練勇局勇丁五十餘名攔輿長跪稟稱哨官李某尅扣伊等口分銀兩當經城憲面諭俟到局再行訊辦爾等仍舊安分當差該勇等唯唯而退現聞訊明情由將該哨官斥革以爲貪婪者戒

整頓地方　○京師各街巷妓寮林立而暗窰尤多故盜賊易於隱跡昨經北城院憲飭委陳敬菴指揮帶領差役前往宣武門外一帶妓寮內鎖拏形跡可疑人犯四名土娼六口一併解案責訊至所供有無案情訪明再錄

揚州夢醒　○京師順治門外米市衚衕南海會館居住梁某者來京公幹以客中岑寂曾在前門外百順衚衕九如妓寮吟風弄月流連多日費去銀鈔數百金現定於某日束裝旋里詎料是日清晨該妓聞風携媼來寓竟在門外堅候索取纒頭費梁某避而不出嗣浼同居鄉誼代爲排解僞言少遲尙欲前往擺酒已約吾等同行業訂妥餘慶堂酒席一桌倘若不信隨同家人前往詢問便知該妓信以爲實乘車而返梁乘間脫身疾赴天津紫竹林附輪而去嗟嗟醒來好夢未及十年臨去秋波可曾一轉撫阮囊之旣罄望趙璧而難歸淸夜自思惟有長歎而已

憲批照錄　○督憲批示　具呈生婦李馮氏等係通州人抱告表兄崔占生據呈曹三等係被魏開泰等毆傷身死爾夫李德貞等並未毆打刑逼成招一面情詞殊難憑信該印委會訊情形已否稟覆案情有無疑竇應否提廳審辦仰按察司確核飭遵具報粘單抄存

節孝難全　○城內張甲家貧力作奉養瞽母妻城西孫姓女姑媳頗稱和睦生有子女各一詎甲於今春物故一家孤苦零丁終日枵腹孫無奈歸甯母家因再醮於東門內開水鋪之王丙爲繼妻而姑不知也日昨瞽姑找至該水鋪聲稱王丙强霸孤孀將呈控究治等語經街隣出爲調停令丙出錢二十千其事乃息孫氏背姑改醮固屬不合然家貧子幼豈能自存君子悲其遇恕其愚焉可也

望穿秋水　○南門內郝某手藝人專給鞋鋪上鞋按班分送昨身染小病懶於行步因令妻徐氏代交且可支取工錢以備過度詎一去不返直至半夜踪影毫無郝力疾往該鋪訪問據稱早已將鞋交到且支錢若干去矣郝不得已歸家等候比及天明依然未歸於是憂憤交加病轉增劇惟有伏坑痛哭而已刻聞鄰人擬爲張貼　白以代尋覔未知璧能歸趙否

死生契闊　○王二者北鄉人妻在河東某姓家傭工昨王來津探視連找數日未能相遇因暫住劉家小店詎偶得時病旋卽斃命店主將屍身抬至門首方欲討棺殮埋適王妻行經該處聞路人紛紛議論向前一看正是其夫不禁放聲大哭幾於暈絕隨討棺木一具暫埋義地俟信知親屬再行搬運還鄉噫兇年饑歲室家相棄以致生別死離不能晤面亦可悲矣

何處飛來　○城內水月菴西南張姓者開設東洋車店日昨下午有拉車之梁姓者在院吃飯忽自空中落下槍子一彈將手震破時在白晝並未聞有施放槍聲而子彈從何而來誠爲怪事謂此事爲實殊不近理謂此事爲虛現有傷痕可驗姑錄之以備新聞一則

假帖宜懲　○張甲者慣造假帖每日向各鋪誆騙受其害者指不勝屈而從來未經識破以故其胆愈大日昨復在仁記購買烟土不料被該號看出破綻當卽送交守望局尙未知該局員作何懲辦也

假父無情　○津郡西門南門等處娼寮林立土棍盤踞恃爲生活以致易滋事端日昨道經鼓樓西大街見縣役地方牽拉男女二人均年約三十餘據旁人云男係土棍女係土娼交好有年妓有子乙年十六七游手好閒屢向伊母訛索日昨正値甲與該妓尋歡厭其攪擾遽向村斥乙反以惡聲致觸甲怒一脚踢去正中腎囊當卽暈絕半晌復甦延至十二日三更一命嗚呼經地方稟明邑尊

片請林大令驗畢回署覆訊等語按父毆子死律無議抵之條但甲非親父自當別論不知賢有司將何如擬辦也

不戢自焚 ○近年來因搶刦之案層見迭出故舖家富室無不各備利器以備不虞河北石橋某富戶常將六出小洋鎗飽裝子藥放置牀頭有子方六齡愛若掌珠專雇女僕抱看該女僕不知鎗有子藥令子玩耍悞觸機發鎗子洞穿左腿當卽暈絕家人聞知趕緊療救始得漸甦險哉倘中上身則不可救矣

士風日下 ○各州縣設立書院原爲栽培寒士鼓勵人才也而豐邑書院不然每至課期應考生童不過百數而榜上列名者每多至二百有餘蓋視書院爲利藪册上半揑虛名一人恒領兩三卷或倩人代庖或抄錄成文幸而取則多獲獎資否亦不失膏火以故宿儒名士皆裹足不前羞言月課陋習相沿日甚一日遂使良法美意蕩然無餘可慨也

日電誌災 ○日本來信云二十四日接富山縣電信悉洪水爲災損壞房屋二千八百三十一所橫流衝失者亦不少候後查明再報云云越日接續電云富山縣被水流失房屋等情係前電誤傳實惟流橋二座人屋均無恙又日本某日報云日東迤西某海口忽大水盛漲衝毁房屋約三千廛云

錄新聞報 ○本館昨接派駐廈門採訪使者來函云探悉台南包桑地方日兵被該處義民標殺百餘名日兵官聲言卽日調大兵勦辦然至今尚無舉動云○現聞俄人勒限日政府速將全台各口交出作爲萬國通商公地云云故在台日人現在諸事均不敢認眞辦理各局工程亦已停辦云

大英國駐津工部局諭 查東洋車捐一項每月每輛本局向章收捐洋五角惟近來工程浩大事務殷繁自本年西歷八月一號起每輛收捐洋七角五先以資辦公爲此諭知各車夫一體遵照勿違切切此諭 光緒二十二年四月二十九日

啓者本館奉准招集英年子弟分課中西學問現在一面延聘漢文洋文教習一面招集學生准備七月初一日開館如有仕紳聰髦子弟願來就學者務於六月二十以前到館報名以憑去取如年歲不合格文理尚遠者幸免投名本館雅意儲才諸從核實力杜浮夸之習來肄業者務當恪守館規到館之後一年之內不得離館以免功課參差本館創辦伊始經費無多暫以六十名爲額並須酌收膳金以資貼補識者諒之

育才館啓

京都魏醫專治楊梅瘙疳魚口便毒五淋白濁大瘡等症無論遠年近日三天保好永遠不犯兼治外科等症寓西城根馬家客店內

竹笑蘭言

津門爲人文會萃之區名流常臨之地近聞有墨禪上人者號心香清才絕俗瀟灑出塵向來往錫京師性喜遊覽精於翰墨曩曾歷遊吳楚等省還勝尋幽遊踪半天下並曾至日本朝鮮二國所作水墨蘭石竹菊筆意清超神致生動而章法變幻精妙出人意表信非常手所及故其所到之處聲名藉甚索畫者踵接於門近者臺筆來津暫寓本城鼓樓南大街路東任宅內精於繪事者見之當不以此言爲虛也謹登諸報以告識者

宮北

萃文魁

本店自在上洋專辦石印鉛板各種書籍及一切中西算學格物等書然洋板書名甚繁報難勝舉賜顧者請 駕臨敝號是幸

中西博聞報館

新開

新寄津門博聞報於六月初六日開張出報久仰作稿主人倉山舊主袁翔甫先生海上名士報張所載上諭京報時作論說採選中外各電聞錄遍覽者一目瞭然分寄天津城內天津府署西三聖菴西直報分處內閱者鑒之止此一家別無二處賜函分送不悞 主顧

梁子亨啓

德商

元亨洋行

啓者本行今定於六月十二日移居海大道德公館間壁便是專辦進出口什貨兼售各國軍械機器並保水火兩險歷有年矣如蒙諸貴商賜顧格外克己以擴招徠恐未週知特此再達

逸雲齋

本齋專辦進呈紅黃綾紙奏摺萬壽賀本正副表文大赤喜壽圍屏緙絲喜壽屏對描金洒金貢蠟清水冷金雨雪煮硾宋錦龍綾各種裱綾裱絹加重白礬宮絹蘇製顔料八寶硃砂印色東瀛印色詩箋琴絃日晷羅盤端歙各硯湖筆徽墨自製水筆紈摺雅扇上嫩葵扇十錦詩牋各種帖套各式帳簿鐫刻雲白銅尺墨盒香盒金玉圖章搢紳名人書畫揭裱古今字畫册頁手捲並蘆售木板石印鉛板各種書籍碑帖摹刻翰苑仿影名目繁瑣不及備載諸公賜顧者請移玉估衣街東首路北德興里大門內便是價目格外從廉擇日開張先此佈告

逸雲齋主人謹白

浙杭元吉永號

本莊自置紗羅綢緞新樣洋辮花素洋布川廣夏貨團摺雅扇南貨頭油俱全祗爲近時錢市漲落不同故而各貨減價開設估衣街中間路北凡仕商賜顧者無悞特此佈達

天津美昌字號

本號自辦各國鐘表玩物新式紙烟咀頂高紙烟各樣花洋毯時式洋燈上上大小瓶香水各欵香胰皂各省東土西土黑白烟膏寄售廣東各名家臘丸並暑藥廣同濟戒烟丸貨高價格外公道諸君 賜顧者請
光降是幸特此佈
聞
新開在鍋店街中間坐北門面

烏利文洋行

啓者本行開設香港上海三十餘年四方馳名專售各式金銀鐘錶鑽石戒指八音琴千里鏡眼鏡等物並修理鐘表價錢比別家格外公道今本行東家巳克由上海來津開設在紫竹林裕泰飯店旁請
諸君降臨光顧是幸特此佈
聞
丙申年六月十五日禮拜六

義興順號

本店自置綢緞顧繡綾羅紗絹哈喇大呢花素洋布俱全貨高價廉開設天后宮北仕商賜顧無悞特此佈 達

頭號杭寗綢三錢九
頭號江寗綢二錢九
頭號摹本緞三錢三
哆囉蔴整疋按原碼 四分二

拍賣告白

啓者准於本月十七日即禮拜一下午二點鐘在紫竹林海大道曾公館老房子新直報館院內樓上拍賣坐鐘掛表古銅爐古磁瓶洋燭式樣花扣花彩洋燈各樣花針玉如意銅盤胰子抬桌椅子鐵床宮燈各樣洋貨各樣家俱等件如欲買者請早來細看面拍可也特此佈
達 集盛洋行啓

著手成春

予居近海濱素患腳氣日久漸成濕痺更醫多手罔效茲延津道西箭道內普安醫室任君診治自春至夏竟將痼疾蠲除似此神奇今眞罕覩感激之至登報鳴謝

粵東于時泰啓

保命險告白

啓者本行代理長明人壽保險公司如紳商欲保者請移玉至紫竹林法租界第一樓東間壁華昌洋行面議可也此佈

英商華昌洋行啓

六月十五日銀洋行情

天津九七六錢
銀盤二千五百六十五文
洋元一千八百文
紫竹林九六錢
銀盤二千六百零五文
洋元一千八百三十文

六月十八日出口輪船禮拜二

新濟 輪船往上海 招商局
盛京 輪船往上海 古太行
連陞 輪船往上海 怡和行

直報

光緒二十二年六月十七日　第四百六十五號
西歷一千八百九十六年七月二十七日　禮拜一

上諭恭錄　答客問修宗譜法　服之不衷　僉壇被獲
鬼能爲厲　派差守庫　大令公明　房書公議
事求實際　成何體統　水懦民玩　實事求是
廉吏清風　各行告白　京報照錄

本館大小各種中西新字均已到齊屢登報首佈告想邀　閱報諸公鑒賞惟版祗四頁逐日四方函告之事絡繹不絕限於篇幅未能全錄不足饜　閱者之目本館現已託人分往東瀛上海兩處購辦西國兩面報紙一俟寄到仍照從前時報式樣加版四頁共成八頁新聞既可多錄告白亦可鋪排合先布　聞伏希　垂鑒
直報館謹啓

上諭恭錄

上諭王文韶奏查明已故藩司戰功卓著懇恩優卹一摺已故江西布政使陳湜以書生從戎於咸豐同治年間隨同曾國藩等轉戰江西廣西安徽江蘇山西等省收復城隘甚多克復安慶及金陵省城厥功尤偉復隨同左宗棠治軍關隴蕩平金積堡深資得力歷任地方整頓一切均有可觀上年簡授江西布政使正資倚任遽以積勞溘逝軫惜殊深陳湜着加恩以布政使軍營立功後在營病故例從優議卹並將戰功事蹟宣付國史館立傳以彰勞勩該衙門知道欽此　上諭浙江鹽運使員缺着世杰補授欽此　上諭陝西童商道員缺着文啓補授欽此　旨直隸宣化鎮標左營遊擊着李如淵補授天津鎮標右營中軍守備着宋春華補授欽此

答客問修宗譜法　續前稿

我　皇上發祥醇邸以沖齡入承大統時恭親王議政　太后垂簾醇邸有疏留中以爲　皇上將來勤政訓比及親政湘撫某奏爲醇邸上徽號　皇上始將醇邸一疏頒示天下乃知聖明先見無殊秦鏡高懸肝膽莫能逃其照其疏意謂　皇上爲治宜親君子務遠小人毋以親而瀆禮毋以私而濫名其有議以　皇上入嗣爲本生先加徽號者此卽擬以揣摹進身陷君不義之人擯之勿聽以是知我　皇上天縱之資成於　太后訓於本生其家法固非漢唐宋明比也前醇親王薨逝欽奉　太后懿旨著定稱爲　皇帝本生考今醇親王嫡福晉薨逝復奉　懿旨著定稱爲　皇帝本生妣持服期年一切典禮援照醇親王成案辦理仰見君聖臣賢　皇太后如天如神一視姙姒興周馬鄧佐漢有其過之無不及焉有君如此誰忍負之以故議禮諸臣平情酌理使我　聖朝之制考諸三王而不謬建諸天地而不悖質諸鬼神而無疑百世以俟聖人而不惑以之補千百世人倫之闕豈曰小補之哉且士庶宗譜之義前所未盡必有待補於後人者又不獨出嗣伯叔一節也例載有三父八母先王定禮可謂仁至義盡其有父死隨母他適與繼父同居身受教養至於成立通顯已從繼父姓者理宜歸宗歷有成案本宗毋得阻逐非今斯今昔賢已然昔范文正公隨母養於長山朱氏因改范爲朱登第後始奏明歸宗於范人生不幸迫於飢寒何所不有如南方招贅婿隨岳姓北方以親戚之子姓承嗣卽易姓以姓之者明季八大名臣中亦有之其族姓歷歷可舉除已歸宗者無論其未歸宗者後有賢裔終當有以補闕非過也至宗牒中闕或由旁搜遠引以續之者如李唐祖柱下有明不祖新安義皆有取要以有證無證爲定故崇韜祖汾陽人不爲是武襄不祖梁公人不爲非夫各有

所當也　此稿未完

服之不衷　○京師近年以來居民多喜時樣裝束少年尤甚衣則鑲滾邊鎖狗牙鞋則滿幫簇花互相誇美不謂近日各鞋舖又添出一種翁履寬口窄底行步不慎即致傾跌而少年輩多喜穿之大約取其行步斯文故也日昨有某公子身穿華服足登翁履行至西長安門外三座門迤西積水坑邊坡高岸仄站立不牢滾落水內當經行路人立時援起然渾身衣服早已透濕傳云服之不衷身之災也其該少年之謂歟

偷墳被獲　○京師近日發塚之案層見疊出昨聞西直門外大里村迤南有某宅墳塋夜間被人發掘竊取首飾等物棄屍而遁次晨禀報該管營汎勘驗正巡緝間次夜竟敢重來偷竊當被墳丁密禀營汎撥來兵役數十人該賊未及隄防即時拿獲李二一名餘犯逃逸旋又續獲三名一併解交步軍統領衙門研訊確情據供不諱隨即咨送刑部按律懲辦矣

鬼能爲厲　○京師右安門內白馬司坑地方時有厲鬼作祟近日無故死亡者已有數人昨聞有顧某行至該處忽發顛狂口中喃喃作語手舞足踏猝然倒臥街心口流血沫項頸似有指甲痕登時斃命皆謂前年有人凶死於此或其寃魂未散故出而作祟云

派差守庫　○本城道府以及分府等署向派縣役守庫此定例也昨由縣派出值宿差役快頭于滄海皂頭安秀亭壯頭邱萬春鹽丁馬占奎捕快陳玉堂等照章督同散役分投各署值班守夜以符定例云

大令公明　○韓二者扎彩手藝在韓家衚衕內典置草房兩間意在出賃得租借資度日旋租與皂役郭某居住每年租價十二吊詎二年之久並未付與分文韓情急遂以勒租霸房等詞赴縣具告邑尊因案關差役倚勢欺人准予傳訊昨經林大令究詰屬實飭三日內將房讓交如敢抗違從重治罪取具遵結附卷聞者咸服大令之公正廉明焉

房書公議　○前戶南科經承某甲因虧短公欵經前邑尊李大令斥革並示諭有能彌補虧欵者准其頂補該房經書旋有某乙出銀一千三百兩具禀投充即由邑尊批放自乙入科後即將某甲一班舊人概行逐出以免諸事掣肘甲懷恨已久日昨將沈刀傷報案驗究當將某甲重責刻下乙傷已痊復經嚴大令訊飭秉公議和不得使乙任意把持如違從重擬治現據各書吏出爲說合議令甲於光緒二十五年入科乙意欲使再緩八年衆書吏以爲年限過遠諸多不便三年後入科酌理準情頗爲允當不然仍請官斷云云現已議有成局雖未必三年入科亦不能執定八年之說聞不日當由衆書吏禀請結案矣

事求實際　○前報登行有死人一則係孫姓因齊石兩家搆訟一案被押病故十三日晚津海道憲由彼路經過見街市通衢臭氣薰蒸舖戶行人均爲不便赶即飭令該管地方將材抬赴河東四甲義地暫寄十五日晚六點鐘經阮大令提訊屍屬並石姓齊甲當堂訊問令石姓赶將孫姓一節速爲理處亦不准孫姓額外索擾違則干咎而案因齊甲唆訟致釀人命當將齊甲釘鐐發縣聽侯按例擬辦各等語今再錄之以紀其實

成何體統　○聞某局各差委所有辛俸較他處甚優無如放利而行貪得無厭昨有二委員因酬勞銀兩兩相爭競至動手相毆幸經衆人勸解始得寢息以衣冠人物作市井行爲不可鄙乎蓋若輩頭銜大約皆由捐納而來腸無墨水氣有銅腥視宦途爲利藪無怪乎爲洋人所笑也噫

水懦民玩　○津邑人烟稠密戶口繁多每值伏中暑熱人家無知幼童往往三五成羣赴各水坑暨墻壕等處洗澡意圖涼爽日昨南營門外墻壕內不知誰家幼童在彼洗澡被淹斃命屍已浮出經看門營兵用繩拴掛待主找尋現在四門粘貼告白以便屍主認領云

實事求是　○昨報載囚人索債一事今實查明陳某所欠某巨紳之欵屢討未還因陳某所居不便故暫住伊家朝夕商辦此事後經中友說合了結此乃兩相情願是亦事理之常無所用其羈絆至刑求之說更無影響用再登報以昭核實

彩搭設牌樓預備極爲周密而往返迄未入境謂爲循吏信不虛哉

廉吏清風 ○遵化州朱刺史素有廉名前於五月杪由省回任路經豐潤恐該縣供張爲地方累竟繞道而行豐潤令懸燈結綵搭設牌樓預備極爲周密而往返迄未入境謂爲循吏信不虛哉

告白

本齋自製 進呈紅黃綾紙奏摺正副表文南紙綾錦畫絹赤金屏對貢臘等箋顏料印色湖筆水筆貢墨端歙等硯圖章牙器文玩各欵雅扇箋柬詩筒向蒙 士林稱許 賜顧諸君請詳察焉新到繙譯新法化學格致水陸兵法天算等書名目繁多不及備載今將時務各書臚列數種留心經濟者請來擇取可也 普天忠憤集 繪圖中東戰紀本末 中日戰輯 奏疏錄要 洋務新論 時事類編 西學六種 洋務實學 行軍鐵路工程 鐵路圖考 通商始末記 萬國史記 萬國通鑑 萬國近政考 中西紀事 自西徂東 東方交涉記 中日始末記 洋務釆風記 各國富强策 新繪海國圖志足本 格物入門 格致須知十六種 時務要覽 西國通俗演義 公車上書記 打密電報本 德國操法 正續盛世危言 西算新法 西法筆算 西法算學入門 學算筆談 行素軒算學 算草叢存 天文算學纂要三十二本 四元玉鑑 左文襄公兵書 左文襄公奏議 斯陶說林 竹葉亭雜記 論語旁証 隋唐演義 文美齋主人白

浙紹朱鈍翁醫脉精良久揚沽上仍寓彌勒菴

金陵 仁記南味坊

自製本機元潑京緞羅綢紗縐絨線糟貨食物金腿海味南貨俱全近因錢市漲落不同分別減價抑因無耻之徒假冒南味者甚多雖云謀利誠恐亂眞欲辨薰蕕用煩楮墨

寄售 雨前 碧螺春 龍井 每斤津錢 一千二百文 三千文 一千八百文 福建條絲格外公道 開設宮北大獅胡同內

啓者本館奉准招集英年子弟分課中西學問現在一面招集學生准備七月初一日開館如有仕紳聽髦子弟願來就學者務於六月二十以前到館報名以憑去取如年歲不合格文理尚遠者幸免投名本館雅意儲才諸從核實力杜浮夸之習來肄業者務當恪守館規到館之後一年之內不得離館以免功課參差本館創辦伊始經費無多暫以六十名爲額並須酌收膳金以資貼補識者諒之 育才館啓

本館設在海大道北洋醫學堂內因屋舍無多肄業者未能住館頗有願學而嫌往來不便者茲在左近賃屋一所以備學生住宿晚餐仍由館中供給其有仍願回家者聽附此啓白 育才館又啓

竹笑蘭言

津門爲人文會萃之區名流常臨之地近聞有墨禪上人者號心香清才絕俗瀟灑出塵向來住錫京師性喜遊覽精於翰墨曩曾歷遊吳楚等省選勝尋幽遊踪半天下並曾至日本朝鮮二國所作水墨蘭石竹菊筆意清超神致生動而章法變幻精妙出人意表信非常手所及故其所到之處聲名藉甚索畫者踵接於門近者橐筆來津暫寓本城鼓樓南大街路東任宅內精於繪事者見之當不以此言爲虛也謹登諸報以告識者

宮北 萃文魁

本店自在上洋專辦石印鉛板各種書籍及一切中西算學格物等書然洋板書名甚繁報難勝舉賜顧者請 駕臨敝號是幸

京都新開 官書局彙報

由北京新寄津門彙報上選 上諭京報奏疏揀選各國要聞摘挑滬報新聞報申報蘇報萬國公報各錄奇聞續登隨寄遞送按月取資人並不零賣增先閱報賜函分送不悞暫來份無多購遲者候來班漲添接送遍覽瞭然垂佈 本津北門內天津府署西三聖菴梁子亭啓

德商 元亨洋行

啓者本行今定於六月十二日移居海大道德公館間壁便是專辦進出口什貨兼售各國軍械機器並保水火兩險歷有年矣如蒙諸貴商賜顧格外克己以擴招徠恐未週知特此再達

逸雲齋

本齋專辦進呈紅黃綾紙奏摺萬壽賀本正副表文大赤喜壽圍屏緙絲喜壽屏對描金洒金貢蠟清水冷金雨雪賁硾宋錦龍綾各種裱綾裱絹加重白礬宮絹蘇製顏料八寶硃砂印色東瀛印色詩箋琴絃日晷羅盤端歙各硯湖筆徽墨自製水筆紈摺雅扇上嫩葵扇十錦詩牋各種帖套各式帳簿鐫刻雲白銅尺墨盒香盒金玉圖章摺紳名人書畫揭裱古今字畫册頁手捲並躉售木板石印鉛板各種書籍碑帖摹刻翰苑仿影名目繁瑣不及備載諸公賜顧者請移玉估衣街東首路北德興里大門內便是價目格外從廉擇日開張先此佈告

逸雲齋主人謹白

浙杭 元吉永號

本莊自置紗羅綢緞新樣洋辮花素洋布川廣夏貨團摺雅扇南貨頭油俱全祇為近時錢市漲落不同故而各貨減價開設估衣街中間路北凡仕商賜顧者無悮特此佈達

天津 美昌字號

本號自辦各國鐘表玩物新式紙烟咀項高紙烟各樣花洋毯時式洋燈上上大小瓶香水各欵香胰皂各省東土西土黑白烟膏寄售廣東各名家臘丸並暑藥廣同濟戒烟丸貨高價格外公道諸君 賜顧者請光降是幸特此佈

聞

新開在鍋店街中間坐北門面

北門東 文德堂

石印唐寅竹譜 石印蘭石畫譜 中外經世緒言 中西算學大成 行軍鐵路工程 海上青樓圖記 各國地球新錄 繪圖中東戰紀 繪圖隋唐演義 四大家棋譜

天緣巧配 蜃樓外史 洋務新編 柏樓異記 西學大成 西算新法 中日戰輯 鐵路圖考 古學類編 時務要覽

烏利文洋行

啓者本行開設香港上海三十餘年四方馳名專售各式金銀鐘錶鑽石戒指八音琴千里鏡眼鏡等物並修理鐘表價錢比別家格外公道今本行東家巳克由上海來津開設在紫竹林裕泰飯店旁請諸君降臨光顧是幸特此佈

聞

丙申年六月十七日禮拜一

頓起沉疴

六月初旬予患噤口痢證痛苦異常先延他醫服藥罔效病勢反重嗣延天津道西箭道內任棟臣先生診治服藥二帖病勢頓減連日更方六帖全愈感激無巳登報誌謝

武清李茂林啓

義興順號

本店自置綢緞顧繡綾羅紗絹哈喇大呢花素洋布俱全貨高價廉開設天后宮北仕商賜顧無悮特此佈 達

頭號杭甯綢三錢九

頭號江甯綢二錢九

頭號摹本緞三錢三

哆囉蔴整 四分二

疋按原碼

保命險告白

啓者本行代理長明人壽保險公司如 紳商欲保者請移玉至紫竹林法租界第一樓東間壁華昌洋行面議可也此佈

英商 華昌洋行啟

六月十七日銀洋行情

天津九七六錢

銀盤二千五百七十五文

洋元一千八百一十文

紫竹林九六錢

銀盤二千六百一十五文

洋元一千八百四十文

六月十八日出口輪船禮拜二

新濟 輪船往上海 招商局

盛京 輪船往上海 古七行

連陞 輪船往上海 怡和行

直報

光緒二十二年六月十八日　第四百六十六號
西歷一千八百九十六年七月二十八日　禮拜二

上諭恭錄　答客問修宗譜法 尹示照登　操舟被溺
凶占滅頂　青樓變相　秋關差委　王法森嚴
死非其罪　轟傷詳誌　險同蜀道　愚夫斷指
庖丁傷手　化武以文　英京電音　德國茶信
各行告白　京報照錄

本館大小各種中西新字均已到齊屢登報首佈告想邀　閱報諸公鑒賞惟版祗四頁逐日四方函告之事絡繹不絕限於篇幅未能全錄不足饜　閱者之目本館現已託人分往東瀛上海兩處購辦西國兩面報紙一俟寄到仍照從前時報式樣加版四頁共成八頁新聞既可多錄告白亦可鋪排合先布　聞伏希　垂鑒

直報館謹啓

上諭恭錄

上諭陝西西安府知府員缺緊要着該撫於通省知府內揀員調補所遺員缺着張筠補授欽此　旨鑲黃旗漢軍副都統着載瀛署理欽此

答客問修宗譜法　續前稿

至於螟蛉之子本爲愚夫婦無聊之極思傳曰非我族類不歆其祀卽董仲舒春秋繁露所謂氣不屬則祭不享也若此者可不書且夫譜例之規條難備舉也僅舉其大同者言之如詔書如墓誌銘表行狀傳記故物以及家集之文詞詩賦古今體均宜緝入宗譜如史家之藝文志別類分門孰先孰後創修之有未盡善者繼修時皆可更訂又如派名勿許相重其捷春闈領鄉荐列庠序者名字或有更易另爲學名必於派名下爲之註期無濫於昭穆也又或家貧親喪不能自存投入空門道院其遇可悲非必其人之不可以人治逃墨歸陽逃陽歸儒古亦恒有非蓋棺論惡能定韓退之所謂人其人火其書廬其居明先王之道以道之誠使鰥寡孤獨廢疾者有養則奚爲而不可必如姚廣孝姊之所呵斥情亦未免過刻此等當於譜係中註其名不註其業可耳抑更有其要者坤道雖云無成而人子之從父教恒不如其從母教正不獨保抱提携三年免懷其恩誼不可少忘也每見宗牒中先代妣氏除名媛節烈外至或失其姓氏者往往皆是此又不可不補者但須確詳不可妄揑蓋將以傳信也修譜之例可勝述哉要以時時修之減其有餘增其不足正不必拘以年限也歐陽氏云宗譜三世不修子孫之罪謂歷久則事或失實難考矣竊謂尤有進者敦族宜先持家使仰能事俯能畜然後可由一本及九族倘使我躬不閱又遑恤我後耶孟子曰卿以下必有圭田圭田五十畝先王蓋謂爲卿者身已食祿厚其子孫薄其宗祖非制也故以五十畝之入以祀其先使之酒必清肴必馨撫杯棬以對高曾無忘君賜故大田之詩祀先祖必賦及南畝之婦子意深遠矣幼時束髮受書第知爲文字之需並不視爲身家性命之務凡此之類童而習之味同嚼蠟從未識其意趣之惡在非不識也未或察也苟或察之則一歌一謳無非經世之急務特無如久淹沒於飲食而不知其味者之人而其眞不出也方今以堯舜之君佐以堯舜之臣治皆堯舜之治可不共勉爲堯舜之民乎哉聖人爲人倫之至修譜固倫理之肇見者也

尹示照登　○順天府爲曉諭事照得本尹堂蒞任以來凡投遞一切尋常呈詞皆按三八告期分別准駁按期錄批榜示不准胥役人等藉端需索稍事抑勒茲查從前署前榜棚內張帖呈批榜示竟有不法之徒乘間將榜撕碎或挖去字句希圖從中播弄嚇詐鄉愚實屬胆大妄爲合行出示曉諭爲此示仰轅門弁兵胥役人等知悉自示之後爾等務須加意巡邏小心看守如有不法之徒撕榜挖批立卽拿送來轅以憑發縣盡法懲辦倘爾等疏於防查仍有前項情弊未能立時獲犯定卽一併重處決不寬貸各宜凜遵毋違特示

操舟被溺　○六月初十日天大雷雨以風東便門外高碑店北河岸有船一隻被風吹纜斷橫矗中流船中人束手計窮大呼救命爭奈雨急風狂之際絕少行人無有過而問者船主及其子遂相偕入水步屈大夫後塵慘矣哉記曰孝子不登高不臨深此義固難責之操舟人也

凶占滅頂　○京師前門內西長安街地方於六月初五日下午大雨滂沱該處甬路兩旁盡成一片江洋適有某姓幼童冒雨而來未諳水勢深淺失足跌入濾占滅頂當經步軍統領衙門票委中城司帶領吏仵相驗暫爲發給棺木成殮飭兵查訪屍親認領云

青樓變相　○宣武門外裘家街居住顏某者翩翩美少年也與九如堂某妓最暱幾於形影不離所費纏頭以數千計每遇風晨月夕低唱淺斟興殊不淺幾不知銅山之傾倒也邇日槖囊漸形羞澀不能如從前之揮霍妓遂加以白眼甚至面如冰冷言比風尖故昔時安樂窩今爲荆棘塲矣顏猶情絲未斷舊夢頻牽六月初旬因酒酣耳熱貿然乘興而來詎燈前相遇妓戲罵曰窮措大未塡溝壑顧依然尚在人間耶顏不能堪相與互詈妓嗾龜奴遽相毆打顏見機而作踉蹌逃去噫古稱青樓爲火燄坑失足其中未有不一敗塗地者信哉世之好作狎邪遊者其及早回頭也可

秋關差委　○長蘆鹽斤向來行銷直豫兩省該商等造鹽起運例在春秋兩季當商人鹽造齊備裝船以後卽須投遞引名斤數請驗放行運憲親臨監掣斤秤相符逐次驗放此外猶須特派委員稽查以防弊混於是有春關秋關差使名目現屆春關差滿例應掣籤另委昨晚運司發札秋關差使特派候補鹽知事蕭贊元大使惲永元二人接替聞於七月初一日到關云

王法森嚴　○順屬黃花店係武清縣所轄境界該鎭張姓開設錢鋪一座前月初間夜甫二更突被賊人明火執杖搶掠一空並將舖掌用槍烘斃鄰人某姓聞喊出捕亦被拒傷身死該管牌頭鄉長循例報經驗勘緝捕旋於五日內將匪首獲案訊供不諱於通詳後批照新章立予處決梟示刻聞首級懸掛該鎭之大閣前示衆以昭炯戒日昨該縣以逸犯太多比捕嚴緝捕頭白某楊某又在本埠西關緝獲案中犯匪二人已解回該縣矣

死非其罪　○石姓與齊甲搆訟一節屢登前報現已纏繞半年迄未結案案內孫姓竟被拖累以死致有移棺恒記門首之事了結與否尚未可知日昨齊甲釘鐐收禁該妻某氏聞信痛哭隨卽吞金而死蓋齊本寒士恒產毫無全仗人力營生數月來家中困苦不問可知況復罹法　團聚無期故自拚一命以盡伉儷之情噫甲固自取而該妻何辜致罹此阨亦可悲矣

轟傷詳誌　○前報登何處飛來一則稱拉洋車人在店吃飯忽從空際飛來槍子一丸將手轟傷云云嗣聞所傷係在左臂彈傷甚重絕而復甦者數次經車店主邀人抬赴醫院調治鎗子已經挖出敷以藥物得慶更生然傷痕雖愈終覺力短未能拉車尙須善爲調攝也

險同蜀道　○津郡各街自修官道以來行人均皆稱便間有不平隨卽修補近來新添地爬車每車重載千餘斤以致官道易致損壞日昨道經閘口勝水西局會所前官道一段長約數十丈坑坎不平險同蜀道行人車輛日常壅塞每遇陰雨積水難行稍涉大意難免顚仆之虞想因工程局事務紛繁未暇及此不然當早興工修整矣

愚夫斷指　○南門外麗甲者褒人也家徒四壁地乏一錐而素抱劉盤龍之癖昨又赴局爲孤注之擲奈屢戰屢北除中衣外

餘皆押賣淨盡一時情急在當場用刀自將左手二三四指盡行砍去當卽暈絕半晌始甦局頭某乙嚇得魂飛膽落趕將所輸衣物代爲贖出舁回其家並留錢二千爲養傷費因憶唐南霽雲向賀蘭乞師賀蘭欲留之南斷指以示信惜乎其勇相似而其事則非也

庖丁傷手　○日昨聞某軍過津暫住西關大街客店勇丁某甲赴街購買食物路經回民張乙牛肉舖甲與乙因抽籤起衅致相爭吵乙素稱兇暴欺甲孤身無助膽敢用宰牛尖刀向甲猛砍詎甲頗好身手將刀格落悞將乙之左肘戳傷血流如注經八段守望局巡勇將甲乙一併拏赴總局赳卽移送縣署審訊矣

化武以文　○豐邑武風素盛而就中比較尤以七樹鎭爲最焉近數科來中會者較多於昔年然通籍後或未思報國先思欺人鬥毆武斷指不勝屈故村中父老聞添設一座武塾卽望而生畏焉按古時文武原無分途如原軫之敦詩說禮祭遵之雅歌投壺未嘗非儒將風流也習武諸公何弗以功名自重而痛改前非耶

英京電音　○西報載倫敦電報云俄皇因加冠時人多擁擠踏斃人命心中殊覺不忍故於近日特頒二萬羅卜賞給被難人家各小孩以示體恤

德國茶信　○駐德英領事電達英國政府云德國地方中下等人現亦均用茶葉因上等人皆需此物故欲仿而行之以期並駕齊驅查茶葉一項惟英國人一律用之今德國亦上下相需宜乎茶葉銷場愈推而愈廣也

告白

本齋自製　進呈紅黃綾紙奏摺正副表文南紙綾錦畫絹赤金屏對貢牋等箋顏料印色湖筆水筆貢墨端歙等硯圖章牙器文玩各欵雅扇箋束詩筒向蒙　士林稱許　賜顧諸君請詳察焉新到繙譯新法化學格致水陸兵法天算等書名目繁多不及備載今將時務各書臚列數種留心經濟者請來擇取可也　普天忠憤集　繪圖中東戰紀本末　中日戰輯　奏疏錄要　洋務新論　時事類編　西學六種　洋務實學　行軍鐵路工程　鐵路圖考　通商始末記　萬國史記　萬國通鑑　萬國近政考　中西紀事　自西徂東　東方交涉記　中日始末記　洋務采風記　各國富強策　新繪海國圖志足本　格物入門　格致須知十六種　時務要覽　西國通俗演義　公車上書記　打密電報本　德國操法　正續盛世危言　西算新法　西法筆算　西法算學入門　學算筆談　行素軒算學　算草叢存　天文算學纂要三十二本　四元玉鑑　左文襄公兵書　左文襄公奏議　斯陶說林　竹葉亭雜記　論語旁証　隋唐演義　文美齋主人白

京都墨禪善繪蘭石現移紫竹林佛照樓地勢幽閑良朋雅集結翰墨緣者絡繹不絕謹登報以便探訪

竹笑蘭言

津門爲人文會萃之區名流常臨之地近聞有墨禪上人者號心香清才絕俗瀟灑出塵向來住錫京師性喜遊覽精於翰墨曾歷遊吳楚等省選勝尋幽遊踪半天下並曾至日本朝鮮二國所作水墨蘭石竹菊筆意清超神致生動而章法變幻精妙出人意表信非常手所及故其所到之處聲名藉甚索書者踵接於門近者橐筆來津精於繪事者見之當不以此言爲虛也謹登諸報以告識者

宮北

萃文魁

新到後聊齋三續聊齋正續子不語時新類編一切閑書算學尺牘等書因書名甚繁不能單錄凡別家登報書籍一概俱全寄賣李鼎和湖筆價格外從廉特此告白

京都新開
官書局彙報

由北京新寄津門彙報上選　上諭京報奏疏揀選各國要聞摘挑滬報新聞報申報蘇報萬國公報各錄奇聞續登隨寄逐送按月取資人並不零賣增先閱報賜函分送不悞暫來份無多購遲者候來班漲添接送遍覽瞭然　垂佈本津北門內天津府署西三聖菴粱子亭啓

京都魏醫專治楊梅瘡疳魚口便毒五淋白濁大瘡等症無論遠年近日三天保好永遠不犯兼治外科等症寓西城根馬家客店內

逸雲齋

本齋專辦進呈紅黃綾紙奏摺萬壽賀本正副表文大赤喜壽圍屏緙絲喜壽屏對描金灑金貢蠟清水冷金雨雪責磚宋錦龍綾各種裱綾裱絹加重白礬宮絹蘇製顏料八寶硃砂印色東瀛印色詩箋琴絃日晷羅盤端歙各硯湖筆徽墨自製水筆紈摺雅扇上嫩葵扇十錦詩牋各種帖套各式帳簿鐫刻雲白銅尺墨盒香盒金玉圖章摺紳名人書畫揭裱古今字畫册頁手捲並躉售木板石印鉛板各種書籍碑帖摹刻翰苑仿影名目繁瑣不及備載諸公賜顧者請移玉估衣街東首路北德興里大門內便是價目格外從廉

擇于六月二十日開張先此佈告

逸雲齋主人謹白

啓者本館奉准招集英年子弟分課中西學問現在一面延聘漢文洋文教習一面招集學生准備七月初一日開館如有仕紳聰髦子弟願來就學者務於六月二十以前到館報名以憑去取如年歲不合格文理尚遠者幸免投名本館雅意儲才諸從核實力杜浮夸之習來肄業者務當恪守館規到館之後一年之內不得離館以免功課參差本館創辦伊始經費無多暫以六十名爲額並須酌收膳金以資貼補識者諒之

育才館啓

本館設在海大道北洋醫學堂內因屋舍無多肄業者未能住館頗有願學而嫌往來不便者茲在左近賃屋一所以備學生住宿晚餐仍由館中供給其有仍願回家者聽附此啓白

育才館又啓

德商 元亨洋行

啓者本行今定於六月十二日移居海大道德公館間壁便是專辦進出口什貨兼售各國軍械機器並保水火兩險歷有年矣如蒙諸貴商賜顧格外克己以擴招徠恐未週知特此再達

烏利文洋行

啓者本行開設香港上海三十餘年四方馳名專售各式金銀鐘錶鑽石戒指八音琴千里鏡眼鏡等物並修理鐘表價錢比別家格外公道今本行東家巴克由上海來津開設在紫竹林裕泰飯店旁請諸君降臨光顧是幸特此佈

聞

丙申年六月十八日禮拜二

頓起沉痾

六月初旬予患噤口痢證痛苦異常先延他醫服藥罔效病勢反重嗣延天津道西箭道內任棟臣先生診治服藥二帖病勢頓減連日更方六帖全愈感激無已登報誌謝

武清李茂林啓

浙杭 元吉永號

本莊自置紗羅綢緞新樣洋辮花素洋布川廣夏貨團摺雅扇南貨頭油俱全祇爲近時錢市漲落不同故而各貨減價開設估衣街中間路北凡

仕商賜顧者無悞

特此佈達

義興順號

本店自置綢緞顧繡綾羅紗絹哈喇大呢花素洋布俱全貨高價廉開設天后宮北

仕商賜顧無悞特此佈　達

頭號杭甯綢三錢九
頭號江甯綢二錢九
頭號摹本緞三錢三
哆囉蔴整四分二
疋按原碼

保命險告白

啓者本行代理長明人壽保險公司如紳商欲保者請移玉至紫竹林法租界第一樓東間壁華昌洋行面議可也此佈

英商華昌洋行啓

六月十八日銀洋行情

天津九七六錢
銀盤二千五百六十五文
洋元一千八百零五文
紫竹林九六錢
銀盤二千六百零五文
洋元一千八百三十五文

六月十九日出口輪船禮拜三

新濟　輪船往上海　招商局
盛京　輪船往上海　古太行
連陞　輪船往上海　怡和行

直報

光緒二十二年六月十九日　第四百六十七號
西歷一千八百九十六年七月二十九日　禮拜三

總理衙門覆奏稿　巡兵得力　馬驚肇禍　遊僧惡化
瓜李宜防　課題照錄　何故輕生　鬪談滋事
死甚可憐　拏賊送官　關役鬥毆　善附律意
畜類被屠　台亂風聞　各行告白　京報照錄

本館大小各種中西新字均已到齊屢登報首佈告想邀　閱報諸公鑒賞惟版祗四頁逐日四方函告之事絡繹不絕限於篇幅未能全錄不足饜　閱者之目本館現已託人分往東瀛上海兩處購辦西國兩面報紙一俟寄到仍照從前時報式樣加版四頁共成八頁新聞既可多錄告白亦可鋪排合先布　聞伏希　垂鑒

直報館謹啓

錄總理衙門覆奏稿

謹

奏爲遵　旨議奏事光緒二十二年二月初四日軍機處交片前任翰林院侍讀學士文廷式奏條陳養民事宜摺又奏請　飭同文館及外省廣發言館添聘俄文東文教習片軍機大臣面奉　諭旨著總理各國事務衙門議奏欽此除同文館事另片覆奏外臣等查原奏條陳各節推本富强之業始於敎養之基事有明徵言皆本計實屬救時要策理宜設法施行如所稱開渠種樹一節伏按　國家掌故勸農之政水利爲先溯自雍正以來　朝廷倡之於上各省大吏推行於下泉源陂堰具有成基但令地方官軫念民艱修舊開新隨時蓄泄灌漑之利周溥非難種植樹株丁寶楨任山東巡撫時李鴻章任直隸總督時均經試辦雖推行未廣而成事可循在各省督撫加意振興而已蠶桑之利古盛於兗徐今盛於江浙河北在唐宋以前並用絹帛爲課調自河患盛於金末而北方蠶桑之利遂湮假令水利浸開豈獨南土宜蠶卽直隸山東亦未嘗不可逐漸推廣普霑其益第就目下議振興之法自當於便水之地先發其端原奏以格物家太湖之論推之洪澤巢湖洞庭鄱陽及滇池昆明等湖舉一反三自爲至理第天時寒燠地形燥濕以及繭有椿樗之别桑有魯越之殊絲性精粗練工煩省一切均須攷驗而後可利推行近來湖北廣西皆由大吏創辦蠶桑著有成績而江西紳商仿泰西育蠶之法建設學堂講求彌精程效彌捷擬請　旨通行各省督撫審察土宜有可興辦之處卽令地方官設局開學鼓舞紳商廣爲興辦絲茶爲土貨大宗所以養民卽所以裕國也棉花之利不下蠶桑民間廣種博收不患樹藝之不勤惟病講求之未細機器製造旣開織布紡紗需料益廣自宜仿西人格物之法精加攷驗以之暢行華棉溫厚利窮民助以維持之力洋棉美觀利商業兼求移植之方擬令與蠶桑一體振興如其勸導得宜收功尤當近捷

此稿未完

巡兵得力

○彰儀門內皮庫營地方有李某者貿易爲生屢爲樑上君子所算失物甚多始終未能破案昨聞六月初九夜三鼓時有菜市汎兵丁在廠刀衚衕一帶巡夜隱約見有人背負布包一個彳亍而來上前盤詰言語支離立卽鎖拿解交守戎署嚴訊據供包內物件係竊自某家並稱素與吳姓夥同行竊不計次數當派幹捕前往石板衚衕將吳姓鎖拿歸案訊究亦供認不諱聞已詳解步軍統領衙門按律懲辦矣

馬驚肇禍　○馳馬街衢最易肇禍雖經地方官禁令重申而輕薄少年冶遊公子每以逐電追風爲快事六月初旬京師西長安門外有某甲某乙各乘營馬至三座門地方正在跡翻碧玉影絕紅塵忽然馬蹶人墮旋卽奔軼望西直衝致踏傷王姓及某老嫗某丙丁等共四人該王姓及老嫗額顱手腕等處均遭踏破鮮血直噴氣息奄奄勢甚危殆遂抬赴官廳稟請驗傷後將甲乙暫行收押而畜馬之李唐兩姓營兵聞已移咨營中斥革營糧果否得保性命尚難懸揣姑誌之以俟續訪

遊僧惡化　○遊僧惡化本干例禁六月十一日有僧人在前門內蔴線衚衕某宅强討錢文該宅工人峻詞却之詎該僧袖出鋼針一枚長約尺餘自將左頰穿通釘在門上血流如注隣佑恐滋事端致被拖累出爲排解該僧任意刁難旋經該管地面官人扭送官廳始得了手

瓜李宜防　○京師宣武門外南橫街甲與乙爲莫逆交甲常至乙家妻某氏亦習見不避六月初十晚又來相訪乙外出氏卽邀入室內小坐待茶時有丙丁等經過其門聞聲入視以形迹可疑遽指爲姦方擬綑縛送官而乙適回反覆剖明衆疑始息詩云瓜田不納履李下不整冠嫌疑之地可不愼乎

課題照錄　○問津書院六月十六日齋課業已考訖謹將生童課題列後　計開　生題　人道敏政地道敏樹夫政也者蒲盧也　童題　蒲盧也故爲政在人　詩題　賦得意以文爲馬得文字

何故輕生　○北門內東馬道某甲者素在紙碼鋪傭工因父母相繼逝世隨伯母度日昨日不知何故小有口角甲卽呑服洋藥毒發身死該管地方報案蒙縣委赴該處驗訊其一切起衅緣由暨驗訊情形尙未得悉俟訪明續錄

閒談滋事　○三取書院北傅姓花轎鋪中有三五人閒坐笑談適有少婦從門外經過衆見風情夭媚楚楚動人未免目逆而送恣意品題該婦佯若未聞歸白其夫孫甲甲怒甚遂約人持械欲將該鋪捽毀幸鄰有周姓者邀集多人將甲勸阻故該鋪得暫免於難至以後作如何了結尙未訪悉

死甚可憐　○城內靳家祠堂迤南獅子衚衕北有顧某年二十餘在西頭某糧店充當鋪夥人頗勤幹甚爲鋪掌所倚重日昨忽服毒身死卽於十七日棺殮掩埋訪悉顧原兄弟二人顧居次出嗣次房未幾叔物故兄亦相繼歿於是一人兼祧兩門奈所得月辛難敷兩門日用月之十五日本生母以饔飱不繼往糧店向顧索費鋪掌以屢次找尋與鋪不便遂謂顧可暫回家將事料理清楚不然勿來也顧對母具言一切情形央懇勿再糾纏奈執意不聽顧進退兩難遂服阿芙蓉膏自盡鄰人灌救不及延至午後身死棺殮一切俱經鄰人措辦噫有子而饔飱不繼無子將奈之何若顧母者非自貽伊戚乎

拏賊送官　○昨十點鐘有人在南門洞行走忽背後一人撫其肩曰朋友案犯矣其人顧言爾欲捉我耶卽從袖中出利刃一把勢將相刺若人後退大聲呼曰誰幫吾拏賊者汛兵聞言一齊動手立將該賊拏獲與利刃一併送官但不知係何案犯

關役鬥毆　○昨聞西沽汛移送受傷人馬甲一名赴縣驗傷詢及該處鄉鄰云甲素開船局在津雇船攬裝客貨包單包稅赴各處交納日昨裝某外客等雜貨洋貨一船行抵西沽橋上游停泊例應將稅單赴該處天津關分局投閱候驗放行船戶某乙因該關差役未到恐悞路程擅自開船過關因此起衅局役與馬甲各邀多人互有毆傷惟甲腦後受傷甚重故該管汛弁送縣請驗云

善附律意　○津郡有一種小偸名曰項箱每値黃昏時赴各澡塘趁上燈忙亂竊取衣服屢經登報日昨分府西澡塘有某甲又施故技衣物均已到手被看箱人覷破當卽扭獲押赴各澡塘令人識認面目以便防範遊畢後仍送官究治按官府辦理賊匪輕則枷號遊街重則梟首示衆該澡塘不打不罵令人偏認其卽比附律意而出之也亦巧而毒哉

畜類被屠　○記曰天子無故不殺牛大夫無故不殺羊士無故不殺犬豕所以養天和重生命也日昨道經縣署西見捕班門首監獄牆下綑縛牝牡二犬殊覺詫異詢及旁人云該犬不馴在某署內汚穢淨地故縛令處死不准釋放等語按晉靈之犬搏人陸機

之犬寄信亦千古僅見之事其餘則馴擾少而蠢劣多其不遭屠戮者幾何哉

台亂風聞　○日報載接到台灣來電云台地土民四起爲亂駐台日兵分道遣出應接不暇所有兵力只可保護在台日人日提督兵官二名已爲台民所戮日兵現已節次退至彰化地方然該處台人亦大有蠢然欲動之勢處處掣肘故近日全台日人幾於夜不安枕云

啓者本館奉准招集英年子弟分課中西學問現在一面延聘漢文洋文教習一面招集學生准備七月初一日開館如有仕紳聽髦子弟願來就學者務於六月二十以前到館報名以憑去取如年歲不合格文理尙遠者幸免投名本館雅意儲才諸從核實力杜浮夸之習來肄業者務當恪守館規到館之後一年之內不得離館以免功課參差本館創辦伊始經費無多暫以六十名爲額並須酌收膳金以資貼補識者諒之

育才館啓

本館設在海大道北洋醫學堂內因屋舍無多肄業者未能住館頗有願學而嫌往來不便者茲在左近賃屋一所以備學生住晚餐仍由館中供給其有仍願回家者聽附此告白

育才館又啓

浙紹朱鈍翁醫脉精良久揚沽上仍寓彌勒菴

告白

本齋自製　進呈紅黃綾紙奏摺正副表文南紙綾錦畫絹赤金屏對貢牋等箋顏料印色湖筆水筆貢墨端歙等硯圖章牙器文玩各欵雅扇箋柬詩筒向蒙　士林稱許　賜顧諸君請詳察焉新到繙譯新法化學格致水陸兵法天算等書名目繁多不及備載今將時務各書臚列數種留心經濟者請來擇取可也　普天忠憤集　繪圖中東戰紀本末　中日戰輯　奏疏錄要　洋務新論　時事類編　西學六種　洋務實學　行軍鐵路工程　鐵路圖考　通商始末記　萬國史記　萬國通鑑　萬國近政考　中西紀事　自西徂東　東方交涉記　中日始末記　洋務采風記　各國富強策　新繪海國圖志足本　格物入門　格致須知十六種　時務要覽　西國通俗演義　公車上書記　打密電報本　德國操法　正續盛世危言　西算新法　西法筆算　西法算學入門　學算筆談　行素軒算學　算草叢存　天文算學纂要三十二本　四元玉鑑　左文襄公兵書　左文襄公奏議　斯陶說林　竹葉亭雜記　論語旁証　隋唐演義　文美齋主人白

京都墨禪善繪蘭石現移紫竹林佛照樓地勢幽閑良朋雅集結翰墨緣者絡繹不絕謹登報以便採訪

竹笑蘭言

津門爲人文會萃之區名流常臨之地近聞有墨禪上人者號心香清才絕俗瀟灑出塵向來住錫京師性喜遊覽精於翰墨曩曾歷遊吳楚等省選勝尋幽遊踪半天下並曾至日本朝鮮二國所作水墨蘭石竹菊筆意清超神致生動而章法變幻精妙出人意表信非常手所及故其所到之處聲名藉甚索畫者踵接於門近者臺筆來津精於繪事者見之當不以此言爲虛也謹登諸報以告識者

北宮　萃文魁

新到後聊齋三續聊齋正續子不語時新類編一切閑書算學尺牘等書因書名甚繁不能單錄凡別家登報書籍一概俱全寄賣李鼎和湖筆價格外從廉特此告白

新開　指南報到津

報式向申報滬報蘇報新聞報博聞報等而賞鑑新張者賜函分送不悞分寄天津北門內天津府署西三聖菴西直報分處便是

梁子亭啓

德商　元亨洋行

啓者本行今定於六月十二日移居海大道德公館間壁便是專辦進出口什貨兼售各國軍械機器並保水火兩險歷有年矣如蒙諸貴商賜顧格外克己以擴招徠恐未週知特此再達

本齋專辦進呈紅黃綾紙奏摺萬壽賀本正副
表文大赤喜壽圍屏緙絲喜壽屏對描金洒金

逸雲齋

貢蠟清水冷金雨雪賁碑
宋錦龍綾各種裱綾裱絹
加重白礬宮絹蘇製顏料
八寶硃砂印色東瀛印色
詩箋琴紋日晷羅盤端欵
各硯湖筆徽墨自製水筆
紈摺雅扇上嫩葵扇十錦
詩牋各種帖套各式帳簿
鐫刻雲白銅尺墨盒香盒
金玉圖章搢紳名人書畫
揭裱古今字書册頁手捲
並躉售木板石印鉛板各
種書籍碑帖摹刻翰苑仿
影名目繁瑣不及備載
諸公賜顧者請移玉估衣
街東首路北德興里大門
內便是價目格外從廉
逸雲齋主人謹白
擇于六月二十日開張先此佈告

浙杭 元吉永號

本莊自置紗羅綢緞
新樣洋辮花素洋布
川廣夏貨圍摺雅扇
南貨頭油俱全祇為
近時錢市漲落不同
故而各貨減價開設
估衣街中間路北凡
仕商賜顧者無悞
特此佈達

天津 美昌字號

本號自辦各國鐘表玩
物新式紙烟咀項高紙
烟各樣花洋毯時式洋
燈上上大小瓶香水各
款香胰皂各省東土西
土黑白烟膏寄售廣東
各名家臘丸並暑藥廣
同濟戒烟丸貨高價格
外公道諸君賜顧者
請 光降是幸特此佈
聞 新開在鍋店街
中間坐北門面

烏利文洋行

啓者本行開設香港上海三十餘年四方
馳名專售各式金銀鐘錶鑽石戒指八音
琴千里鏡眼鏡等物並修理鐘表價錢比
別家格外公道今本行東家巳克由上海
來津開設在紫竹林裕泰飯店旁請
諸君降臨光顧是幸特此佈
聞　丙申年六月十九日禮拜三

義興順號

本店自置綢緞顧繡
綾羅紗絹哈喇大呢
花素洋布俱全貨高
價廉開設天后宮北
仕商賜顧無悞特
此佈　達
頭號杭寗綢三錢九
頭號江寗綢二錢九
頭號摹本緞三錢三
哆囉蔴整　四分二
疋按原碼

北門東 文德書局

本堂督辦蘇浙閩廣書
籍各省藏版局板石印
鉛版各樣洋務時務算
學兵書開書端欵硯台
方元墨海各樣大小羊
毫錦匣徽墨清水絲綿
一概批發不悞丰細刻
下新到象牙壽山圖章
雕刻細花紫竹筆筒帽
篇水晶墨晶眼鏡
仕商賜顧望乞駕臨是
幸

頓起沉疴

六月初旬予患
噤口痢證痛苦
異常先延他醫
服藥罔效病勢
反重嗣延天津
道西箭道內任
棟臣先生診治
服藥二帖病勢
頓減連日更方
六帖全愈感激
無已登報誌謝
武清李茂林啓

保命險告白

啟者本行代理
長明人壽保險
公司如 紳商
欲保者請移玉
至紫竹林法租
界第一樓東問
豐華昌洋行面
議可也此佈
英商 華昌洋行啟

六月十九日銀洋行情
天津九七六錢
銀盤二千五百七十文
洋元一千八百三十文
紫竹林九六錢
銀盤二千六百一十文
洋元一千八百四十文

六月二十日進口輪船禮拜四
新豐 輪船由上海 招商局
武昌 輪船由上海 古太行
怡生 輪船由上海 怡和行

直報

光緒二十二年六月二十日
西歷一千八百九十六年七月三十日
第四百六十八號 禮拜四

上諭恭錄　保衛閭閻　窮民有二　無妄之災
輔仁院課　解人難索　甘辱泥塗　遲渡雙星
宜有是子　行同禽獸　溺鬼討替　台亂詳函
各行告白　京報照錄

本館大小各種中西新字均已到齊屢登報首佈告想邀　閱報諸公鑒賞惟版祗四頁逐日四方函告之事絡繹不絕限於篇幅未能全錄不足饜　閱者之目本館現已託人分往東瀛上海兩處購辦西國兩面報紙一俟寄到仍照從前時報式樣加版四頁共成八頁新聞既可多錄告白亦可鋪排合先布　聞伏希　垂鑒　直報館謹啓

上諭恭錄

上諭王文韶奏特參諱飾逆倫重案之知縣請飭拿問一摺已革前署三河縣知縣陳澤醴於民婦王閻氏被其夫前妻之子王玉章殺死一案抽換保長等原稟原供改報尋常命案經藩臬兩司調省查訊該員避不到案逃匿無踪顯係有心諱飾情虛畏究已革前署三河縣知縣陳澤醴着王文韶即行拿問並咨行山西巡撫一體查拿解赴直隸審辦以成信讞餘着照所議辦理該部知道欽此 旨刑部員外郎員缺着豫敬補授太常寺博士員缺着志寬補授詹事府主簿員缺着文安補授分發直隸補用道洪恩廣那晉安徽道張錫壽湖北道陳兆葵雲南道盧國熙湖北知府洪超王漢文章嘉謨廣西知府譚國恩周繼仁直隸同知謝裕楷北河同知張彌賢安徽同知馮錫文廣西同知馬德駿董嗣榮雲南同知張書安徽直隸州知州胡大庥直隸知州張祖詠安徽通判許濟均東河通判張葆珍湖北通判陸長康馮紹恩直隸知縣王志范江蘇知縣舒沛揭傳淵安徽知縣周麟述甘肅知縣林壽鈞浙江知縣周緒孟福建知縣宋尊爵四川知縣李龍彰廣東知縣黃潤露雲南知縣黃咸熙安徽知縣馮廷韶羅振庸劉寅度萬祖恕李第青山東知縣袁純陝西知縣饒榮甘肅知縣張家驥福建知縣彭大川湖北知縣葉壽彭熊鶴壽王之屏黃修礽李鴻文陶繼貞錢矩湖南知縣胡大庚四川知縣顏守彝廣西知縣周紹濂呂存厚薛治吳復泰雲南知縣吳學祁浙江鹽大使白曾麟戴培因兩浙鹽大使仲鳳藻光湜四川鹽大使劉鋒雲南鹽大使董鴻煦呂聲南劉樹棫俱照例發往欽此

保衛閭閻　○宵小滋擾閭閻每借烟館小店爲逋逃淵藪此賢有司所急欲飭禁以弭患于無形也聞給孤寺局員某君前租校尉營顧姓房居住於六月初九日夜間有賊多人戴假面具持刀闖入室中搶去細軟物件不可枚舉似此盜賊充斥勢非澈底根查殊不足以示保衛昨日某城憲夜行至補陳市見有烟館小店及賭局妓館至三更後尚有明燈亮燭者殊屬不成事體赶緊傳集捕役嚴行撲責以警失查之咎並飭禁嗣後烟館等夜半即行關閉以免穿窬輩出沒無常否則送局嚴懲云云蓋五城舊章向不准開設烟館等生意今竟鱗次櫛比影明較著未免顯違定例城憲之諭禁固深知政體者也將來五城會議時苟能詳定章程使五城地面概予禁絕不准復開則奸徒無從淵迹庶幾居民得以安枕矣

窮民有二　○有李某者以營弁充當巡緝官六月初十日因該汎平介會館被賊竊去銀兩衣物約值數百金城憲聞報大怒

當將該弁摘頂勒緝該弁因到差尙無多日忽受匪徒之累遂冒暑四路偵緝致受感冒於十一日患病至十三日身故妻亦抱恙携手同赴泉臺旣無兄弟叔伯又乏子女族戚夫婦同歸亦可無憾惟老母年屆八旬白髮龍鍾日夜撫棺號泣殊覺傷心慘目鰥寡孤李母已居其二安得仁人君子慷慨好施以䘏此窮嫠也

無妄之災　○日前有某宦乘輿行過宣武門內西長安街牌樓下突有瘋漢右手持刀左手持棍將輿邊玻璃窗打碎濺入某宦眼角登時血流兩目閉不能啓幸經某醫用水洗淨將碎玻璃取出敷以刀圭尙不致十分害事刻將該瘋漢拿獲解交步軍統領衙門鎖錮該家屬旣膺縱容之咎卽隣右亦恐以徇隱不報致受株連矣

輔仁院課　○十八日輔仁書院輪應府課本日業經考訖謹將詩文各題照錄　生文題　子曰不在其位不謀其政子曰君子思不出其位　童文題　素其位　通場詩題　賦得范百祿進詩傳補注　得詩字　生五言八韻　童六韻本府沈太守在詩題之下硃標云玉海元祐四年侍郎范百祿進詩傳補注詔付秘省

解人難索　○凡津邑人家嫁娶務擇良辰避凶星雖俗例亦似有理惟回教與漢教大相懸殊從無避忌大蘗王廟西回民某甲養船爲生祗有一子年將弱冠日昨完婚拜堂後偶向河沿大便一時失脚跌落河中遂卽淹斃令人徧行打撈尙無踪影現聞該翁姑已令新婦變服守制噫一經奠雁遽賦離鸞良緣耶寃孽耶眞有索解不得者

甘辱泥塗　○十八日晚時將三鼓有人帶醉獨行從歸賈衚衕出甫入楊家衚衕卽聽背後高聲呼曰少走畧一遲迴已至面前猝被推倒騎在身上又一人將衣服剝去而逸旋經行路人提燈照看見赤身臥地鼾睡如雷有識者謂此東鹽店同人于某何故如此遂扶起用烟噴醒始知被刦情事大家欲知會地方報官而于反搖手不令聲張一似甚恐人知者以來往通衢橫被搶刦而猶隱忍不報畏事耶抑別有隱情耶噫異矣

遲渡雙星　○柳某者刻字手藝爲子聘馮姓女爲妻擇於十八日迎娶花轎到門而馮竟不放女上轎據云訪聞柳子現患惡瘡恐將女傳染成疾將來不能生育俟疾愈後始准迎娶娶客無可如何只得據實回報柳大怒知照媒人責馮以嫌貧阻婚將大興問罪之師彼干此戈勢將接仗幸賓媒陳某邀集多人將兩造勸阻未得交手免却一番是非隨又分向兩家宛說議定過門後暫時不准合房柳亦照允延至日晚始得迎娶到家比及拜堂時已三更矣

宜有是子　○快頭某甲者性奸險善詐人財以差役起家頗稱饒富因妻老色衰不惜多金購一美妾甲子心焉羡之而該妾亦以滿面于思者固不若翩翩美少也於是畧分言情兩相歡好久之爲甲所知暗中體察情事逼眞遂撫拾細過將子逐出現甲因案隱藏他處子卽乘間到家携妾逃去家人四出偵探渺無踪影或謂甲因官事吃緊不敢回家故令子將妾接去非拐也姑存是說以待質証

行同禽獸　○孀婦王氏二子一女長名住次名穩年均二十上下女方十六歲以家貧故居同一室昨夜四鼓時穩忽潛移與妹同臥該女不知是兄突喊有賊母夢中驚醒遽前按住囑令火速燃燈視之乃係次子遂喝令長子痛打詎穩不服胆敢將兄猛踢適中腎囊幾乎殞命現聞王氏已赴縣送逆矣至如何處治俟訪再佈

溺鬼討替　○河東陳家溝小河內因近日大雨陡漲數尺有該處王姓子二十二歲于本月十二日失脚落水而死聞王姓尙有八歲幼子前月在小河洗澡被溜冲去渺無踪跡該家一月中連喪二子亦慘矣哉又夏姓年五十餘因上船買魚落水淹斃按該處原非深淵大澤而屢次淹斃人命或謂溺鬼討替以便託生然乎否乎

台亂詳函　○台民不靖屢登前報昨有鹿港商人來函據云五月二十日碑南之包桑地方有番民悄出買鹽被人報信日人帶兵追拿遂致起衅時適日人解銀七萬由嘉義經過番民偵知確實埋伏要扼突出刦掠殺死日兵二十餘名後經挑工逃回彰化稟

報日官派兵四百迅往圍拿距番民等計定日兵必當取道某路早已四處埋伏候過及半伏兵齊出截而爲兩分頭痛擊日人首尾受敵死亡三百餘名敗兵四散逃奔嗣在鹿港燒燬民房搶奪財物鹿港民受害非淺近聞番民愈聚愈多約有萬人已將彰化後面之雲林縣城攻破其爲首人係簡大肚之拜盟兄弟王麻子等共有頭目二十人刻下日人准調大隊數千勦辦惟孰勝孰負尚難預卜云

三十六班書籍　士商托寄取出餘部無多出售甚廉　新出池北偶談（八卷其中神仙鬼怪大儒之嘉）　新成隋唐演義（精繪全圖校補十卷）　新訂圖註八十一種難經脉訣　同文算學課藝全圖　新編學算問答（張香帥式選）　新增學算筆談　泰西易筋經法（天津學堂選）　新法西算　天文算學　算學叢書（二十一種）　新校洋務捷要　洋務實學　十三篇　西事類編　快心醒睡錄　救時捷要　時事新編　西海記天外歸槎　泰西新史要覽　文學興國策　自歷明證八種　（時當）列國興盛記　萬國史記　華英讞案　各國地球新錄　四元玉鑑　繪圖娛目醒心編　海上奇書　繡像醒夢錄　葛仙翁肘後奇方　孫眞人千金寶要方　經驗良方　開闢演義　三國志　諸葛新書　全部西遊記　說唐全傳　下西洋演義　五代殘唐　羅通掃北　三俠全傳　英列傳　征西全傳　天寶圖傳　萬花樓詩　蕩三國　意外緣　三續今古奇觀　客窗閒話　新鮮笑話　一片情　文武香球　忠烈姻緣　桃花扇　花間聯　楹聯彙編　繪圖中東戰紀　中日戰輯　中日始末記　劉帥地營法西法操練　臺灣福州厦門地圖　各種尺牘　先觀爲快　各色畫報　出售上海滬報附送異跡仙踪　代送申報　新聞報　博聞報　指南報　蘇報　萬國公報　本津直報　京都彙報　購取各報賜函分送不悞

天津府署西三聖菴西直報分處內梁子亨啓

啓者本館奉准招集英年子弟分課中西學問現在一面延聘漢文洋文教習一面招集學生准備七月初一日開館如有仕紳聰髦子弟願來就學者務於六月二十以前到館報名以憑去取如年歲不合格文理尙遠者幸免投名本館雅意儲才諸從核實力杜浮夸之習來肄業者務當恪守館規到館之後一年之內不得離館以免功課參差本館創辦伊始經費無多暫以六十名爲額並須酌收膳金以資貼補識者諒之

育才館啓

本館設在海大道北洋醫學堂內因屋舍無多肄業者未能住館頗有願學而嫌往來不便者茲在左近賃屋一所以備學生住晚餐仍由館中供給其有仍願回家者聽附此告白

育才館又啓

京都墨禪善繪蘭石現移紫竹林佛照樓地勢幽閒良朋雅集結翰墨緣者絡繹不絕謹登報以便探訪

竹笑蘭言

津門爲人文會萃之區名流常臨之地近聞有墨禪上人者號心香清才絕俗瀟灑出塵向來往錫京師性喜遊覽精於翰墨曩曾歷遊吳楚等省選勝尋幽遊踪半天下並曾至日本朝鮮二國所作水墨蘭石竹菊筆意清超神致生動而章法變幻精妙出人意表信非常手所及故其所到之處聲名藉甚索畫者踵接於門近者橐筆來津精於繪事者見之當不以此言爲虛也謹登諸報以告識者

宮北 萃文魁

新到後聊齋三續聊齋正續子不語時新類編一切閑書算學尺牘等書因書名甚繁不能單錄凡別家登報書籍一概俱全寄賣李鼎和湖筆價格外從廉　特此告白

新開 指南報到津

報式向申報滬報蘇報新聞報博聞報等而賞鑑新張者賜函分送不悞分寄天津北門內天津府署西三聖菴西直報分處便是　梁子亨啓

德商 元亨洋行

啓者本行今定於六月十二日移居海大道德公館間壁便是專辦進出口什貨兼售各國軍械機器並保水火兩險歷有年矣如蒙諸貴商賜顧格外克己以廣招徠恐未週知特此再達

逸雲齋

本齋專辦進呈紅黃綾紙奏摺萬壽賀本正副表文大赤喜壽圍屏緙絲喜壽屏對描金洒金貢蠟清水冷金雨雪煑𥕢宋錦龍綾各種裱綾裱絹加重白礬宮絹蘇製顏料八寶硃砂印色東瀛印色詩箋琴絃日晷羅盤端歙各硯湖筆徽墨自製水筆執摺雅扇上嫩葵扇十錦詩箴各種帖套各式帳簿鐫刻雲白銅尺墨盒香盒金玉圖章搢紳名人書畫揭裱古今字畫册頁手捲並躉售木板石印鉛板各種書籍碑帖摹刻翰苑仿影名目繁瑣不及備載諸公賜顧者請移玉估衣街東首路北德興里大門內便是價目格外從廉

擇于六月二十日開張先此佈告

逸雲齋主人謹白

浙杭元吉永號

本莊自置紗羅綢緞新樣洋蔣花素洋布川廣夏貨團招雅扇南貨頭油俱全祇爲近時錢市漲落不同故而各貨減價開設估衣街中間路北凡仕商賜顧者無悞特此佈達

金陵仁記南味坊

自製本機元淺京緞甯綢紗縐絨線糟貨食物金腿海味南貨俱全近因錢市漲落不同分別減價抑因無恥之徒假冒南味者甚多雖云謀利誠恐亂真欲辨薰蘠用煩楮墨

寄售　雨前　每斤津錢一千二百文　碧螺春　三千文　龍井　一千八百文　福建條絲格外公道

開設宮北大獅胡同內

烏利文洋行

啓者本行開設香港上海三十餘年四方馳名專售各式金銀鐘錶鑽石戒指八音琴千里鏡眼鏡等物並修理鐘表價錢比別家格外公道今本行東家巴克由上海來津開設在紫竹林裕泰飯店旁請諸君降臨光顧是幸特此佈聞

丙申年六月二十日禮拜四

義興順號

本店自置綢緞顧繡綾羅紗絹哈喇大呢花素洋布俱全貨高價廉開設天后宮北仕商賜顧無悞特此佈　達

頭號杭寧綢三錢九

頭號江寧綢二錢九

頭號摹本緞三錢三

哆囉蔴整疋按原碼　四分二

京都魏醫

京都魏醫專治便毒五淋白濁楊梅瘡疳魚口大瘡等症無論遠年近日三天保好永遠不犯兼治外科等症寓西城根馬家客店內

頓起沉疴

六月初旬予患噤口痢證痛苦異常先延他醫服藥罔效病勢反重嗣延天津道西箭道內任棟臣先生診治服藥二帖病勢頓減連日更方六帖全愈感激無已登報誌謝

武清李茂林啓

保命險告白

啟者本行代理長明人壽保險公司如紳商欲保者請移玉至紫竹林法租界第一樓東間璧華昌洋行面議可也此佈

英商華昌洋行啟

六月二十日銀洋行情

天津九七六錢

銀盤二千五百八十文

洋元一千八百二十文

紫竹林九六錢

銀盤二千六百二十文

洋元一千八百五十文

六月廿二日出口輪船禮拜六

新豐　輪船往上海　招商局

武昌　輪船往上海　古太行

怡生　輪船往上海　怡和行

直報

光緒二十二年六月二十一日　第四百六十九號
西歷一千八百九十六年七月三十一日　禮拜五

總理衙門覆奏稿　輪奐重新　義圓破鏡　前車後鑒
萬壽無疆　督憲批示　甄別示期　義地工竣
巡工告示　賽會改期　短數啓爭　溺貞有鬼
各行告白　京報照錄

本館大小各種中西新字均已到齊屢登報首佈告想邀　閱報諸公鑒賞惟版祇四頁逐日四方函告之事絡繹不絕限於篇幅未能全錄不足饜　閱者之目本館現已託人分往東瀛上海兩處購辦西國兩面報紙一俟寄到仍照從前時報式樣加版四頁共成八頁新聞既可多錄告白亦可鋪排合先布　聞伏希　垂鑒　　直報館謹啓

錄總理衙門覆奏稿

葡萄之種來自崑西歐州大利在榷酤中國僅以當果品誠令仿西法廣種廣釀卽於磽瘠沙土相宜並減燒鍋縻穀之害浸假販運出洋懸計利資當不難與鹽茶相亞第此業尚非民間所曉習應請　飭下直隸山東山西河南陝西甘肅新疆各督撫並東三省將軍鼓舞紳商集貲合股查照烟台奏定成案延請華洋人之精此業者教之樹蓺教之醞造百年之利非可期月程功第令勸導得宜民立公司官爲補助因時得地美利不難勃興矣中國北邊一帶古有畜牧之饒史稱龍門碣石北多馬牛羊旃裘筋角祈連隴右又匈奴蕃息之資其在於今皆爲貧郡天下固有不利耕穫蓄畜之地當思因地制宜不能膠柱鼓瑟貨殖之說馬千蹄牛千足羊千雙筋角千斤皮革千石旃席千具比於糴谷千鍾子貸千貫承平時汾晉商人由張家口歸化包頭行賈蒙地遠及俄疆積茶葉雜貨以博易皮毛筋角起家鉅萬所在不貲通商後利雖侵奪於俄人而皮毛筋角諸貨北土所產歲出外洋者其價猶居土貨二十分之三四而西人之辦貨者每謂藏番不善養犛牛華商擇毛無法是則工賈誠精其業利源自可宏開應請　飭下北五省督撫東三省將軍仿照臣衙門奏定設立商局商董章程招集紳商廣爲勸導畜牧及葡萄釀酒二節並擬准如原奏所請　飭下出使法美二國大臣派員攷求延訂專門購求機器一俟試辦有效卽行隨事擴充籍內地之貲財資外洋之技巧開荒僻之風氣濬顓蒙之知能固本實邊此爲至計所當以堅志毅力行之不可小有迂廻淺嘗中止者也以上數端或原本儒者恒言或采擇異邦善法要皆事關教養利民之政必藉親民之吏實力奉行果督撫念切民依州縣周知民隱設施以漸無難日起有功若仍以外吏玩泄之習承之則通行祇是具文條教轉滋煩擾徒法不行一切皆無由振作矣如臣衙門所議得蒙　俞允應俟通行之後各督撫統限半年具奏情形定期開辦仍咨吏部列入州縣考成庶足勸勤策惰此等事需才甚廣將來各省公司商局勢不能盡請西人現在學生出洋肄業者實繁有徒應令出使大臣察其質性所宜於學習語言文字之外俾其各兼一業以備囘華後因材器使所有臣等遵議緣由是否有當理合恭摺具陳伏乞　皇上聖鑒訓示遵行謹　奏

輪奐重新　○京師平澤門外萬佛寺不知建自何年風雨摧殘丹青剝落該廟住持僧於去年二月初十日發愿重修虔坐釘關寒暑不息以一年爲限關前懸掛大鐘一架晝夜撞聲隆隆遠聞數里以致附近居民終日爲之耳聾夜臥不得安枕前經諸善士集

議分發緣簿向各處勸捐俾免蒲牢永吼數日間已湊集巨欵數千金於六月十二日鳩工庀材重新輪奐並在廟內添蓋凉亭一座俾炎熱時遊客得所止息兼施茶水不日當可工竣聞該善士等議俟椒花獻頌後諏吉建醮開台演戲肅觀瞻而迓神庥且可慶耳根清淨焉

義圓破鏡　○朝陽門內南小街某宅婢女者破瓜年紀柔柳丰姿歎麗質之天生頻招犬吠賦懷春而日永潛結鴛盟與俊僕某乙有情一度春風珠胎暗結事爲主母所覺僕被逐擬將婢胎打墮而轉鬻之適有某翁年老無子欲娶爲妾遂商諸某宅謂服藥墮胎未免有傷陰德如肯賤售願買歸以作冥蛉某宅許之婢旣歸翁詢以腹中物從何而得婢泣陳始末翁曰汝與僕山盟海誓自今以往終無相見之期豈非恨事婢聞言不覺失聲翁曰無慮待分娩後當作鵲橋以渡雙星於是令僕婦與婢伴寢延至五月初旬婢果產一男翁大喜雇乳媪哺之彌月後遣人召僕吞以故且令買屋爲藏嬌計僕謝曰蒙公厚德使藕絲復續菱鏡重圓沒齒不忘但身儕奴隸阮橐常空將奈之何翁因出白金數十兩囑使安置且爲婢備辦奩裝遂於六月初二日迎娶而去嗚呼若某翁者可以風矣不貪女色不惜金錢卒使怨女曠夫各償夙願詩云使君身是圓通佛洗盡人間棄婦愁其翁之謂乎

前車後鑒　○六月十二日下午有轎車一輛由北御河橋迤邐而西揚鞭絕塵風馳雨驟行至鑾輿庫前忽然倒翻溝下觀者如堵經衆救起人馬俱各無傷惟車有小損倘堪使用人咸代爲慶幸然亦險矣前車之覆後車之鑒可不愼與

萬壽無疆　○督憲牌示　六月二十八日恭逢　皇上萬壽聖節自二十五日至七月初二日俱穿蟒袍補掛仰闔屬文武官員遵照特示

督憲批示　○商人日昌禀批仰運司　委大挑知縣郭長年押運赴齊仍分行經過各州縣嚴禁書役土棍借端需索如敢故違准該委會同地方官嚴拿究辦不貸

甄別示期　○津郡稽古書院向分春秋兩季甄別定例也茲定於七月二十日扃試當日交賦一篇排律携回限三日繳卷先期牌示令於初五日起至十五日止限十日內報名以便造册臨期唱點給卷繕作舉貢生監童均准投考照章合列一榜所取仍以六十名爲定額云

義地工竣　○朱家坟義地工程逐段興修屢經登報刻均工竣由監修委員禀請驗收十九日本府督同所屬親詣履勘周歷一點鐘時並諭前經監工委員禀報地址多被附近居民侵占仰卽傳同地方照契勘丈以淸地界

巡工告示　○各口巡工司畢　爲通行曉諭事照得本巡工司前奉　總稅務司赫　憲箚行以沿海沿江建造燈塔浮樁等事或係創設或宜改移或有增添或須裁撤營造旣有變更務卽隨時彰明出示通曉各處俾得行江海船隻周知徧喩等因玆本巡工司査鎭江關稅務司所屬界內長江龔家老　地方移設燈杆合將其情形度勢開列於左　計開　一長江通州龔家老　北岸向設之黑色燈杆現因江堤塌坍自原處移設向南八十六度東相距七十一丈　爲此合卽遵行出示通曉各處船隻其務宜留心詳記以免疎虞勿忘勿忽切切特示　光緒二十二年六月十一日　第三百二號示

賽會改期　○本月十八日河東水梯子關帝廟　帝君聖駕出巡行香所以驅瘟疫散福祥也凡隨駕各會均於是日申刻赴廟拈香後暫歸寓所伺候齊集再行排班以次遊歷詎至戌刻始而陰雲四合繼而大雨如注以故各會敗興而歸嗣經衆會首公議改於十九日再行舉辦

短數啓爭　○本埠自光緒二十一年軍興後各街巷新開小錢舖暨換錢局何止數十家以便過路兵勇兌換零碎銀兩希圖徵利日昨有營弁赴鼓樓西某換錢局易換洋元而該舖夥竟付以短數錢文當被看出向其斥責該舖掌百般辯白不肯認錯弁大怒肆口詈罵勢將用武幸經街鄰極力調停照數補足始得了結該弁持錢悻悻而去

溺眞有鬼　○陳家溝張姓昨在淀河稅局門首過渡失脚落水該船夫赶將兩手抓住欲拉上船張姓云只管放手我通水性決不碍事隨將身帶現錢四百交給船夫纔一鬆手卽行沉入水底候之半晌不見踪影始知被淹斃命矣赶緊信知該家屬徧行打撈尙未撈獲屍身張或不通水性豈危急時尙作戲言張果眞通水性何以遽被淹斃然則冥冥中似有憑之者溺鬼討替之說豈盡子虛烏有哉

啓者本館奉准招集英年子弟分課中西學問現在一面延聘漢文洋文敎習一面招集學生准備七月初一日開館如有仕紳聰髦子弟願來就學者務於六月二十以前到館報名以憑去取如年歲不合格文理尙遠者幸免投名本館雅意儲才諸從核實力杜浮夸之習來肄業者務當恪守館規到館之後一年之內不得離館以免功課參差本館創辦伊始經費無多暫以六十名爲額並須酌收膳金以資貼補識者諒之

育才館啓

本館設在海大道北洋醫學堂內因屋舍無多肄業者未能住館頗有願學而嫌往來不便者茲在左近賃屋一所以備學生住晚餐仍由館中供給其有仍願回家者聽附此告白

育才館又啓

告白

浙紹朱鈍翁醫脉精良久揚沽上仍寓彌勒菴

本齋自製　進呈紅黃綾紙奏摺正副表文南紙綾錦畫絹赤金屏對貢臘等箋顏料印色湖筆水筆貢墨端歙等硯圖章牙器文玩各欵雅扇箋柬詩筒向蒙　士林稱許　賜顧諸君請詳察焉新到繙譯新法化學格致水陸兵法天算等書名目繁多不及備載今將時務各書臚列數種留心經濟者請來擇取可也　普天忠憤集　繪圖中東戰紀本末　中日戰輯　奏疏錄要　洋務新論　時事類編　西學六種　洋務實學　行軍鐵路工程　鐵路圖考　通商始末記　萬國史記　萬國通鑑　萬國近政考　中西紀事　自西徂東　東方交涉記　中日始末記　洋務采風記　各國富强策　新繪海國圖志足本　格物入門　格致須知十六種　時務要覽　西國通俗演義　公車上書記　打密電報本　德國操法　正續盛世危言　西算新法　西法筆算　西法算學入門　學算筆談　行素軒算學　算草叢存　天文算學纂要三十二本　四元玉鑑　左文襄公兵書　左文襄公奏議　斯陶說林　竹葉亭雜記　論語旁証　隋唐演義　文美齋主人白

京都墨禪善繪蘭石現移紫竹林佛照樓地勢幽閑良朋雅集結翰墨緣者絡繹不絕謹登報以便採訪

竹笑蘭言

津門爲人文會萃之區名流常臨之地近聞有墨禪上人者號心香清才絕俗瀟灑出塵向來住錫京師性喜遊覽精於翰墨曩曾歷遊吳楚等省選勝尋幽遊踪半天下並曾至日本朝鮮二國所作水墨蘭石竹菊筆意清超神致生動而章法變幻精妙出人意表信非常手所及故其所到之處聲名藉甚索畫者踵接於門近者橐筆來津精於繪事者見之當不以此言爲虛也謹登諸報以告識者

宮北 萃文魁

新到後聊齋三續聊齋正續子不語時事新類編等一切閑書算學尺牘等書因書名甚繁不能單錄凡別家登報書籍一概俱全寄賣李鼎和湖筆價格外從廉特此告白

新開 指南報到津

報式向申報滬報蘇報新聞報博聞報等而賞鑑新張者賜函分送不悞分寄天津北門內天津府署西三聖菴西直報分處便是

梁子亭啓

德商 元亨洋行

啓者本行今定於六月十二日移居海大道德公館間壁便是專辦進出口什貨兼售各國軍械機器並保水火兩險歷有年矣如蒙諸貴商賜顧格外克己以擴招徠恐未週知特此再達

逸雲齋

本齋專辦進呈紅黃綾紙奏摺萬壽賀本正副表文大赤喜壽圍屏緙絲喜壽屏對描金灑金貢蠟淸水冷金雨雪黃礬宋錦龍綾各種裱綾裱絹加重白礬宮絹蘇製顏料八寶硃砂印色東瀛印色詩箋琴紋日晷羅盤端歙各硯湖筆徽墨自製水筆紈摺雅扇上嫩葵扇十錦詩箴各種帖套各式帳簿鐫刻雲白銅尺墨盒香盒金玉圖章搢紳名人書畫揭裱古今字書册頁手捲並薫售木板石印鉛板各種書籍碑帖摹刻翰苑仿影名目繁瑣不及備載諸公賜顧者請移玉估衣街東首路北德興里大門内便是價目格外從廉

逸雲齋主人謹白

擇于六月二十日開張先此佈告

浙杭 元吉永號

本莊自置紗羅綢緞新樣洋辮花素洋布川廣夏貨圖招雅扇南貨頭油俱全祇爲近時錢市漲落不同故而各貨減價開設估衣街中間路北凡仕商賜顧者無悞特此佈達

天津 美昌字號

本號自辦各國鐘表玩物新式紙烟咀項高紙烟各樣花洋毯時式洋燈上上大小瓶香水各款香胰皂各省東土西土黑白烟膏寄售廣東各名家臘丸並暑藥廣同濟戒烟丸貨高價格外公道諸君賜顧者請光降是幸特此佈聞新開在鍋店街中間坐北門面

烏利文洋行

啓者本行開設香港上海三十餘年四方馳名專售各式金銀鐘錶鑽石戒指八音琴千里鏡眼鏡等物並修理鐘表價錢比別家格外公道今本行東家巴克由上海來津開設在紫竹林裕泰飯店旁請諸君降臨光顧是幸特此佈

聞　丙申年六月二十一日禮拜五

義興順號

本店自置綢緞顧繡綾羅紗絹哈喇大呢花素洋布俱全貨高價廉開設天后宮北仕商賜顧無悞特此佈　達

頭號杭甯綢三錢九

頭號江甯綢二錢九

頭號摹本緞三錢三

哆囉蔴整疋按原碼　四分二

北門東 文德書局

本堂督辦蘇浙閩廣印書籍各省藏版局板石算鉛版各樣洋務時務台學兵書開書端歙硯方元墨海各樣大小羊毫錦匣徽淸水絲棉一概批發不悞主顧刻下新到象牙壽山圖章雕刻細花紫竹筆筒帽筒水晶墨晶眼鏡仕商賜顧望乞駕臨是幸

頓起沉痾

六月初旬予患噤口痢證痛苦異常先延他醫服藥罔效病勢反重嗣延天津道西箭道內任棟臣先生診治服藥二帖病勢頓減連日更方六帖全愈感激無已登報誌謝

武清李茂林啓

保命險告白

啟者本行代理長明人壽保險公司如紳商欲保者請移玉至紫竹林法租界第一樓東間壁華昌洋行面議可也此佈

英商華昌洋行啟

六月二十一日銀洋行情

天津九七六錢

銀盤二千五百八十八文

洋元一千八百二十三文

紫竹林九六錢

銀盤二千六百二十八文

洋元一千八百五十三文

六月廿二日出口輪船禮拜六

新豐　輪船往上海　招商局

武昌　輪船往上海　古𠮷行

怡生　輪船往上海　怡和行

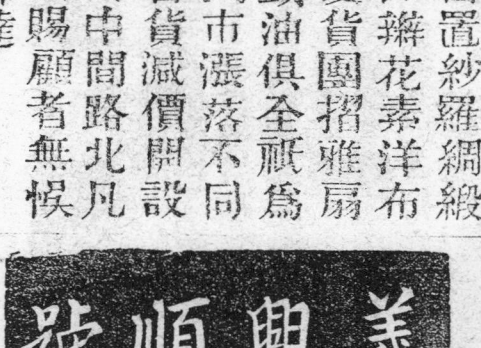

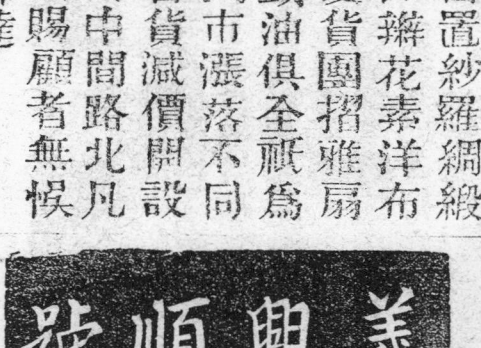

直報

光緒二十二年六月二十二日　第四百七十號
西歷一千八百九十六年八月初一日　禮拜六

子牙河東岸改隄議　同祿爲災　反敗爲勝
悍婦當誅　無故自戕　案情轇葛　眉目招殃
咄咄怪事　事出意外　樂極悲來　炙手可熱
勢同覆水　振旅南旋　各行告白　京報照錄

本館大小各種中西新字均已到齊屢登報首佈告想邀　閱報諸公鑒賞惟版祗四頁逐日四方函告之事絡繹不絕限於篇幅未能全錄不足饜　閱者之目本館現已託人分往東瀛上海兩處購辦西國兩面報紙一俟寄到仍照從前時報式樣加版四頁共成八頁新聞既可多錄告白亦可鋪排合先布　聞伏希　垂鑒　直報館謹啓

子牙河東岸改隄議

黃山樵者

子牙一河上承釜陽下游中受滹沱正派流經天津紅橋入三岔河歸壑是河全局以獻縣新開河爲咽喉河間縣屬之沙河橋劉各莊橋下逮大城之白楊橋暨靜海瓦頭橋是其腸胃綿亘百有餘里南自河間小周村北至大城之東賈村及小河楊家口沿莊等村傍河聚落形如納腋田廬多近河脣雖凹凸各判要爲侵軼河道則無異按滹沱河發源山西泰戲山而東而南至平山縣入直隸界湍悍濁激舊會衆流於南泊下循古道河達海雍正間決於州頭播爲九股汎濫於東鹿深晉間怡賢親王奉　命興水利於南泊附近五溝之第四溝導河下行引歸釜陽舊槽其時與子牙絕不相擾蔵同以來南北二泊相繼淤塞滹沱失入泊之路北灌任邱文安數州縣民以墊隘於是於饒陽獻縣界另挑橫河引虖沱全溜納於子牙堅築北岸大隄以捍文窪南岸則任其漫衍自臧家橋迤下折而東北兩岸東西始皆有隄西隄例歸官修東隄例聽民修東岸上游河間縣境小周村以上數十里隄身痺薄官府軫卹民艱今春特撥公欵增培加厚小周村以下舊隄迤東去而北而西距河槽約七八里至大城縣之東賈村復與河近該處套內村二十四爲河大兩縣所屬隄內村五十三爲大城縣屬東賈村以下舊隄又東又北復折而西至大屬之沿莊堤身復與河近其處河套內有大城之楊家口等八村堤內上下九十餘村則大靑靜三縣轄也沿莊以下堤皆近河靜海瓦頭橋下至大城之壩台河身嚮東是爲新正卽子牙河之下游也先是子牙一水於河間大城界分爲兩道東爲子牙河路出靜海東子牙鎭西爲古道河路出大城治北西子牙村中東河由瓦頭橋下入獨流鎭之蓮花淀西河經王家口西北由壩台漫入淀窪同會於海河乾隆間方恪敏公總督直隸併古道於子牙河同出瓦頭橋下至壩台折而東流名爲新正惟獨流以下萬派朝宗同注海口而運河之西堤新正之南堤東淀之隔堤節節阻梗津關上下估舶漕艘密排如筍浮橋數道橫鎖中流海河至白塘口以下近尤淤淺盛夏水漲强潮頂拖衆流牴牾洄旋不能順軌駛下則決而四溢津民無秋殆二十年矣夫津門旣爲是河尾閭河大城靑靜屬境卽爲腸胃尾閭固宜暢行腸胃亦宜使消化若尾閭既未深通仍復束其腸胃勢必腹悶胸脹行將有決裂腰背而出者吾於東岸改築近堤既親測量而深惜其猶未盡善也

此稿未完

回祿爲災　○六月十三日午前宣武門內舊刑部街桂宅不戒於火當經鳴鑼四起各處地面官廳水龍及水會善紳前往撲救至三點鐘回祿君始行返駕共計燒燬房屋四十餘間詢及起火緣由係由廚役煉油失愼致兆焚如卽將該廚役劉某解交步軍統領衙門責押以爲失愼者儆

反敗爲勝　○賭博一事最足害人而人之陷溺其中者不至身敗名裂而不止京師永定門外十里莊陳甲兄某因女將于歸付銀數十兩囑令入城置辦妝奩甲素重然諾慨然許允比攜銀就道適遇某姓執友拉赴賭局初令小試欲博些須爲酒食資詎三戰三北不勝大恚傾篋而出之盡數輸去自思無面回家欲行短見忽憶姑母頗有家資遽造其門果貸得白強百金再赴賭場竟獲大勝較前次所輸尚有贏餘遂欣然囊貲而去

悍婦當誅　○宣武門內二龍坑地方有旗人某甲者於去秋憑媒聘定柴氏女爲妻四月初旬迎娶過門惟甲家素貧以致琴瑟不和時有口角上月下澣該婦竟因嫌婿而遷怒於母卽攜帶利刃將尋母拚命甲恐釀禍向前阻止該婦詈罵不休甲一時忿火中燒順手奪刀將該婦砍傷斃命當經該處官廳將甲拿獲解案管押由步軍統領衙門票委西城司相驗詳報現已咨送刑部按律審辦矣

無故自戕　○前門外西河沿開烟館之徐姓日昨不知何故將房門緊關乘間自縊身死次日經房主查知赴中城司稟報相驗飭房主備棺殮埋詳城咨送刑部訊辦未悉有無別情俟訪再錄

案情轇轕　○齊石搆訟一節屢經登報暨孫姓病故移屍恒記門首等情亦隨報佈明昨聞屍母某氏赴縣呈稱氏子與此案原無干涉係某人誘令代質不料在押染病而死懇乞作主等語經大令提訊謂爾子雖非正身究係甘心代訟因病身死與人何尤該氏隨將誘買之人及從中過付據實指出乞究亦未蒙准理云

眉目招殃　○昨午四甲地方有孟甲向鄰人郭乙尋毆勢甚兇猛郭竟未敢出頭經衆人極力勸解始去嗣經訪悉孟從外回家聽妻告訴郭乙在門外眉目傳情頗有調戲之意孟不禁忿火中燒遂有此舉按强姦者必有傷痕或衣被撕破調姦者亦必言語挑逗手足勾引証據確鑿者始能科斷若但以眉目傳情爲罪將使天下盡爲無目之人哉噫刁矣

咄咄怪事　○張姓車店拉車人被槍子烘傷一節兩紀前報茲聞該店對門鄰人某甲作褹布夾子生理昨日正在抖晾碎布忽地上有槍子一彈猝然炸開烟飛火激幸未傷人但將堆積布縷燃燒大半該處未及一月屢有炸子爲災妖作祟乎抑人作劇乎是眞咄咄怪事

事出意外　○津邑風俗凡遇嫁娶等事衆親友均於前一日賀喜昨侯家後三德軒後張甲爲子畢姻賀客盈門因天氣炎熱均在河岸乘涼有土娼名二仔者與該處匪棍張乙任意戲謔褻語難聞甲嫌不雅向其攔阻張不但不服反行逞橫糾集蝦兵蟹將大起風波甲欲赴縣喊控現經魯仲連輩出爲說合未知作何結局容訪明再錄

樂極悲來　○津邑風俗奢華而婦女尤甚凡各廟賽神出會無論巨紳毫富卽殷實之家無不高搭看棚懸燈結彩以備女眷玩賞日昨河東會期已過某姓家令棚匠拆棚一時不愼撞落簷瓦將匠人頭顱砍傷血流被面當經該家敷以好藥又幇給養傷錢四千始得無事噫倘不幸因傷致死以歡樂而生煩惱悔將何及哉

炙手可熱　○昨晚十點鐘東門裡李宅家人四五輩自花園來前打官銜燈後抬食盒行至杏花村後海大道何姓門首遇有推水車載重行遲不及迴避與食盒相撞並未損壞家人大怒將車夫按倒痛毆何姓因聲勢洶洶恐釀人命出爲勸阻家人怒其多事一併毆打且將揪去送官幸經劉姓人頗善了事且勸且央始將何姓保下該家人臨行言俟回明家主再作理會云云按李宅素有善人之目未必縱容家人滋事而何以橫暴一至於此少陵詩云炙手可熱勢絕倫吁可畏哉

勢同覆水　○本埠城東南鄉某莊劉甲種菜園爲生媒定南門外吳姓女爲室自去秋迎娶過門後女因莊鄉一切飲食穿帶皆不趁心時與姑婿尋衅詬詈聲達閭里日昨又因細故爭吵遂將家存鉛粉吞服經甲偵知赶即灌救幸不至死立即送歸母家決意罷婚現有鄉鄰等出爲說合未知能收覆水否

振旅南旋　○鎭江采訪友人云前者徐州匪人作亂滋鬧敎堂南洋大臣劉峴帥聞信之餘即飭兩江督標營副將升任山西大同總鎭劉鎭軍光才督率所部五營前往勦辦行抵袁公浦忽接徐州鎭總兵程鎭軍占翼電信知匪人聞大軍將至懼而遠遁地方已安靖如常遂傳令所統各營一律南返本月初九日午刻道出瓜州並不停留立即溯江上駛想日內已行抵蘇門謁見制軍稟銷差使矣

大英國駐津工部局諭　査東洋車捐一項每月每輛本局向章收捐洋五角惟近來工程浩大事務殷繁自本年西歷八月一號起每輛收捐洋七角五先以資辦公爲此諭知各車夫一體遵照勿違切切此諭　光緒二十二年四月二十九日

本館准定七月初一日開館本月二十六日辰刻先行傳考已報名者望屆期携帶筆墨至醫學堂內候考未報名者二十五日以前速來報名此白　育才館啓

告白

本齋自製　進呈紅黃綾紙奏摺正副表文南紙綾錦畫絹赤金屏對貢牋等箋顏料印色湖筆水筆貢墨端歙等硯圖章牙器文玩各欵雅扇箋柬詩筒向蒙　士林稱許　賜顧諸君請詳察焉新到繙譯新法化學格致水陸兵法天算等書名目繁多不及備載今將時務各書臚列數種留心經濟者請來擇取可也　普天忠憤集　繪圖中東戰紀本末　中日戰輯　奏疏錄要　洋務新論　時事類編　西學六種　洋務實學　行軍鐵路工程　鐵路圖考　通商始末記　萬國史記　萬國通鑑　萬國近政考　中西紀事　自西徂東　東方交涉記　中日始末記　洋務采風記　各國富强策　新繪海國圖志足本　格物入門　格致須知十六種　時務要覽　西國通俗演義　公車上書記　打密電報本　德國操法　正續盛世危言　西算新法　西法筆算　西法算學入門　學算筆談　行素軒算學　算草叢存　天文算學纂要三十二本　四元玉鑑　左文襄公兵書　左文襄公奏議　斯陶說林　竹葉亭雜記　論語旁証　隋唐演義　文美齋主人白

京都墨禪善繪蘭石現移紫竹林佛照樓地勢幽閑良朋雅集結翰墨緣者絡繹不絕謹登報以便探訪

竹笑蘭言

津門爲人文會萃之區名流常臨之地近聞有墨禪上人者號心香清才絕俗瀟灑出塵向來住錫京師性喜遊覽精於翰墨曾歷遊吳楚等省選勝尋幽遊踪半天下並曾至日本朝鮮二國所作水墨蘭石竹菊筆意清超神致生動而章法變幻精妙出人意表信非常手所及故其所到之處聲名藉甚索畫者踵接於門近者槖筆來津精於繪事者見之當不以此言爲虛也謹登諸報以告識者

宮北
魁文萃

新到後聊齋三續聊齋正續子不語時事新類編等一切閑書算學尺牘等書因書名甚繁不能單錄凡別家登報書籍一概俱全寄賣李鼎和湖筆價格外從廉特此告白

德商
元亨洋行

啓者本行今定於六月十二日移居海大道德公館間壁便是專辦進出口什貨兼售各國軍械機器並保水火兩險歷有年矣如蒙諸貴商賜顧格外克己以擴招徠恐未週知特此再達

京都魏醫專治便毒五淋白濁楊梅搔疳魚口大瘡等症無論遠年近日三天保好永遠不犯兼治外科等　寓西城根馬家客店內

逸雲齋

本齋專辦進呈紅黃綾紙奏摺萬壽賀本正副表文大赤喜壽圍屏緙絲喜壽屏對描金洒金貢蠟清水冷金雨雪賁磑宋錦龍綾各種裱綾裱絹加重白礬宮絹蘇製顏料八寶硃砂印色東瀛印色詩箋琴絃日晷羅盤端歙各硯湖筆徽墨自製水筆紈摺雅扇上嫩葵扇十錦詩箴各種帖套各式帳簿鐫刻雲白銅尺墨盒香盒金玉圖章搢紳名人書畫揭裱古今字畫册頁手捲並躉售木板石印鉛板各種書籍碑帖摹刻翰苑仿影名目繁瑣不及備載諸公賜顧者請移玉估衣街東首路北德興里大門內便是價目格外從廉

擇于六月二十日開張先此佈告

逸雲齋主人謹白

浙杭元吉永號

本莊自置紗羅綢緞新樣洋辮花素洋布川廣夏貨團摺雅扇南貨頭油俱全祇爲近時錢市漲落不同故而各貨減價開設估衣街中間路北凡仕商賜顧者無悞

特此佈達

天津美昌字號

本號自辦各國鐘表玩物新式紙烟咀項高紙烟各樣花洋毯時式洋燈上上大小瓶香水各款香胰皂各省東土西土黑白烟膏寄售廣東各名家臘丸並暑藥廣同濟戒烟丸貨高價格外公道諸君賜顧者請光降是幸特此佈聞新開在鍋店街中間坐北門面

烏利文洋行

啓者本行開設香港上海三十餘年四方馳名專售各式金銀鐘錶鑽石戒指八音琴千里鏡眼鏡等物並修理鐘表價錢比別家格外公道今本行東家已克由上海來津開設在紫竹林裕泰飯店旁請諸君降臨光顧是幸特此佈聞

丙申年六月二十二日禮拜六

義興順號

本店自置綢緞顧繡綾羅紗絹哈喇大呢花素洋布俱全貨高價廉開設天后宮北仕商賜顧無悞特此佈　達

頭號杭寗綢三錢九
頭號江寗綢二錢九
頭號摹本緞三錢三
哆囉蔴整疋按原碼　四分二

拍賣告白

啓者准於本月二十四日即禮拜一下午二點鐘在紫竹林海大道曾公館老房子新直報館院內樓上拍賣坐鐘掛表古銅爐古磁瓶洋燭式樣花扣花彩洋燈各樣花針玉如意銅盤胰子抬桌椅子鐵床宮燈各樣洋貨各樣家俱等件如欲買者請早來細看面拍可也特此佈　達

集盛洋行啓

頓起沉疴

六月初旬予患噤口痢證痛苦異常先延他醫服藥罔效病勢反重嗣延天津道西箭道內任棟臣先生診治服藥二帖病勢頓減連日更方六帖全愈感激無已登報誌謝

武清李茂林啓

保命險告白

啟者本行代理長明人壽保險公司如紳商欲保者請移玉至紫竹林法租界第一樓東間號華昌洋行面議可也此佈

英商華昌洋行啟

六月二十二日銀洋行情

天津九七六錢
銀盤二千五百七十五文
洋元一千八百一十文
紫竹林九六錢
銀盤二千六百一十五文
洋元一千八百四十文

六月廿三日出口輪船禮拜日

新豐　輪船往上海　招商局
武昌　輪船往上海　古太行
怡生　輪船往上海　怡和行

直報

光緒二十二年六月二十四日　第四百七十一號
西歷一千八百九十六年八月初三日　禮拜一

上諭恭錄　子牙河東岸改隄議　大木斯拔
市儈逞兇　相節赴英　卽眞志喜　課題再錄
民又其魚　原璧歸趙　一波又起　教士通情
各行告白　京報照錄

本館大小各種中西新字均已到齊屢登報首佈告想邀　閱報諸公鑒賞惟版祗四頁逐日四方函告之事絡繹不絕限於篇幅未能全錄不足饜　閱者之目本館現已託人分往東瀛上海兩處購辦西國兩面報紙一俟寄到仍照從前時報式樣加版四頁共成八頁新聞既可多錄告白亦可鋪排合先布　聞伏希　垂鑒

直報館謹啓

上諭恭錄

上諭步軍統領衙門奏緝獲交拿人犯請交部審辦一摺所有拿獲之夏十巴卽夏兆雲夏開亮夏元夏麻子卽夏三等四名均着交刑部嚴行審訊按律懲辦未獲之夏開生等四犯仍飭嚴拿務獲送部究辦該衙門知道欽此　上諭甘肅甯夏府知府員缺着胡景桂補授欽此　軍機大臣面奉　諭旨本月二十五二十六二十八日均着推班欽此　旨這所叅疏防斬犯越獄同逃之管獄官陝西褒城縣典史蔡鶴壽着卽革職拿問交張汝梅提同刑禁人等嚴訊有無鬆刑賄縱情弊按例懲辦有獄官褒城縣知縣林耀廷據報先期公出惟未能先事預防亦難辭咎着一併交部議處仍勒限嚴緝逸犯傅萬才等三名務獲究辦餘着照所議辦理欽此

子牙河東岸改隄議　續前稿　黃山樵者

初張靖達公權直督篆議者欲放文安積水洩歸子牙更注之靜海治西賈口窪嗣以民情不便又擬展寬河套從下游靜屬上築遙隄百餘里無事則隄內原田芃芃麥黍不幸遇漲而容納寬廣下游百數十村可資保障策亦甚善乃套內楊家口等村賄囑委員豫將隄身暗留涵洞河漲時直由涵洞衝決隄內外抵死鬬爭反覆稟控上之白楊橋與又上之沈家房又皆於套內橫築大堰攔截河流每遇盛漲南北倒漾村民各衛田廬決堰守堰發銃操兵以相拒釀爲大獄者數矣於是河大青靜四縣紳民狀揭大府籲所以鞠謀保聚者經水利局檄章牧踏勘形勢北自沿莊以上百餘里南至沈家房廢舊隄改近隄將套內楊家口小河等三十餘村圈截新堤之內使與下游三縣百五十村依爲唇齒憂樂與同意在解紛而不知其甚下游之害也詳察東岸河套自念祖橋以下至白楊橋高於西套數尺或丈餘昂處平揖河唇故無事之時擅爲沃壤新築近隄高僅七尺且距河身遠不過三四十丈滹沱湍涌束縛不下西隄必危其害一伏汛霖潦水無所容決口漫溢其害二南北橫埝遮遏倒灌上下數十百村莊巢居昏墊其害三近堤既倒遙堤失修四縣生民同淪塗炭其害四新築近堤佔毁腴田三四百頃雖皆按畝給價然止算堤身所壓之田並不計堤外之地破壞民產額賦不蠲其害五賑捐之欵有限動衆之役有時耗數萬之賚圖僥倖之利以督築於雨淋日炙之中其害六或曰如若所云近堤誠不宜改顧如大堤之難防盜決何哉曰不利於大隄者三十二村也利於遙隄而不利於改近者上下二三百村也欲爲套內謀而不計隄內之沈溺非策也卒之近

隄不保楊家口等村首當其衝被害尤烈然則將奚處曰近隄既不可築大隄又苦難守顧此河東嗷嗷萬戶誰非赤子忍卽飢之溺之乎曰既築新堤勿廢舊堤留爲衝決之備既無所費於帑項復可以備不虞正與王方伯使俄艸所云相合是誠中華之宜式外洋者若再將套內橫捻節節剗除展寬河套培補河唇小周村以下套內三十二村莊隨其地勢分築圍堰營爲田且不爲下游疏通水過不誤種麥夫舊堤修固則下游三縣鞏若金城橫堰廓除則上游百姓不患倒灌河套循舊展足三百丈雖盛漲可以暢行河唇按段培接二百里則伏秋庶可無虞矣自昔治畿輔之水者無如怡賢親王究其施工不過隘者擴之羨者分之壅者通之漫者攝之蓋治河本無奇策欲杜上游汎決之患在拓下游入海之途管子曰千里之路不可扶以繩萬家之都不可平以準若不論河身寬陝而惟以近堤束之竊恐川壅而潰傷人必多也摅蠡測以質諸留心水利者

大木斯拔　○自六月初旬以來京師地方無日不雨忽陰忽晴十六日夜間雷電陡作風雨交馳頃之霹靂一聲天崩地裂嗣聞吏部大堂後椿樹一株被雷擊成粉碎或謂歷年旣久樹老成精故遭此刼或謂妖物畏雷藏匿於此以致樹被株連議論紛紛莫衷一是姑錄之以質諸博雅者

市儈逞兇　○京師地廣人雜街市間時有匪徒結黨逞兇聚衆械鬥然未聞貿易中人撕打鬥毆者也昨有戶部部書盧某在珠寶市萬德樓茶社與舖夥口角分辯不服竟用磁碗將盧某頭顱砍破血流如注復行喝令衆夥友用木棍痛毆以致遍體鱗傷復縛其手足擲棄後院時值陰雨盧渾身淋漓形同水鷄該社反赴中西坊控訶控告當經派差傳盧時經原差解開蔴繩將盧解案據情回稟當經堂訊驗明傷痕卽將祁某責押詳城究辦至今案尚未結

相節赴英　○昨據官塲友人聲稱頭等全權大臣李伯相已於本月二十三日由法京巴黎起程前赴英國英君主訂於二十七日在行宮接見云

卽眞志喜　○署天河道高觀察驂麟需次畿疆資深望重歷辦要差均爲各上憲所倚任自署道篆以來勵精圖治軍民感戴頃悉清河道員缺督憲爲地擇人以觀察請補觀察於河工夙所講求尤多善政洵一方之保障也不禁爲斯民慶幸深之

課題再錄　○問津齋課詩文各題業錄報端玆三取書院亦經考訖謹將生童各題列後　生題　使之主祭而百神享之是天受之使之主事而事治百姓安之是民受之也　童題　使之主事　通塲詩題　賦得荷香浥露侵衣潤得香字　生五言八韻童六韻並牌示硃標西刻交卷戌刻淨塲補送不錄

民又其魚　○日昨行至窰窪營門外見天津中右兩營練軍由西而東絡繹不絕詢及路人云係前月奉調赴通堵築八里莊並平菓灘一帶決口方合龍有期値雨水連綿山水復漲所有通州河干旋又漫決數處該州東北二關現已封閉平地水深三四尺不等附近村庄盡成澤國前功盡棄故暫行歸伍等語噫小民何辜屢受昏墊之災各大憲又添一番軫念也

原璧歸趙　○城內金某前赴關外貿易乘坐洋車至火車站一時荒疎將烟土數包遺置洋車比及猛省而洋車已去無踪影矣因火車開行在卽不暇跟追而去昨於二十日由關返里方下火車恰遇前拐烟土之車夫在彼攬坐金不動聲色卽雇該車囑令拉赴城裏某處當從厚給價車夫大喜拉行如飛及到家門金大聲喝曰爾認識我否車夫未及回答卽扭住向索前拐烟土初猶支吾不肯承認金聲言送縣究治車夫胆虛以頭碰地願將原土繳還令人隨同去取而竟一兩不少既失楚弓旋歸趙璧可知窮通得喪胥關定數也

一波又起　○前月報登侮人自侮一則因某舖掌言語刻薄大受折辱旋聞端陽節後該舖掌王甲飭令同事等四路催討節帳西門外劉乙與該號川換有年以致該欠青蚨若干屢向討要奈左支右吾總未清還日昨又向討正値乙患病未痊聞討帳人在門外喧鬧一時躁急遂致痰壅氣閉而死屍屬卽以威逼人命等詞赴縣喊控並將王甲洋貨舖門面摔毀蒙縣委相驗屬實飭甲赶緊煩

人理處稟覆云

教士通情　○徐州鬧教情形業誌前報玆又接訪事友飛函云山西大同鎮劉華軒鎮軍督帶所部老湘馬步四營抵徐後會同道憲阮水三觀察及漕帥派來之某參戎馳赴滋事地方相機勦撫天戈指處一律蕩平先後捉獲拒捕悍賊一百餘名提訊之下直認爲匪不諱稟奉南洋大臣電示就地正法刻下地方民情均亟安謐官軍不日卽可凱旋至所毀之各處教堂房產生財所値頗鉅連日經道府各憲與教士一再晤商　山教堂議賠錢一千八百串豐縣教堂議賠四百串其餘宿遷等處議賠有差教士不爲已甚聞已允就我範圍矣

浙紹朱鈍翁醫脈精良久揚沽上仍寓彌勒菴

本館準定七月初一日開館本月二十六日辰刻先行傳考已報名者望屆期攜帶筆墨至醫學堂內候考未報名者二十五日以前速來報名此白　育才館啓

金陵 仁記南味坊

自製本機元淺京緞甯綢紗縐絨線糟貨食物金腿海味南貨俱全近因錢市漲落不同分別減價抑因無恥之徒假冒南味者甚多雖云謀利誠恐亂眞欲辨薰蕕用煩楮墨

寄售　雨前 碧螺春 龍井　每斤津錢 一千二百文 三千文 一千八百文　福建條絲格外公道　開設宮北大獅胡同內

中西博聞報館 新開

新寄津門博聞報於六月初六日開張出報久仰作稿主人倉山舊主袁翔甫先生海上名士報張所載上諭京報時作論說採選中外各電聞錄遍覽者一目瞭然分寄天津城內天津府署西三聖菴西直報分處內　閱者鑒之止此一家別無二處賜函分送不悞　主顧　梁子亭啓

德商 元亨洋行

啓者本行今定於六月十二日移居海大道德公館間壁便是專辦進出口什貨兼售各國軍械機器並保水火兩險歷有年矣如蒙諸貴商賜顧格外克己以擴招徠恐未週知特此再達

竹笑蘭言

津門爲人文會萃之區名流常臨之地近聞有墨禪上人者號心香清才絕俗瀟灑出塵向來住錫京師性喜遊覽精於翰墨囊曾歷遊吳楚等省選勝尋幽遊踪半天下並曾至日本朝鮮二國所作水墨蘭石竹菊筆意清超神致生動而章法變幻精妙出人意表信非常手所及故其所到之處聲名藉甚索畫者踵接於門近者橐筆來津精於繪事者見之當不以此言爲虛也謹登諸報以告識者

京都墨禪善繪蘭石現移紫竹林佛照樓地勢幽閑良朋雅集結翰墨緣者絡繹不絕謹登報以便探訪

北宮 華文魁

新到後聊齋三續聊齋正續子不語時事新類編等一切閑書算學尺牘等書因書名甚繁不能單錄凡別家登報書籍一概俱全寄賣李鼎和湖筆價格外從廉特此告白

北門東 文德書局

本堂督辦蘇浙閩廣書籍各省藏版局板石印鉛版各樣洋務時務算學兵書開書端歙硯台方元墨海各樣大小羊毫錦匣徽墨清水絲棉一概批發不悞主顧刻下新到象牙壽山圖章雕刻細花紫竹筆筒帽筒水晶墨晶眼鏡仕商賜顧望乞駕臨是幸

逸雲齋

本齋專辦進呈紅黃綾紙奏摺萬壽賀本正副表文大赤喜壽圍屏緯絲喜壽屏對描金洒金貢蠟清水冷金雨雪賁磚宋錦龍綾各種裱綾裱絹加重白礬宮絹蘇製顔料八寶硃砂印色東瀛印色詩箋琴絃日晷羅盤端欵各硯湖筆徽墨自製水筆紈摺雅扇上嫩葵扇十錦詩箴各種帖套各式帳簿鐫刻雲白銅尺墨盒香盒金玉圖章搢紳名人書畫揭裱古今字畫册頁手捲並躉售木板石印鉛板各種書籍碑帖摹刻翰苑仿影名目繁瑣不及備載諸公賜顧者請移玉估衣街東首路北德興里大門內便是價目格外從廉

擇于六月二十日開張先此佈告

逸雲齋主人謹白

浙杭 元吉永號

本莊自置紗羅綢緞新樣洋辮花素洋布川廣夏貨團摺雅扇南貨頭油俱全祗爲近時錢市漲落不同故而各貨減價開設估衣街中間路北凡仕商賜顧者無悮特此佈達

天津 美昌字號

本號自辦各國鐘表玩物新式紙烟咀頂高紙烟各樣花洋毯時式洋燈上上大小瓶香水各欵香胰皂各省東土西土黑白烟膏寄售廣東各名家臘丸並暑藥廣同濟戒烟丸貨高價格外公道諸君賜顧者請光降是幸特此佈聞 新開在鍋店街中間坐北門面

烏利文洋行

啓者本行開設香港上海三十餘年四方馳名專售各式金銀鐘錶鑽石戒指八音琴千里鏡眼鏡等物並修理鐘表價錢比別家格外公道今本行東家巴克由上海來津開設在紫竹林裕泰飯店旁請諸君降臨光顧是幸特此佈聞

丙申年六月二十四日禮拜一

義興順號

本店自置綢緞顧繡綾羅紗絹哈喇大呢花素洋布俱全貨高價廉開設天后宮北仕商賜顧無悮特此佈 達

頭號杭寗綢三錢九
頭號江寗綢二錢九
頭號摹本緞三錢三
哆囉蔴整疋按原碼 四分二

拍賣告白

啓者准於本月二十五日即禮拜二下午二點鐘在紫竹林海大道曾公館老房子新直報館院內樓上拍賣坐鐘掛表古銅爐古磁瓶洋燭式樣花扣花彩洋燈各樣花針玉如意銅盤胰子抬桌椅子鐵床宮燈各樣洋貨各樣家俱等件如欲買者請早來細看面拍可也特此佈 達

集盛洋行啓

頓起沉疴

六月初旬予患噤口痢證痛苦異常先延他醫服藥罔效病勢反重嗣延天津道西箭道內任棟臣先生診治服藥二帖病勢頓減連日更方六帖全愈感激無已登報誌謝

武清李茂林啓

保命險告白

啟者本行代理長明人壽保險公司如 紳商欲保者請移玉至紫竹林法租界第一樓東間壁華昌洋行面議可也此佈

英商 華昌洋行啟

六月二十四日銀洋行情

天津九七六錢	銀盤	二千五百七十七文
	洋元	一千八百一十五文
紫竹林九六錢	銀盤	二千六百一十七文
	洋元	一千八百四十五文

六月廿三日出口輪船禮拜日

新豐	輪船往上海	招商局
武昌	輪船往上海	古太行
怡生	輪船往上海	怡和行

直報

光緒二十二年六月二十五日 第四百七十二號
西歷一千八百九十六年八月初四日 禮拜二

上諭恭錄 修築隄河查放賑撫獎敘清單 六月分缺單
日食詳誌 謠言惑衆 凶占滅頂 祀神得體
忠厚有餘 幼孩實供 傷痕驗訖 匪棍逞兇
天朗氣清 花隨流水 西報談絲 各行告白
京報照錄

本館大小各種中西新字均已到齊屢登報首佈告想邀 閲報諸公鑒賞惟版祇四頁逐日四方函告之事絡繹不絕限於篇幅未能全錄不足饜 閲者之目本館現已託人分往東瀛上海兩處購辦西國兩面報紙一俟寄到仍照從前時報式樣加版四頁共成八頁新聞既可多錄告白亦可鋪排合先布 聞伏希 垂鑒 直報館謹啓

上諭恭錄

上諭福潤奏安徽潛山英山二縣五月間陰雨過多蛟洪陡發以致縣境被淹情形較重現辦籌撫等語覽奏實深廑系即着福潤遴派妥員籌辦賑撫並設法疏消積水毋令災民失所餘着照所議辦理該部知道欽此 上諭李秉衡奏續查河員辦事虛僞貽誤要工從嚴參辦等語已革副將徐天慶辦理廂埽並未用土塡實已革知縣張學易現錢買土亦有不實不盡該二員前因趙家菜園漫口業經降旨革職徐天慶着永不敘用並不准投效軍營張學易着不准留工以示懲儆該部知道欽此 上諭福潤奏緝捕營員會訊獲解盜犯擅用刑逼知縣於盜刦重案延不破獲請旨分別懲儆一摺本年二月間安徽蕪湖縣城外同茂錢店被刦緝捕委員兩江補用副將李振標獲犯褚廣禮等擅用刑逼幾致釀成寃獄實屬玩視人命任性妄爲署蕪湖縣知縣李家澍於同茂錢店被刦一案兩月有餘贓盜迄未破獲捕務亦屬廢弛李振標着即行革職李家澍着撤任摘去頂戴以示懲儆餘着照所議辦理該部知道欽此

修築隄河查放賑撫獎敘清單

勸辦賑捐出力員紳 在任候補知府冀州直隸州知州牛昶煦在任候補知府深州直隸州知州錢溯耆候補知府吳積旬均請俟補知府後以道員補用北河候補同知林際康候補直隸州署昌黎縣知縣駱孝先分省試用同知莊海觀均請俟補缺後以知府用候選郎中朱有濂候選同知高爾伊均請俟得缺後以知府補用在任候補直隸州甯津縣知縣趙欽舜請俟離知縣任補直隸州後以知府在任候補候補知州裴季倫請俟補缺後以鹽運司運同在任候補候選知州馮熙年請俟得缺後以鹽運司運同補用試用知縣陳汝豫請俟補缺後以同知用故城縣知縣沈政初請以同知直隸州在任補用磁州知州許之軾曲周縣知縣王希賢均請以直隸州知州在任候補甯晉縣知縣梁宗灝請以直隸州知州升用知州用署玉田縣知縣候補知縣洪壽彭候補知縣屠仁宇均請俟補缺後以直隸州知州升用候補知縣長蘆小直沽批驗所大使陳寶誠請俟補知縣後以直隸州知州用候補知縣秦奎良朱成衍陽煥章大挑知縣傅華清蔡詠裳陳泰署廣昌縣知縣候補知縣張孝詒候補知縣丁協宣高維敬方汝霖均請俟補缺後以直隸州知州補用署東鹿縣知縣候補知縣李秉和廣西候補知縣王景松直隸候補知縣商寶燦鄒梓生均請俟補缺後以同知直隸州補用 此稿未完

光緒二十二年六月分缺單 ○通判奉天撫民圍塲陳國樑不謹知縣直隸束鹿汪煇丁安徽靑陽湯壽潛四川樂至陳天驥俱修墓四川合江黃應泰陝西白水顧元亨俱丁湖南龍山李智儔革湖北嘉魚趙永淸丁 縣丞直隸赤城周冕查無其人 巡檢廣西賀縣李鴻鈞革奉天金州廳孫偉浮躁 典史山西滎河廖滎近

日食詳誌 ○欽天監奏七月初一日食初虧午初三刻五分復圓未正初刻十三分食分爲百分之五十三知照各部院派送救護司員訪錄於左 宗人府候補主事宗室瑞賢奕賡筆帖式祥輯恒廉 內閣中書福興多仁王寶田楊樹 翰林院檢討徐中銓趙啓霖筆帖式覺羅桂存寶善 詹事府主簿陳欽九余瑞霖 吏部員外郎升允主事德安員外郎王滎先主事鮑心增 戶部主事覺羅淸海孟德芳員外郎恩通王之杰 禮部員外郎彥忠主事長恩筆帖式桂芳文連 兵部堂主事成慶員外郎恩良主事祝慶三楊典訓 刑部員外郎松均啓元員外郎王秉忠主事王金鎔 工部員外郎慶秀主事鍾俊員外郎鄭家縉主事劉鼎玉等均於是日辰刻至太常寺署內伺候救護以昭愼重

謠言惑衆 ○左安門內三轉橋有某甲者成衣匠也贅於該處某姓爲婿近忽神情慘淡舉止改常夜間喃喃私語謂有仙姑三人附身助之療病人雖已死可招致其魂至所謂仙姑長者花信年華次符封姨之數幼則一垂髫童女耳據稱均有絕大神通能起死回生一時愚夫婦互相傳說舉國若狂或求治病或冀消災或邀亡魂相與坐談甲則如傳語之通事冥府中事口講指畫刺刺不休君子曰此人妖也謠言惑衆厲禁綦嚴所望賢有司立行驅逐以靖地方也可

凶占滅頂 ○南西門內瑤臺迤南有積水一泓名曰方槽淸可見底故童子輩皆集于此以游以泳藉以去垢而納涼頃聞某姓子與隣家三五小兒在此游戲就淺就深之際不料墜入水窟中突遭滅頂經旁人報知伊家急往拯救而已無及矣該父母呼天搶地痛不欲生緣老夫婦年皆知命膝下只此一顆掌珠也噫

祀神得體 ○本郡大小衙門歷屆六月二十四日准各差役就班房前懸燈結彩吹竹彈絲演習一切雜技慶祝關帝聖誕本屆各署循例照辦惟縣署奉邑尊諭謂祀神以敬爲主設供拈香足矣艷曲淫詞反形褻慢可暫停止故是夕獨寂然無聲凡往觀熱鬧者無不乘興而來敗興而返

忠厚有餘 ○津郡自修官道興造洋車凡行人往來均皆稱便嗣後愈增愈多現至五千餘輛以致道路時常擁擠日昨南門內大街有局差某甲出城辦公行至該處被車輪掛住大衫撕破尺許車夫大懼以頭碰地甲絕無怒意從容言曰汝係苦人且非有心吵鬧亦復何益吾不汝責也拂袖而去一時旁觀無不稱爲忠厚長者云

幼孩實供 ○自入六月以來人命案件何止十數起日昨西頭賀家樓後蕭姓弟兄甲乙二人木作手藝孀母某氏年逾六旬因索房起衅自縊身死該管地方禀報經邑尊請委相驗棺殮後將甲乙並八歲幼孩帶回覆訊現聞幼孩供出實情尙未訪明未便率登俟訪再錄

傷痕驗訖 ○河東四甲張某武弁也二十三日被鄰人吳有用刀砍傷正在動手時張之子姪赶至極力帮護均皆被傷而張某獨重立卽抬赴縣署鳴寃請驗訪悉兩家素有嫌疑近日小孩又復鬥毆張因幼孫吃虧找向不依未免意氣相加聲色俱厲致吳憤激不平遂至用武聞驗傷畢諭令回家候傳吳姓到案再行訊究

匪棍逞兇 ○城西南鄉邊家村某孀婦家綦貧一子甲年二十餘與人傭工女甫二八貞靜幽閒頗嫻閨訓除操持家務外復常向村外拾柴以佐炊爨同村王乙素行不端垂涎已久日昨在郊外相遇挑以穢語女正色拒之歸家哭訴前情甲忿火中燒遂約同族中弟兄丙丁二人同興問罪之師乙亦整兵相待致將甲之族兄腦後連髮辮砍去一片血流如注傷勢甚重乙卽逃逸甲等約同地保抬赴縣署驗訊現已飭緝究辦矣

天朗氣清　○本埠地居燕南向來寒多煖少自入伏後天氣炎熱異常中伏尤甚赤日炙人如湯如火寒暑表已升至九十八度之多闘大直沽前有脚行某甲因卸載過力猝然中暑倒地不省人事經衆人扶起赶用藥物灌救然已氣絕體冰名登鬼錄矣至二十三日大雨以後炎蒸漸退清風習習然因誦南風不用蒲葵　之句不禁神爽

花隨流水　○河東某甲者衣冠中人素行不端劣蹟難以枚舉昨有族弟某乙由保定府携眷來津暫住伊家本月十八日正值河東關帝廟賽會甲貌託殷勤將弟婦寄在看棚以便玩賞乙初不料其有他也至天晚會撤人散而甲與弟婦迄未回家遣人徧處找尋殊無踪影方知被甲拐逃甲兄以宦家出此醜事覺臉面無光現派多人各給盤費分路偵探如能找回賞銀二十兩昔人落花詩云看他已逐東流去却被風吹倒轉來未知果能如願否

西報談絲　○滬上繅絲廠至今日可謂極一時之盛乃昨閱英京太晤士報不禁爲衆廠商借箸代籌焉太晤士報之言曰英國現已究得繅絲新法建廠於曼恰司得地方費去英金三萬磅廠中繅成之絲非特光潔停勻駕乎中國運售倫敦巴黎斯者倍蓰而核其每歲所出將奪回中國繅絲利權之半云查英國進口絲往歲值英金一千七百萬磅其中以中國運去者爲多今旣得此新法造斯新廠則鄰厚我薄之義昭然共見然則中國繅絲廠商於此時將何以爲計毋亦曰節糜費慎繭價以期共保利權而已

東門外闔津公所原係慶芳園之棄業也其失修情形甚屬不便自敝公所接手後經承辦首事等籌修一新惟有傢具零件一時無欵修補只得將搭桌助資作爲需費刻各工稍平復慮繁雜返爲瑣碎現衆承辦首事等議定章程由本月念二日爲始除水會祝敬外不准借座搭桌特此登報週知以塞衆望尙祈原鑒

闔津水局仝啓

拍賣告白

啓者准於本月二十六日即禮拜三下午二點鐘在紫竹林海大道曾公館老房子新直報館院內樓上拍賣坐鐘掛表古銅爐古磁瓶洋燭式樣花扣花彩洋燈各樣花針玉如意銅盤胰子抬桌椅子鐵床宮燈各樣洋貨各樣家俱等件如欲買者請早來細看面拍可也特此佈　達

集盛洋行啓

本館准定七月初一日開館本月二十六日辰刻先行傳考已報名者望屆期携帶筆墨至醫學堂內候考未報名者二十五日以前速來報名此白

育才館啓

告白

本齋自製　進呈紅黃綾紙奏摺正副表文南紙綾錦畫絹赤金屏對貢牋等箋顏料印色湖筆水筆貢墨端欵等硯圖章牙器文玩各欵雅扇箋柬詩筒向蒙　士林稱許　賜顧諸君請詳察焉新到繙譯新法化學格致水陸兵法天算等書名目繁多不及備載今將時務各書臚列數種留心經濟者請來擇取可也　普天忠憤集　繪圖中東戰紀本末　中日戰輯　奏疏錄要　洋務新論　時事類編　西學六種　洋務實學　行軍鐵路工程　鐵路圖考　通商始末記　萬國史記　萬國通鑑　萬國近政考　中西紀事　自西徂東　東方交涉記　中日始末記　洋務采風記　各國富强策　新繪海國圖志足本　格物入門　格致須知十六種　時務要覽　西國通俗演義　公車上書記　打密電報本　德國操法　正續盛世危言　西算新法　西法筆算　西法算學入門　學算筆談　行素軒算學　算草叢存　天文算學纂要三十二本　四元玉鑑　左文襄公兵書　左文襄公奏議　斯陶說林　竹葉亭雜記　論語旁証　隋唐演義

文美齋主人白

京都墨禪善繪蘭石現移紫竹林佛照樓地勢幽閑良朋雅集結翰墨緣者絡繹不絕謹登報以便探訪

京都魏醫專治便毒五淋白濁楊梅瘡疳魚口大瘡等症無論遠年近日三天保好永遠不犯兼治外科等症　寓西城根馬家客店內

逸雲齋

本齋專辦進呈紅黃綾紙奏摺萬壽賀本正副表文大赤喜壽圍屏緙絲喜壽屏對描金洒金貢蠟清水冷金雨雪素碰宋錦龍綾各種裱綾裱絹加重白礬宮絹蘇製顏料八寶硃砂印色東瀛印色詩箋琴紋日晷羅盤端歙各硯湖筆徽墨自製水筆紈摺雅扇上嫩葵扇十錦詩牋各種帖套各式帳簿鐫刻雲白銅尺墨盒香盒金玉圖章搢紳名人書畫揭裱古今字畫冊頁手捲並躉售木板石印鉛板各種書籍碑帖摹刻翰苑仿影名目繁瑣不及備載諸公賜顧者請移玉估衣街東首路北德興里大門內便是價目格外從廉

擇于六月二十日開張先此佈告

逸雲齋主人謹白

浙杭 元吉永號

本莊自置紗羅綢緞新樣洋辮花素洋布川廣夏貨圖摺雅扇南貨頭油俱全祇爲近時錢市漲落不同故而各貨減價開設估衣街中間路北凡仕商賜顧者無悞

特此佈達

宮北 萃文魁

新到後聊齋三續聊齋正續子不語時事新類編等一切閑書算學尺牘等書因書名甚繁不能單錄凡別家登報書籍一概俱全寄賣李鼎和湖筆價格外從廉特此告白

烏利文洋行

啓者本行開設香港上海三十餘年四方馳名專售各式金銀鐘錶鑽石戒指八音琴千里鏡眼鏡等物並修理鐘表價錢比別家格外公道今本行東家巴克由上海來津開設在紫竹林裕泰飯店旁請諸君降臨光顧是幸特此佈聞

丙申年六月二十五日禮拜二

義興順號

本店自置綢緞顧繡綾羅紗絹哈喇大呢花素洋布俱全貨高價廉開設天后宮北仕商賜顧無悞特此佈　達

頭號杭寗綢三錢九
頭號江寗綢二錢九
頭號摹本緞三錢三
哆囉蔴整　四分二
疋按原碼

中西博聞報館 新開

新寄津門博聞報於六月初六日開張出報久仰作稿主人倉山舊主袁翔甫先生海上名士報張所載　上諭京報時作論說採選中外各電聞錄遍覽者一目瞭然分寄天津城內天津府署西三聖菴西直報分處內閱者鑒之止此一家別無二處賜函分送不悞　主顧

梁子亨啓

頓起沉疴

六月初旬予患噤口痢證痛苦異常先延他醫服藥罔效病勢反重嗣延天津道西箭道內任棟臣先生診治服藥二帖病勢頓減連日更方六帖全愈感激無已登報誌謝

武清李茂林啓

保命險告白

啟者本行代理長明人壽保險公司如　紳商欲保者請移玉至紫竹林法租界第一樓東間壁華昌洋行面議可也此佈

英商華昌洋行啟

六月二十五日銀洋行情

天津九七六錢
銀盤二千五百八十五文
洋元一千八百二十文

紫竹林九六錢
銀盤二千六百二十五文
洋元一千八百五十文

六月廿五日進口輪船禮拜二
順和　輪船由上海　怡和行

六月廿六日出口輪船禮拜三
新豐　輪船往上海　招商局

直報

光緒二十二年六月二十六日　第四百七十三號
西歷一千八百九十六年八月初五日　禮拜三

上諭恭錄　修築隄河查放賑撫獎叙清單　禮隆陪祀
天威可畏　問諸水濱　案經詳結　飭拏逸犯
是何妖怪　無賴奪錢　勇於私鬥　見死不救
日災詳譯　各行告白　京報照錄

本館大小各種中西新字均已到齊屢登報首佈告想邀　閱報諸公鑒賞惟版祗四頁逐日四方函告之事絡繹不絕限於篇幅未能全錄不足饜　閱者之目本館現已託人分往東瀛上海兩處購辦西國兩面報紙一俟寄到仍照從前時報式樣加版四頁共成八頁新聞既可多錄告白亦可鋪排合先布　聞伏希　垂鑒　直報館謹啓

上諭恭錄

上諭巡視中城給事中桂年等奏遵保五城水會出力紳董開單呈覽一摺着該部議奏單併發欽此　上諭巡視中城給事中桂年等奏五城練勇局出力武弁遵駁改獎一摺着兵部議奏欽此　上諭張之洞等奏湖北應山等縣被水情形分別辦理一摺五月間湖北應山孝感羅田三縣蛟水猝發田廬被淹應山縣並查有傷斃人口情事現經該督等撥欵派員前往賑撫即着督飭委員會同應山縣官紳將撫恤事宜認眞籌辦並設法疏消積水毋令災民失所其孝感羅田兩縣被災情形並着迅速查明辦理該部知道欽此

修築隄河查放賑撫獎叙清單　續前稿

在任候選知縣蘆台場大使周德釗教習知縣陳悰萬均請俟得知縣缺後以同知直隸州用候選知縣周士杰請仍以知縣不論雙單月儘先選用北河候補州判余學仁候補州判王照潘應奎指分北河試用縣丞張文秀呂鍾渭候補縣丞林慈雲侯銘烈朱治華謝黎陳祖裕方恩培巢鳳岡李愈巢蔭槐北河候補縣丞張嘉幹高志成顧孫吉張文灝候補府經歷梅家振指分廣東試用縣丞范振鵬均請俟補缺後以知縣用長蘆批驗所大使許之凱涿州州判調署固安縣縣丞邱兆焜均請以知縣在任候補候選布庫大使姚彤章候選縣丞沙承勳任洞李世斌孫宗裕周治岐姚訓才候選教諭吳朝品均請俟得缺後以知縣用拔貢就職教諭武煦請以教諭遇缺選用主簿用丁憂獻縣典史黃德春請俟服闋補主簿後以縣丞用在任候補主簿萬全縣典史畢承祺請俟補主簿後以縣丞用察哈爾正黃旗牛羊羣護軍孟克德勒格勒請以筆帖式補用監貢生趙文祥請以主簿不論雙單月選用山西候補巡檢李暢園候補府倉大使褚興祖候補從九品徐繼昌朱丙焱徐國光候補典史吳守創蘇念椿艾文龍方金銘北河候補巡檢程光楹許元灼孫應勃陸肇庸試用州吏目胡文椿均請俟補缺後以縣主簿用准補平谷縣典史孫志銘請以州吏目在任候補張家口興和城千總石琳請以守備在任候補靜海縣良王莊汎把總黑彭年請遇有千總缺出挨班儘先序補候補把總陶奎慶請俟補缺後以千總補用修築隄河各工並查放賑撫出力員紳　直隸候補道林志道請加二品頂戴三品銜道員用在任候補知府天津海防同知史善詒請俟補知府離任歸道員班後加二品頂戴補用佐領張家口右翼驍騎校富倫請俟補佐領後加二品頂戴記名副都統察哈爾右翼滿洲協領景祺請

給二品　封典知府用候補同知唐應騊盛鍾岐均請俟補同知離任歸知府後加三品銜在任補用同知直隸州唐縣知縣秦家棫均請俟歸知府班後加三品銜補用防禦張家口廂黃旗滿洲驍騎校額勒渾請俟補防禦後加三品頂戴　　此稿未完

禮隆陪祀　○太常寺題六月二十八日　萬壽聖節致祭　太廟奉　旨遣凱泰行禮欽此已見邸抄茲聞各部院咨送陪祀司員開錄於左　宗人府理事官宗室宜烈載如主事恩元吉爾哈春　內閣中書松秀潤麟劉耀增王寶璋　翰林院編修連捷黃紹第筆帖式榮泰鍾禧　詹事府主簿周守信劉起唐筆帖式普霖增全　吏部員外郎恩林裕陞主事焦錫齡張祖厚　戶部郎中通泰員外郎英傑主事劉雲錦羅鳳閣　禮部員外郎長恩主事宗室裕舒員外郎唐宗海主事吳學曾　兵部員外郎樂壽主事貽穀員外郎王澤豐主事彭坤生　刑部員外郎慶毓主事世桂員外郎韓慕琦主事唐國培　工部員外郎豐培主事瑞隆郎中李長華主事汪兆麟　太常寺贊禮郎阿昌阿孝順世蔭斌福全順　讀祝官英勳啓順志驤　司樂李兆墀宋玉麟蕭澤瀛祁有德任永福王澤順太廟四品官豐運五品官清昌等務於二十七日赴　內廷朝房住宿於二十八日寅刻伺候陪祀云

天威可畏　○書曰烈風雷雨弗迷語曰迅雷風烈必變惟聖人能敬天亦惟聖人能立命也六月十七日京師地面自晨至夜風雨連綿雷霆交作有三河縣人路經永定門外被雷殛斃仆臥街旁又某雜貨店夥友亦被殛死更奇者某宅家僮年約十四五適在後樓操作忽爲雷撤下天堦雙膝跪地大懼不敢動俄而雷止童起居然無恙未幾雷聲復震勢愈猛烈隣街一僮被擊而死然則或死或不死豈偶然哉

問諸水濱　○京師自六月中旬大雨連綿數日不止永定門外護城河內因山水漲泛鬧水滾滾直下深至丈餘漂來男屍四具業經地方官派差將屍撈獲禀請相驗由官發給棺木掩埋又聞宣武門外護城河浮有赤身女屍一具亦經地方報驗掩埋

案經詳結　○齊石搆訟情形數登前報茲悉案已擬結昨經阮大令在府署提集全案人卷逐一覆訊據左衛地方龐吉升供稱遝查地面並無金章氏其人名係虛揑四甲地方供稱巳死屍身實係孫某並非金永立項替屬實宮北地方供查黃某並未在家鬧口地方供孫某屍棺現停身管地方靑鎭地方供實係關老招局與石姓無干後街地方供石姓家並未有賭大令遂令各具切結關老照例責枷發楊柳青示衆隨訊齊甲云按爾罪名法難曲宥且孫某斃命伊誰之咎姑念爾讀書人從輕擬徒不得謂非法外施仁也訊畢仍令收禁候定地發遣無干省釋刻已出詳矣

飭拏逸犯　○昨報登張某被吳姓刀傷赴縣請驗諭候傳究等情茲悉是日東汛高弁聞該管地面有持刀傷人情事立令勇目往拏而吳姓等已逃匿無踪延至次日潘三自首送縣歸案旋經縣役在南局地方拏獲吳羣一名當即提訊張供因吳子起衅吳妻來家撒潑職找吳理論竟被率衆打傷並將姪左手大指砍落訊及吳羣供認不諱潘三亦認幇打干証張七所供與原告無異遂將潘三等嚴押仍令速緝逸犯以憑懲辦

是何妖怪　○本月二十二日晚七點鐘時大雨如注風伯偕來太平庄某雜貨舖老媼新亡棺停廣仁堂洩水河邊該處居民遙見丈許黑影傍棺旋轉雷電轟擊似不敢近霎有火球如斗滾滾而來霹靂一聲震撼山岳將材掀入河心雨亦旋止噫是何妖也異矣

無賴奪錢　○日昨午前蘆家莊男女二孩在海大道行走女年十二三男不過八九齡[illegible]遇無賴子見小孩持錢二百賊智忽生假充認識與相問答誘至順成木廠南空閒地方突將手中錢及身穿袷襖一件盡行奪去兩孩且哭且喊追經旁人問明賊去已遠追之不及有好義者醵錢一百餘交兩孩持之泣以歸

勇於私門　○官汛前李某設立鍋夥一切費用悉仰給於娼寮賭廠二十四日晚李率羽黨往西方菴前某賭局索費適有土

著某甲向爲該局護符兩不相下遂致此千彼戈鬪甲受傷甚重已赴縣請驗究矣械門之事幾於無日無之良可慨哉

見死不救 〇河東鹽坨唐姓孀婦素欠某甲錢文屢討未還日昨甲妻復往討要因相口角該孀情急手拉甲妻同去投河甲妻支撐不去拉扯多時該孀憤自出門走至坑邊大哭許久乃投坑而死異哉當大哭時該鄰人豈皆無聞無見竟未有出而勸阻者何也現經該管地方報案縣委立赴河東相驗至作何訊斷尚未訪明

日災詳譯 〇日本報載日本東北部海嘯爲災被害之地共有三縣周方八九百里水深三丈而以岩平縣爲最淹死人丁二萬三千四百十六名負傷者四千五百零五名房屋流失五千四百三十四家半潰者六百二十一家宮城縣又次之淹死三千一百零六人負傷六百九十四人房屋流失三千七百四十六家青森縣又次之淹死者三百四十六人負傷者二百十三人房屋流失四百六十五家日本國王現在遣使至該處賑濟計岩平縣洋一萬元宮城縣洋三千元青森縣洋一千元日人僉言爲亘古未有之奇災云

東門外闔津公所原係慶芳園之棄業也其失修情形甚屬不便自敝公所接手後經承辦首事等籌修一新惟有傢具零件一時無欵修補只得將搭桌助資作爲需費刻各工稍平復慮繁雜返爲瑣碎現衆承辦首事等議定章程由本月念二日爲始除水會祝敬外不准借座搭桌特此登報週知以塞衆望尚祈原鑒

闔津水局全啓

本館准定七月初一日開館本月二十六日辰刻先行傳考已報名者望屆期携帶筆墨至醫學堂內候考未報名者二十五日以前速來報名此白

育才館啓

告白

本齋自製　進呈紅黃綾紙奏摺正副表文南紙綾錦畫絹赤金屏對貢牋等箋顏料印色湖筆水筆貢墨端欵等硯圖章牙器文玩各欵雅扇箋柬詩筒向蒙　士林稱許　賜顧諸君請詳察焉新到繙譯新法化學格致水陸兵法天算等書名目繁多不及備載今將時務各書臚列數種留心經濟者請來擇取可也　普天忠憤集　繪圖中東戰紀本末　中日戰輯　奏疏錄要　洋務新論　時事類編　西學六種　洋務實學　行軍鐵路工程　鐵路圖考　通商始末記　萬國史記　萬國通鑑　萬國近政考　中西紀事　自西徂東　東方交涉記　中日始末記　洋務采風記　各國富強策　新繪海國圖志足本　格物入門　格致須知十六種　時務要覽　西國通俗演義　公車上書記　打密電報本　德國操法　正續盛世危言　西算新法　西法筆算　西法算學入門　學算筆談　行素軒算學　算草叢存　天文算學纂要三十二本　四元玉鑑　左文襄公兵書　左文襄公奏議　斯陶說林　竹葉亭雜記　論語旁証　隋唐演義　文美齋主人白

北門東 文德書局

本堂督辦蘇浙閩廣書籍各省藏版局板石印鉛版各樣洋務時務算學兵書閒書端欵硯台方元墨海各樣大小羊毫錦匣徽墨清水絲棉一概批發不悞主顧刻下新到象牙壽山圖章雕刻細花紫竹筆筒筒水晶墨晶眼鏡　帽仕商賜顧望乞駕臨是幸

拍賣告白

敬啓者准於七月初二日即禮拜一下午二點鐘在紫竹林海大道曾公館老房子新直報館院內樓上拍賣坐鐘掛表古銅爐古磁瓶洋燭式樣花扣花彩洋燈各樣花針玉如意銅盤臉子抬桌椅子鐵床宮燈各樣洋貨各樣家俱等件如欲買者請早來細看面拍可也特此佈　達

集盛洋行啓

出售京都官書局彙報　代送申報　新聞報　新出博聞報　新出蘇報　新出指南報　滬報附送異跡仙踪　今日又送外國機器報　一報經手人代送萬國公報各時報　本津直報遍覽一目了然賜函色畫報　本報紙分送不悞暫寄各處各館分明何樣各報各室各齋各號記各板各式古今各坊各莊各種中西算學時務洋務書籍等閒書畫譜另外存廉現有五色墨甚奇來者逐日隨寄師親筆避瘟去邪靈符又到先取無多天再候來班爲快遲者

天津府署西三聖菴西梁子亭啓

逸雲齋

本齋專辦進呈紅黃綾紙奏摺萬壽賀本正副表文大赤喜壽圍屏緙絲喜壽屏對描金洒金貢蠟清水冷金雨雪𧸘碑宋錦龍綾各種裱綾裱絹加重白礬宮絹蘇製顏料八寶硃砂印色東瀛印色詩箋琴絃日晷羅盤端歙各硯湖筆徽墨自製水筆紈摺雅扇上嫩葵扇十錦詩牋各種帖套各式帳簿鐫刻雲白銅尺墨盒香盒金玉圖章搢紳名人書畫揭裱古今字畫册頁手捲並躉售木板石印鉛板各種書籍碑帖摹刻翰苑仿影名目繁瑣不及備載諸公賜顧者請移玉估衣街東首路北德興里大門內便是價目格外從廉

擇于六月二十日開張先此佈告

逸雲齋主人謹白

浙杭 元吉永號

本莊自置紗羅綢緞新樣洋辮花素洋布川廣夏貨團摺雅扇南貨頭油俱全祇爲近時錢市漲落不同故而各貨減價開設估衣街中間路北凡仕商賜顧者無悞特此佈達

天津 美昌字號

本號自辦各國鐘表玩物新式紙烟咀頂高紙烟各樣花洋毯時式洋燈上上大小瓶香水各欵香胰皂各省東土西土黑白烟膏寄售廣東各名家臘丸並暑藥廣同濟戒烟丸貨高價格外公道諸君賜顧者請光降是幸特此佈聞

新開在鍋店街中間坐北門面

烏利文洋行

啓者本行開設香港上海三十餘年四方馳名專售各式金銀鐘錶鑽石戒指八音琴千里鏡眼鏡等物並修理鐘表價錢比別家格外公道今本行東家已克由上海來津開設在紫竹林裕泰飯店旁請諸君降臨光顧是幸特此佈聞

丙申年六月二十六日禮拜三

義興順號

本店自置綢緞顧繡綾羅紗絹哈喇大呢花素洋布俱全貨高價廉開設天后宮北仕商賜顧無悞特此佈達

頭號杭寧綢三錢九

頭號江寧綢二錢九

頭號摹本緞三錢三

哆囉蔴整疋按原碼四分二

北宮 華文魁

新到後聊齋三續聊齋正續子不語時事新類編等一切閑書算學尺牘等書因書名甚繁不能單錄凡別家登報書籍一概俱全寄賣李鼎和湖筆價格外從廉特此告白

頓起沉疴

六月初旬予患噤口痢證痛苦異常先延他醫服藥罔效病勢反重嗣延天津道西箭道內任棟臣先生診治服藥二帖病勢頓減連日更方六帖全愈感激無已登報誌謝

武清李茂林啓

保命險告白

啟者本行代理長明人壽保險公司如紳商欲保者請移玉至紫竹林法租界第一樓東間壁華昌洋行面議可也此佈

英商華昌洋行啟

六月二十六日銀洋行情

天津九七六錢

銀盤二千五百八十文

洋元一千八百一十七文

紫竹林九六錢

銀盤二千六百二十文

洋元一千八百四十七文

六月廿七日出口輪船禮拜四

順和 輪船往上海 怡和行

州通 輪船往上海 太古行

新裕 輪船往上海 招商局

直報

光緒二十二年六月二十七日　第四百七十四號
西歷一千八百九十六年八月初六日　禮拜四

上諭恭錄　修築隄河查放賑撫獎敍清單　餉銀解部
賤工釀禍　逼人太甚　騙術離奇　局憲旋津
案關威逼　事後餘波　甚於凍餒　竊案風傳
逃生就死　拖泥帶水　連累無辜　鮮貸巨款
添課西學　各行告白　京報照錄

本館大小各種中西新字均已到齊屢登報首佈告想邀　閱報諸公鑒賞惟版祗四頁逐日四方函告之事絡繹不絕限於篇幅未能全錄不足饜　閱者之目本館現已託人分往東瀛上海兩處購辦西國兩面報紙一俟寄到仍照從前時報式樣加版四頁共成八頁新聞既可多錄告白亦可鋪排合先布　聞伏希　垂鑒
直報館謹啓

上諭恭錄

上諭劉樹堂奏已革知縣虧短庫款逾限無完請飭拿問監追查抄一摺已革河南安陽縣知縣董慶恩虧短正雜各款至一萬七千餘兩之多經劉樹堂奏參革職勒追迄今限滿分厘未完實屬玩視庫款董慶恩著即拿問由該撫飭提經手丁書人等審明是侵是挪照例監追究辦並將該革員歷過任所寓所資財先行查抄一面咨行順天府府尹浙江巡撫將該革員原籍祖籍家產一併查抄備抵以重庫款餘着照所議辦理該部知道欽此

修築隄河查放賑撫獎敍清單　續前稿

三品銜在任候補知府西甯縣知縣張鐵珊請俟離知縣任歸知府班後給三品　封典直隸州用候補知縣孫琇陳曾翰彭庚孫費繼武鄭光傑均請俟補知縣離任歸直隸州班後加四品銜分部員外郎呂懋官候選通判陳祐知州用河工試用州同丁熙均請加四品銜候選知州郭世泰請加運同銜前任口北道吉順候補知府繆彝候選員外郎楊俊元蔚州知州張諧之涿州知州嚴暄候補知縣呂懋光候補通判羅變陽玉田縣知縣陳縉署甯津縣知縣候補知縣楊善慶任邱縣知縣王蕙蘭署定興縣知縣即用知縣王遂善候補知縣孫振翮王毓葵黃國暄張錦　金永大挑知縣隋文熤成肇麟即用知縣王玉珂截取知縣王寶清教習知縣石立坊署望都縣知縣補用知縣王開運署無極縣知縣候補知縣葉人鏡北河試用縣丞何權朱佑保候補典史熊慶箎劉書雲均請從優議敘四品銜直隸州用候補知縣苗玉珂請俟補知縣離任歸直隸州班後給四品　封典承德府教授張丕弼請加國子監監丞銜候選訓導詹榮麟請加國子監學正銜四品銜北河補用同知夏人傑請給四品　封典在任候補直隸州保安州知州榮恩請俟補直隸州知州後以應升之缺升用候補知州章兆蓉請俟補缺後以應升之缺升用即用知縣馬觀臣岳齡羅廷煦候補知縣張翔舉甯濟何方徠芳運昌金祖祺王道昌馮麟桂截取知縣劉貞分省補用知縣陳鴻謨李常度候選知縣吳祚祜均請加同知銜知縣用北河候補縣丞陳鼎許誠允知縣用候補縣丞鄧如松張鳳瑞王式敏江炳麟徐昌齡謝文虎知縣用指分湖北試用縣丞陳英越知縣用候補府經歷張允翰均請俟補缺離任歸知縣班後加同知銜候選州判謝樹滋候補州判吳應琦北河試用州同朱紘均請加五品銜直隸州用候補知縣吳

調鼎同知銜知縣用北河候補縣丞錢金聲均請給五品　封典縣丞銜廩貢生李壽文縣丞銜孫輔清章壽增史汝基黃以庸張樹仁劉之鉌袁宗沐刁蘭均請以縣丞不論雙單月選用縣主簿銜屠壽昌請以縣主簿不論雙單月選用從九品職銜劉元模監生高家駒均請以巡檢不論雙單月選用從九品職銜李嘉麟文童朱縊智俊秀李景韶方朝能均請以從九品不論雙單月選用

餉銀解部　○湖南候補同知諸福應候補知州甯彝訓管解光緒二十一年正二三月固本軍餉銀一萬五千兩赴京又光緒二十二年漕折銀七萬兩米折銀五千兩均於六月十八日解交戶部收訖

賤工釀禍　○六月十七日宣武門內西單牌樓地方有車一輛自南而北絕迹飛行適一少婦手携四齡男孩躲避不及致將男孩撞倒車輪由項頸軋過當卽斃命經官廳將車夫拿獲詳報步軍統領衙門票委西城司帶領吏仵相驗詳報旋卽咨送刑部按律懲辦

逼人太甚　○前門內兵部街一帶帳局林立善權子母者每以重利盤剝爲能事有戶部山西司部書賈某因欠聚興成錢文未償將賈誘至局內窘辱百般羈囚不肯釋放賈羞憤交集隨取菜刀自將左手中二無名指盡行砍落血流如注隨赴該管地面官廳喊控立將該局主鎖解步軍統領衙門究辦然賈某傷勢甚重有性命之憂恐不能輕易了結也

騙術離奇　○世風不古騙術百出變幻離奇實令人防不勝防也京師前門外打磨廠地方德興客棧日前有某宦僕從烜赫頭帶四品頂翎聲稱來京領餉存入店內意氣豪華揮金如土廣置玉器皮貨諸物適有郎房二條衚衕潤珍齋晋古齋玉器舖及某估衣舖紛紛投赴該店往來貿易以牟厚利日昨因價值未妥暫將貨物存放次日再行商議不意該宦於十五日公出連夜未歸各舖友至店看視竟成空空詢及店主據云拜客未歸又待數日仍無影響於是舖友皆驚疑不定然各貨價值不過萬餘金而所領餉銀存店中者不止此數店主聞知旋卽投東河汎守戎署內稟報轉詳步軍統領衙門　令該管地方官派兵看守但未悉所領確係眞銀抑僞鼎也俟訪明再錄

局憲旋津　○前署關憲黃花農觀察扶柩回里曾紀前報玆悉上憲以觀察內政外交爲畿疆第一雖准假三個月而津地爲畿南要隘不可一日或離月間以假期將滿上憲屢電速歸觀察不得不勉爲出山由籍乘輪北駛在沽口換坐小輪於昨日午後四點鐘抵商局碼頭登岸日內謁見督憲拜謝寅僚及部署數月公務當有一番忙碌王事靡　不遑啓處可爲觀察詠之

案關威逼　○鹽坨四甲唐某負欠太重賒借無門室人時聞交謫聲日昨不知何故唐母投坑身死經地方循例報案唐某亦以債主威逼爲詞赴縣指控當經詣驗委係自行投坑身死令仵塡註屍格招房錄供刻聞票傳債主到案一經質訊果係威逼與否無難立斷也

事後餘波　○齊石訟事及結案情形均經佈聞刻據石作瑞在府稟稱孫母與妻恐不甘心或來門前撒潑拚命致生不測懇恩賞差彈壓等語已蒙照准現令快皂兩班差役協同地方前往彈壓以防滋鬧云

甚於凍餒　○張甲手藝人經商某邀赴上洋生理家事托友人王某照料故王常在張家出入張妻習見不避人言嘖嘖頗有穢聲尙以爲風聞之不實也前月張自上洋寄信云六月間得便回里稍住數日等語王接閱後深恐家雞有妨野鶩遂密約偕逃及張來津見家門鎖錮問鄰人皆云不知向王某根究又不得見面始恍然知作嫦娥奔月故事矣除在衙門控追外自行訪聞刻在靜海邊界藏匿卽於二十四日約人同往偵尋但不知璧能歸趙否

竊案風傳　○昨夜河北大街增和首飾樓被賊穴墻入室竊去坐鐘等物但不知報案與否

逃生就死　○畿南各州縣連遭水患以致流民覓食紛紛來津大半挑水拉車藉延殘喘日昨有門廠人杜甲與大城人朱乙在河北關上小藥王廟前因挑水爭路遂相揪扭甲一時失脚落水淹斃該管地方赴縣稟報蒙邑尊請委相驗屬實隨令暫行棺殮尙

不知案情作何了結

拖泥帶水　○津邑地居下游爲九河總滙一遇伏秋大汎最易漫溢近因雨水連綿兼北河上游山洪陡漲以致各河水與岸平本邑天后宮戲樓後與洋貨街等處水深尺許及數寸不等附近各鋪在門外搭設跳板行人魚貫而過所有重載車輛推移埿淖中異常費力故街道愈形壅塞

連累無辜　○昨日河東二甲張某未知何故與伊父吵鬧因吞芙蓉膏自盡旋經伊父赴縣控稱某錢鋪陳姓與伊子爭吵回家自盡等詞從旁訪聞伊子與陳某並不相識實屬無故牽連一經琴堂訊斷自當水落石出

鮮貸巨欵　○倫敦來電云朝鮮擬向俄國商借洋銀八百萬許以漢陽一道爲質業已遣使赴俄專議其事云

添課西學　○浙撫廖中丞前日奉到總理衙門咨文內開應將浙省詁經精舍另課格致算學一門以爲高才生肄業之所中丞接悉之下現已轉行藩憲龍方伯辦理矣

東門外闔津公所原係慶芳園之棄業也其失修情形甚屬不便自敝公所接手後經承辦首事等籌修一新惟有傢具零件一時無欵修補只得將搭桌助資作爲需費刻各工稍平復慮繁雜返爲瑣碎現衆承辦首事等議定章程由本月念二日爲始除水會觀敬外不准借座搭桌特此登報週知以塞衆望尙祈原鑒

闔津水局仝啓

浙紹朱鈍翁醫脉精良久揚沽上仍寓彌勒菴

告白

本齋自製　進呈紅黃綾紙奏摺正副表文南紙綾錦畫絹赤金屏對貢牋等箋顏料印色湖筆水筆貢墨端欵等硯圖章牙器文玩各欵雅扇箋柬詩筒向蒙　士林稱許　賜顧諸君請詳察焉新到繙譯新法化學格致水陸兵法天算等書名目繁多不及備載今將時務各書臚列數種留心經濟者請來擇取可也　普天忠憤集　繪圖中東戰紀本末　中日戰輯　奏疏錄要　洋務新論　時事類編　西學六種　洋務實學　行軍鐵路工程　鐵路圖考　通商始末記　萬國史記　萬國通鑑　萬國近政考　中西紀事　自西徂東　東方交涉記　中日始末記　洋務采風記　各國富强策　新繪海國圖志足本　格物入門　格致須知十六種　時務要覽　西國通俗演義　公車上書記　打密電報本　德國操法　正續盛世危言　西算新法　西法筆算　西法算學入門　學算筆談　行素軒算學　算草叢存　天文算學纂要三十二本　四元玉鑑　左文襄公兵書　左文襄公奏議　斯陶說林　竹葉亭雜記　論語旁証　隋唐演義　文美齋主人白

金陵仁記南味坊

自製本機元淺京緞甯綢紗縐絨線糟貨食物金腿海味南貨俱全近因錢市漲落不同分別減價抑因無恥之徒假冒南味者甚多雖云謀利誠恐亂眞欲辨薰蕕用煩楮墨

寄售　雨前　碧螺春　龍井　每斤津錢　一千二百文　三千文　一千八百文　福建條絲格外公道

開設宮北大獅胡同內

宮北萃文魁

本店耑辦木板石印各種書籍一概發客因書名甚繁不能單錄凡別號登報書籍靡不俱全

出售京都官書局彙報　代送申報　新聞報　新出博聞報　新出蘇報　新出指南報　滬報附送異跡仙踪今日又送外國機器時報一本經手人代送　萬國公報　各色畫報　本津直報　遍覽一目了然賜函分明何樣報紙分送不悞暫寄各處各館各坊各莊各室各齋各號記各板各式古今閒書畫譜各種中西算學時務洋務書籍等逐日隨寄另外存廉現有五色墨甚奇來者無多　天師親筆避瘟去邪靈符又到先取爲快遲者再候來班

天津府署西三聖菴西梁子亭啓

逸雲齋

本齋專辦進呈紅黃綾紙奏摺萬壽賀本正副表文大赤喜壽圍屏緙絲喜壽屏對描金灑金貢蠟清水冷金雨雪煮硾宋錦龍綾各種裱綾裱絹加重白礬宮絹蘇製顏料八寶硃砂印色東瀛印色詩箋琴絃日晷羅盤端歙各硯湖筆徽墨自製水筆紈摺雅扇上嫩葵扇十錦詩牋各種帖套各式帳簿鐫刻雲白銅尺墨盒香盒金玉圖章搢紳名人書畫揭裱古今字畫册頁手捲並躉售木板石印鉛板各種書籍碑帖摹刻翰苑仿影名目繁瑣不及備載諸公賜顧者請移玉估衣街東首路北德興里大門內便是價目格外從廉

擇于六月二十日開張先此佈告

逸雲齋主人謹白

浙杭 元吉永號

本莊自置紗羅綢緞新樣洋辮花素洋布川廣夏貨團摺雅扇南貨頭油俱全祇爲近時錢市漲落不同故而各貨減價開設估衣街中間路北凡仕商賜顧者無悞特此佈達

天津 美昌字號

本號自辦各國鐘表玩物新式紙烟咀頂高紙烟各樣花洋毯時式洋燈上上大小瓶香水各款香胰皂各省東土西土黑白烟膏寄售廣東各名家臘丸並暑藥廣同濟戒烟丸貨高價格外公道諸君賜顧者請光降是幸特此佈聞新開在鍋店街中間坐北門面

烏利文洋行

啓者本行開設香港上海三十餘年四方馳名專售各式金銀鐘錶鑽石戒指八音琴千里鏡眼鏡等物並修理鐘表價錢比別家格外公道今本行東家巴克由上海來津開設在紫竹林裕泰飯店旁請諸君降臨光顧是幸特此佈聞

丙申年六月二十七日禮拜四

義興順號

本店自置綢緞顧繡綾羅紗絹哈喇大呢花素洋布俱全貨高價廉開設天后宮北仕商賜顧無悞特此佈　達

頭號杭甯綢三錢九
頭號江甯綢二錢九
頭號摹本緞三錢三
哆囉蔴整疋按原碼　四分二

拍賣告白

敬啓者准於七月初二日即禮拜一下午二點鐘在紫竹林海大道曾公館老房子新直報館院內樓上拍賣坐鐘掛表古銅爐古磁瓶洋燭式樣花扣花彩洋燈各樣花針玉如意銅盤胰子抬桌椅子鐵床宮燈各樣洋貨各樣家俱等件如欲買者請早來細看面拍可也特此佈　達

集盛洋行啓

頓起沉疴

六月初旬予患噤口痢證痛苦異常先延他醫服藥罔效病勢反重嗣延天津道西箭道內任棟臣先生診治服藥二帖病勢頓減連日更方六帖全愈感激無已登報誌謝

武清李茂林啓

保命險告白

啟者本行代理長明人壽保險公司如　紳商欲保者請移玉至紫竹林法租界第一樓東間壁華昌洋行面議可也此佈

英商華昌洋行啟

六月二十七日銀洋行情
天津九七六錢
銀盤二千五百八十七文
洋元一千八百二十二文
紫竹林九六錢
銀盤二千六百二十七文
洋元一千八百五十二文

六月廿八日出口輪船禮拜五
新裕　輪船往上海　招商局
六月廿八日進口輪船禮拜五
連陞　輪船由上海　怡和行

直報

光緒二十二年六月二十八日　第四百七十五號
西歷一千八百九十六年八月初七日　禮拜五

上諭恭錄　六月立秋說　禮重秋嘗　宴儲光祿
閭閻不靖　取供幼孩　正身獲案　葛藤悉斷
利在共爭　縱欲辱親　鎖押兇徒　東綁命案
門軍執法　台民傳語　日本武備　各行告白
京報照錄

本館大小各種中西新字均已到齊屢登報首佈告想邀　閱報諸公鑒賞惟版祇四頁逐日四方函告之事絡繹不絕限於篇幅未能全錄不足饜　閱者之目本館現已託人分往東瀛上海兩處購辦西國兩面報紙一俟寄到仍照從前時報式樣加版四頁共成八頁新聞既可多錄告白亦可鋪排合先布　聞伏希　垂鑒　直報館謹啓

上諭恭錄

硃筆吳樹梅補授司經局洗馬欽此　旨䕃生許之鵬着內用王之翰聯莊福懷劉家昌楊汝康周堂壽文林楨陳延曾俱着外用勝堃着以旗員用詹事府左贊善員缺着希廉補授吏科給事中員缺着丁立瀛補授截取給事中鄭思賀着照例用保送知府編修王紹廉着以知府分發省分補用陝西道監察御史員缺着張兆蘭補授保舉湖北候補知府趙毓楠直隸候補知縣楊兆庸俱照例用升補廣東崖州知州李懷清着准其升補前廣東花縣知縣升補崖州知州蕭長庚着以升銜發往原省另行題補俸滿直隸南樂縣知縣恭寅着回任黑龍江墨爾根城驛站官員缺着擬正之海昌補授擬陪之文光着記名卓異俸滿直隸吳橋縣知縣勞乃宣着回任准其每次卓異加一級仍註册候升卓異四川屏山縣知縣張九章汶川縣知縣盧鼎智廣西崇善縣知縣袁樹菽俱准其卓異加一級仍註册回任候升內閣中書員缺着佩志補授擬補東城兵馬司吏目儲維藩盛京刑部筆帖式文炳俱准其補授兩浙崇明場鹽大使何宋宣着照例用奏留吏部額外主事張檢着准其留部明保戶部候補主事丁乃安着賞給四品銜刑部候補主事錢開祜着交部從優議叙江蘇候補道黃承乙着以道員仍發江蘇儘先補用並交軍機處記名請旨簡放揀選知縣羅正鈞着以知縣發往直隸差遣委用欽此

六月立秋說

早起開門至西郊登隴首四望無極頓豁雙眸脚插塵中神疑天外撲人爽氣襟袖皆秋歸視壁上所粘中西歷知今日爲西歷一千八百九十六年八月初七日乃中歷光緒二十二年之六月二十八日也是日也宜立秋客有以是日當以秋論胡爲仍屬季夏問者余曰若以氣論則其日爲秋以月論則其日爲夏月之六夏之季也按月令配以五行夏季屬中央戊己土其音宮應黃鍾謂夏屬火季夏火休而盛德在土也一歲之間春夏秋冬各分居九十日以木火金水四行配土則每時寄王十八日義無專屬謂中央者以其包載四行合養萬物爲萬物之主也曰戊己者戊之爲言茂也萬物皆枝葉茂盛也己之爲言起也律歷志豐茂於戊理紀于己釋名己皆有定形可紀識也證文暨榮氏遁甲開山圖注及陶氏鬼谷注解釋迂廻張子以爲未安謂八卦之位坤在西南致養之地居離火兌金之間是以爲夏季之末其音宮而應爲黃鍾者漢志宮中也居中央唱始施生爲四方綱也

此稿未完

禮重秋嘗　○太常寺題七月初一日孟秋時享　太廟奉　旨派親詣行禮後殿遣魁斌行禮東廡遣德壽西廡遣貴永安各分獻欽此已見邸抄茲聞太常寺恭奉　諭旨後卽行咨各部院擇派司員陪祀請將銜名開送到寺茲特彙錄如左　吏部員外郎聯壽主事裕陞趙蔚坊七品京官周紹煊　戶部郎中全興員外郎恒廉主事張雲靑李錫澤　禮部郎中齡昌員外郎榮奎主事陶福同呂存德　兵部員外郎寶泉主事樂壽員外郎古禮圖主事毛德如　刑部員外郎熙璋主事普恒員外郎張瑞蔭主事楊履晉　工部員外郎鐵麟郎中長潤主事李春元武吉祥　太常寺贊禮郎淸瑞廣隆英祥伊里布文元春福文陞全順讀祝官覺羅崇秀英勳貴印廣安司樂李兆墀任永福祁有麟王澤順黃家瑞蕭澤瀛楊家魁　太廟五品官淸昌博崇武豐紳錫麟伊精阿常陞等均於六月二十九日赴　內廷朝房住宿伺候初一日寅刻敬謹陪祀云

宴儲光祿　○六月二十八日恭逢　皇上萬壽聖節現經光祿寺票仰五城指揮飭傳廚役五十名於二十五六等日黎明赴寺點名帶領赴　內廷御膳房造辦筵宴以隆典禮而昭愼重

閭閻不靖　○黃夜借錢綠林中翻新花樣也然不過偶一嘗試何意近來層見迭出六月二十日崇文門外大石橋地方各客店仍不免前項情事於是守望相助擊柝鳴鉦以待暴客日昨夜午彌勒菴左近之趙姓家突有妙手空空兒高踞檐頭索借盤費該姓恐貽後患不敢峻拒立給京蚨十二串飽欲以去噫閭閻不靖小民直無安枕之時杞憂何極哉

取供幼孩　○西頭蕭某因房主索房起衅蕭母自縊身死當卽赴縣以威逼等詞指控房主訴稱伊母年老病廢兩腿不能行步何能自縊該管地方亦云蕭母實有腿疾起立須用人扶大令首肯久之爰將蕭某幼子提案據供吾叔雇轎將祖母抬出吾爹拏繩一同出去他事不知等語大令得供令將蕭姓兄弟管押以憑覆訊

正身獲案　○昨午後有縣役牽拉一人形若土棍意氣揚揚從東浮橋經過據路人傳說此人姓賀名八係駱八等毆城守營汎兵案中要犯前次到案委係姚八非賀八正身也觀者如堵未知到官如何審辦容俟再訪

葛藤悉斷　○劉某擅毆廩生李某赴縣稟請驗究等情已紀前報茲悉邑尊票仰値差傳案訊究劉自揣無理恐干罪戾遂煩街鄰央求情愿將打破眼鏡等物照賠到門陪禮李已應允刻將據情呈請銷案矣

利在共爭　○津邑向有草行經紀久爲各柴廠之害經前邑尊郭大令訪悉情形立予斥革衆皆稱便至去歲又有海下秦某在縣具稟認充草行經紀當經趙大令請委嚴大令當堂審訊將秦逐下立案不准認充恐爲民害旋復稟陳情愿在抽用內每年入官項津錢八百吊充公亦經批駁刻聞大直沽有人勾通署內某甲欲伸前請衆柴廠得耗在茶園公議擬欲指名控究力請嚴禁此係風聞未知確否

縱欲辱親　○昨過劉家衚衕後見中年婦人坐洋車隨帶女僕行到路西門首放聲大哭訪悉婦人姓高因子游蕩不歸聞爲門內鍾姓子所誘故向鍾姓要人非將子交還不可喧鬧久之鍾子從門內出云向未與爾子聯屬何得誣賴可自向某娼家去找可也婦言爾旣知在某娼家何妨領我同去鍾於是憤然前行婦與女僕隨之至於能否找得尙未訪明

鎖押兇徒　○西方菴前趙奎元昨與褚某因賭博致相口角褚邀集多人找向鬪毆已經鄰人勸開旋又各持鎗刀器械將趙及同賭之崔二一併痛毆並聞趙小腹槍傷甚重性命不保河東汛帶兵前後抓獲兇犯五名送案究辦現已重責鎖押諒不能輕饒鬆放也

東鄉命案　○北方風高土厚民情强悍動輒白刃相仇視性命如草芥以致人命重案屢見疊出昨據衙署人云城東三十里之荒草坨村甲乙二人素有挾嫌本月二十四日酉刻尋衅互毆乙被扎傷身死經乙兄將甲拴獲到縣鳴寃暫令分班管押旋於二十五日邑尊請委下鄉相驗茲明錄大概至一切起衅確情俟訪先續登

門軍執法　○本邑素稱繁富故四方覓食者紛至沓來日昨有靜邑人某甲赴北關口汲水行抵河干偶得急病當即暈絕經同鄉人用木板舁歸武學後小店內再爲設法醫治甫抵城內甲已氣絕門兵詢知尾至武學後即以死屍進城違例犯法等詞將稟官究治衆央求未允大約非有所云云不能了結也

台民傳語　○昨由廈門訪事人函告前有日人自台灣中路逃至廈門親述云台民現已聚至數萬之多自雲林得手後現又攻破嘉義彰化苗栗三縣已有全台三分之二中以嘉義之民爲最強現惟台南北二府以日人扼守要隘未克進攻四縣中駐守日官盡被捉去殺死日商二百數十名日兵三百餘名將中路橫腰截駐兼以稻熟糧足扼險守要專用埋伏計以避敵鋒無事則深藏山谷日人無如之何如與交綏無不敗北死傷緣台民深熟地利雖險峻之處無不出入自如駐台日人雖日夜籌思苦無良法以遏兇鋒惟有束手待救而已且聞台民疑忌日人愈甚幾有誓不兩立之勢云

日本武備　○日本政府整頓武備增添師船擬於七年之內動用八千一百萬元訂造戰艦並用一千四百萬元建造船塢等項工程現在外洋定造船隻尚在七年用款以外查已定造船隻之中則有戰艦二艘每艘各重一萬千餘墩均在一年之內可得造齊放洋按日廷之意欲有絕大水師且欲使其一國師船之力量等於東洋海面英俄法德美五國師船之力量按五國駐紮東洋師船共計十八萬八千墩董日廷限定七年追步及之且於推廣水師之外擬啓鑄鐵之廠日本每年需用鋼鐵十三萬墩國中雖有饒餘煤鐵尚未能出合用材料

告白

本齋自製　進呈紅黃綾紙奏摺正副表文南紙綾錦畫絹赤金屏對貢朧等箋顏料印色湖筆水筆貢墨端歙等硯圖章牙器文玩各欵雅扇箋柬詩筒向蒙　士林稱許　賜顧諸君請詳察焉新到繙譯新法化學格致水陸兵法天算等書名目繁多不及備載今將時務各書臚列數種留心經濟者請來擇取可也　普天忠憤集　繪圖中東戰紀本末　中日戰輯　奏疏錄要　洋務新論　時事類編　西學六種　洋務實學　行軍鐵路工程　鐵路圖考　通商始末記　萬國史記　萬國通鑑　萬國近政考　中西紀事　自西徂東　東方交涉記・中日始末記　洋務采風記　各國富強策　新繪海國圖志足本　格物入門　格致須知十六種　時務要覽　西國通俗演義　公車上書記　打密電報本　德國操法　正續盛世危言　西算新法　西法筆算　西法算學入門　學算筆談　行素軒算學　算草叢存　天文算學纂要三十二本　四元玉鑑　左文襄公兵書　左文襄公奏議　斯陶說林　竹葉亭雜記　論語旁証　隋唐演義　文美齋主人白

北門東
文德書局

本堂督辦蘇浙閩廣書籍各省藏版局板石印鉛版各樣洋務時務算學兵書閒書書端歙硯台方元墨海各樣大小羊毫錦匣徽墨清水絲棉一概批發不悞主顧刻下新到象牙壽山圖章雕刻細花紫竹筆筒帽筒水晶墨晶眼鏡仕商賜顧望乞駕臨是幸

宮北
萃文魁

本店耑辦本板石印各種書籍一概發客因書名甚繁不能單錄凡別號登報書籍靡不俱全

三十八班書籍　士林託寄均然取出餘部出售　全部西遊記　全部說唐　征東　征西　粉粧樓　十二樓　呼家將　五代興隆傳　義妖白蛇傳　平妖傳　許眞人捉妖傳　列女傳　天寶傳　大明奇俠傳　前後施公案　林蘭香傳　明珠緣　意外緣　再生緣　賽桃源　珠邨談怪　玉瓶梅　玉鴛鴦　飛蛇子　一本萬利　客窗閒話　一片情　海上奇書　新鮮笑話　中外戲法大觀　文武香毯　忠烈姻緣　京調全部　詳註聊齋　後聊齋　餘者閒書來日再登分送各樣報紙　城內三聖菴西紫氣堂啓

逸雲齋

本齋專辦進呈紅黃綾紙奏摺萬壽賀本正副表文大赤喜壽圍屏緙絲喜壽屏對描金灑金貢蠟清水冷金雨雲素箋加重白礬宮絹蘇製顏料宋錦龍綾各種裱綾裱絹八寶硃砂印色東瀛印色詩箋琴絃日晷羅盤端歙各硯湖筆徽墨自製水筆紈摺雅扇上嫩葵扇十錦詩牋各種帖套各式帳簿鐫刻雲白銅尺墨盒香盒金玉圖章摺紳名人書畫揭裱古今字畫冊頁手捲並躉售木板石印鉛板各種書籍碑帖摹刻翰苑仿影名目繁瑣不及備載諸公賜顧者請移玉估衣街東首路北德興里大門內便是價目格外從廉

逸雲齋主人謹白

擇于六月二十日開張先此佈告

浙杭 元吉永莊

本莊自置紗羅綢緞新樣洋辦花素洋布川廣夏貨圖摺雅扇南貨頭油俱全祇為近時錢市漲落不同故而各貨減價開設估衣街中間路北凡仕商賜顧者無悞

特此佈達

天津 美昌字號

本號自辦各國鐘表玩物新式紙烟咀頂高紙烟各樣花洋毯時式洋燈上上大小瓶香水各款香胰皂各省東土西土黑白烟膏寄售廣東各名家臘丸並暑藥廣同濟戒烟丸貨高價格外公道諸君賜顧者請光降是幸特此佈聞新開在鍋店街中間坐北門面

拍賣告白

敬啓者准於七月初二日即禮拜一下午二點鐘在紫竹林海大道會公館老房子新直報館院內樓上拍賣坐鐘掛表古銅爐古磁瓶洋燭式樣花扣花彩洋燈各樣花針玉如意銅盤胰子抬桌椅子鐵床宮燈各樣洋貨各樣家俱等件如欲買者請早來細看面拍可也特此佈達

集盛洋行啓

烏利文洋行

啓者本行開設香港上海三十餘年四方馳名專售各式金銀鐘錶鑽石戒指八音琴千里鏡眼鏡等物並修理鐘表價錢比別家格外公道今本行東家巴克由上海來津開設在紫竹林裕泰飯店旁請諸君降臨光顧是幸特此佈聞

丙申年六月二十八日禮拜五

醫術精奇

予室於前數年忽患瘰癧漸延滿頸日久破爛屢次服藥弗克收功茲延天津道西箭道內普安醫室任君棟臣診治甫經三月有餘竟將瘰癧除去感激無已登報誌謝

王登瀛啓

義興順號

本店自置綢緞顧繡綾羅紗絹哈喇大呢花素洋布俱全貨高價廉開設天后宮北仕商賜顧無悞特此佈達

頭號杭寧綢三錢九
頭號江寧綢二錢九
頭號摹本緞三錢三
雨前 六百文
紅梅茶每斤九百六
紅茶梗 二百二

保命險告白

啟者本行代理長明人壽保險公司如紳商欲保者請移玉至紫竹林法租界第一樓東間壁華昌洋行面議可也此佈

英商華昌洋行啟

六月二十七日銀洋行情

天津九七六錢
銀盤二千五百八十七文
洋元一千八百二十二文
紫竹林九六錢
銀盤二千六百二十七文
洋元一千八百五十二文

六月廿八日出口輪船禮拜五
新裕 輪船往上海 招商局
六月廿八日進口輪船禮拜五
連陞 輪船由上海 怡和行

直報

光緒二十二年六月二十九日　第四百七十六號
西歷一千八百九十六年八月初八日　禮拜六

上諭恭錄　六月立秋說　六月分選單　貢納時鮮
以祝春秋　守身爲大　妄言妄聽　直藩牌示
學海課題　皖南正氣　稟攻傳遞　遺失銀票
鳥散庭空　好行其德　走狗當烹　輕於鴻毛
營混宜除　封姨改道　日輪趕造　英造鐵路
德艦落成　各行告白　京報照錄

本館大小各種中西新字均已到齊屢登報首佈告想邀　閱報諸公鑒賞惟版祗四頁逐日四方函告之事絡繹不絕限於篇幅未能全錄不足饜　閱者之目本館現已託人分往東瀛上海兩處購辦西國兩面報紙一俟寄到仍照從前時報式樣加版四頁共成八頁新聞既可多錄告白亦可鋪排合先布　聞伏希　垂鑒

直報館謹啓

上諭恭錄

硃筆楊儒補授都察院左副都御史欽此　硃筆陳邦瑞補授內閣侍讀學士欽此

六月立秋說　續前稿

或曰宮上也律歷志五聲始于宮陽數極于九九九八十一數最多聲最尊于諸管最長與中央土相應黃鍾本爲十一月管季夏之律亦應之者賀氏云以土義居中故虛設此律于其月實不用以候氣也孔氏亦云惟蔡氏熊氏乃以爲此黃鍾之少宮半黃鍾之律謂亦用以候氣我　朝欽定禮記義疏云自天而言則地在天中自地而言則木火金水皆載於土地道之所以承天不可以一方一月言也自天干言戊己居中且在金火間以遞相生自地支言辰戌丑未居四方之隅木火金水無不歸土此卽代終之義而寄王之說所由起固不妨以方舉以月計蓋五行之道多途其理要原於一致耳至其音宮其應黃鍾之說　欽定謂六月方用六寸之林鍾又用四寸五分之黃鍾何所適從乎若謂後十八日氣降而四寸五分不應七月又升而五寸三分惟聲之中則九寸者高宮三寸九分者低宮又未嘗不可兼該耳朱子以爲此京房律準十三弦中一弦不動之黃鍾是也是其月仍爲夏而不可以言秋其於是月立秋者何也蓋一年有二十四氣皆節氣在前中氣在後節氣一名朔氣朔氣在晦則後月閏中氣在朔則前月閏中氣無入前月法節氣有入前月法此歷法也其歌云節氣與中氣但有半月隔若要仔細推兩時零五刻今立秋之在六月下旬者乃秋之朔氣入於前月精歷數者自知無煩多贅他若宋玉之悲秋歐陽子聞秋聲而嘆息是皆閒情逸致觸序興懷余無所取獨取尙書乃慶西成句與若農服田力穡乃亦有秋句二乃字意味深長最宜潛玩是自天子以至於庶人古今所當加意者質諸明公其以余言爲迂擱否

光緒二十二年六月分選單　○同知江西建昌鮑恩綬安徽甲通判奉天圍塲宋維英湖南人　知縣安徽靑陽錢保壽浙江舉湖北嘉魚吳鍾彥安徽陝西白水陳　芬湖北俱監山西左雲盛鍾襄浙江附直隸東鹿馬乘時山西舉四川樂至余選恩湖南湖南甯鄉朱國華安徽俱監四川合江龔寶琨湖北舉湖南龍山周仁壽浙江監　按經江西廣豐王黃監縣丞直隸赤城李焯琳貴州歲巡檢奉天金州廳王維周順天供事廣西賀縣林品熙四川監典史山西榮河劉裕湛直隸監

貢納時鮮　○直隸督憲札行昌平州派差役陳自起等管解光緒二十二年分榛栗二十八石於六月二十日辰刻赴内務府交納轉交　御菓房查收換批以備銷差云

以祝春秋　○六月二十一日在某邸門首見有鶴鹿各一詢係外省獻來者盛以木製樊籠外罩鐵絲羅網各用夫役二名肩駕以行送入府第從此梅花有伴無煩對竹興思苹野可歌豈等覆蕉入夢翩翩者對牀而舞幼幼者擇蔭而棲想賢王娛目騁懷正不必謂珍禽奇獸不育於國也

守身爲大　○食品中惟蟹與王瓜性屬陰易召河魚之疾守身如玉者當守鄉黨不食之戒也聞京師日來患霍亂證者層見迭出固由天時炎熱所致而擘八跪而持二敖啾龍蹄而貪獸掌尤易感受吐瀉等證口腹之際可不慎之又慎哉

妄言妄聽　○京師前門外西河沿護城河閘背地方一水汪洋迴環城闕前有無名男子失足落水背尚未濕而氣已絕日來蓮漏將半嗚嗚咽咽遠近似聞鬼哭聲每至黃昏行人絕跡二十日午後又有少年於澤畔行吟逾時躍入水際幸經赶驢市之陳姓撈救得生聞該少年董姓居住宣武門内細瓦廠地方因奉母命前往香驢營胡同公幹忽如醉如痴竟罹此厄說者謂溺鬼討替以便託生然乎否乎

直藩牌示　○宛平縣知縣王夢齡升補順天府治中遺缺擬以奉　尹憲示以懷柔縣知縣劉俊升補頂奉　督憲示遷安縣知縣隆昇以匪犯狡供審訊顢頇撤任遺缺酌委候補知縣廖炳樞署理　大興縣知縣趙文粹升南路同知遺缺奉　尹憲示擬以寗河縣知縣謝錫芬升補　天津縣北倉大使胡國幹因有控案撤省察看遺缺委候補巡檢陳萬清署理　南堤八工武清縣主簿鄭世綱升署南岸五工永清縣縣丞遺缺擬以新海防遇缺先用主簿王蕋請補　靑縣興濟鎭巡檢張式斌撤任遺缺委河工試用主簿姚澄志署理　調補順天府漢學教授于宗瀚奉部覆准飭赴新任

學海課題　○學海堂專考經古現屆六月輪應齋課昨由都門寄題到津諭示與考諸生定於二十七日領題照章限十日繳卷謹將各題列後以供衆覽　釋相人偶　文中子眞僞攷　翦鬚和藥賦以爲社稷計不須深謝爲韵　新疆形勢論　觀海歌七古

皖南正氣　○朱茂才宗洛皖之桐城人三女皆賢而幼尤明慧幽嫻貞靜不苟笑言稍長能讀書知大義聞古忠孝節烈事輒心向往之許字同邑蘇公行權子廷光光素患咯血證以故年踰弱冠採芹食餼而伉儷猶未諧也光緒十九年春病增劇旋故於四月十八日辰刻訃至女啜泣不食誓以身殉父母勸慰百端女曰兒志已決非語言所能奪但恨不得死於蘇門中心耿耿耳父母鑒其誠請於蘇訂日奔喪拜見翁姑哭奠盡禮遂絕粒焉越七日而亡實光緒十九年之五月初二日也嗚呼烈哉一言雖許百年之伉儷未諧同穴可賡千載之綱維以立歎曇花兮偶現甘辟穀而捐生敬誌報端用維風化

稟攻傳遞　○昨據輔仁書院與考某生稟稱查有童生某甲不通文理甄別係由賫緣而得每課均屬傳遞此課上取第一尤爲顯而易見請卽照例辦理等因蒙批一面之詞遽難准信應俟飭查明確核辦可也等語按某甲是否傳遞尙未查明容俟再訪

遺失銀票　○昨有某甲因行路慌忙遺失銀票兩紙當卽開照原號具稟備案無論何項人拾去均作廢紙等語委員翻閱久之諭謂此事未便備案爾本自不小心失落途中倘拾票人不向本舖持取銀兩轉在他號置買物件票既不假難免不卽收用待持票取銀爾必謂票係遺失已經備案作廢該號豈不被累可候拾票人到舖時婉言理論自行調停所請備案碍難准行原稟發還

鳥散庭空　○城内東南隅某孀婦生有一女雖小家碧玉而雪膚花貌楚楚鄰人前賣與城外長隨某甲爲小星朝雲暮雨未及年餘而甲如桐樹驚秋一葉先落孀得耗意欲將女要回轉賣肥己甲有弟乙探知其意作先發制人之計卽將女轉送與友人某丙爲妾及孀來尋女而乙等已隨同某宦赴廣東某縣上任矣孀遂掃興而歸然則乙之爲計亦狡矣哉

好行其德　○津郡人烟稠密轂擊肩摩日昨北門内觀音閣前有城外某飯莊年幼夥計挑席二桌送交運署後某宅因道路

泥濘失脚滑倒將所挑蔬菜全行潑撒攙雜不堪食用不覺失聲大哭觀者圍如堵墻內有年約四旬人慨然曰徒哭何益也遂從腰中取出津帖四吊付之謂赶緊回鋪對司帳言前席付錢若干照樣再送一桌豈不省事該夥叩頭而去訪悉此人係河東某糧商素稱好行其德者也

走狗當烹　○城內達摩菴南衚衕內有山東人某甲賣老豆腐爲生家畜一犬素猛悍本月二十二日街鄰某乙幼子方六歲在外玩耍忽被咬傷越四日而斃乙夫婦痛子情急赴甲家摔毀奈甲赤貧如洗家徒四壁僅摔壞沙鍋鐵鍋各一口餘無別物甲百般央懇又經衆鄰佑極力勸說乙無可如何祗得自行殮埋而已

輕於鴻毛　○昨河北小欒王廟前杜二與朱姓因微嫌口角杜卽投坑身死經該管地方赴縣報案俟驗訊後有無別情定當水落石出

營混宜除　○鄭廷弼者多年營混也前歲以東方有事來津思入營再混奈聲名狼籍無論新營舊營皆拒絕不使一混於是變計圖維騙娶良家女爲室藉以瓜葛夤緣計甚狡也某局委員某大令人極清廉方正當其騙娶某姓女之際曾以人迴非善類因其姻親勸勿結婚無如鄉愚炫於頂翎竟將一顆掌珠輕輕送與而該女復又情深伉儷將某之阻婚和盤託出鄭乃狡謀獨運始以函致某大令借銀五百兩繼復上書某當道揑訴某大令如何劣跡並譏當道以通同舞弊日久未見動作復又專足晉京上書某大僚狂吠不休經某大僚將人扣留訊出寄書人名姓行知查拿鄭乃將某氏女安頓小店中聞風遠颺噫異矣

封姨改道　○文滙西字報記天文台測得本月十九日五點四十四分鐘香港當有大風昨接香港電云港地果發大風飛沙走石以致德國公司輪船出口復回茲又接到香港來電云經天文台測得封家姨已改道由澳門等處過去矣

日輪趕造　○江西訪事友來函云近日傳聞中日訂約有許日本在內地製造土貨內河通行小輪船等情近聞日本在本國及英國日夜趕造小輪船若干隻限令今冬竣工卽用駛行中國東南各省內河云云噫事勢至此想我當軸諸公亦必思亟自舉辦力圖先著以早收回利權也夫

英造鐵路　○路透電云英國擬在烏干打地方製造鐵路須費三百萬磅金現經下政院議准

德艦落成　○路透來電云德國新式一等鐵艦落成之日德皇親赴閱看云該船儘可陸續添造以壯海軍威望

浙紹朱鈍翁醫脈精良久揚沽上仍寓彌勒菴

醫術精奇　予室於前數年忽患瘰癧漸延滿頸日久破爛屢次服藥弗克收功茲延天津道西箭道內普安醫室任君棟臣診治甫經三月有餘竟將瘰癧除去感激無已登報誌謝　王登瀛啓

告白

本齋自製　進呈紅黃綾紙奏摺正副表文南紙綾錦畫絹赤金屏對貢牋等箋顏料印色湖筆水筆貢墨端歙等硯圖章牙器文玩各欵雅扇箋柬詩筒向蒙　士林稱許　賜顧諸君請詳察焉新到繙譯新法化學格致水陸兵法天算等書名目繁多不及備載今將時務各書臚列數種留心經濟者請來擇取可也　普天忠憤集　繪圖中東戰紀本末　中日戰輯　奏疏錄要　洋務新論　時事類編　西學六種　洋務實學　行軍鐵路工程　鐵路圖考　通商始末記　萬國史記　萬國通鑑　萬國近政考　中西紀事　自西徂東　東方交涉記　中日始末記　洋務采風記　各國富強策　新繪海國圖志足本　格物入門　格致須知十六種　時務要覽　西國通俗演義　公車上書記　打密電報本　德國操法　正續盛世危言　西算新法　西法筆算　西法算學入門　學算筆談　行素軒算學　算草叢存　天文算學纂要三十二本　四元玉鑑　左文襄公兵書　左文襄公奏議　斯陶說林　竹葉亭雜記　論語旁証　隋唐演義　文美齋主人白

逸雲齋

本齋專辦進呈紅黃綾紙奏摺萬壽賀本正副表文大赤喜壽圍屏緙絲喜壽屏對描金洒金貢蠟清水冷金雨雪礬砑宋錦龍綾各種裱綾裱絹加重白礬宮絹蘇製顏料八寶硃砂印色東瀛印色詩箋琴絃日晷羅盤端歙各硯湖筆徽墨自製水筆紈摺雅扇上嫩葵扇十錦詩牋各種帖套各式帳簿鐫刻雲白銅尺墨盒香盒金玉圖章摺紳名人書畫揭裱古今字畫册頁手捲並臺售木板石印鉛板各種書籍碑帖摹刻翰苑仿影名目繁瑣不及備載諸公賜顧者請移玉估衣街東首路北德興里大門內便是價目格外從廉

擇于六月二十日開張先此佈告

逸雲齋主人謹白

天津 美昌字號

本號自辦各國鐘表玩物新式紙烟咀頂高紙烟各樣花洋毯時式洋燈上上大小瓶香水各款香胰皂各省東土西土黑白烟膏寄售廣東各名家臘丸並暑藥廣同濟戒烟丸貨高價格外公道諸君賜顧者請光降是幸特此佈聞新開在鍋店街中間坐北門面

上洋分此 長泰信織補局

本號由上洋聘來織補名師無論寧綢摹本綾羅紗絹及一切衣服如有燒破剪壞大小窟窿包管織補如原毫無痕迹精妙無比并起油彈染刷印時式洋花專染綢緞布疋漂白湖色無不格外鮮明如蒙賜顧者請認明本號招牌庶不致悞開設在天津府東門外東城根大樓便是

烏利文洋行

啓者本行開設香港上海三十餘年四方馳名專售各式金銀鐘錶鑽石戒指八音琴千里鏡眼鏡等物並修理鐘表價錢比別家格外公道今本行東家巴克由上海來津開設在紫竹林裕泰飯店旁請諸君降臨光顧是幸特此佈聞

丙申年六月二十九日禮拜六

北宮 萃文魁

本店嵩辦木板石印各種書籍一概發客因書名甚繁不能單錄凡別號登報書籍靡不俱全

折杭 元吉永號

本莊自置紗羅綢緞新樣洋辮花素洋布川廣夏貨團摺雅扇南貨頭油俱全祇爲近時錢市漲落不同故而各貨減價開設估衣街中間路北凡仕商賜顧者無悞特此佈達

義興順號

本店自置綢緞顧繡綾羅紗絹哈喇大呢花素洋布俱全貨高價廉開設天后宮北仕商賜顧無悞特此佈達

頭號杭寧綢三錢九
頭號江寧綢二錢九
頭號摹本緞三錢三
雨前六百文
紅梅茶每斤九百六
紅茶梗二百二

保命險告白

啟者本行代理長明人壽保險公司如紳商欲保者請移玉至紫竹林法租界第一樓東間璧華昌洋行面議可也此佈

英商華昌洋行啟

六月二十九日銀洋行情

天津九七六錢
銀盤二千五百八十七文
洋元一千八百二十二文
紫竹林九六錢
銀盤二千六百二十七文
洋元一千八百五十二文

七月初一日進口輪船禮拜日
新豐 輪船由上海 招商局
七月初一日出口輪船禮拜日
連陞 輪船往上海 怡和行

直報

光緒二十二年七月

直報

光緒二十二年七月初二日　第四百七十七號
西歷一千八百九十六年八月初十日　禮拜一

上諭恭錄　日食攷　事關風化　優伶滋事
花燭息爭　拐匪交官　遠尋親骨　寃從誰訴
花落無聲　所託非人　瘋癲滋事　利小害大
殺生果報　出諸水火　路透電報　各行告白
京報照錄

本館大小各種中西新字均已到齊屢登報首佈告想邀　閱報諸公鑒賞惟版祇四頁逐日四方函告之事絡繹不絕限於篇幅未能全錄不足饜　閱者之目本館現已託人分往東瀛上海兩處購辦西國兩面報紙一俟寄到仍照從前時報式樣加版四頁共成八頁新聞既可多錄告白亦可鋪排合先布　聞伏希　垂鑒
直報館謹啓

上諭恭錄

硃筆馮文蔚補授詹事府詹事欽此

日食攷

欽天監奏七月初一日蝕初虧午初三刻五分復圓未正初刻十三分食分爲百分之五十三知照各部院派送救護司員各若干均於是日辰刻至太常寺署內救護並遍行各省督撫將軍衙門下逮府州縣廳俾天下周知救護以昭慎重查日食有五謂起上下左右中央是也漢尙書令黃香曰日食皆從西月食皆從東無上下中央者春秋二百四十二年間書日食者三十六獨魯桓三年日食貫中上下竟黑疑者以爲日月宜正相等月何得小而見於日中鄭玄云月正掩日日光從四邊散出故若從中起也其食之日必於朔者詩十月之交朔日辛卯日有食之毛傳云交謂日月之交會鄭箋周之十月夏之八月朔日日月交會而日食陰侵陽臣侵君之象孔疏云每月皆交會而月或在日道表或在日道裏故不食而其食則要於交會又月與日同道乃食戴東原詩補傳云交者月道交於黃道也道以黃爲中其南至則在黃道南不滿六度步算家謂之陽歷其北至則在黃道北不滿六度步算家謂之陰歷其自北而南自南而北斜穿黃道而過是謂交交乃有食以步算之法推之其日食在幽王六年乙丑建酉之月辛卯朔辰時詩據周正故言十月又曰凡日食皆月掩日月在日之下人又在月之下三者相準則有日食故日食恒在朔日月相對而地在中央三者相準則有月食故月食恒在望月食由於地影日食則主人目蓋月卑日高相去尙遠人自地視之其食分之淺深及虧復之時刻隨南北東西而移故視會與食會不同云云竊按古測交食祇知有平朔不知求定朔惟知有實行不知求視行故推步多誤致有當食不食不當食而食之說其術疏也自東漢劉洪作乾象歷始知月有遲疾北齊張子信積修二十年始知日有盈縮有此端而定乃可推新法更益以加時早晚與食分淺深加時者謂日食于朔月食于望當豫定其食甚在某時刻分杪也食分者謂月所借之日光食於地影地所受之日光食于月影當豫定其食光幾何分杪也其法皆于儀器測之更參以高卑差南北差東西差或先得實會而後得視會或未得實會而先得視會三差之外又有清蒙高差清蒙徑差本氣徑差以盡其變于是食時之早晚食分之淺深皆絲毫不爽焉此則古法之所不逮者也

此稿未完

事關風化　○欽命巡視中城察院　爲嚴禁曉諭事本城所屬地面飯館酒肆極多聞有同興樓飯館售賣女座情事實屬有關風化且恐滋生事端應亟嚴行禁止　同興樓飯館出具切實甘結存案外爲此示仰各飯館酒肆並甲捕人等知悉倘有售賣女座情事立卽嚴拿懲辦決不寬貸特示

優伶滋事　○六月二十二日前門外肉市廣和樓戲園正在開觴演劇之際忽有勇丁數十名蜂擁而來闖入後台聲稱指傳某某名優因言語參差致相爭競班中衆武行抱憤不平對壘交鋒一場惡戰經中城院憲訪悉立令中兵馬司速將寶勝和義順和梆子班戲箱一併封禁並將優伶等均行傳案責押詳城究辦刻下尙未結局訪明再錄

花燭息爭　○前門外西湖營某姓女明眸善睞顧盼生姿曾與鄰人朱某結野合因緣情同膠漆而父母不知也客歲因女及笄招某乙入贅欲藉半子以倚終身該女得新不肯忘舊每乘藁砧出外乘間赴約陽台朝雲暮雨久之醜聲四播乙微有所聞以爲堂堂男子豈肯被一頂綠頭巾壓死遂糾集黨羽誓得朱而甘心朱亦不肯稍讓招緊身窄袖者數十人各逞威風如臨大敵幸爲地甲所見竭力調停令朱敬備花燭爲乙服禮而罷噫花燭之爲益大矣哉用之洞房可以合歡用之爭風可以解怨但不知燭盡香消之後牀頭人將何以爲情耳

拐匪交官　○六月二十一日前門內細瓦廠地方匪徒殷某拐一十餘齡幼女沿途哭泣經路人汪某瞥見知係來歷不明向前盤詰該匪言語支吾遂被拿送交官廳訊究該女聲稱黃姓住順治門外二廟地方緣迷路被拐該匪知難諱飾亦認誘拐屬實官廳令傳女父認領訖遂將該匪解送總署懲辦

遠尋親骨　○近年來畿南一帶屢被水患小民蕩析離居固可悲已而棺槨之被水冲去者尤覺傷心慘目昨聞永定門外有一少年人因父墓忽遭衝決棺木不知漂落何方買棹根尋迄無下落旋卽望風大慟誓欲葬身水府以殉先人幸舟子慰解再三細問姓名期翼日代爲訪尋有無再行區處始收淚而去並約定某日在此相會聆其口音似係順義一帶土著遠尋親骨痛不欲生志亦可謂誠矣

寃從誰訴　○胡姓者外鄉人在本埠拉洋車昨有同鄉張某携家來津意欲傭工託胡代爲覓主張有幼女五六歲在西方菴前被無賴看見口稱欲買作養女浼胡姓從中說合言明先將女送來相看再如數付錢詎料女到伊家卽藏匿不放人財竟至兩空彼外鄉窮黎誰十分寃屈當向何處訴耶噫

花落無聲　○昨有王姓人三十餘歲自云家住楊村因妻被劉虎拐去風聞在本埠隱藏因來尋找今已十數日踪影毫無祇得各處張帖告白如有知情送信者必加重謝云云

所託非人　○昨晚有屠戸某甲持刀向河東找某乙拚命乙聞風遠避叫罵多時　寂無人遂悻悻而歸訪悉甲向在吉省某營從軍五載未曾歸家去春本擬返里因關外軍事擾攘未能脫身乙與同營適派隨某員來津領餉甲煩將銀兩帶回以便家中度日旣係同鄉又係同營以爲萬無舛錯也詎乙不但侵呑銀兩且揑造謠言謂甲已客死他鄉妻聞信自思家無恒產何能守柏舟節遂改醮而去刻甲以軍事旣平告假來家聞知一切不覺心頭火起誓不俱生無如乙早携家逃去矣將來作何了結尙未可知大約不能甘休也

瘋癲滋事　○昨夕某家僕婦手提茶壺在獅子衚衕行走對面突來一人初嫣然繼啞然終且嘩然僕婦正驚疑間卽被捋住手用穢物在面上亂塗亂抹僕婦怪叫適有官長途經其地卽喝役扭獲訊詰見口眼歪斜直視不語傳問該管地方蓋瘋漢也官謂旣是瘋癲無庸處治遂令地方轉諭該家屬不得輕易放出致滋事端云云遂乘輿而去

利小害大　○河東望道莊等處均有私造軍火藉牟厚利者昨某甲製造炸子在小公所內正合洋藥忽然火發立將房頂轟

去而兩手十指僅存其半渾身燎傷狠藉微有吸呼之氣赶緊抬至馬醫處療治能保性命與否尚未可知然則貪小利而忘大害者可不戒與

殺生果報 ○某甲者屠猪起家現開肉舖兩三處親友屢勸改業而貪戀不舍日昨晚飯後又復趁醉奏技點立不穩被刀扎傷左肘血流不止醫藥罔效刻聞神氣昏憒呻吟之聲宛若猪鳴經家屬赴各廟百般禳禱許俟病痊卽當改業不知能慶再生否

出諸水火 ○畿南一帶屢被水災以致鬻妻典子指不勝屈更有賣入戲班者眞與地獄無殊矣日昨行抵馬家口見有幼童約十三四歲肩負棉被身穿洋布小衫藍褲赤足傍一四旬人手揪髮辮拉之前行童痛哭拚命意欲爭脫詢路人云童饒陽人在某班學戲不勝苦楚得便逃出被此人追及捉回定不輕饒有憐之者代爲緩頰竟將釋放該童眞不啻死裏逃生也

路透電報 ○英紀元第十八百又九十六年八月七號禮拜五日 英京路透電局電傳 皇華使者合肥爵相李伯已奉大英君主維多里亞五印度大后帝鈞旨着在澳斯報昂覲見

浙紹朱鈍翁醫脉精良久揚沽上仍寓彌勒菴

新寄到書籍 官紳取出餘部售價甚廉 金壺七墨 公車上書 萬國史記 萬國近政 普天忠憤 各國富强新策 各國地球新錄 電報新編 鐵路圖考 文學興國策 泰西新史要覽 西海記天外歸槎 洋務稅則 中英和約稅 洋務實學 洋務十三篇 洋務捷要 救時捷要 快心醒睡錄 娛目醒心編 醒夢錄 覺後傳 當時列國興盛記 華英讞案 自歷明證八種 西事類編 新政論議 鐵路工程 泰西易筋經 中東戰紀本末 中日戰輯 附六圖裝套 中日始末記 劉帥地營法 西法操練 皇朝古學類編 東語入門 英語問答 華英尺牘 英語註解 華英字典 西算新法 四元玉鑑 天文算學 算學啓蒙 無師自通算法捷經 算學課藝 西法算學入門 新編學算問答 增删算法統宗 算法大成全圖 點石齋攷正字彙 鴻寶齋攷正字彙 攷政玉堂字彙 正續子不語 繡圖詩畫舫 諸葛心書十三律 三國演義 新成精繪隋唐演義 前後套萬花樓 新出精校池北偶談 係神仙怪鬼奇 草木春秋 淵海子評 麻衣神相 柳莊相法 先天易數 金錢數 牙牌數 花間聯 連八卷楹聯彙編 蓋三國 唐寅竹譜 初恍尺牘 南買尺牘 新式經營分類尺讀 分類尺牘備覽 續集增批分類尺牘尺讀合璧 尺牘句解 續句解 新花樣尺牘 尺牘合解新編 無師自通尺牘 餘者善書良方來日續登

天津府署西三聖菴西紫氣堂書處啓

北門東
文德書局

本堂督辦蘇浙閩廣書籍各省藏版局板石印鉛版各樣洋務時務算學兵書開書端歙硯台方元墨海各樣大小羊毫錦匣徽墨清水絲棉一概批發不悞主顧刻下新到象牙壽山圖章雕刻細花紫竹筆筒帽筒水晶墨晶眼鏡仕商賜顧望乞駕臨是幸

金陵
仁記南味坊

自製本機元淺京緞寗綢紗縐絨線糟貨食物金腿海味南貨俱全近因錢市漲落不同分別減價抑因無恥之徒假冒南味者甚多雖云謀利誠恐亂眞欲辨薰猶用煩楮墨

寄售 雨前 碧螺春 龍井 每斤津錢 一千二百文 三千文 一千八百文 福建條絲格外公道 開設宮北大獅胡同內

醫術精奇

予室於前數年忽患瘰癧漸延滿頸日久破爛屢次服藥弗克收功茲延天津道西箭道內普安醫室任君棟臣診治甫經三月有餘竟將瘰癧除去感激無已登報誌謝

王登瀛啓

逸雲齋

本齋專辦進呈紅黃綾紙奏摺萬壽賀本正副表文大赤喜壽圍屏緙絲喜壽屏對描金灑金貢蠟清水冷金雨雪賁碎宋錦龍綾各種裱綾裱絹加重白礬宮絹蘇製顏料八寶硃砂印色東瀛印色詩箋琴絃日暑羅盤端歙各硯湖筆徽墨自製水筆紈摺雅扇上嫩葵扇十錦詩牋各種帖套各式帳簿鐫刻雲白銅尺墨盒香盒金玉圖章搢紳名人書畫揭裱古今字畫册頁手捲並躉售木板石印鉛板各種書籍碑帖摹刻翰苑仿影名目繁瑣不及備載諸公賜顧者請移玉估衣街東首路北德興里大門內便是價目格外從廉

擇于六月二十日開張先此佈告

逸雲齋主人謹白

浙杭 元吉永

本莊自置紗羅綢緞新樣洋辮花素洋布川廣夏貨團摺雅扇南貨頭油俱全祇為近時錢市漲落不同故而各貨減價開設估衣街中間路北凡仕商賜顧者無悞

特此佈達

天津 美昌字號

本號自辦各國鐘表玩物新式紙烟呾頂高紙烟各樣花洋毯時式洋燈上上大小瓶香水各欵香胰皂各省東土西土黑白烟膏寄售廣東各名家臘丸並暑藥廣同濟戒烟丸貨高價格外公道諸君 賜顧者請 光降是幸特此佈聞

新開在鍋店街中間坐北門面

上洋分此 長泰信織補局

本號由上洋聘來織補名師無論寧綢摹本綾羅紗絹及一切衣服如有燒破剪壞大小窟窿包管織補如原毫無痕迹精妙無比并起油彈染刷印時式洋花專染綢緞布疋漂白湖色無不格外鮮明如蒙 賜顧者請認明本號招牌庶不致悞開設在天津府東門外東城根大樓便是

烏利文洋行

啓者本行開設香港上海三十餘年四方馳名專售各式金銀鐘錶鑽石戒指八音琴千里鏡眼鏡等物並修理鐘表價錢比別家格外公道今本行東家巴克由上海來津開設在紫竹林裕泰飯店旁 請 諸君降臨光顧是幸特此佈 聞

丙申年七月初二日禮拜一

北宮 萃文魁

本店耑辦木板石印各種書籍一概發客因書名甚繁不能單錄凡別號登報書籍靡不俱全

義興順號

本店自置綢緞顧繡綾羅紗絹哈喇大呢花素洋布俱全貨高價廉開設天后宮北 仕商賜顧無悞特此佈 達

頭號杭寧綢三錢九
頭號江寧綢二錢九
頭號摹本緞三錢三
雨 前 六百文
紅梅茶每斤九百六
紅茶梗 二百二

保命險告白

啟者本行代理長明人壽保險公司如 紳商欲保者請移玉至紫竹林法租界第一樓東間壁華昌洋行面議可也此佈

英商華昌洋行啟

七月初二日銀洋行情

天津九七六錢
銀盤二千五百八十七文
洋元一千八百二十二文
紫竹林九六錢
銀盤二千六百二十七文
洋元一千八百五十二文

七月初三日出口輪船禮拜二
新豐 輪船往上海 招商局
七月初三日進口輪船禮拜二
怡生 輪船由上海 怡和行

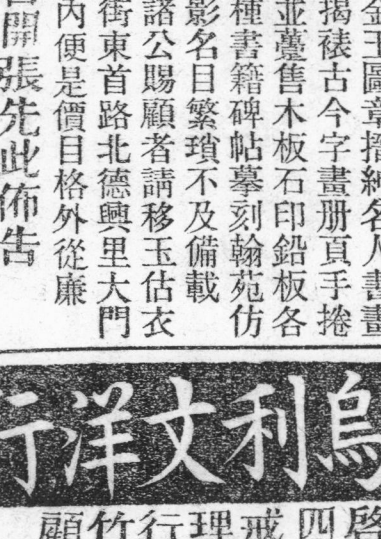

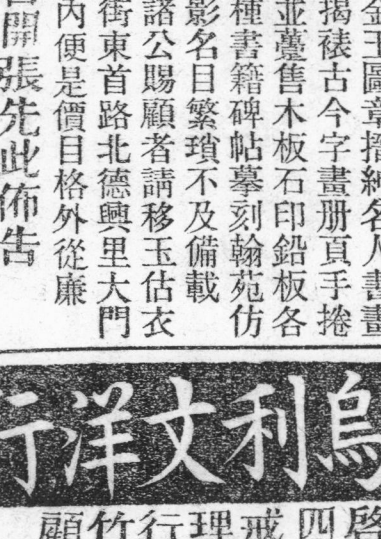

直報

光緒二十二年七月初三日　第四百七十八號
西歷一千八百九十六年八月十一日　禮拜二

上諭恭錄　日食攷　枈頤未易　假冒牙行
夕陽最好　德使履新　棍徒到案　難民求賑
中澤鴻嗷　賊贓俱獲　營弁勤能　賊萌故智
車夫高見　受驚不小　兵輪沈沒　各行告白
京報照錄

本館大小各種中西新字均已到齊屢登報首佈告想邀
閱報諸公鑒賞惟版祇四頁逐日四方函告之事絡繹不絕限於篇幅未能全錄不足饜　閱者之目本館現已託人分往東瀛上海兩處購辦西國兩面報紙一俟寄到仍照從前時報式樣加版四頁共成八頁新聞既可多錄告白亦可鋪排合先布　聞伏希　垂鑒
直報館謹啓

上諭恭錄

上諭楊儒現已補授都察院左副都御史未到任以前着馮文蔚署理欽此

日食攷　續前稿

夫古法之不逮於今非古不及今之智也青出於藍冰寒於水勢必至理固然也今天算學精於求差兼以泰西光學之精求化合譬諸禮制殷因於夏周因於殷周遂大備即西學天文亦莫不以新測法勝舊測法中西固不甚殊也天文家舊以金木水火土星爲五緯今之天文家謂大等行星有八金木水火土外地實一行星也與日若兩球對轉故名地軸自乾隆四十六年二月又測出天王星道光二十六年八月復測出海王星合之五緯與地爲八星此八星者內除水金火三星視地爲小餘則皆大於地實則皆小於日繞日而行皆無光借日爲光月近地與地以繞日月小於日六千萬倍而人之視月幾與日等者人附于地日去地遠故視爲小月附地爲近故視爲大也然則月非能食日已甚至此自人視之乃甚至此耳則日食之主於人目無疑月小於地隨地繞日又必借日光以爲光有時地轉而隔遮日光則月卽無光是月食之爲地影又奚疑哉又嘗究泰西光學知宇宙內物無原質能自發其光者必與別質化分或化合則其光發矣煤炭柴薪其顯焉者也此等物惟遇爇則金石相觸而火生火及煤炭柴薪與空中之養氣化合則光生日之發光猶是也有衆星以附之則日無光而有光日有光而星亦借光以發光猶煤炭柴薪之於爐灶爐灶不能自燃藉煤炭柴薪之火以爲燃煤炭柴薪復藉爐灶之火以爲燃實皆光之以化合而發者也一有不合則失其光矣目之於物也亦然物必發光入我目我方見物物隔其光則我不見矣昏夜暗室是也如是則日食之食於人目也益信或疑泰西天文地行繞日之說始於哥白尼雍乾時西人蔣友仁復發揮之於是變本輪均輪之揣而爲隋圜地動之巧歷嘉道時揚州阮氏非之謂伯尼畔道離經咸豐間英國偉亞力在上海繙繹談天一書然後中國天算始信地動隋圓爲眞象中國書生又以法出外洋終恐與中國先賢之說悖不知尙書考靈曜早發地有四游人居地上不知地轉猶居舟中但覺岸移東漢張衡曾作地動儀是西人之言地動猶在中國千餘年後惜漢唐以後士人困於詩文第知詩文爲進身之階一生吃着所必需其他人事槪從所畧況天文之去人愈遠誰復究之一切古書不足以供詩文剽取者則東之高閣類飽蠹魚

而已吁此中土之所以不求實學也至救護之法穀梁傳天子救日置五麾陳五兵五鼓諸侯置三麾陳三兵三鼓大夫擊柝凡有聲皆陽事也以厭陰氣又救日皆着赤巾助陽也漢董仲舒爲救日食祝文大抵抑陰扶陽以伸臣子尊君之意今尙沿之無惡於志要與天文之事無所與不必贅

朶頤未易　○都門住戶凡日用所需煤米油鹽以及各種蔬菜皆自城外搬運路遠而價昂故人家費用倍於他處况　國家承平日久城內旗籍兵官仰託　皇仁年俸月餉多有資賴遂至奢靡成風雖家計不豐者亦相率效尤由來久矣近因六月大雨經旬凡附郭菜圃瓜畦悉被淹沒入城各道路大半爲水占侵諸物不能源源而來刻下市價騰貴凡菜蔬等皆增長一倍詠盤飧市遠無兼味之句不禁慨然

假冒牙行　○京師各行戶向經順天府糧廳發給牙帖始准充當誠以若輩惟利是圖把持剝削無惡不作不得不加審愼也每月初八十八二十八等日傳喚該經紀等赴署按册點卯當堂示以限制立法至爲美善然領有行帖者固皆奉公守法而無帖之人猶往往冒稱有帖舞弊詐財聞彰儀門內標杆胡同有董五何三等平日恃强凌弱獨覇一方私立靑菜行頭每日淸晨在菜市口地方抽取各靑菜擔稅釐凡附近菜園鄉民不納交稅釐槪不准其售賣以爲奉有行帖應官辦差被其欺者皆敢怒而不敢言昨有陳某賣與某菜店靑菜等物若干爲何董二人偵知率領多人向菜店尋釁將舖夥𣪍某毆打遍體鱗傷當經菜汛官廳將董某拿獲解交遊戎署內訊出假冒行帖等情現將董五何二一併枷號示衆以爲私抽菜稅者戒

夕陽最好　○蘇甲者本京人年逾知命癖嗜烟霞癖因之失業貧無立錐今春在北新橋畔遇一相士咨之曰君大運將至不出半年當獲多金且妻妾宮紅潤有光主得佳麗之奉蘇以爲妄言姑置之自念落魄窮途所如不偶苟得擁牀頭黃面婆子日啜饘粥於願斯足又安得營金屋娶阿嬌哉未幾因友人說項得爲某典司銀房忽思相士言擬買燕玉爲娛老計以金屬媒氏不半月果得玉人乃築香巢而定情焉有某友素善詼諧賀以聯曰天下有情人多成眷屬夕陽無限好祗近黃昏一時多傳誦云

德使履新　○中外通商以來外洋各國俱派公使駐我都城迄今已成定例昨德公使紳珂君奉調回國德廷新簡海經君爲駐華公使於昨由申附輪來津與北洋大臣彼此往拜以彰睦誼日內乘官舫用小輪拖帶至通遵陸晉京接任云

棍徒到案　○昨官汛前李二因向西方菴前賭廠索費致將某甲刀傷旋經該管汛弁率勇彈壓各等情均登前報玆悉受傷者係崔麻子亦爲該處匪首當受傷後隨卽抬赴縣署求驗傷痕甚重立飭値日差票傳李二並一切黨羽昨已註到三人至若何訊辦尙未訪明

難民求賑　○昨有男婦多人在道署前環跪求恩撫恤訪係高隄村被水難民聞道憲已稟明督憲力籌急賑矣

中澤鴻嗷　○津邑地居下游爲九河尾閭每遇伏秋大汛西北武淸暨本境所屬各村莊屢遭水患日昨道經窰窪海防公所前見有男女難民數百口詢據該難民等口稱伊等均係淀北各村人於六月中旬武淸縣屬之營子地方漫決數十丈又兼新開減河𤁋洩水倒漾以致該處村莊盡成澤國水深八九尺暨丈許不等所有禾稼全行淹沒故來津報災並求拯救等語噫哀鴻嗷嗷果何日始得安宅耶

賊贓俱獲　○本埠五方雜處水陸通衢賊匪最易溷跡所有津營各營憲晝夜不辭勞瘁來往梭巡日昨四更時分城守營徐都戎幹臣查夜行至東門內大街電報局前見有洋車一輛上坐一人年約二旬神色慌張當卽盤詰言語支離並由車上起出現錢數十千赶緊帶回衙署訊問供係行竊分府西立生油舖錢文隨據該油舖報同前情現聞將該犯送縣懲辦矣

營弁勤能　○津邑紫竹林一帶自各國通商以來房舍鱗次買賣興隆繁華熱鬧商賈雲集烟館妓寮何止百數十家以致宵小盤踞其中日昨駐守天壇彈壓之某弁在該處盤獲賊犯一名並有洋火油捻等物當卽知會坐路捕役三四名並派勇丁一名將賊

犯移送縣署一經訊出案情定當從嚴懲辦

賊萠故智 ○二三年前津城內外屢有黑夜借錢情事經各營汛暨鄉甲局嚴密查拏稍形斂跡詎近日故智復萠據訪事人云昨在恒升錢舖借去錢帖四吊恒泰裕布舖借去現錢五百薩寶實掌櫃住宅以及薛姓住宅均借去錢文多少不等前月二十九夜二點鐘時又在宮北恒記房上借錢宅主峻詞相拒丁寧許久才給一文本月初一日晚三點鐘復至該宅共有五六人勢甚兇橫宅主已窺破伎倆百口不應然若輩雖大言威嚇而終不敢下房挨至東方既白勢阻計窮始紛紛退去

車夫高見 ○鴿子集李姓婦人初一日晚因事出門由西而東適有小車迎面而來一時躲避不及被車撞倒致將頭顱摔破鮮血崩流立時氣絕婦夫李大聞耗當將車夫扭住擬欲送官車夫笑曰勿須爾當以救人爲要如實不能活我自有一命相抵倘再遲延恐性命休矣況我本出無心非同挾嫌故殺何必相仇旁人皆以爲是遂將該婦扶起並尋七厘散等藥少頃口中漸有呼吸之氣大家皆曰不碍活矣赶將藥物灌下遂得更生車夫隨即煩人說合情願出貲包治李亦應允事遂了結說者謂車夫見解甚高當婦人氣絕時倘中心無主稍一躭延便成命案豈非兩悮耶

受驚不小 ○河東西方菴前有藍姓扎彩作坊昨晚初更時因遺落燈火將所存紙張燒著陡然燄飛烟漲勢甚熊熊幸附近鄰人半多未睡赶緊撲救旋即熄滅房屋均尚無恙然已受驚不小矣

兵輪沈沒 ○烟台來電云德國兵船名愛而他司者在山東青州洋面被颶風飄沒船上共有兵官及各德兵八十餘人僅十一人獲慶更生餘均已與波臣爲伍該兵船載重四百八十九噸其機器有三百四十匹馬力製自西歷一千八百七十八年厥價英金二萬七千四百八十磅聞即係台灣舉立民主國之時該伯理璽天德唐乘輪脫逃被台民開砲轟擊後經駕時輪船西人咨照該德兵船還砲擊毀岸上各砲台之艦云

又到覺世經果報圖證由某善館印出（半送半價送畫報一本津錢三百文） 玉樞寶經摺（送畫報一本津錢三百五十文） 天師親筆避瘟去邪鍾魁靈符（幷畫報一本每份津錢一百五十文） 圖註難經脉訣（八十一種） 葛仙翁肘後會三公奇方 孫眞人千金寶要方 急沙方 經驗良方 各色畫報 各樣奇聞報紙賜函分送不悞

天津府署西三聖菴西直報分處梁子亨啓

醫術精奇 予室於前數年忽患瘰癧漸延滿頸日久破爛屢次服藥弗克收功茲延天津道西箭道內普安醫室任君棟臣診治甫經三月有餘竟將瘰癧除去感激無已登報誌謝

王登瀛啓

告白

本齋自製 進呈紅黃綾紙奏摺正副表文南紙綾錦畫絹赤金屏對貢牋等箋顏料印色湖筆水筆貢墨端欵等硯圖章牙器文玩各欵雅扇箋柬詩筒向蒙 士林稱許 賜顧諸君請詳察焉新到繙譯新法化學格致水陸兵法天算等書名目繁多不及備載今將時務各書臚列數種留心經濟者請來擇取可也 普天忠憤集 繪圖中東戰紀本末 中日戰輯 奏疏錄要 洋務新論 時事類編 西學六種 洋務實學 行軍鐵路工程 鐵路圖考 通商始末記 萬國史記 萬國通鑑 萬國近政考 中西紀事 自西徂東 東方交涉記 中日始末記 洋務采風記 各國富強策 新繪海國圖志足本 格物入門 格致須知十六種 時務要覽 打密電報本 德國操法 正續盛世危言 西算新法 西法算學入門 學算筆談 算草叢存 天文算學纂要三十二本 四元玉鑑 左文襄公兵書 左文襄公奏議 斯陶說林 竹葉亭雜記 論語旁証 隋唐演義 文學興國策 治國要務 無邪堂問答 泰西新史 時事新論圖說 算學叢書二十一種

文美齋主人白

逸雲齋

本齋專辦進呈紅黃綾紙奏摺萬壽賀本正副表文大赤喜壽圍屏緙絲喜壽屏對描金洒金貢蠟清水冷金雨雪煮磚宋錦龍綾各種裱綾裱絹加重白礬宮絹蘇製顏料八寶硃砂印色東瀛印色詩箋琴絃日晷羅盤端欵各硯湖筆徽墨自製水筆紈摺雅扇上嫩葵扇十錦詩箴各種帖套各式帳簿鐫刻雲白銅尺墨盒香盒金玉圖章搢紳名人書畫揭裱古今字畫册頁手捲並躉售木板石印鉛板各種書籍碑帖摹刻翰苑仿影名目繁瑣不及備載諸公賜顧者請移玉估衣街東首路北德興里大門內便是價目格外從廉

擇于六月二十日開張先此佈告

逸雲齋主人謹白

浙杭 元吉永號

本莊自置紗羅綢緞新樣洋辮花素洋布川廣夏貨團摺雅扇南貨頭油俱全祇為近時錢市漲落不同故而各貨減價開設估衣街中間路北凡仕商賜顧者無悞特此佈達

天津 美昌字號

本號自辦各國鐘表玩物新式紙烟咀頂高紙烟各樣花洋毯時式洋燈上上大小瓶香水各欵香腴皂各省東土西土黑白烟膏寄售廣東各名家臘丸並暑藥廣同濟戒烟丸貨高價格外公道諸君賜顧者請光降是幸特此佈聞 新開在鍋店街中間坐北門面

烏利文洋行

啓者本行開設香港上海三十餘年四方馳名專售各式金銀鐘錶鑽石戒指八音琴千里鏡眼鏡等物並修理鐘表價錢比別家格外公道今本行東家巳克由上海來津開設在紫竹林裕泰飯店旁請 諸君降臨光顧是幸特此佈聞

丙申年七月初三日禮拜二

義興順號

本店自置綢緞顧繡綾羅紗絹哈喇大呢花素洋布俱全貨高價廉開設天后宮北仕商賜顧無悞特此佈達

頭號杭寗綢三錢九
頭號江寗綢二錢九
頭號摹本緞三錢三
雨前 六百文
紅梅茶每斤九百六
紅茶梗 二百二

上洋分此 長泰信織補局

本號由上洋聘來織補名師無論寗綢摹本綾羅紗絹及一切衣服如有燒破剪壞大小窟窿包管織補如原毫無痕迹精妙無比并起油彈染刷印時式洋花專染綢緞布疋漂白湖色無不格外鮮明如蒙 賜顧者請認明本號招牌庶不致悞開設在天津府東門外東城根大樓便是

宮北 萃文魁

本店崇辦木板石印各種書籍一概發客因書名甚繁不能單錄凡別號登報書籍靡不俱全

保命險告白

啟者本行代理長明人壽保險公司如 紳商欲保者請移玉至紫竹林法租界第一樓東間壁華昌洋行面議可也此佈

英商 華昌洋行啟

七月初三日銀洋行情

天津九七六錢
銀盤二千五百九十五文
洋元一千八百二十五文
紫竹林九六錢
銀盤二千六百三十五文
洋元一千八百五十五文

七月初四日進口輪船禮拜三
新濟 輪船由上海 招商局

七月初六日出口輪船禮拜五
怡生 輪船往上海 怡和行

直報

光緒二十二年七月初四日　第四百七十九號
西歷一千八百九十六年八月十二日　禮拜三

上諭恭錄　夕　談　六月分敎職單　祝釐錫福
源源而來　陵員領俸　波臣肆虐　委用得人
三取課題　案情重大　海河決口　竊賊繁滋
兵虐平民　株連波及　車應鬼差　草竊時聞
各行告白　京報照錄

本館大小各種中西新字均已到齊屢登報首佈告想邀　閱報諸公鑒賞惟版祗四頁逐日四方函告之事絡繹不絕限於篇幅未能全錄不足饜　閱者之目本館現已託人分往東瀛上海兩處購辦西國兩面報紙一俟寄到仍照從前時報式樣加版四頁共成八頁新聞既可多錄告白亦可鋪排合先布　聞伏希　垂鑒　直報館謹啓

上諭恭錄

上諭鎭國將軍載瀛之第二子着命名溥儀欽此

夕談

秋雖已來暑猶未去前夕與客瀹茗坐而蚊陣大肆雄威時來相擾因憶童年入塾夏月晚授讀中庸三十章萬物並育而不相害句時當蚊市聲如雷猛似虎謀於耳撲於面前後左右防不勝防手未停揮膚已被嚙遂覺並育而不相害之理於心未安但不敢遽質諸師竊詢學長輒以妄斥曰童子何知敢遽辯駁耶又見有喜放生者每以善價購鱗羽族釋之甚或見有家人捉蚤虱蚊虫輒擲地喃喃咒使去羣相呼以善人心竊不韙未敢訾也嗣讀論語子釣而不綱弋不射宿暨孟子魯人獵較孔子亦獵較心乃暢然曰獵較猶可況捉蚤虱蚊虫乎乃知並育而不相害者乃舉天地之大德爲言有一境必有一物有一物必有一機胎卵濕化之倫無非乘天地養生之氣以成形以賦性所謂並育而不相害大致如是而已至春溫秋肅天地不能有生而無殺物類不能有長而無消卽聖賢不能有喜而無怒有仁而無勇故竭澤覆巢王政必嚴其禁令而迎貓迎虎祀典且奉爲常經去其害稼害人之物正所以叅贊化育也若夫驅蛇龍犀象烈山澤以平水土直與誅四凶同功此其理聖賢行之愚夫婦與知之獨不可爲鄉曲之貌爲善人者道耳今歲海邦東界海嘯成災或有怪物焉憑之理宜有是中華皖楚蛟水爲患尤害人之物之顯焉者也而粵東則早稻荐新已見報紙直屬二麥收成之見諸邸抄者或七分或六分統以豐歉均計約在六分以上乃農民之欣欣有喜色以相告者正不獨爲麥熟且將以占有秋奚以占之又不獨占以雨暘時若也曰今歲蠅多主豆熟蚤多主黍熟蚊多主稻熟語出齊東無稽已甚然而一生俱生因此識彼其亦萬物並育之所見端耶夫豆也黍也稻也古今中外貴賤所必需聞將熟也則皆喜以其物能養人也蠅也蚤也蚊也古今中外貴賤所共惡當其多也則皆怒以其物能害人也而以三者較之蚊尤甚其鳴似悲其形亦醜其趨炎也無殊熱客其逐暗也復類宵征恣其利口以傷我無尺寸不愛之膚拔劍逐之而不能敏手捫之而不及亟應與螟螣蟊賊同付一炬而又非田祖之靈之所可屛也　此稿未完

光緒二十二年六月分敎職單

○敎授福建邵武林穀福州江西瑞州劉文藻饒州俱舉　正諭奉天鳳皇李恩銘天津安徽

無爲崔有瀚寗國山東棠城張甲升萊州陝西韓城柳楊輝興安甘肅狄道劉覲恩鞏昌安定王英平凉浙江德淸呂念修金華福建海澄曾宗昭福州貴州平越晉揆炘遵義俱舉　訓導奉天蓋平托普正白漢河南延津寶麟祥陳州廣東和平陳思乾廣州雲南易門趙運煌廣西州俱舉　奉天岫巖郝崇光順天歲山東蒲台孫啓佑濟南山西長子耿愼言平定孝義李東洋解州廣西天河劉錦元梧州貴州施秉張可楨安順俱挨山西芮城梁耆濟代州優　復諭直隸鉅鹿房振奎宣化福建大田王鳴鏘福州四川射洪馬紹融龍安俱廪直隸望都阮文叙宣化貴州安南顧建中都匀俱恩河南宜陽季永業衛輝廣東高明劉仕焜廣州俱舉雲南永平王藩雲南副復訓直隸安州朱鳳藻河間奉天金州冉增翰保定順天文安高振淇保定安徽鳳陽陳之煒寗國江西高安尹亘藩南安雲南河西解秉仁徵江俱廪湖北武昌蕭益渠漢陽挨

祝釐錫福　○六月二十八日　皇上萬壽聖節預於二十六日升　乾淸宮受賀現因在　醇賢親王福晉服內停止演戲設樂而不作諸王公文武大臣行禮畢皆分次序入宴以示恩施

源源而來　○閩浙總督咨差候補鹽大使兪祖福滙解光緒二十一年分籌邊軍餉銀二萬兩又滙解稅厘京餉銀一萬兩又滙解茶稅京餉銀一萬兩部飯平餘銀各一百五十兩均於光緒二十二年六月二十五日午刻赴戶部投批交納矣

陵員領俸　○西陵承辦事務衙門咨領文武官員本年夏季分俸餉二兩平銀九千四百三十一兩三錢四分二厘於光緒二十二年六月二十四日辰刻由部庫領出矣

波臣肆虐　○京西蘆溝橋於六月中旬山洪暴發水勢十分洶湧致將新造鐵橋漫過漂流木器多件且有男女屍身七具至下游金門閘口始行撈獲掩埋並聞京南龐各莊地方亦因霪雨連綿被水成災行人偶一失足卽遭滅頂故往來常懷戒心無不嘆行路之難者

委用得人　○永定河決口百餘丈水勢浩瀚被災頗廣昨奉督憲以前大名道吳觀察廷斌長於治水夙著勤勞札委前往該河會同永定河道陳觀察督同堵築想觀察熟諳水性地勢奏功自較他人易易也

三取課題　○七月初二日三取書院輪應官課之期業經考試謹將題目列後　生題　豈不爾思室是遠而子曰未之思也　童題　未可與權唐棣之華　通場詩題　賦得新秋雁帶來得來字　五言八韻　童六韻

案情重大　○護墻河內昨有女屍一具經附近郭楊庄張某瞥見細視之乃伊祖母且背有傷痕知係被人謀害正詫異間適有某署委員查驗水勢張卽鳴冤委員諭謂此非我所應管況有傷痕所死不明當卽移縣究辦昨已將屍子遞案立予鞠訊巳得初供當將屍子嚴押以憑再行研究惟案情重大不敢率行錄登一俟訊有確情再爲詳細照錄防錯悞也

海河決口　○河東小鹽店前河岸舊有決口一道每當伏秋大汛十分危險近日河水漲發該處又形吃緊鳴鑼集衆一時約數百人奮力保護幸得無恙嗣聞掛甲寺村因大雨連綿搶護不及遂致漫決約有十數丈經該管地方報呈天津道憲暨各衙門均赴該處驗看不知如何設法堵築容俟再訪

竊賊繁滋　○近來城廂內外竊賊繁多每以所失無幾置不報案不料租界地方亦竟有若輩混跡也聞昨怡和洋行有失竊銀兩之說巳報盜勘驗而本館門房竟被賊撥開窗門將看門人夏衣數件偸去吁竊賊繁滋恐非地方之福也

兵虐平民　○水月菴軍械局爲收貯軍裝重地房庫之外周以短垣復濬濠溝以衛之重軍火也前總辦曾示禁附近居民不准傾倒灰土等物以杜汚穢而防作踐近年以來禁令稍鬆昨有吳姓子在墻下出恭被巡兵撞見謂凡在此地出恭者罰令自食吳以未見明示實係無知初犯懇求饒恕兵不允致相口角旋由局中喚出二兵將吳飽以老拳復按之於地使自食屎溺而後巳吳姓父兄聞知以爲犯法自有官刑兵丁輩何得擅行凌虐欲赴有司呈控尙不知巳經成案否

株連波及　○三義廟附近有張甲魏乙家殷實而性冶蕩故無賴輩皆魚肉視之昨有楊丙借端索擾張魏不允楊銜之卽率黨將二人毆傷復欲向其家中捽打不料錯認門戶誤捽隣人陳某家具經陳具告張魏兩人亦喊請驗究蒙大令驗視傷痕甚重立飭值差拘傳楊某刻已到案候辦矣

車應鬼差　○昨有洋車數輛在東浮橋攬坐三更時忽來四人頭帶涼帽手持鎖鍊如差役打扮各雇一輛前往土城且云不必說價疾速拉到自當多給幾文於是車夫拉走如飛及到村內住車回顧四人均無踪影正驚疑間路旁一家放聲大哭詢悉病人適纔絕氣也恍然悟其爲鬼衆皆胆怯不敢遽歸卽尋小店住宿次日方回據訪事人言之鑿鑿亦付諸妄言妄聽而已

草竊時聞　○津邑五方雜處流民寄寓良莠不齊時屆秋令日短夜長宵小乘間竊發日昨四更時分南門外橋南鄒家洋布店被賊撥門進屋竊去大小洋布包十數個當帖三紙迨鋪夥知覺賊已遠颺現已報案不知正賊果能弋獲否

浙紹朱鈍翁醫脉精良久揚沽上仍寓彌勒菴

醫術精奇　予室於前數年忽患瘰癧漸延滿頸日久破爛屢次服藥弗克收功茲延天津道西箭道內普安醫室任君棟臣診治甫經三月有餘竟將瘰癧除去感激無已登報誌謝

王登瀛啓

告白

本齋自製　進呈紅黃綾紙奏摺正副表文南紙綾錦畫絹赤金屏對貢牋等箋顏料印色湖筆水筆貢墨端歙等硯圖章牙器文玩各欵雅扇箋柬詩筒向蒙　士林稱許　賜顧諸君請詳察焉新到繙譯新法化學格致水陸兵法天算等書名目繁多不及備載今將時務各書臚列數種留心經濟者請來擇取可也　普天忠憤集　繪圖中東戰紀本末　中日戰輯　奏疏錄要　洋務新論　時事類編　西學六種　洋務實學　行軍鐵路工程　鐵路圖考　通商始末記　萬國史記　萬國通鑑　萬國近政考　中西紀事　自西徂東　東方交涉記　中日始末記　洋務采風記　各國富强策　新繪海國圖志足本　格物入門　格致須知十六種　時務要覽　打密電報本　德國操法　正續盛世危言　西算新法　西法算學入門　學算筆談　算草叢存　天文算學纂要三十二本　四元玉鑑　左文襄公兵書　左文襄公奏議　斯陶說林　竹葉亭雜記　論語旁証　隋唐演義　文學興國策　治國要務　無邪堂問答　泰西新史　時事新論圖說　算學叢書二十一種

文美齋主人白

北門東 文德書局

本堂督辦蘇浙閩廣書籍各省藏版局板石印鉛版各樣洋務時務算學兵書閒書端歙硯台方元墨海各樣大小羊毫錦匣徽墨清水絲棉一概批發不悞主顧刻下新到象牙壽山圖章雕刻細花紫竹筆筒帽筒水晶墨晶眼鏡仕商賜顧望乞駕臨是幸

烏利文洋行

啓者本行開設香港上海三十餘年四方馳名專售各式金銀鐘錶鑽石戒指八音琴千里鏡眼鏡等物並修理鐘表價錢比別家格外公道今本行東家巴克由上海來津開設在紫竹林裕泰飯店旁請　諸君降臨光顧是幸特此佈聞

丙申年七月初四日禮拜三

宮北 萃文魁

本店嵩辦木板石印各種書籍一概發客因書名甚繁不能單錄凡別號登報書籍靡不俱全

逸雲齋

本齋專辦進呈紅黃綾紙奏摺萬壽賀本正副表文大赤喜壽圍屏緙絲喜壽屏對描金洒金貢蠟清水冷金雨雪瓷磚宋錦龍綾各種裱綾裱絹加重白礬宮絹蘇製顏料八寶硃砂印色東瀛印色詩箋琴紋日晷羅盤端歙各硯湖筆徽墨自製水筆紈摺雅扇上嫩葵扇十錦詩牋各種帖套各式帳簿鐫刻雲白銅尺墨盒香盒金玉圖章搢紳名人書畫揭裱古今字畫册頁手捲並躉售木板石印鉛板各種書籍碑帖摹刻翰苑仿影名目繁瑣不及備載諸公賜顧者請移玉估衣街東首路北德興里大門內便是價目格外從廉

擇于六月二十日開張先此佈告

逸雲齋主人謹白

浙杭吉永元號

本莊自置紗羅綢緞新樣洋辮花素洋布川廣夏貨團摺雅扇南貨頭油俱全祇為近時錢市漲落不同故而各貨減價開設估衣街中間路北凡仕商賜顧者無悞特此佈達

美孚老牌煤油

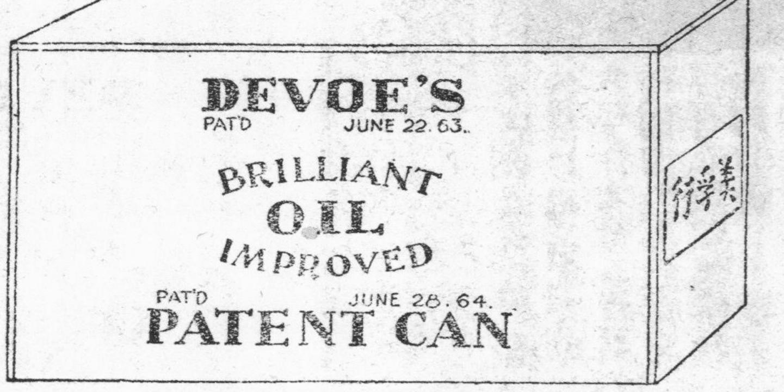

啓者美國三達煤油公司之德富士老牌煤油天下馳名萬商稱美蓋其質潔色清亮白如銀且絕無烟氣能耐久燃比之生荳等油晶光百倍而儉用價廉此為德富士老牌之佳處誠屬無雙妙品也士商賜顧請到天津美孚洋行採辦或向就近殷實行店購買庶不致悞

義興順號

本店自置綢緞顧繡綾羅紗絹哈喇大呢花素洋布俱全貨高價廉開設天后宮北仕商賜顧無悞特此佈達

頭號杭寗綢三錢九
頭號江寗綢二錢九
頭號摹本緞三錢三
雨前 六百文
紅梅茶每斤九百六
紅茶梗 二百二

上洋分此 長泰信織補局

本號由上洋聘來織補名師無論寗綢摹本綾羅紗絹及一切衣服如有燒破剪壞大小窟窿包管織補如原毫無痕迹精妙無比并起油彈染刷印時式洋花專染綢緞布疋漂白湖色無不格外鮮明如蒙賜顧者請認明本號招牌庶不致悞開設在天津府東門外東城根大樓便是

保命險告白

啟者本行代理長明人壽保險公司如紳商欲保者請移玉至紫竹林法租界第一樓東間壁華昌洋行面議可也此佈

英商華昌洋行啟

七月初四日銀洋行情

天津九七六錢
銀盤二千五百九十五文
洋元一千八百二十五文
紫竹林九六錢
銀盤二千六百三十五文
洋元一千八百五十五文

七月初五日進口輪船禮拜四
新濟 輪船由上海 招商局
七月初六日出口輪船禮拜五
怡生 輪船往上海 怡和行

直報

光緒二十二年七月初五日　第四百八十號
西歷一千八百九十六年八月十三日　禮拜四

夕談　呈進縉紳　駐防領餉　官道重修
河東獅吼　冏祿爲災　課題照錄　兄弟兩難
壁壘一新　公門正論　抵以栗主　誰問東流
殺生果報　海嘯爲災　各行告白　京報照錄

本館大小各種中西新字均已到齊屢登報首佈告想邀　閱報諸公鑒賞惟版祇四頁逐日四方函告之事絡繹不絕限於篇幅未能全錄不足饜　閱者之目本館現已託人分往東瀛上海兩處購辦西國兩面報紙一俟寄到仍照從前時報式樣加版四頁共成八頁新聞既可多錄告白亦可鋪排合先布　聞伏希　垂鑒
直報館謹啓

夕談　續前稿

似此小醜竟敢肆其雄毒陰狠結隊成羣公然不擇人而噬其陰賊覗跳梁尤甚方將上其事於九重碧翁速行金令詔箕伯飭巽二星馳羽檄徵封家十八姨起蘋末來樹間霓旌與紅葉齊飛露布偕白雲並起銜枚疾走催敗零落振一氣之餘冽以掃邊幺魔並擬遣管城子偕楮先生先爲鳴鼓之攻數其跋扈飛揚貪殘不仁魚肉生靈種種孽案俾知法無可宥罪不容誅力靖餘氛以快人心以安衆庶此實普天之憤何堪默爾息耶客曰無須已有先我爲之者愚曰若何試讀之以當誦陳琳之檄客爰述其檄曰蓋聞勇者去惡則務盡智者思患而預防凡在爲害之倫宜在驅除之列是以焚山烈澤法不貸夫犀象蟲蛇鑄鼎圖形奸必究乎魑魅魍魎周禮有蛙鳴之禁曾列國氏於秋官小雅懲蟊賊之災不逭螟螣於炎火況茲幺麼之小醜居然大肆其披猖適從何來遽集於此或名花腳或號黍民溯厥初生由來萍末洎乎暑月竟擾芸牕恃彼族之孔多敢逼人於太甚紛如霧集貪婪不讓蠅營動輒雷鳴狂恣甚於虱處猶復傍耳或矜雅奏爾面自詡深機本非燕頷虎頭儼然飛而食肉擬以蠭芒蠆尾尤覺毒易傷人費我爬搔何處覓麻姑之爪縱其侵噬曾經露烈女之筋嗟夫偶爾棲遲皆欲安神寤寐誰非面目何堪滿眼瘡痍爾乃幸暗喜昏乘瑕抵隙毫端生羽翼針喙刺肌膚盧記室之獵蠅良有以也王景畧之捫虱豈徒然哉用是氣奮風雲志安帷幄爰徵蜂使大集蜡兵蛙鼓聲中蝸角之軍畢至塵揮影裡蟻疆之陣齊攉師出本屬有名命蝸篆書成草檄小固不可敵大知螳臂難抗車輪諸君或處衡茅或居蘭室孰無情於痛癢胡忍令其傷殘尙其各奏膚功無致遺憂臍噬既異相鬚之虱處置豈曰無方應知宋殿之蟬捕捉猶申軍令務使脅從罔赦一面之蛛網休開庶幾餘孽不萌五夜之狠烽永息檄爾醜類咸使聞知誦畢茶鼎初紅茗香四溢清風徐來在我裾袖蚊聲斷續捲而之他頗有理屈勢窮力盡聲嘶之狀意似從此輪服不敢復萌異志以相擾者果爾則文事誠武備之先聲矣時研有餘瀋合亟錄之以誌一夕之話

呈進縉紳　○六月二十八日吏部呈進光緒丙申年秋季分京外文職名姓籍貫出身爵里縉紳繕寫黃冊委派筆帖式晋祺存志赴內廷軍機處呈進以備　御覽

駐防領餉　○密雲副都統咨領駐防官兵應需本年夏季分二兩平銀一萬九千五百十六兩八錢二分七厘九毫四絲八忽

庫平銀三萬一千二百零九兩七錢又咨領本年夏季分二兩平俸餉庫平銀一千四百七十兩二錢又熱河都統咨領本處駐防官兵應需本年夏季分俸餉等項二兩平銀三萬兩庫平銀六萬兩又咨領額魯特駐防官兵應需本年夏季分俸餉等項二兩平銀六百三十七兩七錢九分八厘七毫五絲二忽庫平銀三千七百九十四兩五錢均於光緒二十二年六月二十六日辰刻由部領出解回各該衙門以憑散放

官道重修　○京師西直門外自創修官道以來砥平矢直往來稱便惟石塊質堅性滑一經陰雨行者時有傾跌之虞經當道查知因商同工程處憲令工換修碎石攙和三合土務使一律整潔俾出是路者不患跼脊已于日前動工矣王道蕩平王道正直不禁拭目俟之

河東獅吼　○京師前門外大保吉巷韓某年近知命家稱小康妻某氏屢產不育常抱伯道之憂今春置買小星頗婉麗相處數月尚無間言日前韓因事外出該妾偶失大婦歡遂大發獅吼鞭扑不足洩忿復持木棍作當頭棒喝妾哀哀慟哭誓不欲生延至夜分潛開後門投入香廠水中適有某乙在河邊取魚赶卽拯救幸未斃命氏聞之驚魂欲碎當用好言撫慰牽率而歸諺云救人一命勝造七級浮屠信哉

回祿爲災　○京師當未經大雨以前風高物燥失愼之事屢見迭出六月二十三日魚更三躍崇文門外磁器口廣興木廠不戒於火當卽鳴鑼警救旋經義善同善普善崇善成善平安同仁治平與善各水會諸善士雇夫肩抬水龍十數架齊力汲灌至五更時始熄毗連隣舍三合和順天義等號共計燒燬房屋六十餘間所貯木料甚多皆附之一炬經南城坊將廣興木廠主劉某解案管押訊係因煤油燈起火不日詳城重責以爲不愼者戒

課題照錄　○七月初二日問津書院輪應官課業經考訖謹將生童文詩各題列後　生題　何用不臧至何足以臧　童題　何足以臧子曰歲寒　詩題　賦得惟有新秋一味涼得秋字　五言八韻　童六韻

兄弟兩難　○前報登取供幼孩一節刻經大令迭次研訊據蕭大供認慫恿母親尋死意圖抵賴房租並有携繩持杖情事復訊蕭二亦供母患癱疾不能自行因雇轎抬往並挾木橙以便入套等語遂錄供畫押一併釘鐐收禁聞已備文通詳不日由府提訊後當卽解省矣

壁壘一新　○練軍右營管帶官龔先第現因丁艱請假以便扶櫬回籍昨經制軍批令准行所遺該營管帶一差自應另行派員接充刻已札放沈都戎學鈺接充該營營官矣

公門正論　○昨有吳某與王姓携手同赴縣署鳴冤當經値日差役將二人讓進班房詢問起事緣由以便寫呈投遞吳云王欠錢若干屢討不給反行逞橫等語王言吳開局招賭身在該處前後輸錢共七吊除將大襖留下作價兩吊五百外下欠四吊五無力歸還伊强索横要刻不容緩當被毆打有傷云云衆差役皆直王而曲吳且謂招局與同賭均干厲禁一經涉訟必至兩敗俱傷不如省事爲妙吳依言王亦旋去語云公道自在人心誰謂公門中遂無正人義士哉

抵以栗主　○東關橋下周姓開設烟館歷有年所昨有開水鋪之王某到該館噴雲吐霧及癮過畢不名一錢館主再三逼索不肯放走王無奈從袖中取出一物曰別無長物以此爲質約日回贖可乎視之乃王氏祖父神主也周嘆曰此物抵帳亦足相當但恨無可位置請携去烟錢還否隨便可耳噫鴉片之困人一至此哉故書之以當暮鼓晨鐘

誰問東流　○津邑爲九河總滙每遇河水漲發湍激異常以故沉溺船隻淹斃人口之事指不勝屈新浮橋下有帮搖小船一隻上坐五六人順流而下不料被魚船網繩挂住一時慌張失措立卽覆沒除船戶得慶更生外其餘俱付東流矣現聞被溺家屬赴縣控告蒙邑尊飭先打撈屍身再行驗訊

殺生果報　○河東張二者專好毒害貓狗以皮可賣錢而肉可佐餐也平生所害以千百計昨得怪病巫醫皆不見效晝夜呻吟往往昏憒中大呼家人打貓打狗不然則曰某處痛甚貓狗咬我矣輾轉四五日乃斃渾身現青紫斑痕似被咬傷者然嗚呼豈畜類既死尚能爲厲乎抑殺機太重戾氣相感而然乎談因果者首戒殺生良有以也

海嘯爲災　○兩淮運司江蓉舫都轉於本月十六日傍晚時接海州分司徐分轉紹垣來電其中大旨爲海屬之板浦場地方於十六日早晨海水驟然騰嘯海口漫決三百餘丈不特田園廬舍蕩然無存即北商鹽池場灶亦悉歸烏有近海居民淹斃無算云云都轉接電後當即據情轉請督撫兩院憲核示飭遵按該場濱臨大海與海屬之贛榆安東兩縣犬牙交錯聞該兩縣之邊境亦皆罹遭殃及云

拍賣
告白　達

敬啓者准於本月初六日卽禮拜五下午二點鐘在紫竹林海大道曾公館老房子直報館院內樓上拍賣胰子洋燭黑羔子記使扣子洋花洋燈洋酒鐵床椅子宮燈家俱等件各貨各玩物等件如欲買者請早來細看面拍可也特此佈

集盛洋行啓

金陵
仁記南味坊

自製本機元淺京緞䌷綢紗縐絨線糟貨食物金腿海味南貨俱全近因錢市漲落不同分別減價抑因無恥之徒假冒南味者甚多雖云謀利誠恐亂眞欲辦薰蘠用煩楮墨

寄售　雨前　碧螺春　龍井　每斤津錢　一千二百文　三千文　一千八百文　福建條絲格外公道　開設宮北大獅胡同內

出售京都官書局彙報　代送申報　新聞報　新出博聞報　新出蘇報　新出指南報　滬報附送異跡仙踪　萬國公報　各色畫報　本津直報　遍覽一目了然賜函分明何樣報紙分送不悞　暫寄各處各館各坊各莊各室各齋各號記各板各式古今閒書畫譜各種中西算學時務洋務書籍等逐日隨寄另外價廉現有五色墨甚奇來者無多　天師親筆避瘟去邪靈符又到先取爲快遲者再候來班

天津府署西三聖菴西梁子亨啓

醫術精奇

予室於前數年忽患瘰癧漸延滿頸日久破爛屢次服藥弗克收功茲延天津道西箭道內普安醫室任君棟臣診治甫經三月有餘竟將瘰癧除去感激無已登報誌謝

王登瀛啓

天津
美昌字號

本號自辦各國鐘表玩物新式紙烟咀頂高紙烟各樣花洋毯時式洋燈上上大小瓶香水各款香胰皂各省東土西土黑白烟膏寄售廣東各名家臘丸並暑藥廣同濟戒烟丸貨高價格外公道諸君賜顧者請光降是幸特此佈聞新開在鍋店街中間坐北門面

烏利文洋行

啓者本行開設香港上海三十餘年四方馳名專售各式金銀鐘錶鑽石戒指八音琴千里鏡眼鏡等物並修理鐘表價錢比別家格外公道今本行東家巴克由上海來津開設在紫竹林裕泰飯店旁請　諸君降臨光顧是幸特此佈聞

丙申年七月初五日禮拜四

宮北
魁文萃

本店耑辦木板石印各種書籍一概發客因書名甚繁不能單錄凡別號登報書籍靡不俱全

逸雲齋

本齋專辦進呈紅黃綾紙奏摺萬壽賀本正副表文大赤喜壽圍屏緙絲喜壽屏對描金洒金貢蠟清水冷金雨雪煮硾宋錦龍綾各種裱綾裱絹加重白礬宮絹蘇製顏料八寶硃砂印色東瀛印色詩箋琴絃日晷羅盤端歙各硯湖筆徽墨自製水筆紈摺雅扇上嫩葵扇十錦詩牋各種帖套各式帳簿鐫刻雲白銅尺墨盒香盒金玉圖章搢紳名人書畫揭裱古今字畫册頁手捲並躉售木板石印鉛板各種書籍碑帖摹刻翰苑仿影名目繁瑣不及備載諸公賜顧者請移玉估衣街東首路北德興里大門內便是價目格外從廉

擇于六月二十日開張先此佈告

逸雲齋主人謹白

浙杭元吉永號

本莊自置紗羅綢緞新樣洋辮花素洋布川廣夏貨團摺雅扇南貨頭油俱全祇爲近時錢市漲落不同故而各貨減價開設估衣街中間路北凡仕商賜顧者無悞特此佈達

美孚老牌煤油

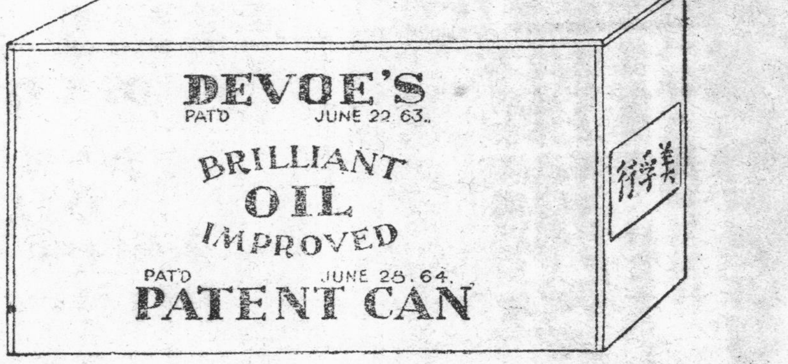

啓者美國三達煤油公司之德富士老牌煤油天下馳名萬商稱美蓋其質潔色清亮白如銀且絕無烟氣能耐久燃比之生豈等油晶光百倍而儉用價廉此爲德富士老牌之佳處誠屬無雙妙品也士商賜顧請到天津美孚洋行採辦或向就近殷實行店購買庶不致悞

義興順號

本店自置綢緞顧繡綾羅紗絹哈喇大呢花素洋布俱全貨高價廉開設天后宮北仕商賜顧無悞特此佈達

頭號杭寗綢三錢九
頭號江寗綢二錢九
頭號摹本緞三錢三
雨前　六百文
紅梅茶每斤九百六
紅茶梗　二百二

上洋分此長泰信織補局

本號由上洋聘來織補名師無論寗綢摹本綾羅紗絹及一切衣服如有燒破剪壞大小窟窿包管織補如原毫無痕迹精妙無比并起油彈染刷印時式洋花專染綢緞布疋漂白湖色無不格外鮮明如蒙賜顧者請認明本號招牌庶不致悞開設在天津府東門外東城根大樓便是

保命險告白

啓者本行代理長明人壽保險公司如紳商欲保者請移玉至紫竹林法租界第一樓東間壁華昌洋行面議可也此佈

英商華昌洋行啓

七月初五日銀洋行情

天津九七六錢
銀盤二千六百三十文
洋元一千八百四十文
紫竹林九六錢
銀盤二千六百七十文
洋元一千八百七十文

七月初七日出口輪船禮拜六

海晏　輪船往上海　招商局
通州　輪船往上海　古太行
怡生　輪船往上海　怡和行

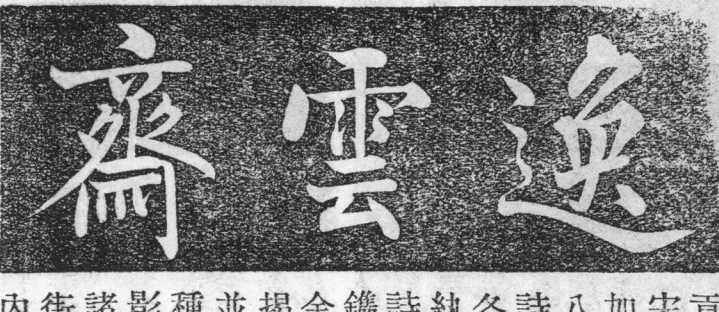

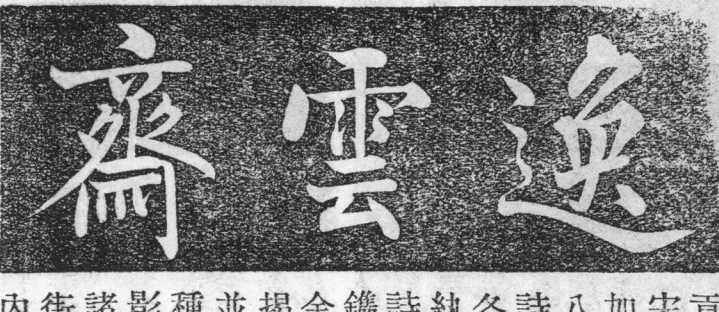

直報

光緒二十二年七月初六日　第四百八十一號
西歷一千八百九十六年八月十四日　禮拜五

五城水會請獎清單　刷卷屆期　地方蒙福
善行方便　技等穿窬　微勞必錄　輔仁題目
琴堂訓士　催租敗興　愧殺冰清　納諸陷阱
登高致墜　鬼果有靈　各行告白　京報照錄

本館大小各種中西新字均已到齊屢登報首佈告想邀　閱報諸公鑒賞惟版祗四頁逐日四方函告之事絡繹不絕限於篇幅未能全錄不足饜　閱者之目本館現已託人分往東瀛上海兩處購辦西國兩面報紙一俟寄到仍照從前時報式樣加版四頁共成八頁新聞既可多錄告白亦可鋪排合先布　聞伏希　垂鑒　直報館謹啓

五城水會請獎清單

中城同善公議治平公義義善共五局　知州銜候選布經歷李松年　請五品　封典　候選布經歷趙連璧　請從優議叙　知州銜勞績遇缺選用州同郭以保　請五品　封典　雙月選用州同白均　請加五品銜　五品頂戴雙月選用州同王恒起　請五品封典　進士本班先候選知縣石渠　捐納候選知縣王會同　捐納候選知縣李濟川　以上三員均請從優議叙　五品銜候選按經歷王洪勳　請五品　封典　補用兵馬司正指揮倪恩齡請加同知銜　六品頂戴勞績遇缺選用巡檢劉仁壽　請六品　封典　鹽提舉銜候選鹽經歷董雲祥　請五品　封典　俊秀孟洲　趙文清　宋澍　王雲祥　李通　田全智　薛麟　李進榮　史廣美　劉鴻儒　李興禮　周玉麟　王連斌　段奎山　馬福善　張作蓮　任世隆　樊寶琛　以上十八員均請從九品銜　四品銜候選布政司經歷邱兆金　請四品　封典　五品銜候選按察司經歷馬長安　請五品　封典　候選布政司經歷薛浚　請五品銜　候選知縣蕭淦　請加同知銜　州同銜牟慎　請六品　封典　鹽大使銜鮑洪謨　鹽大使銜李光熙　以上二員均請從優議叙　俊秀牟其煜　白舒和　李永發　楊崇禧　因爲陵　王世杰　以上六員均請從九品銜四品頂戴衛守備銜東連寶　請從優議叙　俊秀傅文祥　李嘉善　孟憲昱　杜文葦　李經明　吉鼎臣　以上六員均請從九品銜　東城崇東坎濟崇東東局共三局　新選山東平原縣知縣錢心潤　請同知升銜　改掣近省卽選知縣壽恩榮　知縣用候選鹽大使蔣有霖　以上二員均請從優議叙　保舉候選知縣談長康　請同知升銜　俊秀張樹仁　劉樹藩　竇榮　汪建功　郭鳳翥　王清心　以上六員均請從九品銜　五品銜揀選知縣周之德　新選廣東定安縣知縣張宜　新選湖北漢川縣知縣黃麟元　以上三員均請從優議叙　此稿未完

刷卷屆期　○都察院河南道御史向於每年秋間有稽察宗人府內閣翰林院詹事府六部九卿及五城司坊之責現咨行各衙門將光緒二十一年八月起至本年七月底止所有收到文移及辦過案件註明已完未完分別造册名曰刷卷定於八月初十日爲刷卷之期倘有違悞遲延者卽時糸處決不寬貸

地方蒙福　○京師右安門外花神廟地方日前有形跡可疑者十餘人經右翼巡兵看出破綻向前盤詰若輩言語支離當卽拏解右翼署內拷訊供認搶刦某處銀兩歷歷不諱於六月二十七日經步軍統領衙門將搶刦盜犯閻老三等咨送刑部按律擬辦按近來都門搶案迭出而破獲者殊鮮自經步軍統領嚴諭後迭次拏獲著名巨盜所有被搶各案業已破獲無遺可見該盜非有通天本領全在緝捕之認眞與否耳似此嚴行緝捕吾知明火執仗之案當可少免非地方之福哉

善行方便　○前門內大中府地方於六月二十五日有屠某者年屆不惑由鄉來京探訪親友因病初愈氣血虛弱蹶然昏倒奄奄待斃好事者用丸散灌救無效有夏某素精醫術經過瞥見適由大柵欄某香店購有安息香數盒用以安睡者因救命情切卽用香一束燃薰轉瞬間口呼吸而目轉動漸能言語左右詢以住址雇車送回寓所因問香何神妙夏云該香係用眞正茄楠末製造能甯神亦能溫氣吾畧習岐黃知屠某氣弱致病聊以施之雖香能奏功亦斯人命不該盡也噫若夏者可謂善行方便哉

技等穿窬　○宣武門外羊肉衚衕有王某者宛平縣人於光緒二十年秋間宦遊晉省迄未返里家有妻女二人以針黹度日忽於六月二十六日突來一人口稱與王同事囑其寄來信件存在東四牌樓恒利布店須親往走取王妻聞之不由喜出望外卽讓進屋內欵待正在備辦茶點之際詎乘間將簪環首飾竊入袖中支吾數語徜徉而去及王妻查點首飾無着始知被匪人所騙目直口呆如喪魂魄現聞已赴西珠汛都戎署內稟報嚴緝騙匪未知能否珠還也

微勞必錄　○刻當河水暴漲東浮橋上下兩岸均經平漫以致臨河各舖戶宛若浮家泛宅昨運憲佘觀察因公駕臨關廳遍視左右鄰房均沒水中而關廳地方緣圍有土壩依然無恙詢係看役所築因奬勸數語卽令賞錢八串以勵勤勞

輔仁題目　○輔仁書院本月初三日輪應縣課經該院値年董事先期稟請批示准行至期邑尊親蒞點名業經考訖謹將文詩各題照錄　生文題　宜兄宜弟宜兄宜弟　童文題　其爲父子兄弟足法　通場詩題　賦得秋色從西來得西字五言八韻童六韻

琴堂訓士　○本月初三日輔仁書院官課縣尊親詣點名給卷生册畢正當點童時忽有悞點考生四人忽忽入門向前自翻名册立請補點邑尊怒謂爾來旣晚應候將童點完然後從頭一律補點再行給卷何得貿貿然來率揭名册豈在業師前亦復爾耶該生唯唯而退

催租敗興　○西門內周某專養房產置有草房數百椽賃與舖戶人等居住倩龐甲專司其事日斂房租數十千由來已久有乙丙二人脫欠數日昨晚又向斂錢仍復支吾不給畧加催促遂相口角且將甲奉以老拳現聞赴二叚鄉甲局控告蒙局憲將甲乙等一併送縣訊究矣

愧殺冰淸　○孔某者家饒富父母相繼沒伶丁一身縣役某甲羡其財復欺其幼以女妻焉過門後翁壻卽夥居共爨孔深倚賴之財物出入均經甲手久之孔無所事事每以坐食爲愧甲乘間誘之行賈孔喜甚於是整備行李同赴蘇州貿易比至該處寓居客店一日乘孔出外卽將一切貲財席捲而歸孔舉目無親幾乎困斃祇得典賣衣服狼狽回家至則房門空鎖寂然無人大驚不知何故嗣經訪詢知甲將女改嫁携眷他徙矣刻已據情具控不知能獲珠還否栩栩生曰某甲其善釣者乎以女爲餌以婿爲魚旣得魚而餌仍在復用以釣他魚餌一也魚則十百千萬而無窮計誠巧矣其如不知廉恥何

納諸陷阱　○昨有東鄉人身背錢搭行至東營門外因大雨連綿官道被占一片汪洋然深不過一二尺遂脫去襪履揭衣而行詎意旁有阱坑失脚陷入竟被淹斃不知係何名姓刻尚未有屍親認領者

登高致墜　○城垣重地原不許無故登臨無如有司視爲故事卽居人任意遊嬉故每値夏令專有一種浮蕩子弟成羣結隊携帶絲絃在城上演唱淫詞艷曲以致招引附近幼孩紛紛麕聚本月初四日酉刻若輩又上城作樂致有南大寺西某宅僕婦之七齡

幼子失腳墜落城下頭破血流跌傷甚重經人與伊母送信赶將舁歸未卜能慶更生否

鬼果有靈 ○本埠王家場金甲者賣鮮菜爲生小本經營頗堪溫飽娶某氏氏姊妹二人妹適錦衣衛橋某乙日前妻父病故因無子嗣所有家資歸金一手管理乙心不平昨因夫妻反目遂至妻父柩前大肆咆哮數其偏袒長婿之過而金不知也是晚金子女四人陡患頭痛作冷作燒譫語不止俄而金夫婦病亦相同臥牀不起鄰人代呼某巫來爲之療治方焚化紙錢妻父遽附巫身歷訴金獨占家私致被乙辱罵魂靈不安等語金詢問果如巫言急行祝禱願將財產與乙平分並許延僧誦經讖悔次日合家病若失然則鬼神之道固非誕妄哉或謂非也蓋巫預知是事因假託以神其術耳然古人詩云莫憑無鬼論終負託孤心爲中人以下說法君子寧信其有以戒世之負心者

朱鈍翁近治婦幼重症並吐血瘟痢癆膨均著手回春

告白

本齋自製 進呈紅黃綾紙奏摺正副表文南紙綾錦畫絹赤金屏對貢牋等箋顏料印色湖筆水筆貢墨端歙等硯圖章牙器文玩各欵雅扇箋柬詩筒向蒙 士林稱許 賜顧諸君請詳察焉新到繙譯新法化學格致水陸兵法天算等書名目繁多不及備載今將時務各書臚列數種留心經濟者請來擇取可也 普天忠憤集 繪圖中東戰紀本末 中日戰輯 奏疏錄要 洋務新論 時事類編 西學六種 洋務實學 行軍鐵路工程 鐵路圖考 通商始末記 萬國史記 萬國通鑑 萬國近政考 中西紀事 自西徂東 東方交涉記 中日始末記 洋務采風記 各國富强策 新繪海國圖志足本 格物入門 格致須知十六種 時務要覽 打密電報本 德國操法 正續盛世危言 西算新法 西說算學入門 學算筆談 算草叢存 天文算學纂要三十二本 四元玉鑑 左文襄公兵書 左文襄公奏議 斯陶法林 竹葉亭雜記 論語旁証 隋唐演義 文學興國策 治國要務 無邪堂問答 泰西新史 時事新論圖說 算學叢書二十一種

文美齋主人白

出售京都官書局彙報 代送申報新聞報 新出博聞報 新出蘇報 新出指南報 滬報附送異跡仙踪 萬國公報各色畫報 本津直報 遍覽一目了然賜函分明何樣報紙分送不悞 暫寄各處各館各坊各莊各室各齋各號記各板各式古今閒書畫譜各種中西算學時務洋務書籍等逐日隨寄另外價廉現有五色墨甚奇來者無多 天師親筆避瘟去邪靈符又到先取爲快遲者再候來班

天津府署西三聖菴西梁子亨啓

北門東 文德書局

各國通商約章成案 格致須知十六種 打密電報本 繪圖中東戰紀本末 洋務實學 時事新編 中外皇朝輿地全圖 洋務要覽 時事類編 中外經世緒言 時務叢鈔 繪圖隋唐 西算新法叢書 行軍鐵路工程 西法算學入門 常州駢體文錄 四元玉鑑 新出萬國近政考畧

烏利文洋行

啓者本行開設香港上海三十餘年四方馳名專售各式金銀鐘錶鑽石戒指八音琴千里鏡眼鏡等物並修理鐘表價錢比別家格外公道今本行東家巴克由上海來津開設在紫竹林裕泰飯店旁請 諸君降臨光顧是幸特此佈聞

丙申年七月初六日禮拜五

醫術精奇

予室於前數年忽患瘰癧漸延滿頸日久破爛屢次服藥弗克收功茲延天津道西箭道內普安醫室任君棟臣診治甫經三月有餘竟將瘰癧除去感激無已登報誌謝

王登瀛啓

逸雲齋

本齋專辦進呈紅黃綾紙奏摺萬壽賀本正副表文大赤喜壽圍屏緙絲喜壽屏對描金洒金貢蠟清水冷金雨雪賁研宋錦龍綾各種裱綾裱絹加重白礬宮絹蘇製顏料八寶硃砂印色東瀛印色詩箋琴紋日晷羅盤端歙各硯湖筆徽墨自製水筆紈摺雅扇上嫩葵扇十錦詩箋各種帖套各式帳簿鐫刻雲白銅尺墨盒香盒金玉圖章摺紳名人書畫揭裱古今字畫册頁手捲並藴售木板石印鉛板各種書籍碑帖摹刻翰苑仿影名目繁瑣不及備載諸公賜顧者請移玉估衣街東首路北德興里大門內便是價目格外從廉擇于六月二十日開張先此佈告

逸雲齋主人謹白

浙杭 元吉永號

本號自置紗羅綢緞新樣洋綳花素洋布川廣夏貨團摺雅扇南貨頭油俱全祇爲近時錢市漲落不同故而各貨減價開設估衣街中間路北凡仕商賜顧者無悞特此佈達

美孚老牌煤油

啓者美國三達煤油公司之德富士老牌煤油天下馳名萬商稱美蓋其質潔色清亮白如銀且絕無烟氣能耐久燃比之生苣等油晶光百倍而儉用價廉此爲德富士老牌之佳處誠屬無雙妙品也士商賜顧請到天津美孚洋行採辦或向就近殷實行店購買庶不致悞

義興順號

本店自置綢緞顧繡綾羅紗絹哈喇大呢花素洋布俱全貨高價廉開設天后宮北仕商賜顧無悞特此佈達

頭號杭寗綢三錢九
頭號江寗綢二錢九
頭號摹本緞三錢三
雨前 六百文
紅梅茶每斤九百六
紅茶梗 二百二

保命險告白

啟者本行代理長明人壽保險公司如紳商欲保者請移玉至紫竹林洋租界第一樓東間壁華昌洋行面議可也此佈

英商華昌洋行啟

上洋分此

長泰信織補局

本號由上洋聘來織補名師無論寗綢摹本綾羅紗絹及一切衣服如有燒破剪壞大小窟窿包管織補如原毫無痕迹精妙無比并起油彈染刷印時式洋花專染綢緞布疋漂白湖色無不格外鮮明如蒙賜顧者請認明本號招牌庶不致悞開設在天津府東門外東城根大樓便是

宮北 萃文魁

本店岀辦木板石印各種書籍一概發客因書名甚繁不能單錄凡別號登報書籍靡不俱全

七月初六日銀洋行情

天津九七六錢
銀盤二千六百三十文
洋元一千八百四十文
紫竹林九六錢
銀盤二千六百七十文
洋元一千八百七十文

七月初七日出口輪船禮拜六

海晏 輪船往上海 招商局
通州 輪船往上海 古太行
怡生 輪船往上海 怡和行

直報

光緒二十二年七月初七日 第四百八十二號
西歷一千八百九十六年八月十五日 禮拜六

上諭恭錄 五城水會請奬清單 秋官貢士
佐領須員 武員被騙 保陽郵簡 金鐘決口
飭傳正犯 望穿老眼 一波復起 寃結前生
蝦蟹收兵 鐵路先聲 紗局將興 路透電音
各行告白 京報照錄

本館大小各種中西新字均已到齊屢登報首佈告想邀 閱報諸公鑒賞惟版祇四頁逐日四方函告之事絡繹不絕限於篇幅未能全錄不足饜 閱者之目本館現已託人分往東瀛上海兩處購辦西國兩面報紙一俟寄到仍照從前時報式樣加版四頁共成八頁新聞既可多錄告白亦可鋪排合先布 聞伏希 垂鑒 直報館謹啓

上諭恭錄

上諭正紅旗漢軍副都統安興阿由道光年間以侍衛在乾清門當差薦升御前侍衛歷任護軍前鋒統領副都統正黃旗漢軍都統總管內務府大臣因案革職旋經簡任副都統現在年逾八旬行走勤愼前因患病賞假調理茲聞溘逝軫惜殊深加恩着照都統例賜䘏任內一切處分悉予開復應得䘏典該衙門查例具奏伊孫一品廕生斌瑛着賞給郎中分部行走用示篤念耆臣至意欽此 旨正紅旗漢軍副都統着堃岫補授欽此 旨福森布現在丁憂上駟院卿着色楞額署理欽此 旨福森布現在丁憂正藍旗漢軍副都統着芬車署理欽此 旨着派德魁稽查三海墻外堆撥值班官兵欽此

五城水會請奬清單 續前稿

新分戶部學習司務張鏡海 請加應得升銜 花翎鹽提舉銜候選布政司經歷郭永奎 請五品 封典 從九品銜鄒成金 從九品銜劉復成 以上二員均請九品 封典 俊秀姜指南 陳運楨 彭榮森 以上三員均請從九品銜 新選山東文登縣知縣李祖年 候選巡檢沈鳳年 候選訓導 黃錫禧 新選安徽婺源縣知縣方永丙 以上四員均請從優議敘 俊秀陳之藩 張昌異 趙祥福 武愼懷 郭繼善 顧清傑 以上六員均請從九品銜 南城同義普善保安共三局 五品銜候選州同蔣有椿 同知銜候選知縣郭占熊 同知銜候選知縣胡敦仁 以上三員均請從優議敘 揀選知縣陳朗山 請加同知銜 候選訓導王伯衡 請應升升銜 俊秀杜嘉善 王映堂 杜際昌 姜魁珍 馮奎壽 以上五員均請從九品銜 選用知州馮熙年 同知銜分缺補用知縣李均奇 以上二員均請從優議敘 揀選知縣文家聘 揀選知縣梁驥藻 以上二員均請加五品銜 候選教諭楊德炳 請八品 封典 候選鹽大使朱華 請從優議敘 附貢生張璧光 俊秀張乃昭 白蘭芝 武萬德 以上四員均請從九品銜 分省補用知縣 趙思誠 請加同知銜 恩貢候選教諭王榮綬 請應得升銜 廩生郭玉鎔 請給縣丞銜 候選知州程鼎元 請從優議敘 監生王銘 請從九品銜 俊秀杜士級 張泰英 高存智 宋保山 以上四員均請從九品銜 六品頂戴京營候補外委王炳 請從優議敘 西城同心普義同仁普義東局共四局 候選縣丞朱鴻嵩 請加布理問銜

從九品銜楊廷儁　從九品銜薛振鐸以上二員均請給　封典　候選知縣程蘭階　候選知縣李昌謙　揀選知縣李希白　以上三員均請加同知銜　候選鹽大使王濬生　候選副指揮馬爲瑗　候選從九品高弼諸　以上三員均請從優議叙　此單未完

秋官貢士　○刑部爲咨報事本部現有題升漢郎中二缺四人題補漢員外郎一缺二人奏補漢員外郎一缺一人奏補筆帖式二缺二人奏留員外郎一人主事一人共六排十一人於七月初六日帶領引　見相應開寫排單滿漢各二分先行咨報軍機處以備查照

佐領須員　○管理廂藍旗滿都統郡王銜貝勒載爲咨行事據印房呈稱本旗公中佐領安保病故遺缺應行咨取三四五品京堂給事中御史理事官郎中侍讀副理事官員外郎頭二三等侍衛冠軍使雲麾使治儀正鎮國輔國奉國將軍前鋒叅領侍衛正副委護軍叅領鳥鎗護軍叅領翌尉副尉步軍校與本旗應放人員一體揀選相應咨行貴衙門卽將前項人員保送一二員卽日咨覆本旗以憑彙齊揀選

武員被騙　○日前有武職某甲僑居四川新館遣家丁抱告赴北城坊署控稱家主所帶各貨均被棍匪某某等假稱經手出售拐騙一空懇求傳案訊究等情坊主王君准理卽令役拘獲平某到案收押其餘騙匪容俟緝獲後一併解城究辦

保陽郵簡　○適得保陽友人來函云省垣自春至夏雨澤應時禾苗均稱暢茂惟旬日以來迄未得雨各禾盻澤甚殷若日內甘霖普沛秋收可謂豐稔矣　頃閱功過榜示署易州汪代理淸苑縣石高邑縣黃獲鹿縣姚新樂縣趙昌平州劉臨榆縣賈均因審解命盜案三四起各記功一次內邱縣張因客民南方被搶案內悉數拿獲記大功一次並將出案時原記之過註銷又通州孫順義縣周長垣縣程大興縣王撫慶縣李均因迭出搶案各記大過一次安平縣陳薊州姚因民戶被刦記過一次　並閱州縣輪委榜示第一缺應委錢廉二陳鶴鳴三許顯均已報病故四鄧壽祺五唐國珍六孔慶升七陶承先八續曾九鍾靈十寶山又銀價每兩易錢二千六百七十八文等語合亟照登以供衆覽

金鐘決口　○本年六月內雨水連綿西北山洪陡發各處漫決成口屢紀前報茲聞永定河漫決百餘丈水勢浩瀚本邑地居下游實當其衝七月初五日早錦衣衛橋金鐘河北岸月隄被水冲坍數丈北溝子暨練軍前營一帶盡成澤國水深四五尺營盤土壘大半坍塌現經各營勇丁赶緊堵築至今尙未合龍

飭傳正犯　○昨報登鎭署西箭道土棍孫甲等將徐乙王丙毆傷甚重一則聞徐係某署轎夫王係皂班散役被傷後蒙帖送縣署驗傷赶卽票傳孫丁一名到案於初五日經邑尊堂訊兩造各執一詞邑尊卽仰役速傳孫甲到案再行訊究

望穿老眼　○本邑自春徂夏以來失迷幼孩者層見疊出屢登前報近來稍覺安謐日昨南大水溝後王姓復失迷九歲孩童一名早出買物至晚未歸現經伊父赴西門外一帶鳴鑼呼叫未卜能珠還合浦否

一波復起　○津城風氣好鬥喜爭屢經嚴懲重辦依然如故日昨鎭署西箭道土棍黃甲杜乙等與賈丙持械互毆已經在縣呈控乃杜之餘黨孫五孫六等復於初四日早將賈丙同類徐五王元毆有重傷抬赴縣署請驗邑尊立卽票傳孫六等到案究辦

寃結前生　○昨有少年人牽黑衛一頭路過新浮橋因人衆眼生猛然驚逸竟將該少年撞落河內水狂溜急頗難撈救遂逐浪隨波以去聞此人係由某處送麵而回取有麵錢尙在腰中故尤易於沈沒而談因果者謂驢與少年前生定有宿怨不然何驚逸適當過橋時也然乎否乎

蝦蟹收兵　○侯家後九道灣龜奴李某者專在烟花中覔生活稍有積蓄日昨因陰雨無事在張某烟館中作牌九戲輸錢數十千一時忿火中燒與同類口角遽起爭端各邀蝦兵蟹將蜂擁而來經該管地方探知赶緊彈壓云若不服定卽報明各局汎按名抓獲送縣懲辦若輩不敢抗違隨卽縮頭拽尾紛紛散去

鐵路先聲 ○漢口訪事人來函云由漢達津之正幹鐵路前經鄂中大吏議就襄樊一帶遵陸北上督憲張香帥曾委王明府廷珍馳往查勘玆又添派張樹府廷鴻幫辦此事雲程之發其期當不遠矣

紗局將興 ○浦東陸家嘴張灘經某殷商購買現托英商茂生洋行建造紡紗局將次竣工日來該局經事命工頭張某向附近各村鎮招僱女工數千計據云中秋節後即可開局先向外洋運來紗機四千張試辦數月逐漸增添至一萬張商務之盛於此可見

路透電音 ○柯利得闢敎一節古立斯大發軍士前往勦除現經俄法德三國出爲調停所有續到之兵不准登岸令土耳基自捕匪黨云○太晤士報載李相至英其要在請英廷准加進口各貨稅則一事以支那現在銀價甚低各色稅餉均須更變俄法德胥允照議惟實在奉行之處尚須英廷擬准之後蓋各國貨物來華之數英居十分之八也又云支那現擬行新法規模之廣狹全在稅增之多寡又云傳相立意振興中邦已在德國購定大砲法國定造來福槍支並由英國建造水師各色軍械船艦悉仿英國最新最善之式又聘英官多員云

拍賣告白

敬啓者准於本月初十日即禮拜二下午二點鐘在紫竹林海大道曾公館老房子直報館院內樓上拍賣䐐子洋燭黑羔子記使扣子洋花洋燈洋酒鐵床椅子宮燈家俱等件各貨各玩物等件如欲買者請早來細看面拍可也特此佈達

集盛洋行啓

告白

本齋自製 進呈紅黃綾紙奏摺正副表文南紙綾錦畫絹赤金屏對貢臘等箋顏料印色湖筆水筆貢墨端歙等硯圖章牙器文玩各欵雅扇箋柬詩筒向蒙 士林稱許 賜顧諸君請詳察焉新到繙譯新法化學格致水陸兵法天算等書名目繁多不及備載今將時務各書臚列數種留心經濟者請來擇取可也 普天忠憤集 繪圖中東戰紀本末 中日戰輯 奏疏錄要 洋務新論 時事類編 西學六種 洋務實學 行軍鐵路工程 鐵路圖考 通商始末記 萬國史記 萬國通鑑 萬國近政考 中西紀事 自西徂東 東方交涉記 中日始末記 洋務采風記 各國富强策 新繪海國圖志足本 格物入門 格致須知十六種 時務要覽 打密電報本 德國操法 正續盛世危言 西算新法 西說算學入門 學算筆談 算草叢存 天文算學纂要三十二本 四元玉鑑 左文襄公兵書 左文襄公奏議 斯陶法林 竹葉亭雜記 論語旁証 隋唐演義 文學興國策 治國要務 無邪堂問答 泰西新史 時事新論圖說 算學叢書二十一種

文美齋主人白

天津 美昌字號

本號自辦各國鐘表玩物新式紙烟咀頂高紙烟各樣花洋毯時式洋燈上上大小瓶香水各欵香䐐皂各省東土西土黑白烟膏寄售廣東各名家臘丸並暑藥廣同濟戒烟丸貨高價格外公道諸君 賜顧者請 光降是幸特此佈聞 新開在鍋店街中間坐北門面

烏利文洋行

啓者本行開設香港上海三十餘年四方馳名專售各式金銀鐘錶鑽石戒指八音琴千里鏡眼鏡等物並修理鐘表價錢比別家格外公道今本行東家巴克由上海來津開設在紫竹林裕泰飯店旁請 諸君降臨光顧是幸特此佈 聞

丙申年七月初七日禮拜六

術擅折肱

予患腿疼多年漸成痺證更醫多手罔效茲延天津道西箭道內任棟臣先生診治服藥三十餘帖大見奇効此竟能步履似此神奇可稱折肱妙手感激之至亟登報以鳴謝

周鳴珂啓

逸雲齋

本齋專辦進呈紅黃綾紙奏摺萬壽賀本正副表文大赤喜壽圍屏緙絲喜壽屏對描金洒金貢蠟清水冷金雨雪煮硾宋錦龍綾各種裱綾裱絹加重白礬宮絹蘇製顏料八寶硃砂印色東瀛印色詩箋琴絃日晷羅盤端歙各硯湖筆徽墨自製水筆紈摺雅扇上嫩葵扇十錦詩箴各種帖套各式帳簿鐫刻雲白銅尺墨盒香盒金玉圖章搢紳名人書畫揭裱古今字書册頁手捲並躉售木板石印鉛板各種書籍碑帖摹刻翰苑仿影名目繁瑣不及備載諸公賜顧者請移玉估衣街東首路北德興里大門內便是價目格外從廉

擇于六月二十日開張先此佈告

逸雲齋主人謹白

美孚老牌煤油

啓者美國三達煤油公司之德富士老牌煤油天下馳名萬商稱美蓋其質潔色清亮白如銀且絕無烟氣能耐久燃比之生苦等油晶光百倍而儉用價廉此爲德富士老牌之佳處誠屬無雙妙品也

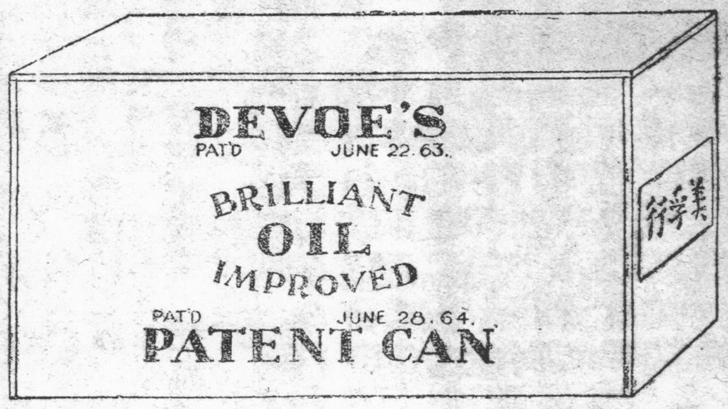

士商賜顧請到天津美孚洋行採辦或向就近殷實行店購買庶不致悞

上洋分此 長泰信織補局

本號由上洋聘來織補名師無論甯綢摹本綾羅紗絹及一切衣服如有燒破剪壞大小窟窿包管織補如原毫無痕迹精妙無比并起油彈染刷印時式洋花專染綢緞布疋漂白湖色賜顧格外鮮明如蒙不者請認明本號招牌庶不致悞開設在天津府東門外東城根大樓便是

宮北 萃文魁

本店常辦木板石印各種書籍一概發客因書名甚繁不能單錄凡別號登報書籍靡不俱全

浙杭 元吉永號

本莊自置紗羅綢緞新樣洋辮花素洋布川廣夏貨團摺雅扇南貨頭油俱全祇爲近時錢市漲落不同故而各貨減價開設估衣街中間路北凡仕商賜顧者無悞特此佈達

義興順號

本店自置綢緞顧繡綾羅紗絹哈喇大呢花素洋布俱全貨高價廉開設天后宮北仕商賜顧無悞特此佈達

頭號杭甯綢三錢九
頭號江甯綢二錢九
頭號摹本緞三錢三
雨前 六百文
紅梅茶每斤九百六
紅茶梗 二百二

保命險告白

啟者本行代理長明人壽保險公司如紳商欲保者請移玉至紫竹林法租界第一樓東間壁華昌洋行面議可也此佈

英商華昌洋行啟

七月初七日銀洋行情

天津九七六錢
銀盤二千六百一十文
洋元一千八百三十五文
紫竹林九六錢
銀盤二千六百四十文
洋元一千八百六十五文

七月初九日出口輪船禮拜一

海晏 輪船往上海 招商局
通州 輪船往上海 太古行
怡生 輪船往上海 怡和行

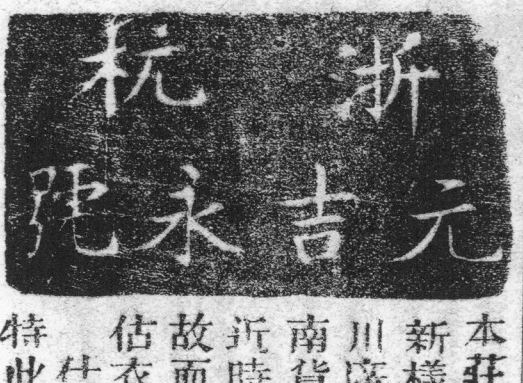

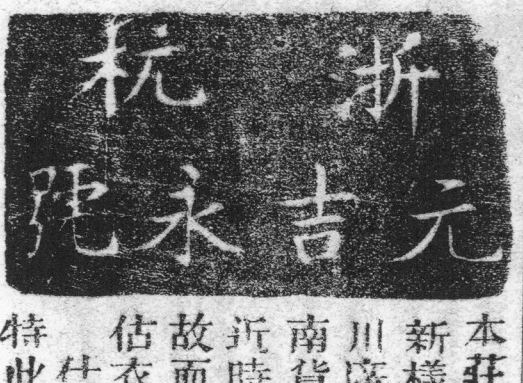

直報

光緒二十二年七月初九日
西歷一千八百九十六年八月十七日
第四百八十三號
禮拜一

上諭恭錄　副憲蒞新　避毋稱姨　被拿斃命
非常鱗介　營務到差　洋烟漏報　養子孤恩
案情兩歧　傷心慘目　悔婚搆訟　娘子興軍
路透電報　三韓要信　各行告白　京報照錄

本館大小各種中西新字均已到齊屢登報首佈告想邀　閱報諸公鑒賞惟版祗四頁逐日四方函告之事絡繹不絕限於篇幅未能全錄不足饜　閱者之目本館現已託人分往東瀛上海兩處購辦西國兩面報紙一俟寄到仍照從前時報式樣加版四頁共成八頁新聞既可多錄告白亦可鋪排合先布　聞伏希　垂鑒　直報館謹啓

上諭恭錄

上諭順天府奏東南兩路各州縣被水現辦大概情形一摺本年六月二十三日永定河漫口大興宛平東安武清永清等縣地方被水災民亟須撫恤業經孫家鼐等派員前往查勘辦理急賑仍着寬籌欵項妥爲接濟毋令災民失所所有湖南應解漕折銀兩並各省每年應解備荒經費銀兩卽着戶部迅速開單咨行各督撫務令如數解部不得因循拖欠致誤賑需餘着照所議辦理該部知道欽此

上諭前據御史李擢英奏叅河南歸德鎮總兵崔廷桂營伍廢弛縱令其子河南候補道崔鴻鼎侵蝕餉項各節當經諭令任道鎔秉公確查茲據覆奏崔廷桂被叅各欵查無實據卽着毋庸置議崔鴻鼎雖查無實在劣跡惟歷練未深着劉樹堂隨時查看至該御史原奏文武大員父子同省應令迴避一節着兵部議奏欽此　上諭王文韶奏永定河隄工漫口分別叅辦並自請議處一摺本年六月後大雨時行永定河水勢漲發險工迭出二十三日北六工之八號隄頂漫溢二十四日北中汎七號又復漫水掣奪全河大溜口門寬至百餘丈該管各員疏於防範實屬咎無可辭調署北中汎武清縣縣丞支兆熊着革職留工効力石景山同知張恩霨着革職留任廳員下北岸通判蔣廷皐汎員北六工霸州州判陳麗生均着摘去頂戴永定河道陳慶滋河防局道員賓延馨均着革職留任會辦河防局道員張蓮芬着摘去頂戴王文韶着交部議處該督務當督飭在工員弁將漫口迅籌堵築並將南岸各汎嚴飭極力防護不得再有疏虞所有被淹村莊卽着該督迅速查明妥籌撫恤毋令失所該部知道欽此　旨這所叅疏防監犯越獄脫逃之管獄官懷柔縣典史陳廷勳着卽革職拏問交孫家鼐等提同刑禁人等嚴訊有無賄縱情弊按律懲辦有獄官懷柔縣知縣榮恒據報先期公出是否屬實着查明核辦仍着勒限嚴緝逸犯范二等三名務獲究辦餘着照所議辦理該部知道欽此　上諭李秉衡奏曹州地方緊要請飭總兵迅速赴任等語新授曹州鎮總兵萬本華前經張之洞調往湖北差委着卽飭令迅速赴任欽此

副憲蒞新　○新簡署理都察院左副都御史馮聯棠副憲文蔚於七月初四日辰刻上任示仰闔署廳員侍御筆帖式五城司坊各官暨書皂人等至期一體謁見毋違特示

避毋稱姨　○昨聞大興縣有馬鄧氏呈送馬英華忤逆不孝一案當日晚堂經王大令提訊鄧氏供仍如前訊馬英華供稱鄧

氏馬維一弟婦性淫亂大令怒謂馬維一弟婦係爾何人答稱鄧姨又問鄧姨之夫係爾何人遲之又久曰是職父大令拍案喝謂鄧氏之夫既是爾父鄧氏豈不是爾母故意狡稱馬維一弟婦以避母稱情殊可惡況事因覇產逐母留弟使其母子分離殊屬非是可赶緊將鄧氏接回奉養使其母子團聚否則據實詳革按律治以誣親之罪馬唯唯而退

被拿斃命　○前門外琉璃廠東門內吉興館茶社內有邵二與劉某互相口角隨用木棍將劉毆傷甚重當被該管官廳拿獲不知邵因何病旋卽斃命稟報相驗現已詳城咨送刑部按律究辦矣

非常鱗介　○京師東直門外東霸地方人烟稠密儼然一小鎮也昨聞該處來人傳述有陳嫗者素好佛終日燒香誦經一日自外回見有怪物宛蜒於庭盤曲四五丈鱗甲燦爛有光驚駭大呼鄰人畢至有胆大者手持器械向前捕治而該物昂首高六七尺張口吐舌作吞噬之狀衆不敢前方擾攘間轉瞬已失所在語曰神龍見首不見尾觀其屈伸變化殆非常鱗凡介之匹儔乎故誌之以廣異聞

營務到差　○天津營務處向係候補道員協同通城司道會辦現因前大名道吳觀察另有要差由制軍札委候補道李觀察肇文照章會辦經理一切事宜聞李觀察不日卽當到差

洋烟漏報　○山東候補府李太守俊三名馨天津人也署沂州頗爲上游器重近聞長公子來津公幹寓居石橋衚衕同族院內携有西土若干包未經納稅昨託族人某代爲出售詎携帶土樣甫經出門卽爲落地局巡丁拿獲隨將土樣呈出幷訴明由某處買得局員卽派人赴該處起贓李公子自知漏稅干罰極力煩人說合未知能了結否

養子孤恩　○河東商某家道殷實因乏嗣曾納流氓兒爲子撫養數年成丁娶室詎該子習於遊蕩癖烟霞而好風月屢戒不悛因逐出門外但素日負欠太多債主聞耗遂羣向商家責討商應接不暇於是控之於官蒙堂斷令子携眷歸宗一切欠賬商代折還並令帮給津錢二百吊以便安家均各允遵具結完案不料該子得錢後揮霍如前轉瞬皆空昨晚暗將妻送至商家門首商拒之氏曰婦人以夫爲天夫既逃亡身將安託翁如不納便當縊之以死正爭論間氏母赶到謂當日締姻並未言明養子今復作此紛紜殊出情理之外一時言語喧嘩勢如鼎沸當經鄰佑調停尚未知作何了結

案情兩歧　○西頭劉姓者小木營生發賣洋布素與茶店口德盛合號洋布莊川換屢年欠錢七百吊月前劉將買賣關閉德盛合緊催欠項劉欲以房契作押分年歸還該舖掌云若作分年帶消須將年限利息算清寫立九百吊字據並要舖保圖章方是憑信正商議間而劉某服毒身死現經屍親以威逼等詞具控德盛合亦以藉屍詐上呈未知孰是姑兩錄之

傷心慘目　○近日河水漲發西南鄉一帶半成澤國該處窮民携男抱女來津避水多在土圍以上搭蓋窩舖聊避風雨詎意圍墻雖厚而雨淋水齧根脚已虛昨下午北營門等處忽然坍塌數十丈所有住窩舖之難民男女老幼紛紛落水雖經撈救而淹斃者在所不免一時呼號聲啼哭聲傷心慘目噫安得廣廈千萬間以庇此難民也哉

悔婚搆訟　○日昨正當細雨淋漓之際有兩人携手赴縣具控訪知一姓霍一姓呂呂女曾許配霍子已歷六載刻忽來信言女因時症病故霍頗悼惜緣女甚婉麗霍曾親見故也不得已正擬爲子另婚適由原媒某氏訪悉呂女未死實寄養姑家意在另擇佳壻霍得耗偵探屬實因向呂盤詰一味支吾遂至興訟然則果否成案抑或有人調處尚未可知容俟再訪

娘子興軍　○津邑五方雜處地窄人稠貧苦之家每一院中同居者或三五家七八家不等遇有齟齬易啓爭端日昨城內蘇家廠北周姓與張姓因幼孩起衅兩家婦致相吵鬧始則劍舌鎗脣繼則撕頭捋鬢周力不能敵遂忿至張姓屋內投入水缸幸經衆人救出得慶更生雖有街鄰理處尚未首肯云

路透電報　○英八月八號倫敦電開李中堂玆復蒙君主召見以維多利亞之禮恭迓按維多利亞禮係英君主禮也以之敬

迓傳相其視我中國果何如哉人皆謂西人藐視中國觀此可渙然冰釋矣〇英八月九號倫敦電稱傳相在某館莚上拜手揚言曰華英交涉爲難處在於誤會然承貴國敬愛者多矣想此來誠擬使兩國之交十分鞏固也〇英八月十號英電瑪人大敗浦浪白之軍與敵相持有七小時之久〇英八月十一號克利得軍情愈鋭

三韓要信　〇朝鮮採訪使者來函言朝鮮東學黨魁首崔時亨者名譽甚高不惟黨類推重民人亦尊稱之曰大先生現在嘯聚山中誦敎文唱神咒俟隙圖逞忠清道亂未已也〇朝鮮偏制地方隊者駐防各州新駐防之地面統營大邱江蓋清洲海洲北青春川江界等九所共兵二千三百人經費十一萬四千零六十五元皆所以備暴徒也〇朝鮮遣俄大使閔永渙電達本國云萬事如意

拍賣告白

敬啓者准於本月初十日即禮拜二下午二點鐘在紫竹林海大道曾公館老房子直報館院內樓上拍賣胰子洋燭黑羔子記使扣子洋花洋燈洋酒鐵床鐵銀櫃銀箱椅子宮燈家俱等件各貨各玩物等件如欲買者請早來細看面拍可也特此佈達

集盛洋行啓

朱鈍翁近治婦幼重症并吐血瘟痢癆膨均著手回春

天津 美昌字號

本號自辦各國鐘表玩物新式紙烟咀項高紙烟各樣花洋毯時式洋燈上上大小瓶香水各欵香胰皂各省東土西土黑白烟膏寄售廣東各名家臘丸並暑藥廣同濟戒烟丸貨高價格外公道諸君賜顧者請　光降是幸特此佈聞

新開在鍋店街中間坐北門面

烏利文洋行

啓者本行開設香港上海三十餘年四方馳名專售各式金銀鐘錶鑽石戒指八音琴千里鏡眼鏡等物並修理鐘表價錢比別家格外公道今本行東家巴克由上海來津開設在紫竹林裕泰飯店旁請　諸君降臨光顧是幸特此佈　聞

丙申年七月初九日禮拜一

拍賣告白

啓者准於本月十一日即禮拜三下午兩點鐘在紫竹林大街仁記洋行棧房內叫賣花旗粗洋布七十九包花旗斜紋布三十四包如欲買者請早來面拍可也

集盛洋行謹啓

北門東 文德書局

各國通商約章成案　格致須知十六種　打密電報本　繪圖中東戰紀本末　洋務實學時事新編　中外皇朝輿地全圖　洋務要覽　時事類編中外經世緒言　時務叢鈔繪圖隋唐　西算新法叢書行軍鐵路工程　西法算學入門　常州駢體文錄　四元玉鑑　新出萬國近政考畧

金陵 仁記南味坊

自製本機元淺京緞窰綢紗縐絨線槽貨食物金腿海味南貨俱全近因錢市漲落不同分別減價抑因無恥之徒假冒南味者甚多雖云謀利誠恐亂眞欲辨薰蕕用煩楮墨

寄售　雨前 每斤津錢一千二百文　碧螺春 三千文　龍井 一千八百文　福建條絲格外公道

開設宮北大獅胡同內

術擅折肱

予患腿疼多年漸成痺證更醫多手罔效茲延天津道西箭道內任棟臣先生診治服藥三十餘帖大見奇效竟能步履似此神奇可稱折肱妙手感激之至亟登報以鳴謝

周鳴珂啓

逸雲齋

本齋專辦進呈紅黃綾紙奏摺萬壽賀本正副表文大赤喜壽圖屏緙絲喜壽屏對描金洒金貢蠟清水冷金雨雪賁碑加重白礬宮絹蘇製顏料宋錦龍綾各種裱綾裱絹八寶硃砂印色東瀛印色詩箋琴絃日晷羅盤端歙各硯湖筆徽墨自製水筆紈摺雅扇上嫩葵扇十錦詩牋各種帖套各式帳簿鐫刻雲白銅尺墨盒香盒金玉圖章搢紳名人書畫揭裱古今字畫冊頁手捲並鬻售木板石印鉛板各種書籍碑帖摹刻翰苑仿影名目繁瑣不及備載諸公賜顧者請移玉估衣街東首路北德興里大門內便是價目格外從廉擇于六月二十日開張先此佈告

逸雲齋主人謹白

浙杭 元吉來莊

本莊自置紗羅綢緞新樣洋辦花素洋布川廣夏貨團摺雅扇南貨頭油俱全祇爲近時錢市漲落不同故而各貨減價開設估衣街中間路北凡仕商賜顧者無悞特此佈達

美孚老牌煤油

啓者美國三達煤油公司之德富士老牌煤油天下馳名萬商稱美蓋其質潔色清亮白如銀且絕無烟氣能耐久燃比之生苦等油晶光百倍而儉用價廉此爲德富士老牌之佳處誠屬無雙妙品士商賜顧請到天津美孚洋行採辦或向就近殷實行店購買庶不致悞

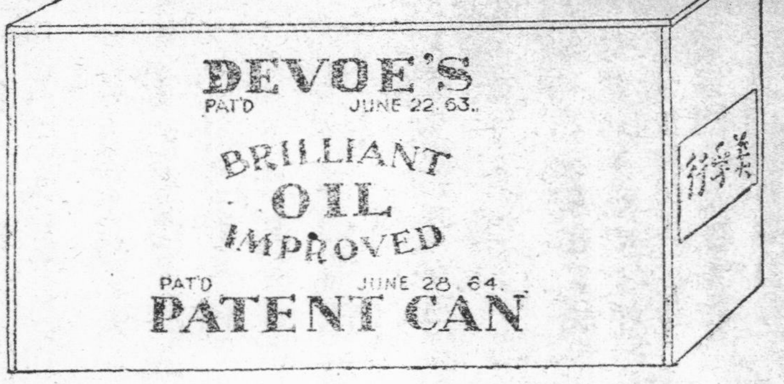

義興順號

本店自置綢緞顧繡綾羅紗絹哈喇大呢花素洋布俱全貨高價廉開設天后宮北仕商賜顧無悞特此佈達

頭號杭寧綢三錢九
頭號江寧綢二錢九
頭號摹本緞三錢三
雨前 六百文
紅梅茶每斤九百六
紅茶梗 二百二

上洋分此
長泰信織補局

本號由上洋聘來織補名師無論寧綢摹本綾羅紗絹及一切衣服如有燒破剪壞大小窟窿包管織補如原毫無痕迹精妙無比并起油彈染刷印時式洋花專染綢緞布疋漂白湖色無不格外鮮明如蒙賜顧者請認明本號招牌庶不致悞開設在天津府東門外東城根大樓便是

宮北 魁文萃

本店耑辦木板石印各種書籍一概發客因書名甚繁不能單錄凡別號登報書籍靡不俱全

保命險告白

啟者本行代理長明人壽保險公司如紳商欲保者請移玉至紫竹林法租界第一樓東間壁華昌洋行面議可也此佈

英商華昌洋行啟

七月初九日銀洋行情

天津九七六錢
銀盤二千六百三十文
洋元一千八百四十五文
紫竹林九六錢
銀盤二千六百七十文
洋元一千八百七十五文

七月初十日出口輪船禮拜二

海晏 輪船往上海 招商局
通州 輪船往上海 太古行
怡生 輪船往上海 怡和行

光緒二十二年七月初九日
直報
第四版

直報

光緒二十二年七月初十日　第四百八十四號
西歷一千八百九十六年八月十八日　禮拜二

上諭恭錄　五城水會請奬清單　喬遷誌禧
塗淸九軌　夜叉現相　憲批照錄　因傷身死
法網難逃　禍水生波　揚州夢醒　路透電報
路見不平題　各行告白　京報照錄

本館大小各種中西新字均已到齊屢登報首佈告想邀　閱報諸公鑒賞惟版祇四頁逐日四方函告之事絡繹不絕限於篇幅未能全錄不足饜　閱者之目本館現已託人分往東瀛上海兩處購辦西國兩面報紙一俟寄到仍照從前時報式樣加版四頁共成八頁新聞既可多錄告白亦可鋪排合先布　聞伏希　垂鑒

直報館謹啓

上諭恭錄

硃筆常明補授通政使司副使欽此　旨江西建昌府捕盜水利同知着鮑恩綬補授雲南陸凉州知州着鄭學壎補授奉天圍塲撫民通判着宋維英補授陝西白水縣知縣着陳芭芬補授山西左雲縣知縣着盛鍾襄補授直隸東鹿縣知縣着馬乘時補授四川樂至縣知縣着余選恩補授湖南寗鄉縣知縣着朱國華補授四川合江縣知縣着龔寶琨補授倖滿湖南藍山縣教諭俟材驤着以知縣用截取舉人陽國楷着以教職用張夢鼎着以教職用戶科筆帖式着祺廣補授戶部筆帖式着紹康補授起居注筆帖式二缺着恩霖增福補授工部筆帖式着恩浩補授吏科給事中着榮陞補授河南道監察御史着華煇補授截取太常寺典簿劉汝燮博士王宗蔭俱照例用擬補國子監學正華學淇着准其補授保舉江蘇候補知縣安炳耀朱福潛俱照例用擬補盛京刑部筆帖式成瑞着准其補授欽此

五城水會請奬清單　續前稿

俊秀宋心誠從九品銜布理問銜議叙候選縣丞曹逢年　請給六品　封典　候選布庫大使韓保泰　候選兵馬司吏目孫珍　以上二員均請從優議叙　教習候選知縣孫大勇　候選太常寺典簿李光傑　以上二員均請加同知銜　俊秀高克旺　張鵬霄　暢慶昌　劉文魁　以上四員均請從九品銜　提塘官守備公孫和　請加都司銜　候選兵馬司副指揮張九經　候選知縣羅炳鎔　知縣用候選布庫大使汪保誠　以上三員均請從優議叙　俊秀閻聲庸　李常恩　潘灃　王維翰　奚毓海　范汝庚　穆光耀　以上七員均請從九品銜　監生賈文書　請加從九品銜　候選縣丞洪乃襄　請加布理問銜　附生張福海　請加縣丞銜　縣丞銜焦鳴徵　縣丞銜劉賜福　候選兵馬司副指揮金穀元　從九品銜李夢辰　從九品銜郝繼忠　以上五員均請從優議叙　文童李慶希　俊秀馬福麟　以上二員均請給從九品銜　北城興善安平成善共三局　同知銜勞績舉人本班先候選知縣吳玉堂　候選未入胡以桐　遇缺先選用知縣黃祖徽　以上三員均請從優議叙　俊秀郭寶琛嚴聞義　以上二員均請從九品銜　候選縣丞鮑忠濬　請加布理問銜　歲貢候選訓導劉焯　請八品　封典　議叙候選縣丞何榕　請加布理問銜　舉人揀選知縣丁崇業　請加同知銜　分缺先選用布政司理問張榕　請加知州銜　候選縣丞俟得缺後以知縣用牛英　請加布理問銜　俊秀魏家驥劉樹森　劉森　范士彥　齊熀　劉尊　趙廣　栁鍾麟　于英傑　以上九員均請從九品銜　候選知縣劉

鎮壎　五品銜候選知縣萬璟　同知銜候選知縣孫汝嘉　同知銜候選知縣羅錫濆　以上四員均請從優議叙　候選縣丞樊寶青　請加布理問銜　候補知縣陳燾　請加同知銜　湖南嘉禾縣知縣蔡宗梅　請從優議叙　欒會縣教諭黎瑞松　請應升之銜　俊秀梁振邦　單元炳　以上二員均請從九品銜 ●

香遷誌禧　○欽命巡視督理街道察院陳玉蒼侍御璧現已丁憂所遺員缺經都察院委派山東道監察御史胡侍御孚宸署理俟帶領引　見後再行實授

塗清九軌　○京師爲首善之區商賈雲集貨物山積正陽門兩旁向有負販人等列市貿易勢難查禁但毋許侵占軌轍以便車馬往來現經步軍統領及督理衙門隨時稽察如沿街舖戶及市儈等搭棚擺攤致礙官街者卽委司坊營汎各官押令移徙以利徑塗云

夜叉現相　○有某甲者浙産也因拖鼓盆之戚不慣岑寂時時作北里游前就伴來京與女校書名五子者有齧背盟綢繆既久情好愈深遂納爲副室曳羅綺而饜珍饈奉養若仙佛旋有某乙僞爲妓也兄者來京就食甲以妓故弗肯拒然每日三餐外尙須烟霞供養稍不遂意忿懣形於詞色甲不得巳給以川費遣之回里乙去後五子忽現夜叉本相時常反目并虐待甲妹及前妻子甚於虎狠而甲性柔懦弗敢誰何鄰人咸抱不平現將五子毆傷雌威稍戢但不知故態復萌否

憲批照錄　○道憲批示　武清縣船頭劉興泉等禀批剝船向歸楊村廳管轄爾等請領修費應禀由該廳核轉方爲正辦乃率行逕禀殊屬不合仰楊村廳速卽傳案申飭至於賠欵銀兩現巳酌定辦法飭廳遵照矣詞抄存

因傷身死　○前官汎棍匪李二因向西方菴賭廠索費起衅致毆傷崔麻子趙奎元等各情及該管汎弁拿獲送案等因迭經登報現時趙奎元因傷斃命由地方循例報案外該屍屬亦經呈請究辦昨午經邑尊請委詣驗當場塡註屍格委係因傷身死據仵喝報畢立取切結當令屍屬棺殮聽候核辦

法網難逃　○初四日五更後十二段守望局巡勇在毛賈夥巷拿獲借錢賊犯一名據供餘黨在吳楚公所傍某店空房居住赶卽帶勇前往捕拿而賊已走脫復經西北分局局憲研訊供認借錢各案不諱遂帶領該犯赴各失主對明贓証確鑿聞已將該犯送縣候辦矣

禍水生波　○河南候補府蔣君某軍統領之長公子也去歲隨隊來津欲捐升道員改省直隸故卜居於東街之劉家衚衕偶隨友人作狹斜游見某妓悅之遂以千金脫藉迎娶時一切悉如嫡禮雖家有正室弗顧也詎該妓嬌悍性成昨因細故反目將室中玩好摔毀一空蔣大怒欲將慧劍斬斷情根幸經家人勸阻刻欲作開閤放姬之計不知果能割愛否也

揚州夢醒　○洪源錢舖同事孟三者京義成舖掌之孫也夙性慳吝雖時同外客爲狹斜游不過作局外旁觀不名一錢詎濡染既深性情忽變在桂香堂與某妓相識一見傾心遂成膠漆於前年十月間別營金屋以便藏嬌曳羅綺饜珍饈供給豐盈窮奢極欲不料浪費一年積有虧欠至今正該妓見阮囊羞澀難託終身遂向永喜堂重理舊業將以蕭郎爲路人奈蝶總戀花百計搜羅尙買笑無虛日旋爲舖掌查知遽將辭退伊因避債無台遂高舉遠颺潛赴上海現聞衆債主齊往義成津棧坐討伊祖因孟巳逃去未肯認還恐將來不免涉訟也

路透電報　○西八月十二號倫敦來電云今茲紐約天氣酷熱異常計五日中爲陽光晒死者一百二十人實近古罕有之災也○李傅相在柯里司太爾宮經二百五十名支那商人設筵欵待主席者爲滙豐銀行主觥酬交錯備極歡洽十三號電云倫敦商部筵請李傅相座上談及鐵路一事傅相巳允竭盡心力由支那至遠之隅造路通行十四號電云歐洲各大權實難合力於克利德之事以底於可成之方也

路見不平題　○現今雨水連綿河水漲發海河一帶尤異常危險刻下馬家口五聖廟後河岸亦被水漫溢昨蒙工程總局大老爺委派海大道分局副爺帶夫晝夜在各段打埝所用蔴袋由道領用保護津郡一方又由道憲請來官船十隻貼岸擋溜船本係浮物若要停泊必須用錨或用木橛為主無奈於七月初七日出來一無知之人居住馬家口五聖廟東向以刀筆為生名陳家騆在東局子充清書伊兒在武備學堂為學生硬抗公事不準河剝船在伊之處下錨打橛因此互相爭執伊率領子姪將船上人混打混罵將船上一人赶落於水大家撈救未遭性命之險將船赶走船上人親來分局報知此事海大道分局副爺向伊理論公事此人不但不遵公事之道理目橫眉豎大肆咆哮口出不遜打罵官弁亦不顧一方之險倘如一時河水再漲無人保護定將河岸沖開南鄉一帶難脫水災之苦均係陳家騆一人所為因此路見不平特此上報叩乞　上憲明鑒除惡安良以為功德無既矣

出售　覺世經課　玉樞寶經　敬竈全書　天師親筆避瘟去暑幷鍾馗去邪靈符　葛仙翁肘後奇方　孫眞人千金寶要方　經驗良方　急沙方　驗方新編　圖註八十一種脉訣　諸葛心書　先天易數　金錢數　牙牌數　正續萬寶全書　淵海子評　蔴衣柳莊相法　醒夢錄　快心醒睡錄　娛目醒心編　救時捷要　珠郵談怪　新到金壺七墨　新出池北偶談　正續子不語　皇朝古學類編　攷政玉堂字彙　鴻寶齋字彙　點石齋字彙　花間楹聯　連八卷楹聯彙編　天文算學　算法大成全圖　新編算學問答　同文算學課藝　西算新法叢書　西法算學入門　無師自通算法捷徑　四元玉鑑細草　中東戰紀本末　中日戰輯附六圖　中日始末記　西事類編　西海記天外歸槎　文學興國策　洋務實學　洋務十三篇　洋關稅則　外洋自歷明證八種　出洋須知　華英讞案　時當列國興盛記　萬國史記　萬國近政　各國地球新圖　各國富强新策　鐵路圖考　鐵路工程　劉帥地營法西法操練　泰西易筋經　華英字典　華英尺牘　英語問答　英語註解　詳註全圖聊齋　後續聊齋　三國志　全部西遊記　前後說唐　征東　征西　呼家將　下西洋演義　天寶圖　前後施公案　前後大明奇俠傳　新到五代興隆傳　八仙緣　新印再生緣　意外緣　明珠緣　平妖傳　擒妖傳　飛蛇傳　飛蛇子　義妖傳　富翁傳　陶朱公致富全書　新鮮笑話大觀　中外戲法大觀　全部京調脚本　姻緣十六齣　文武香毬　粉妝樓　十二樓　客窗閒話　左公平西　續布奇古怪　蓋三國　臺灣福洲厦門輿圖　洋務陞官圖　五色奇墨　各色畫報　購取先覩為快均部無多　又售京都官書局彙報附送初一日各國地球錄一本　上海新聞報　滬報附送異跡仙踪　新出博聞報　新出蘇報　代送申報　本津直報　遍覽各報一目瞭然各有可取購　閱報紙賜函指明何報分送不悞　天津府署西三聖菴西梁子亭啓

德陞木廠

本廠專辦河工各種樁木凡　官商光顧請至堤頭村聚慶義炭廠面議定期無悞格外重廉本廠交貨特此佈告
本廠主人啓

烏利文洋行

啓者本行開設香港上海三十餘年四方馳名專售各式金銀鐘錶鑽石戒指八音琴千里鏡眼鏡等物並修理鐘表價錢比別家格外公道今本行東家巴克由上海來津開設在紫竹林裕泰飯店旁請　諸君降臨光顧是幸特此佈聞
丙申年七月初十日禮拜二

拍賣告白

啓者准於本月十一日即禮拜三下午兩點鐘在紫竹林大街仁記洋行棧房內叫賣洋花旗粗洋布七十九包花旗斜紋布三十四包如欲買者請早來面拍可也
集盛洋行謹啓

術擅折肱

予患腿疼多年漸成痺證更醫多手罔效茲延天津道西箭道內任棟臣先生診治服藥三十餘帖大見奇効竟能步履似此神奇可稱折肱妙手感激之至亟登報以鳴謝
周鳴珂啓

逸雲齋

本齋專辦進呈紅黃綾紙奏摺萬壽賀本正副表文大赤喜壽圍屏緙絲喜壽屏對描金洒金貢蠟清水冷金雨雪瓷磚宋錦龍綾各種裱綾裱絹加重白礬宮絹蘇製顏料八寶硃砂印色東瀛印色詩箋琴絃日晷羅盤端歙各硯湖筆徽墨自製水筆紈摺雅扇上嫩葵扇十錦詩牋各種帖套各式帳簿鐫刻雲白銅尺墨盒香盒金玉圖章搢紳名人書畫揭裱古今字畫册頁手捲並躉售木板石印鉛板各種書籍碑帖摹刻翰苑仿影名目繁瑣不及備載諸公賜顧者請移玉估衣街東首路北德興里大門內便是價目格外從廉

擇于六月二十日開張先此佈告

逸雲齋主人謹白

美孚老牌煤油

啓者美國三達煤油公司之德富士老牌煤油天下馳名萬商稱美蓋其質潔色清亮白如銀且絕無烟氣能耐久燃比之生昔等油晶光百倍而儉用價廉此為德富士老牌之佳處誠屬無雙妙品也士商賜顧請到天津美孚洋行採辦或向就近殷實行店購買庶不致悞

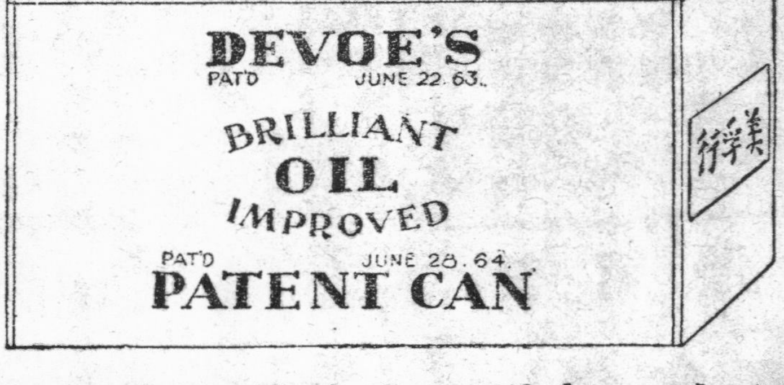

上洋分此 長泰信織補局

本號由上洋聘來織補名師無論寧綢摹本綾羅紗絹及一切衣服如有燒破剪壞大小窟窿包管織補如原毫無痕迹精妙無比并起油彈染刷印時式洋花專染綢緞布疋漂白湖色無不格外鮮明如蒙賜顧者請認明本號招牌庶不致悞

開設在天津府東門外東城根大樓便是

宮北 華文魁

本店崇辦木板石印各種書籍一概發客因書名甚繁不能單錄凡別號登報書籍靡不俱全

浙杭 元吉永陞

本莊自置紗羅綢緞新樣洋辮花素洋布川廣夏貨團摺雅扇南貨頭油俱全祇為近時錢市漲落不同故而各貨減價開設估衣街中間路北凡仕商賜顧者無悞特此佈達

義興順號

本店自置綢緞顧繡綾羅紗絹哈喇大呢花素洋布俱全貨高價廉開設天后宮北仕商賜顧無悞特此佈達

頭號杭寗綢三錢九
頭號江寗綢二錢九
頭號摹本緞三錢三
雨前 六百文
紅梅茶每斤九百六
紅茶梗 二百二

保命險告白

啟者本行代理長明人壽保險公司如紳商欲保者請移玉至紫竹林法租界第一樓東間壁華昌洋行面議可也此佈

英商華昌洋行啟

七月初十日銀洋行情

天津九七六錢
銀盤二千六百二十三文
洋元一千八百四十文
紫竹林九六錢
銀盤二千六百六十三文
洋元一千八百七十文

七月十一日出口輪船禮拜三

新裕 輪船往上海 招商局
重慶 輪船往上海 太古行
順和 輪船往上海 怡和行

直報

光緒二十二年七月十一日　第四百八十五號
西歷一千八百九十六年八月十九日　禮拜三

上諭恭錄　誌晴　鴻恩指日　算學招考
軫念災區　猶是丈夫　案追主使　未免糊塗
不成冰玉　節外生枝　胡爲泥中　殺人如草
法律不容　路見不平題　各行告白　京報照錄

本館大小各種中西新字均已到齊屢登報首佈告想邀　閱報諸公鑒賞惟版祗四頁逐日四方函告之事絡繹不絕限於篇幅未能全錄不足饜　閱者之目本館現已託人分往東瀛上海兩處購辦西國兩面報紙一俟寄到仍照從前時報式樣加版四頁共成八頁新聞既可多錄告白亦可鋪排合先布　聞伏希　垂鑒　直報館謹啓

上諭恭錄

上諭桂斌等奏撞騙貢使案內訊出要証楚勒圖木供詞請旨辦理一摺此案前據桂斌等參奏當經諭令步軍統領衙門按名嚴傳送交理藩院研訊所有案內之劉達喇嘛依什札勒參等曾否到案着理藩院查訊具奏楚勒圖木着解京交理藩院質訊該衙門知道欽此

誌晴　續前稿

譬之於水湛一之氣水之本也猶人之生而靜天之生而仁其性也及其動也仍此湛一之氣也然而動斯變變斯化化而至於不可知如湛一之水激而爲湍揚而爲波沸而爲濤洄而爲洑當其衝擊奔怒不能自止雖水亦不自知其所以然而水之本則未始爾也涵之在泉澄之在淵則仍湛然一水而已矣非有爲湍爲濤爲洑之設乎其內也斯水之所以爲水即天之所以爲天也然水雖變極爲災終不失其生黿鼉蛟龍魚鼈與殖貨財之性天雖變極爲災終不失其博厚高明悠久無疆之誠是則天心之所見端也已彼其變之已成是局也則隱者已顯幽者已明而徒欲呼籲以求之是木已成舟而猶欲使爲扶疏之樹爲勾萌之蘗可乎不可日已西納而猶欲操魯陽之戈揮之使反能乎不能客曰然則天心終無可感時矣彼古人所云感神格天者語皆誕而無稽乎曰是猶有說古今無天外之人即古今無心外之天以心格天實即以心格心語胡爲誕夫人之窮理以致其知也固宜博採夫羣言尤須折衷乎一是折衷安在亦折衷於孔孟而已孔子之言天也自天命之不可須臾離極至於天地位萬物育其道則不外中和其修道則不外戒慎恐懼孰戒愼孰恐懼其戒愼恐懼者爲何物明乎天之不外一心也　此稿未完

鴻恩指日

○御前大臣克郘等面諭侍衛處額哲庫此次　皇太后駐蹕頤和園所有三旗派出駐班備差之滿漢侍衛人員暨三旗親軍校親軍等逐一查明某員於某日赴園住班某日備差開繕銜名清單即日呈遞候　旨頒賞

算學招考

○國子監算學爲再行招考事照得本學額設漢算學生懸缺業經出示招考在案現在報考人數不敷考試爲此再行出示曉諭各省舉貢生監以及俊秀人等如有情願報考者取具同鄉京官印結按三六九日親身赴本學投卷限於九月初十截

止逾限概不收考俟人數彙齊卽行定期考試毋違特示

軫念災區 ○畿南龐各庄一帶因六月間暴雨爲災山洪驟發該處數十村庄盡成澤國淹斃者不計其數男婦老幼蕩析流離經順天府尹憲飭委義倉撥動積穀並自七月初二日起每日僱夫擔送饅首一千數百斤按口分給並籌挪欵項委員前往災區分別極貧次貧妥爲散放復將災情輕重詳細禀覆現已馳達 宸聰矣

猶是丈夫 ○前門外馬夫嘴地方居住榮某者旗人也妻與常某有染非伊朝夕榮初不知情日前常某乘榮外出復與某氏續歡正在斷雲零雨時被榮某撞遇不由忿火難消卽將一對野鴛鴦連砍數刀血流如注均未殞命旋經榮某手持兇刃赴南城坊自行投首當經臧少尉飭仵驗明傷痕因原被均屬旗籍詳城批送廂紅旗漢軍都統徑報刑部審辦矣

案追主使 ○趙奎元因傷斃命及相驗等情均經登報昨據原驗委員提案覆訊屍屬趙得三供稱已死趙奎元委係李二率衆數十人打傷所致懇恩將李二拘案治罪褚洛供趙奎元各傷雖非一人所打其致命槍傷一處實小的下手情愿抵償趙謂主使究係李二且又在塲動手焉能置身事外大令遂將褚洛立予釘鐐嚴押仍飭値差速將李二遞案勿令遠颺

未免糊塗 ○昨有劉甲手扭下道地方赴縣鳴寃立經委廉堂訊劉供身有祖塋一叚坐落下五村地近河岸現因河水盛漲恐被淹沒特往查看見墳頭盡被掘挖棺木俱失隨向該地方詢問伊言地已經人賣出將棺遷去問係何人盜賣竟諉爲不知旣係地方所管何事豈有不知之理定是勾通合謀等語地方供稱人家賣地小的焉敢攔阻果係誤賣乞容根究復訊劉爾地幾何有無契據與註明四至劉供地三畝並歷叙四至姓名因索契紙反覆勘對四址弓口均不相符大令喝謂何竟荒唐至此祖塋大事並不認明率行扭控本當治以應得之罪姑念愚民無知從寬免究可急向他處覓地可也劉芒芒然退滿堂書役無不掩口胡盧

不成冰玉 ○初八日有龍鐘老叟率一婦人年約七十上下在縣鳴寃當堂驗得老婦受有微傷據供姓吳住海下杜庄婦係身妻傷被韓貴新所打緣身女許韓爲妻過門數年向稱靜好近被家人挑唆漸加厭惡因之折磨成病韓並不聞問延醫往視復屏絕不使入門身妻找向理論竟被推打乞恩作主等情大令謂此係一面之詞遽難准信惟年老受傷姑飭差理處並照呈查覆核奪可也吳卽叩頭而退

節外生枝 ○昨報飭傳正犯一則此案原係孟甲承票而快班頭役薛乙者因案情吃緊一人未能兼顧又添派楊丙相帮嗣經孟甲查知以爲攙越公事因此起衅遂於初八日邀集五六人找向楊丙家中將楊刃傷數處而同院某姓婦因勸伩亦被砍傷左手隨卽赴縣鳴寃經某大令驗明板責孟甲二百押候楊丙傷痊再行審訊

胡爲泥中 ○本邑沿河一帶各處漫溢屢登前報近因永定河決口水勢復漲以致關道署前水深至二三尺各舖戶均搭跳板以便行人往來昨晚八點鐘有一少年人穿官紗大衫帶墨晶眼鏡右羽扇而左籠燈搖搖擺擺行走甚覺斯文不料偶一失脚跌落水中經人赶緊救起雖未滅頂而受驚不小矣

殺人如草 ○昨據訪事友人來函云東安縣屬之東沽港村設立青苗會歷有年所巡視田禾防備偸竊一切花費按畝出資法非不善也詎日久相沿遂成利藪此會向經孟姓管理數年前被劉姓奪去纏訟經年總未結案六月二十八日兩姓訂約同在村外寬闊處評理並携鬬刀一具言明有能捨命者會歸所管孟甲慨然倒身入鬬劉乙用力一按勢若切瓜血淋淋身首異處然仍背前言不背退會甲弟丙斥乙反覆無常理宜抵命乙無奈亦倒入刀內丙又將乙鬬死一時兩造互爭聲勢洶洶劉姓人多復按丙入鬬作爲依樣葫蘆經該管地方具禀差役立卽赶到拏獲兩姓共十數人旋於七月初七日相驗尙未知作何訊辦按鬬刀者原剉草飼馬之具今竟用以殺人眞可謂草菅人命矣民情兇悍一至此哉

法律不容 ○前稿仗勢軋人打罵官船局弁理論不服亦係打罵從此河岸看看水漫無人保護因此不平人公議登報諒必

各上憲台閲定然懲惡安良無奈於七月初七日之事局弁被陳家騆恥辱總局大老爺將此情回明道憲蒙大人明鏡高懸札飭天津縣拘案訊究初八日早縣役携票協同地保至陳門叫案伊由後門脫逃以赴東局伊家女輩竟敢出頭阻擋縣差倚仗女流之輩口出不遜等語縣役携票親往東局子叫案陳家騆在局隱匿不出亦不知伊向東局子總辦所禀何詞朦朧東局子大人聽信伊一派胡言不准縣差進門隱匿陳家騆不放應知國法無私雖然東局子大人誤信惡人之言蒙蔽一時總有明白之日惜哉惜哉兹仍登報惟望道憲速爲拘案以正法律均感大德無旣矣

路見不平題 ○現今雨水連綿河水漲發海河一帶尤異常危險刻下馬家口五聖廟後河岸亦被水漫溢昨蒙工程總局大老爺委派海大道分局副爺帶夫晝夜在各段打埝所用蔴袋由道領用保護津郡一方又由道憲請來官船十隻貼岸擋溜船本係浮物若要停泊必須用錨或用木橛爲主無奈於七月初七日出來一無知之人居住馬家口五聖廟東向以刀筆爲生名陳家騆在東局子充清書伊兒在武備學堂爲學生硬抗公事不準河剝船在伊之處下錨打橛因此互相爭執伊率領子姪將船上人混打混罵將船上一人赶落於水大家撈救未遭性命之險將船赶走船上人親來分局報知此事海大道分局副爺向伊理論公事此人不但不遵公事之道理目橫眉竪大肆咆哮口出不遜打罵官弁亦不顧一方之險倘如一時河水再漲無人保護定將河岸沖開南鄉一帶難脫水災之苦均係陳家騆一人所爲因此路見不平特此上報叩乞 上憲明鑒除惡安良以爲功德無旣矣

出售 京都彙報初一日附送各國地球錄一本 上海新聞報 滬報附送異跡仙踪 新出博聞報 新出蘇報 代送申報 本津直報 各色畫報 五色奇墨 代寄萬國公報 代寄中外各館各坊各室各齋號記各板式古今中外一切閒書時務書算學書圖畫譜册等件賜單分寄一槩定日不悞

天津府署西三聖菴西直報分處梁子亨啓

拍賣告白

啓者准於本月十二日卽禮拜四上午十一點鐘在小營門內美國府前洋樓內拍賣外國家具鐵床桌椅洋燈洋爐皮子料器磁器銀器洋毯雙筒闇鎗坐鐘等件各樣俱全如欲買者請早來面拍可也特此佈 聞

集盛洋行謹啓

朱鈍翁近治婦幼重症並吐血瘟痢痨膨均著手回春

術擅折肱 予患腿疼多年漸成痺證更醫多手罔效兹延天津道西箭道內任棟臣先生診治服藥三十餘帖大見奇効竟能步履似此神奇可稱折肱妙手感激之至亟登報以鳴謝

周鳴珂啓

德陞木廠

本廠專辦河工各種椿木 凡 官商光顧請至堤頭村聚慶義炭廠面議定期無悞格外從廉本廠交貨 特此佈告

木廠主人啓

烏利文洋行

啓者本行開設香港上海三十餘年四方馳名專售各式金銀鐘錶鑽石戒指八音琴千里鏡眼鏡等物並修理鐘表價錢比別家格外公道今本行東家巴克由上海來津開設在紫竹林裕泰飯店旁請 諸君降臨光顧是幸特此佈 聞

丙申年七月十一日禮拜三

北門東 文德書局

各國通商約章成案 格致須知十六種 打密電報本 繪圖中東戰紀本末 洋務實學 時事新編 中外皇朝輿地全圖 洋務要覽 時事類編 中外經世緒言 時務叢鈔 繪圖隋唐 西算新法叢書 行軍鐵路工程 西法算學入門 常州駢體文錄 四元玉鑑 新出萬國近政考畧

逸雲齋

本齋專辦進呈紅黃綾紙奏摺萬壽賀本正副表文大赤喜壽圍屏緋絲喜壽屏對描金洒金貢蠟清水冷金雨雪賁硜宋錦龍綾各種裱綾裱絹加重白礬宮絹蘇製顏料八寶硃砂印色東瀛印色詩箋琴紋日晷羅盤端歙各硯湖筆徽墨自製水筆紈摺雅扇上嫩葵扇十錦詩箴各種帖套各式帳簿鐫刻雲白銅尺墨盒香盒金玉圖章搢紳名人書畫揭裱古今字畫冊頁手捲並寄售木板石印鉛板各種書籍碑帖摹刻翰苑仿影名目繁瑣不及備載諸公賜顧者請移玉估衣街東首路北德興里大門內便是價目格外從廉

擇于六月二十日開張先此佈告

逸雲齋主人謹白

美孚老牌煤油

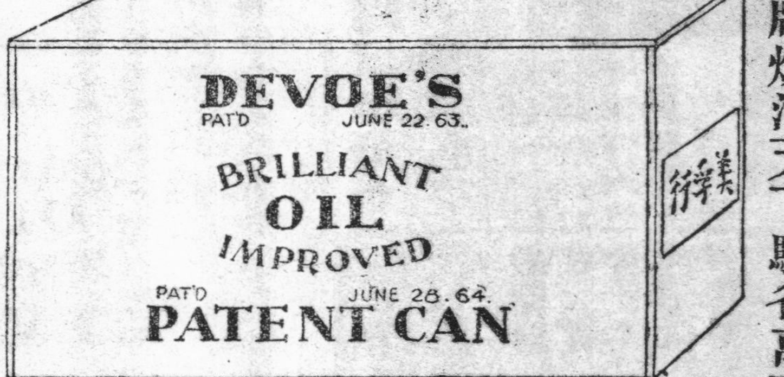

啓者美國三達煤油公司之德富士老牌煤油天下馳名萬商稱羨蓋其質潔色清亮白如銀且絕無烟氣能耐久燃比之生昔等油晶光百倍而儉用價廉此為德富士老牌之佳處誠屬無雙妙品也士商賜顧請到天津美孚洋行採辦或向就近殷實行店購買庶不致悮

長泰信織補局

上洋分此

本號由上洋聘來織補名師無論寗綢摹本綾羅紗絹及一切衣服如有燒破剪壞大小虛窿包管織補如原毫無痕迹精妙無比并起油彈染刷印時式洋花專染綢緞布疋漂白湖色無不格外鮮明如蒙賜顧者請認明本號招牌庶不致悮開設在天津府東門外東城根大樓便是

宮北 萃文魁

本店嵩辦木板石印各種書籍一概發客因書名甚繁不能單錄凡別號登報書籍靡不俱全

浙杭 元吉永

本莊自置紗羅綢緞新樣洋辮花素洋布川廣夏貨團摺雅扇南貨頭油俱全祗為近時錢市漲落不同故而各貨減價開設估衣街中間路北凡仕商賜顧者無悮特此佈達

義興順號

本店自置綢緞顧繡綾羅紗絹哈喇大呢花素洋布俱全貨高價廉開設天后宮北仕商賜顧無悮特此佈達

頭號杭寗綢四錢一

頭號江寗綢三錢一

頭號摹本緞三錢五

雨前 六百文

紅梅茶每斤九百六

紅茶梗 二百二

保命險告白

啟者本行代理長明人壽保險公司如紳商欲保者請移玉至紫竹林法租界第一樓東間壁華昌洋行面議可也此佈

英商華昌洋行啟

七月十一日銀洋行情

天津九七六錢

銀盤二千六百一十三文

洋元一千八百三十五文

紫竹林九六錢

銀盤二千六百五十三文

洋元一千八百六十五文

七月十三日出口輪船禮拜五

新裕	輪船往上海	招商局
重慶	輪船往上海	太古行
順和	輪船往上海	怡和行

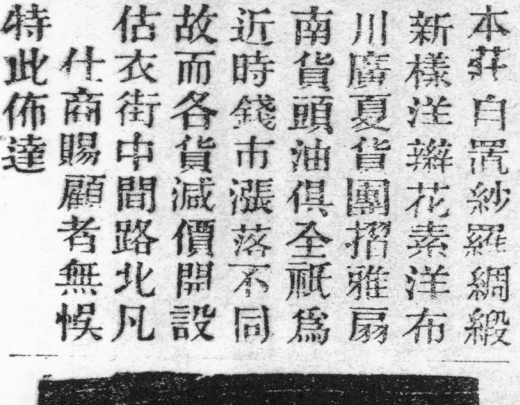

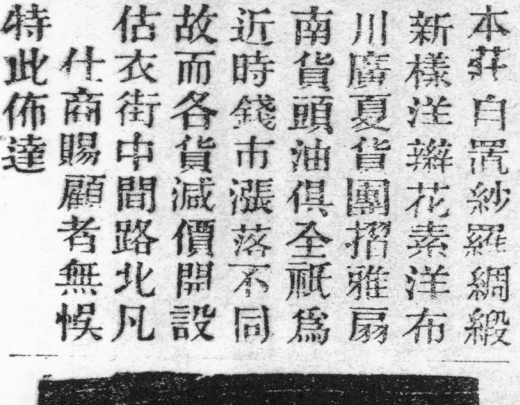

直報

光緒二十二年七月十二日
西歷一千八百九十六年八月二十日
第四百八十六號　禮拜四

上諭恭錄　誌晴　禮嚴追遠　三旗放餉
良朋諫賭　工賑兼籌　嚴拘正犯　急公好義
義重首倡　細民大量　路死堪憐　得隴望蜀
張冠李戴　停棺在道　禾生雙穗　路見不平題
法律不容　各行告白　京報照錄

本館大小各種中西新字均已到齊屢登報首佈告想邀　閱報諸公鑒賞惟版祇四頁逐日四方函告之事絡繹不絕限於篇幅未能全錄不足饜　閱者之目本館現巳託人分往東瀛上海兩處購辦西國兩面報紙一俟寄到仍照從前時報式樣加版四頁共成八頁新聞既可多錄告白亦可鋪排合先布　聞伏希　垂鑒

直報館謹啓

上諭恭錄

上諭李鴻藻奏病尚未痊懇請續假並請派員署缺一摺李鴻藻着賞假一個月禮部尚書着許應騤署理欽此　上諭福潤奏特參不職州縣及教職佐雜各官一摺安徽六安直隸州知州王懋勳辦事竭蹶舒城縣知縣劉家序人地不宜均着開缺留省另補卸署無爲州知州試用通判劉芾縱容家丁怠于治事着以府經歷縣丞降補銅陵縣知縣姚鵬翕辦事模糊難期振奮着勒令休致調署建平縣事蕪湖縣知縣王萬甡聲名平常操守難信霍邱縣訓導宣紫詔妄事干預敗壞士習太和縣教諭王大觀性情偏執不洽士情和州訓導章定嚴專謀利巳見鄙同僚署徽州府經歷試用府經歷王慶溥藉差兒鬧署鳳陽縣典史試用州吏目蔣可憲擅受呈詞試用縣丞朱良材關說營私試用巡檢許衡巧於營謀不知遠嫌試用從九品莊文久充關差熟於弊混補用典史茅纘蓉卑鄙牟利試用典史湯文炳任意妄爲肆無忌憚均着卽行革職以示懲儆餘着照所議辦理該部知道欽此

誌晴　續前稿

所謂位育仍卽心言非離乎心以別爲位育也故大註謂吾心之天地位吾心之萬物育卽所謂盡其性以盡人性盡物性以贊天地之化育也蓋天之爲道栽培傾覆必因其材水流濕火就燥非天之於人有栽培無傾覆也其荅樊遲之問智也曰務民之義敬鬼神而遠之荅子路之問事鬼神也曰未能事人焉能事鬼誠以天下之故愈淺近愈深遠樊遲子路之意皆欲求深遠而忽淺近不知深遠之卽此淺近也聖人之身天地萬物無不備上下四方往來今古聚散慘舒吉凶哀樂猶疾痛疴癢之於身感之卽覺嗜欲將至有開必先仰觀俯察無非吾心之發見仁者見之謂之仁智者見之謂之智通天地爲一氣同流而無或少間子不見夫礎先雨而潤鳶先風而翔鐘先霽而清灰先律而飛蟄先寒而閉蟻先潦而徙先幾之兆不可盡述物無不然何況於人何況於聖何不可感何不可格然而非感格之而人卽不窮遇卽常免夫貧賤也且正爲能感格之斯不妨窮不妨貧賤也疏水曲肱樂亦在中不義富貴奚啻浮雲之於我故曰君子固窮曰富與貴是人之所欲也不以其道得之則不處貧與賤是人之所惡也不以其道得之則不去非惡富貴而逃之是有命焉有天焉不可以妄生臆計也

此稿未完

禮嚴追遠　○禮部爲知照事祠祭司案呈本部具奏七月二十五日　仁宗睿皇帝忌辰照例穿素不報祭不還愿不作樂不宴會不理刑名照常辦事相應知照各衙門一體遵照

三旗放餉　○戶部爲片傳事俸餉處案呈所有正紅正白廂白三旗應領本年夏季兵丁甲米折色銀兩銀庫定於七月初十日巳刻開放爲此片傳貴旗飭知承辦人員務於是日巳刻以前赴庫承領

良朋諫賭　○李某者住前門外琉璃廠家道小康不務正業日從事于喝雉呼盧不數年家貲蕩然甚至啼飢號寒日不聊生妻某氏借來首飾裙衫將歸甯爲告貸計李乃乘間竊去質銀十兩隨赴東交民巷某局作孤注之擲數刻間竟赢至五百餘金當經賭主駱某勸阻卽將白金如數交割隨李同歸彼時李妻因夫將衣飾携出正在放聲痛哭經駱某將銀交淸再三勸慰並云此後切勿再作馮婦致貽後悔二人隨卽訂盟結爲異姓弟兄李感駱義亦遂改過自新諺云敗子回頭金不換其李之謂乎

工賑兼籌　○昨據大畢庄掛甲寺梁家嘴等村鄉民分赴縣署道轅禀報水災均經批悉現經道憲移會水利局請卽派委履勘被水各村能否卽時堵築等情並移籌賑局飭委赴各災區逐查被災輕重分別極貧次貧戶口詳細註册以便詳請賑濟現聞兩局已照移遴委分往查勘矣

嚴拘正犯　○昨武弁張甲被吳某刀傷及崔三吳二遞案訊供各情形均經列報刻聞覆訊吳二雖承認各傷惟張稱緊要傷痕實係吳大動手乞傳訊究等語大令因飭差予限務將吳大等註到限滿無獲定行重懲不貸

急公好義　○自前月河水漲發屢經登報昨聞河東小鹽店當水勢吃緊時該處地方飛禀道憲隨卽發下蔴袋二百條諭令加意防範經西方菴後各脚行一百餘人竭力堵築詎險工迭出蔴袋不敷應用幸十字街西德合米局鋪掌周甲急公好義復送去絨蔴袋一百條白麵五百斤以備衆人食用故踴躍爭先晝夜搶護遂得化險爲平

義重首倡　○自河水爲災逃難者絡繹不絕有某姓人携家來津舉目無親棲身無所雖沿街討要仍不能果腹不得已欲將幼孩賣出爲兩全之計男孩兩三歲要錢五千女五六歲情願給人分文不取一時觀者如堵適某甲經過見此情形不覺惻然因出津帖三千付之掉頭而去於是一唱百和有給錢三五百者有給錢一二千者不多時約歛有十餘千語曰救人一命勝造七級浮屠若甲者不但救一家性命且使骨肉不至分離功德何可量哉惜不傳其姓名無以表章之耳

細民大量　○昨有鄉間人牽驢一頭途經官汛南小道子地方偶不小心致踢傷行路小兒立時暈絕經地方將鄉人扭住遲之許久小兒始蘇漸能言語問係姓黃住城內二道街父黃五賣麵茶每早在火車站出攤遂立與黃五送信及到場查看而小兒已起行如故黃指鄉人謂地方曰被踢本屬誤傷況幸無妨碍可放伊去不必留難也鄉人叩頭連聲稱謝

路死堪憐　○直屬各州縣屢被偏災難民來津就食者男女老幼絡繹不絕非傭工卽行乞其輾轉溝壑者亦復不少日昨道經窰窪海防公所西見一異鄉婦人死於某宅馬號墻根年約五旬頭北足南身穿藍布褲掛尙不甚藍縷蠅飛薨薨未經棺殮不知係何姓氏里居而其存其殁家莫聞知良可慨也

得隴望蜀　○津郡北關口四通八達水陸通衢故宵小最易溷跡日昨有炮船停泊該處被賊竊去棉被眼鏡等物當經報汛勘緝詎該賊得隴望蜀於初九日夜又向該船行竊卽被河北汛兵拿獲聞於初十日早送縣候辦矣

張冠李戴　○昨日報載禍水生波一則實係傳訛茲據訪事人云確係候補姜公子之事緣音義相近故致誤姜爲蔣又查蔣大公子已於二月中旬赴都公幹矣本館據事直陳有聞必錄因名望所關不得不亟爲更正復登報端以求實是

停棺在道　○昨午西門內有發殯者幡若干對傘若干把影亭魂轎色色鮮明正行走間詎雨後道滑杠夫失愼致棺木傾倒在地一時夫役爭論聲路旁笑語聲辦事人喝罵聲擾擾攘攘勢如鼎沸喪主怒欲送官懲辦該杠房掌櫃再三央懇執意不允棺停於

路者許久嗣經衆親友勸解始整頓繩杠抬出西門而去訪聞杠房姓劉喪家姓宋至於果否興訟尙未可知

禾生雙穗　○中伏已過時屆新秋甯郡早稻之入市售賣者定價每石一千四百文嗣因出貨漸多減至一元三角鄉人俱欣然色喜日前有東鄉人謂該處一帶均有稻生雙穗之異約畧數之每穗可得米百粒見者咸詫得未曾有是眞豐年之兆也

路見不平題　○現今雨水連綿河水漲發海河一帶尤異常危險刻下馬家口五聖廟後河岸亦被水漫溢昨蒙工程總局大老爺委派海大道分局副爺帶夫晝夜在各段打埝所用蔴袋由道領用保護津郡一方又由道憲請來官船十隻貼岸擋溜船本係浮物若要停泊必須用錨或用木橛爲主無奈於七月初七日出來一無知之人居住馬家口五聖廟東向以刀筆爲生名陳家駟在東局子充淸書伊兒在武備學堂爲學生硬抗公事不準河剝船在伊之處下錨打橛因此互相爭執伊率領子姪將船上人混打混罵將船上一人赶落於水大家撈救未遭性命之險將船赶走船上人親來分局報知此事海大道分局副爺向伊理論公事此人不但不遵公事之道理目橫眉竪大肆咆哮口出不遜打罵官弁亦不顧一方之險倘如一時河水再漲無人保護定將河岸沖開南鄉一帶難脫水災之苦均係陳家駟一人所爲因此路見不平特此上報叩乞　上憲明鑒除惡安良以爲功德無旣矣

法律不容　○前稿仗勢軋人打罵官船局弁理論不服亦係打罵從此河岸看看水漫無人保護因此不平人公議登報諒必各上憲台閱定然懲惡安良無奈於七月初七日之事局弁被陳家駟恥辱總局大老爺將此情回明道憲蒙大人明鏡高懸札飭天津縣拘案訊究初八日早縣役携票協同地保至陳門叫案伊由後門脫逃以赴東局伊家女輩竟敢出頭阻擋縣差倚仗女流之輩口出不遜等語縣役携票親往東局子叫案陳家駟在局隱匿不出亦不知伊向東局子總辦所禀何詞矇朧東局子大人聽信伊一派胡言不准縣差進門隱匿陳家駟不放應知國法無私雖然東局子大人誤信惡人之言蒙蔽一時總有明白之日惜哉惜哉兹仍登報惟望道憲速爲拘案以正法律均感大德無旣矣

出　售　京都彙報初一日附送各國地球錄一本　上海新聞報　滬報附送異跡仙踪　新出博聞報　新出蘇報　代送申報　本津直報　各色畫報　五色奇墨　代寄萬國公報　代寄中外各館各坊各室各齋號記各板式古今中外一切閒書時務書算學書圖畫譜册等件賜單分寄一槩定日不悞　天津府署西三聖菴西直報分處梁子亨啓

術擅折肱　予患腿疼多年漸成痺證更醫多手罔效兹延天津道西箭道內任棟臣先生診治服藥三十餘帖大見奇効竟能步履似此神奇可稱折肱妙手感激之至亟登報以鳴謝　周鳴珂啓

烏利文洋行

啓者本行開設香港上海三十餘年四方馳名專售各式金銀鐘錶鑽石戒指八音琴千里鏡眼鏡等物並修理鐘表價錢比別家格外公道今本行東家巳克由上海來津開設在紫竹林裕泰飯店旁請　諸君降臨光顧是幸特此佈　聞

丙申年七月十二日禮拜四

金陵仁記南味坊

自製本機元漧京緞甯綢紗縐絨線糟貨食物金腿海味南貨俱全近因錢市漲落不同分別減價抑因無恥之徒假冒南味者甚多雖云謀利誠恐亂眞欲辨薰醃用煩楷墨

寄售　雨前 碧螺春 龍井　每斤津錢 一千二百文 三千文 一千八百文　福建條絲格外公道　開設宮北大獅胡同內

逸雲齋

本齋專辦進呈紅黃綾紙奏摺萬壽賀本正副表文大赤喜壽圍屏緙絲喜壽屏對描金洒金貢蠟清水冷金雨雪黃磚宋錦龍綾各種裱綾裱絹加重白礬宮絹蘇製顏料八寶硃砂印色東瀛印色詩箋琴絃日晷羅盤端歙各硯湖筆徽墨自製水筆紈摺雅扇上嫩葵扇十錦詩牋各種帖套各式帳簿鐫刻雲白銅尺墨盒香盒金玉圖章搢紳名人書畫揭裱古今字畫冊頁手捲並躉售木板石印鉛板各種書籍碑帖摹刻翰苑仿影名目繁瑣不及備載諸公賜顧者請移玉估衣街東首路北德興里大門內便是價目格外從廉

逸雲齋主人謹白

擇于六月二十日開張先此佈告

浙杭元吉永號

本莊自置紗羅綢緞新樣洋辮花素洋布川廣夏貨團摺雅扇南貨頭油俱全祇爲近時錢市漲落不同故而各貨減價開設估衣街中間路北凡仕商賜顧者無悮特此佈達

美孚老牌煤油

啓者美國三達煤油公司之德富士老牌煤油天下馳名萬商稱羨蓋其

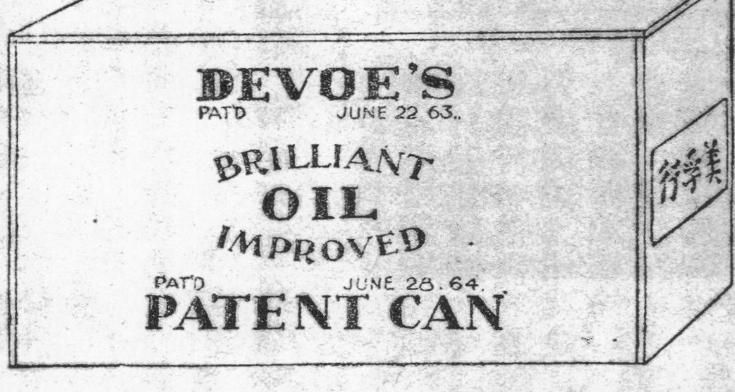

質潔色清亮白如銀且絕無烟氣能耐久燃比之生菁等油晶光百倍而儉用價廉此爲德富士老牌之佳處誠屬無雙妙品也士商賜顧請到天津美孚洋行採辦或向就近殷實行店購買庶不致悮

義興順號

本店自置綢緞顧繡綾羅紗絹哈喇大呢花素洋布俱全貨高價廉開設天后宮北仕商賜顧無悮特此佈達

頭號杭寗綢四錢一
頭號江寗綢三錢一
頭號摹本緞三錢五
雨前六百文
紅梅茶每斤九百六
紅茶梗二百二

保命險告白

啟者本行代理長明人壽保險公司如紳商欲保者請移玉至紫竹林法租界第一樓東間壁華昌洋行面議可也此佈

英商華昌洋行啟

上洋分此長泰信織補局

本號由上洋聘來織補名師無論寗綢摹本綾羅紗絹及一切衣服如有燒破剪壞大小窟窿包管織補如原毫無痕迹精妙無比并起油彈染刷印時式洋花專染綢緞布疋漂白湖色無不格外鮮明如蒙賜顧者請認明本號招牌庶不致悮開設在天津府東門外東城根大樓便是

德陞木廠

本廠專辦河工各種椿木凡官商光顧請至堤頭村聚慶義炭廠面議定期無悮格外從廉本廠交貨特此佈告

木廠主人啓

七月十二日銀洋行情

天津九七六錢
銀盤二千六百一十三文
洋元一千八百三十五文
紫竹林九六錢
銀盤二千六百五十三文
洋元一千八百六十五文

七月十三日出口輪船禮拜五

新裕 輪船往上海 招商局
重慶 輪船往上海 太古行
順和 輪船往上海 怡和行

直報

光緒二十二年七月十三日　第四百八十七號
西歷一千八百九十六年八月二十一日　禮拜五

上諭恭錄　誌晴　京察旗營　金吾示禁
乖氣引狠　吉旋有期　升遷志喜　靈櫬南歸
遺愛在人　功祟保障　水災報案　眼穿腸斷
不言而喻　議添領事　路見不平題　法律不容
各行告白　京報照錄

本館大小各種中西新字均已到齊屢登報首佈告想邀　閱報諸公鑒賞惟版祗四頁逐日四方函告之事絡繹不絕限於篇幅未能全錄不足饜　閱者之目本館現已託人分往東瀛上海兩處購辦西國兩面報紙一俟寄到仍照從前時報式樣加版四頁共成八頁新聞既可多錄告白亦可鋪排合先布　聞伏希　垂鑒　直報館謹啓

上諭恭錄

上諭福潤奏假期屆滿病仍未痊懇准開缺回旗調理一摺安徽巡撫福潤着准其開缺回旗調理欽此　上諭昨日道旁叩閽之湖北民人盧炳堂着交刑部嚴行審訊欽此　上諭劉樹堂奏故員虧短庫欵勒限無完請飭查抄並提家屬審辦一摺河南已故前署虞城縣知縣李洪虧短交代正雜各欵二千七百餘兩前經劉樹堂奏叅革職勒限該家屬如數完繳迄今限滿分厘未完潛回原籍實屬玩視庫欵着順天府將該故員原籍家產嚴密查抄並由該撫飭提該家屬及經手丁書人等審明是侵是挪按限嚴追一面飭查該故員歷過任所有無貲財隱匿一併查封備抵以重庫欵餘着照所議辦理該部知道欽此

誌晴　續前稿

孟子之言天也曰堯荐舜於天而天受之天惡在曰天視自我民視天聽自我民聽啓賢能敬承繼禹之道則曰天與子天惡在亦惟驗之於朝覲訟獄謳歌而已是舜啓之感格極於天實感格之極於人也孟子之學授於子思所言卽中庸本身徵民考先王而不謬建天地而不悖質鬼神而不疑俟聖人而不惑之理誠以天地隲民鬼神祐民先王後聖迭出而治民君子亦惟借斯民爲修其身以通冥漠召精氣者之印劵耳故曰盡其心者知其性也知其性則知天矣夭壽不貳修身以俟之所以立命也此孔孟之言天也大抵孔孟言天不離乎人實不離乎身實卽不離乎心人心此心天心亦此心立時感立時應而順逆之遇不與焉何也順中有天逆中亦有天知天者自與天通不知天者自與天隔隔則雖處順而不免於逆自逆之也通則雖處逆亦無所不順自順之也故曰天作孽猶可爲自作孽不可活中庸言不怨不尤居易俟命何謂命無可奈何之謂命不可知之之謂命言命之出於天也何謂天自然而然之謂天不得不然之謂天君子之知命知天亦知命之爲不可知天之爲不得不然而已矣若夫歳之災荒俗之刁弊孔孟亦嘗嘆之子曰不有祝佗之佞而有宋朝之美難乎免於今之世孟子曰周於利者凶年不能殺子試自揣能否爲佗朝能否周於利如不能也則甯爲顏子之屢空不必强爲端木之不受命而顧嘵嘵於天不愛民將專靠天之雨暘時若以飽食而無所用心乎是恃天私天貪天也譖祈籲而天不以聞是呼天怨天詬天也亦徒見其獲罪於天而已客憮然曰敬聞命矣少間辭去余送諸門外爰信步登南台恍若俯瞰鵬背細數龍鱗盪胸層雲抉眥歸鳥然後知是台之高不與培塿伍實亦晴霽之足豁雙眸也因喜而爲之誌

京察旗營　○右翼前鋒營印處前鋒叅領等現奉堂諭於七月初八日早在阜成門外南城根二股馬道京察右翼正黃正紅廂紅廂藍四旗前鋒馬步箭以便入備軍政傳知本翼前鋒外已知會神機營示知各隊本翼前鋒等務於是晨赴該處預備

金吾示禁　○近奉步軍統領衙門嚴諭左右兩翼番役及五營各汛員弁各按所屬地方督率甲捕嚴密稽查凡庵觀寺院中如有在理教匪設立公所假托奉齋爲名聚衆生事者立卽嚴拿究辦如該管地面實無此項教匪應由巡緝捕頭出具甘結並令營汛各官加出印結具文詳報此後倘經查出或別經發覺卽將營汛各官一併從嚴叅辦

乖氣引狼　○七月初一日京師西便門外朱各庄農人某與婦口角含怒而出夜半猶未返婦掩扉滅燭携五歲兒登榻假寐以待甫就枕巳入華胥忽一狼衝門入銜兒負背上兒初無所苦朦朧間喃喃呼娘不止婦應之尚未醒也狼逡巡逃去俄聞兒啼甚急漸啼漸遠婦始驚覺撫兒頓渺乃大駭急呼四鄰白其狀鄰人秉燭蹤跡之殊無所覩次日夫回知其事亟出門去見田畔血迹點點可辨循迹至山凹僅餘骸骨一堆數武外兒首在焉遂携骨痛哭而歸語曰和氣致祥乖氣致殃狼自何來殆室家不和有以啓之也處家庭者可不愼哉

吉旋有期　○頃聞官場友人言頭等全權公使李伯相前由英來電巳於七月初四日在英起行赴美現有電音准於八月初一日由美都啓程東駛初八日由挽可化乘輪船言旋二十二日可抵横濱命招商局海晏船至横濱等候乘坐回津云云屈指七閱月繞地球一周以年力精壯者當之尙不知能否勝任而伯相七秩開五之年銜命出洋往返九萬里奠國家於苞桑之固龍馬精神無怪遠人之欽矚也

升遷志喜　○新選天津右營守備宋實菴守戎春華擇於本月十三日接印左營守備保吉橋守戎慶擇於十二日接印升任山東台莊叅將劉恒齋叅戎金相於交卸後先赴京引　見再行到任

靈櫬南歸　○前江西藩司陳方伯湜騎箕仙逝已紀前報茲悉方伯靈輀定於十五日搭盛京輪船南去回籍安葬先於十三日早十點鐘制府王夔帥排道出轅詣江蘇海運局方伯靈前上祭至所部福壽等營已於七月初旬在山海關陸續遣散矣

遺愛在人　○地方分十八段派員巡緝仰見上憲除暴安良之至意第十八段雖僻處鄉隅而華洋雜居事務煩多宵小每易溷迹前數年委員如杜二尹伍大令兩公皆身居段界昕夕巡查娼賭兩項竟至絕跡地方賴以安謐夏巡司接任後雖因行醫常川赴津而其公館在土地廟地方夜必歸來時或出查地段尙無大誤自新任某君到差後詢之段內居民皆不知有是官亦不知官何姓而娼賭徧地大者月規數千小者日費數十文以致竊賊繁滋兼之馬快來此作厲日昨有民夫巡更捉獲巨盜一名交該局懲辦聞有賊人對民夫言爾若再敢多事當取爾首去等語噫設官以衛民今段員遠居簡出宜地方之不靖也甯令人思杜伍兩君矣

功崇保障　○津郡河水漲發東北鄉盡成澤國惟西南鄉尙未波及然運河南岸近又險工迭出倘搶護不及一經決裂則有不堪設想者幸經敎場礮隊營統領王少卿總戎派人在芥園老店一帶晝夜堵築刻尙無恙惟冀連日晴明水勢漸消庶西南各鄉可免其魚之歎

水災報案　○自河水漲發各處漫溢決口報不勝登昨據田庄孫庄辛庄楊庄汪家庄張達庄鄭庄等村地方會同赴縣報災當由戶中科上號內轉立經提訊據稱水勢漫衍附河菜園地勢較高水深二三四尺不等其餘田地窪下者或至七八九尺大令訊畢囑令候示各地方旋卽退下

眼穿腸斷　○津郡自春以來迷失幼孩者層見疊出月之十一日早有一人手持銅鑼在大街且敲且喊自言李姓住南門西廣仁堂後開設水鋪生有二子長六歲乳名皂兒次名順來方四歲自昨日出門玩耍至今未歸懇求仁人君子有收留者赶緊送還令骨肉團聚沒齒不忘云云

不言而喻 ○只家衚衕後大獅子衚衕某姓兄弟不知因何事故互相撕打均各抓傷皮破血流經該管地方彈壓並邀集鄰人勸解有老人係某父執責之曰同胞兄弟親如手足何得如此豈不令人笑話弟曰何物手足論他便該打殺衆斥之曰他該打死不該打死果何以故其弟欲言復止者再遲之又久曰是我錯了誰教我娶個好女人兄默然不語但見面紅過頸汗滴滴如雨下衆知有暗昧事不堪告人者遂推兄出曰你先去兄弟有何仇怨稍遲再講何妨於是閧然而散語曰清官難斷家務事若某姓事吾能斷之惜吾亦不便言之也呵呵

議添領事 ○德國咸麥來信云德廷現因中德兩國生意日增故議在中國各通商口岸添設領事以資保護除羊城汕頭厦門福州上海漢口烟臺天津已有領事外其餘將擇緊要通商碼頭量爲添派此事刻下雖未舉行惟德廷已傳諭各行商令其據實稟陳何處應行委派以便定奪矣

路見不平題 ○現今雨水連綿河水漲發海河一帶尤異常危險刻下馬家口五聖廟後河岸亦被水漫溢昨蒙工程總局大老爺委派海大道分局副爺帶夫晝夜在各段打埝所用蔴袋由道領用保護津郡一方又由道憲請來官船十隻貼岸擋溜船本係浮物若要停泊必須用錨或用木橛爲主無奈於七月初七日出來一無知之人居住馬家口五聖廟東向以刀筆爲生名陳家駟在東局子充清書伊兒在武備學堂爲學生硬抗公事不準河剝船在伊之處下錨打橛因此互相爭執伊率領子姪將船上人混打混罵將船上一人赶落於水大家撈救未遭性命之險將船赶走船上人親來分局報知此事海大道分局副爺向伊理論公事此人不但不遵公事之道理目橫眉竪大肆咆哮口出不遜打罵官弁亦不顧一方之險倘如一時河水再漲無人保護定將河岸沖開南鄉一帶難脫水災之苦均係陳家駟一人所爲因此路見不平特此上報叩乞 上憲明鑒除惡安良以爲功德無旣矣

法律不容 ○前稿仗勢軋人打罵官船局弁理論不服亦係打罵從此河岸看看水漫無人保護因此不平人公議登報諒必各上憲台閱定然懲惡安良無奈於七月初七日之事局弁被陳家駟恥辱總局大老爺將此情回明道憲蒙大人明鏡高懸札飭天津縣拘案訊究初八日早縣役携票協同地保至陳門叫案伊由後門脫逃以赴東局伊家女輩竟敢出頭阻擋縣差倚仗女流之輩口出不遜等語縣役携票親往東局子叫案陳家駟在局隱匿不出亦不知伊向東局子總辦所稟何詞矇朧東局子大人聽信伊一派胡言不准縣差進門隱匿陳家駟不放應知國法無私雖然東局子大人誤信惡人之言蒙蔽一時總有明白之日惜哉惜哉玆仍登報惟望道憲速爲拘案以正法律均感大德無旣矣

朱鈍翁近治婦幼重症並吐血瘟痢癆膨均著手回春

北門東 文德書局

各國通商約章成案 格致須知十六種 打密電報本 繪圖中東戰紀本末 洋務實學 時事新編 中外皇朝輿地全圖 洋務要覽 時事類編 中外經世緒言 時務叢鈔 繪圖隋唐 西算新法叢書 行軍鐵路工程 西法算學入門 常州駢體文錄 四元玉鑑 新出萬國近政考畧

烏利文洋行

啓者本行開設香港上海三十餘年四方馳名專售各式金銀鐘錶鑽石戒指八音琴千里鏡眼鏡等物並修理鐘表價錢比別家格外公道今本行東家已克由上海來津開設在紫竹林裕泰飯店旁請諸君降臨光顧是幸特此佈聞

丙申年七月十三日禮拜五

術擅折肱

予患腿疼多年漸成痺證更醫多手罔效茲延天津道西箭道內任棟臣先生診治服藥三十餘帖大見奇効此竟能步履似此神奇可稱折肱妙手感激之至亟登報以鳴謝

周鳴珂啓

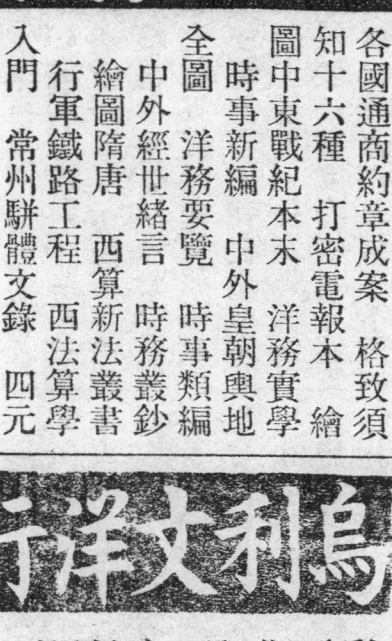

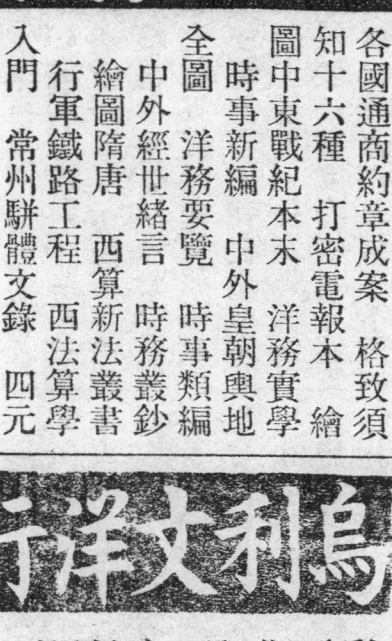

逸雲齋

本齋專辦進呈紅黃綾紙奏摺萬壽賀本正副表文大赤喜壽圍屏緙絲喜壽屏對描金灑金貢蠟清水冷金雨雪煮硾宋錦龍綾各種裱綾裱絹加重白礬宮絹蘇製顏料八寶硃砂印色東瀛印色詩箋琴絃日晷羅盤端歙各硯湖筆徽墨自製水筆紈摺雅扇上嫩葵扇十錦詩牋各種帖套各式帳簿鐫刻雲白銅尺墨盒香盒金玉圖章搢紳名人書畫揭裱古今字畫册頁手捲並囊售木板石印鉛板各種書籍碑帖摹刻翰苑仿影名目繁瑣不及備載諸公賜顧者請移玉估衣街東首路北德興里大門內便是價目格外從廉

擇于六月二十日開張先此佈告

逸雲齋主人謹白

浙杭元吉永號

本莊自置紗羅綢緞新樣洋辮花素洋布川廣夏貨圖摺雅扇南貨頭油俱全祗爲近時錢市漲落不同故而各貨減價開設估衣街中間路北凡仕商賜顧者無悞

特此佈達

美孚老牌煤油

啓者美國三達煤油公司之德富士老牌煤油天下馳名萬商稱美蓋其質潔色清亮白如銀且絕無烟氣能耐久燃比之生昔等油晶光百倍而儉用價廉此爲德富士老牌之佳處誠屬無雙妙品也士商賜顧請到天津美孚洋行採辦或向就近殷實行店購買庶不致悞

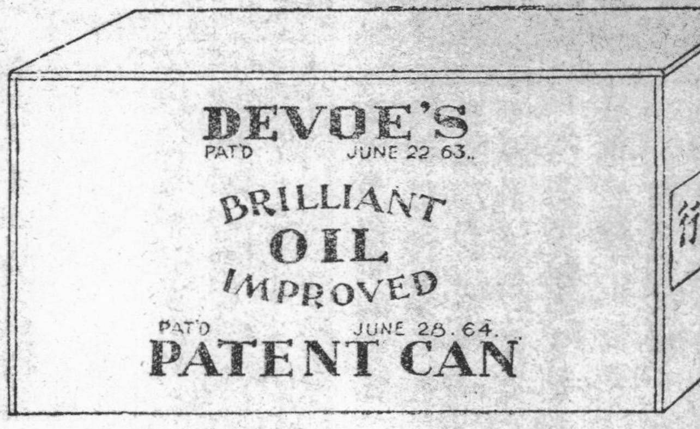

義興順號

本店自置綢緞顧繡綾羅紗絹哈喇大呢花素洋布俱全貨高價廉開設天后宮北仕商賜顧無悞特此佈達

頭號杭寧綢四錢一
頭號江寧綢三錢一
頭號摹本緞三錢五
雨前 六百文
紅梅茶每斤九百六
紅茶梗 二百二

保命險告白

啟者本行代理長明人壽保險公司如紳商欲保者請移玉至紫竹林法租界第一樓東間壁華昌洋行面議可也此佈

英商華昌洋行啟

七月十三日銀洋行情

天津九七六錢
銀盤二千六百二十七文
洋元一千八百四十五文
紫竹林九六錢
銀盤二千六百六十七文
洋元一千八百八十五文

七月十五日進口輪船禮拜日
新濟 輪船由上海 招商局
七月十五日出口輪船禮拜日
重慶 輪船往上海 太古行
順和 輪船往上海 怡和行

上洋分此 長泰信織補局

本號由上洋聘來織補名師無論寧綢摹本綾羅紗絹及一切衣服如有燒破剪壞大小窟窿包管織補如原毫無痕迹精妙無比并起油彈染刷印時式洋花專染綢緞布疋漂白湖色無不格外鮮明如蒙賜顧者請認明本號招牌庶不致悞開設在天津府東門外東城根大樓便是

德陞木廠

本廠專辦河工各種椿木凡官商光顧請至堤頭村聚慶義炭廠面議定期無悞格外從廉本廠交貨特此佈告

木廠主人啓

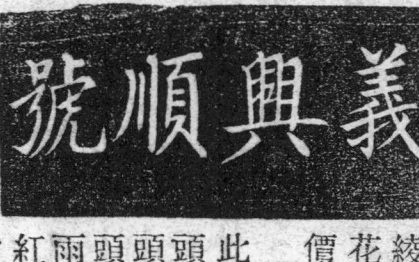

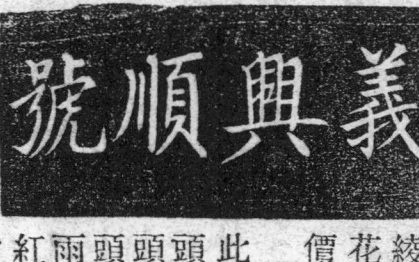

直報

光緒二十二年七月十四日　第四百八十八號
西歷一千八百九十六年八月二十二日　禮拜六

上諭恭錄　書戶部議奏鄂督張條奏鐵政後　事亡如存
偷燈被案　凶占滅頂　關提人証　委用得人
中軍出缺　齋課改期　報災續誌　毆兄被責
迷離撲朔　奸商牟利　孟蘭誌盛　假充字號
勦回得手　公宴傳相　各行告白　京報照錄

本館大小各種中西新字均已到齊屢登報首佈告想邀　閱報諸公鑒賞惟版祇四頁逐日四方函告之事絡繹不絕限於篇幅未能全錄不足饜　閱者之目本館現已託人分往東瀛上海兩處購辦西國兩面報紙一俟寄到仍照從前時報式樣加版四頁共成八頁新聞既可多錄告白亦可鋪排合先布　聞伏希　垂鑒　直報館謹啓

上諭恭錄

硃筆稽察廂黃旗漢軍旗務着繼恒去欽此

書戶部議奏鄂督張條奏鐵政後

古今必不得已之事皆世人訝爲非常之事也古今必不得已之人皆世所指爲非常之人也宇宙不得已而有洪水卽不得已而生神禹不得已而有夷狄猛獸卽不得已而生周公不得已而有亂臣賊子卽不得已而生孔子由是觀之天之事皆人之責積而難返窮則思變舉世望之將以動魄驚心而指爲非常之人爲非常之事者自當局觀之實爲宇宙間天時人事遞推而變遞變而通之時勢所必不得已者也今中華之鐵路鐵政是已中華據地球一洲日處於東英處於西法處於南俄處於北而包及東西滇藏粵桂新疆東三省外英法俄鐵路相逼而來常則運載貨物變則徵調兵餉彼速我遲彼之利我之害也仍欲閉關謝絕帝治自爲恐中華斷無此局若第束手受縛坐以待斃則更不可以終日且洋商越重洋來中華和則玉帛否則干戈以需索各埠碼頭者爲奪中國利權耳夫中國以自有之利而被奪於人非人之奪我棄之也我棄其利而不取謂能禁人之皆不此取乎比至人取其利而我復仰息於人計愈左利愈失卽如今之鐵路我若不修斷不能禁人之不修我若欲修勢必買洋鐵借洋欵以修是中國先受修路之害外洋先獲修路之利及路之成而各處礦務又適以供洋商之採取利權之失孰甚於是此張湘帥之所以條奏鐵政始由官辦繼以經費難籌奏請招商承辦免稅十年以寬其限意謂利不在君利仍在民要以杜外洋之奪取則在民猶在君也獨是事屬創辦發端既宏需費必廣則經始難內外臣工見殊議異設　聖聽少有依回定多掣肘則獨任難利歸萬年功難奏於一旦且事非一手一足之烈而欲爲天下得人古聖已憂何況今日此持久之所以愈難也茲何幸上有神謀獨斷之主下有竭力奉公之臣奏無不准事無不行猗歟盛哉留心時事者竊於此瞻治忽卜興替焉曩聞法蘭西火器軍制甲於甌洲而師丹之役軍爲覆主爲虜普魯士勃焉而興合日耳曼諸邦上尊號爲德意志皇帝溯厥由來宰相俾士麥與將軍毛奇之功固偉其得力處尤在後膛洋鎗而後膛之式實來自法而法不知也聞法皇拿破崙第三命巧匠造後膛鎗砲久未能成內有銅匠某實普人習業法廠得其秘詭辭出廠歸於普上後膛鎗圖於普君君大喜令設廠製造靡帑無算絕不少吝鎗成以頒諸軍遂勝法德意志大一統之謨實基於此識者每議其事不難於銅工之効忠而難於普君之信任蓋方其廠工

未竣造而不成幾成而廢者不知凡幾矣而卒抵於成糜庫帑奚止千萬曾之君臣將相無異議焉上有國士之知故下有國士之報此德意志之所以大也夫洋鎗其小焉者也况中國鐵政雖遜於禹之治水周公之兼夷狄孔子之成春秋而大局攸關何可規近利以撓其務故司農既經議准復請　旨飭下南北洋及各省督撫合衷共濟維持鄂廠即所以開濬利源於大局實有裨益從此鐵廠鐵路聯爲一氣悉招華股任用華人毋撓近議中華其庶有豸乎禱之望之

事亡如存　○七月初八日爲　醇賢親王福晉六十日之期　皇上親詣園寓　醇賢親王福晉金棺前行禮奠祭所有值差王公大臣等無不敬謹承值並經八旗兵丁按段平治路途不敢稍有懈怠云

僞燈破案　○日前頤和園拿獲僞竊燈彩人犯吳二等八名交刑部審辦已見邸抄茲聞供出銷贓之王二及郎房頭條衚衕萬元燈舖吳姓等經步軍統領一併鎖拿送交刑部歸案審辦其中詳細情形俟訪明續登

凶占滅頂　○前門內兵部窪扁担胡同蔣與賈比鄰而居蔣子年十一賈子十齡同窗讀書於七月初七日商同赴宣武門外護城河內澡浴以圖凉爽不料陷入深際竟遭滅頂之凶當經路人瞥見赶即撈救惟因時過久腹脹如鼓已氣絕體冰矣兩家見子不歸四處尋查聞知有二童被淹身死前往查驗果係該子屍身隨即報驗備棺殮埋云

關提人証　○京師地安門外金絲掏衚衕有蔡某夫婦年皆知命子一女二長女十三次十一子九齡前月遺子女同赴某糧店買麪不料行至街前突被匪人誘至空廠地方一併裝入布袋用車載往他處蔡偵騎四出查無踪影日昨東四牌樓隆福寺關廟蔡復往尋在廟前遇一旗官眷屬僕從數輩中一婢貌似長女當即認明扭赴該管地面官廳控告詳解步軍統領衙門票傳媒媪供出拐匪于某令差拘獲一併咨送刑部審辦聞買婢者係文宅當堂將婢女交案令蔡某領囘團聚惟次女幼子尚未尋獲復經嚴刑拷訊據供賣在山東某處現經西曹飛咨山東關提人証到案再行科斷

委用得人　○潘子靜觀察志俊爲文勤公之姪爵如大中丞哲嗣以名孝廉歷膺保舉洊升道員分發直隸候補充海軍營務處總辦十有餘年前見海軍亟需經營曾條陳當道不下萬言實中肯　迨東日事起復又備陳戰守要策惜皆未見施行而忠義憤發幹練有爲明者早知爲大器現在旅順雖灰燼之餘而海疆重鎮亟應作補牢之計聞觀察於客年卽上書當道備陳各要件督憲王夔帥深韙其言於昨札委觀察督辦旅順口等處善後事宜自此事權得手當見雄才大畧布置井井洵可爲得人慶也

中軍出缺　○督署行營中軍張軍門棟材自蒙前北洋大臣札委此差已閱十餘年之久勤愼從公毫無遺悞昨十二日己刻因病出缺官場傳聞有保記名總兵前署大名鎮李軍門大霆接充之說然尚未見明文容俟確音再爲登錄

齋課改期　○本月十八日輔仁書院輪應齋課經該院董先期請示以便備卷造册刻據楊山長香吟函知是日未能分身親詣命題擬改於二十三日扃試該院得耗卽行牌示俾與考諸生周知至期毋悞云

報災續誌　○昨據婁家庄等五村地方聯名赴縣循例具報水災邑尊訊諭候卽據情分詳照章查驗該地方等唯唯遵退刻聞邑尊令科房將一切被水報案村庄彙單呈覽以備逐查

毆兄被責　○日昨報登不言而喻一則載兄弟爭毆等情玆聞衆人散後復又打作一團弟妻何氏幫同下手以致毆有多傷立經赴縣具控驗傷將弟夫婦一併遞案弟供如前大令喝謂以弟毆兄殊屬不合理應重辦何氏供認一切傷痕盡係小媳婦所打不與夫主相干大令謂卽傷爲爾打爾夫亦有教家不嚴之咎除立行笞責飭領兄回家速與調治外仍將該婦發婦女待審所以憑覆訊

迷離撲朔　○和尚者離塵之謂也今竟有和尚貪戀色慾誑騙銀錢拐人逃走斯亦奇矣訪事云元會菴僧某與翠喜鴇毋素有私翠喜爲某甲買去價銀一千五百兩暫存某店舖鴇設計將夫遣往靜海竟與僧携銀逸去所可笑者僧以津錢三十五千買一假髮綱巾套諸頭上光頭有髮見者竟莫辨其和樣云

奸商牟利 ○津郡現錢短絀不能周轉出帖家因偸買私錢每串攙合三四十文不等以致諸物騰貴百姓吃虧聞東街倉門口西某號開設三十餘年咸稱殷實昨日在門前卸錢車上載有布袋一具經夥友整携而入沙沙有聲窺其情形不類制錢似此牟利營私恐一旦發覺貽害非小也

盂蘭誌盛 ○七月十五爲中元節俗謂之鬼節好事者作盂蘭會風俗相沿不獨津郡爲然河北護衛營勇丁半多南人自駐津以來客死異鄉者不少該統領何總戎每於是日作會以超拔游魂雖俗例亦盛事也聞現派兵弁布置一切定於十四五六等日高搭彩棚延僧誦經幷演放河燈比往年更形熱鬧故裙屐少年綺羅閨秀爭欲以拓眼界云

假充字號 ○某字號外客往上海機房製辦洋布看到一種論價若干客云此係出處何以價値比天津還高機房主不信客言我在天津某號已買若干何得相誑機房主令將所買寄來一看號是而布非係假充牟利者遂赴天津海關道控告票傳該號到案訊出實情現經友人調處非罰三千銀不可刻尚未能了結云

勦回得手 ○昨接飛電云甘肅自客歲回氛不靖日形猖獗茲幸董軍門進勦得手漸次平定惟各處餘孽未能芟盡傳聞有旨令其設法搜獲免致滋蔓難圖諒再加月餘卽可緝捕無遺屆期紅旗報捷保獎有功當卽指顧間事矣拭目俟之

公宴傳相 ○李傅相駕抵英國各情已登前報昨接倫敦京城來電言前在中國貿易之英商二百五十人公請傳相在水晶宮筵宴座中首董係前上海滙豐銀行擋手開墨倫君傳相故極贊滙豐之於中國大有裨益云

告白

本齋自製 進呈紅黃綾紙奏摺正副表文南紙綾錦畫絹赤金屏對貢牋等箋顏料印色湖筆水筆貢墨端歙等硯圖章牙器文玩各欵雅扇箋柬詩筒向蒙 士林稱許 賜顧諸君請詳察焉新到繙譯新法化學格致水陸兵法天算等書名目繁多不及備載今將時務各書臚列數種留心經濟者請來擇取可也 普天忠憤集 繪圖中東戰紀本末 中日戰輯 奏疏錄要 洋務新論 時事類編 西學六種 洋務實學 行軍鐵路工程 鐵路圖考 通商始末記 萬國史記 萬國通鑑 萬國近政考 中西紀事 自西徂東 東方交涉記 中日始末記 洋務采風記 各國富强策 新繪海國圖志足本 格物入門 格致須知十六種 時務要覽 打密電報本 德國操法 正續盛世危言 西算新法 西說算學入門 學算筆談 算草叢存 天文算學纂要三十二本 四元玉鑑 左文襄公兵書 左文襄公奏議 斯陶法林 竹葉亭雜記 論語旁証 隋唐演義 文學興國策 治國要務 無邪堂問答 泰西新史 時事新論圖說 算學叢書二十一種 新到時務報

文美齋主人白

天津 美昌字號

本號自辦各國鐘表玩物新式紙烟咀項高紙烟各樣花洋毯時式洋燈上上大小瓶香水各欵香胰皂各省東土西土黑白烟膏寄售廣東各名家臘丸並暑藥廣同濟戒烟丸貨高價格外公道諸君賜顧者請 光降是幸特此佈聞 新開在鍋店街中間坐北門面

烏利文洋行

啓者本行開設香港上海三十餘年四方馳名專售各式金銀鐘錶鑽石戒指八音琴千里鏡眼鏡等物並修理鐘表價錢比別家格外公道今本行東家已克由上海來津開設在紫竹林裕泰飯店旁請諸君降臨光顧是幸特此佈聞

丙申年七月十四日禮拜六

術擅折肱

予患腿疼多年漸成痺證更醫多手罔效茲延天津道西箭道內任棟臣先生診治服藥三十餘帖大見奇効竟能步履似此神奇可稱折肱妙手感激之至亟登報以鳴謝 周鳴珂啓

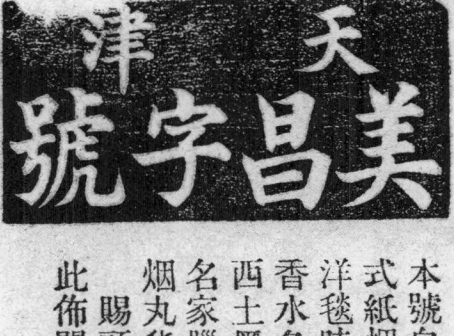

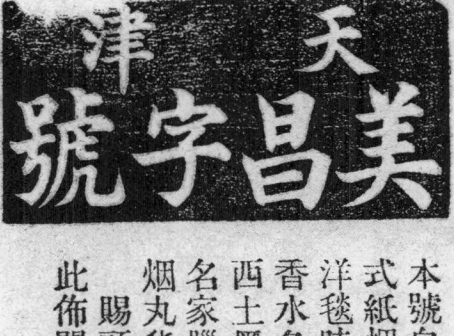

逸雲齋

本齋專辦進呈紅黃綾紙奏摺萬壽賀本正副表文大赤喜壽圍屏緙絲喜壽屏對描金洒金貢蠟清水冷金雨雪賁碑宋錦龍綾各種裱綾裱絹加重白礬宮絹蘇製顏料八寶硃砂印色東瀛印色詩箋琴絃日晷羅盤端歀各硯湖筆徽墨自製水筆紈摺雅扇上嫩葵扇十錦詩牋各種帖套各式帳簿鐫刻雲白銅尺墨盒香盒金玉圖章搢紳名人書畫揭裱古今字畫冊頁手捲並躉售木板石印鉛板各種書籍碑帖摹刻翰苑仿影名目繁瑣不及備載諸公賜顧者請移玉估衣街東首路北德興里大門內便是價目格外從廉

擇于六月二十日開張先此佈告

逸雲齋主人謹白

美孚老牌煤油

啓者美國三達煤油公司之德富士老牌煤油天下馳名萬商稱美蓋其質潔色清亮白如銀且絕無烟氣能耐久燃比之生菅等油晶光百倍而價用價廉此爲德富士老牌之佳處誠屬無雙妙品也　士商賜顧請到天津美孚洋行採辦或向就近殷實行店購買庶不致悞

上洋分此　長泰信織補局

本號由上洋聘來織補名師無論寧綢摹本綾羅紗絹及一切衣服如有燒破剪壞大小窟窿包管織補如原毫無痕迹精妙無比并起油彈染刷印時式洋花專染綢緞布疋漂白湖色無不格外鮮明如蒙賜顧者請認明本號招牌庶不致悞　開設在天津府東門外東城根大樓便是

德陞木廠

本廠專辦河工各種椿木凡官商光顧請至堤頭村聚慶義炭廠面議定期無悞格外從廉本廠交貨特此佈告

木廠主人啓

浙杭元吉永號

本莊自置紗羅綢緞新樣洋辮花素洋布川廣夏貨團摺雅扇南貨頭油俱全祇爲近時錢市漲落不同故而各貨減價開設估衣街中間路北凡仕商賜顧者無悞

特此佈達

義興順號

本店自置綢緞顧繡綾羅紗絹哈喇大呢花素洋布俱全貨高價廉開設天后宮北仕商賜顧無悞特此佈　達

頭號杭寧綢四錢一
頭號江寧綢三錢一
頭號摹本緞三錢五
雨前　六百文
紅梅茶每斤九百六
紅茶梗　二百二

保命險告白

啟者本行代理長明人壽保險公司如　紳商欲保者請移玉至紫竹林法租界第一樓東間璧華昌洋行面議可也此佈

英商華昌洋行啟

七月十四日銀洋行情

天津九七六錢
銀盤二千六百二十七文
洋元一千八百四十五文
紫竹林九六錢
銀盤二千六百六十七文
洋元一千八百八十五文

七月十五日進口輪船禮拜日
新濟　輪船由上海　招商局
七月十五日出口輪船禮拜日
重慶　輪船往上海　太古行
順和　輪船往上海　怡和行

直報

光緒二十二年七月十六日 第四百八十九號
西歷一千八百九十六年八月二十四日 禮拜一

上諭恭錄 慈雲望斷 實惠及民 挑河洩水
私土詳城 人面獸心 扒堤被控 圈丁盼澤
髮匠有師 死於非命 私造軍火 營弁逞兇
汎官送案 閭閻蒙福 玷辱歧黃 見義勇爲
日災洊告 俄員升遷 各行告白 京報照錄

本館大小各種中西新字均已到齊屢登報首佈告想邀　閱報諸公鑒賞惟版祗四頁逐日四方函告之事絡繹不絕限於篇幅未能全錄不足饜　閱者之目本館現已託人分往東瀛上海兩處購辦西國兩面報紙一俟寄到仍照從前時報式樣加版四頁共成八頁新聞既可多錄告白亦可鋪排合先布　聞伏希　垂鑒

直報館謹啓

上諭恭錄

上諭御史宋伯魯奏山東黃河積弊已深敬陳管見一摺所稱冒領朦銷宜嚴定處分收發各料宜設法稽察申明賠修舊例武弁認眞巡查各條着山東巡撫嚴飭在工各員革除積弊認眞辦理嚴定處分一條並着凡有河務省分督撫認眞查察遇有劣員務當嚴參懲辦該部知道欽此　上諭御史宋伯魯奏畿輔水災請賚粥賑濟等語前因永定河漫溢畿輔被災業經諭令王文韶孫家鼐等妥籌撫恤所有近畿被水村莊卽着孫家鼐等迅速派員查明災情輕重辦理急賑毋任災黎失所欽此　上諭御史宋伯魯奏五城咨送竊案如贓証不符請由刑部仍咨該城御史查覆毋庸票傳司坊官赴部面質等語着刑部妥議具奏欽此　上諭安徽巡撫着鄧華熙補授欽此　上諭江蘇布政使着聶緝規補授丁峻着補授浙江按察使欽此　上諭張之萬奏假期又滿病仍未痊懇請開缺一摺張之萬着再賞假兩個月毋庸開缺欽此　上諭本年六月以來大雨時行永定河水勢漫溢順直各屬被災小民蕩析離居深堪憫惻加恩着將江蘇河運漕米五萬石江北河運漕米五萬石卽在天津就近截留放賑其隨漕輕賫等項銀兩一併核數提扣以備順直賑撫之需着王文韶會同孫家鼐胡燏棻督飭所屬詳查災區輕重酌量分撥核實散放務使實惠及民不准稍有弊混用副朝廷軫念民艱至意該部知道欽此

慈雲望斷　○潘文勤公夫人具三從全德受一品　榮封性秉慈祥心存利濟數年前順屬水災未經籌賑之先曾經夫人解囊賑濟救活多命近畿百姓至今感念不忘近聞薨逝痛悼殊深於七月初六日衆鄉民醵貲購備楮帛紙錠聚集百數十人前往龍泉寺柩前行禮致祭足徵德澤之及人者深矣並悉定於本月十九日潘少公子扶櫬赴津乘輪返蘇以安窀穸云

實惠及民　○京西山泉暴發以致蘆溝橋渾河水漲三家店一帶適當其衝田園廬墓牲畜家具冲刷無餘現經永定河道陳觀察慶滋飭委前往查勘並散放急賑米票無濫無遺今聞該村男女扶老携幼跋涉而來在石景山同知署前呈票領米當堂點驗名册按票給發鳩形鵠面者皆喜笑顏開盈筐滿篋而去可謂實惠及民得救荒善策也

挑河洩水　○永定河附近各村皆以堤工爲要務修則足以禦災廢則無以保衛今夏順屬大水凡有土埝之村冲決殆盡皆

因未能先事預防故猝遭災患現經委員勘驗卽日鳩工堵築以衛秋田擬由蘆溝橋迤南挑挖引河使水入固安縣金門牐歸南運河聞七月初七日業經興工矣

私土詳城　○前門外大齊家衚衕某烟館資本充裕生意頗佳日前購買私販烟土十數包被匪人馮某連某等訪悉卽於七月初六日二更時同赴該烟館同榻吸烟藉端與館主口角乘勢將所存私土一搶而空當卽逃逸至鮮魚口地方被巡夜勇丁拿獲解局供認前情卽傳該烟館主人張某到案追訊私販各情詳城究辦

人面獸心　○宣武門內太平街唐甲者貿易中人家小康七月初旬物故一子未週歲妻曹氏年方花信守節撫孤鄰右皆憫而敬之詎夫弟乙利其家資與床頭人謀慫恿再醮以便私圖氏不允日前復設詭計促往永定門外廻香亭爲甲掃墓卽率多人乘其不備劫而售之幸墻風壁耳消息露洩再三催促託病不行故得暫免於難然封豕長蛇至貪且毒自茲以往難保不別設圈套以敗其節故氏暮哭朝啼聞者莫不酸鼻噫若乙者人面獸心安得虬髯客取其首爲下酒物哉

扒堤被控　○前永定河水暴發致鳳河東岸潰決水勢汪洋奔騰而下北注三里屯武清所屬數十村盡成澤國該縣職銜某甲倡議將與寶坻連界之隄堰扒開洩水而寶坻所屬耳庄等村未免殃及經監生李乙率衆前赴東路廳據實指控飭下武清縣嚴傳某甲解聽究辦屢催未據解到李等又赴順天府衙門具告尹憲以擅扒官隄案情重大札飭東路廳轉飭所屬一律嚴拿歸案懲辦由武清縣移會天津縣錄案知照一併訪拿現聞李乙又赴水利局遞禀矣

園丁盼澤　○前報稱錦衣衛橋東河堤決口練軍前營右營及圍墻內外水深七八尺不等頃據官場友人云該處口門現已合龍惟積水無處宣洩茲據衆園戶環求各營憲設法疏消以便播種菜蔬稍一遲緩卽廢時失業現聞面禀統領擬欲由新開河鐵橋上游扒堤以洩積水蒙統領轉禀督憲准駁尚未可知該園戶等不勝翹首以待恩施矣

髮匠有師　○凡事莫不有所祖守其道卽重其人商奉關帝工奉魯般不一而足惟剃頭舖則奉羅祖月之十三日相傳爲羅祖仙師聖誕據云羅仙本薙髮師得道超昇故本郡各剃頭舖並洗澡塘均以敬祖師爲名懸燈結彩演唱雜劇邀人作葉子牌九諸戲所以節勞聯歡禮從宜事從俗亦王政所不禁也

死於非命　○昨有人年約三十餘不知姓氏里居在火車站前被軋身死聞車過時大叫一聲踴身而出約有十餘步顛撲移時方行斃命刻尚未聞有屍親認領者

私造軍火　○本邑自海上有事以來因軍火短絀民間製造洋槍抬炮暫爲弛禁而工匠等往往私造私售以牟厚利迨和議成後曾經道憲嚴禁在案誠恐資盜匪而害閭閻也昨聞十一段守望局巡勇在本段拿獲私造洋槍之甲乙丙三人並起獲洋槍一捆約十數根送總局訊明後發縣嚴押候辦以警效尤

營弁逞兇　○本城四門及各街道地窄人稠時形擁擠往往因磕碰致起爭端日昨有城內某營差弁數人押同脚行等抬運零星物件赴某處交納行抵北門外某顏料舖門首因磕碰起釁竟用馬棒將該舖夥某甲攢毆甚重聞已赴縣署請驗邑尊趕卽備文移營票傳差弁等到案以便質訊

汎官送案　○津郡自各國通商日益繁富北門外針市街前後一帶係潮建廣三幇所聚會故設有四口各把脚行以便起卸貨物近來漸成利藪屢起爭端日昨有李甲邀集多人找向趙乙爭鬥而趙亦整兵以待當被河北汎愈千戎偵知赶卽帶兵前往彈壓現聞已將李甲趙乙等抓獲送縣以憑訊辦矣

閭閻蒙福　○津郡鄉甲局計分十八段城內兩段城外十六段除總局外又有東西分局兼轄各段近奉各大憲札飭將東西分局裁撤城內改分四段東北第一西北第二東南第三西南第四地段既近稽查亦易周想各委廉巡緝撫綏實事求是閭閻漸臻安

譏將見夜不閉戶路不拾遺百姓蒙福不禁拭目俟之

玷辱歧黃　○河東某姓家幼子患病男出外無人延醫適門外有賣野藥者婦遂請入醫治該醫畧講病源亦頗頭頭是道診脈立方令婦親去買藥乘屋內無人將衣服首飾等件席捲而去婦見箱翻篋倒始知被竊四出偵尋已如鴻飛冥冥矣

見義勇爲　○在臺灣之各西官商目覩臺民兵火流離心焉傷之爰招同志捐集鉅金慨爲賑濟出水火而衽登席其見義勇爲亦可謂不分畛域矣其詳有本報後幅之告白在茲不具贅如有人慨解仁囊願賑臺民者或將該欵逕送滙豐銀行或送本館帳房亦可代收代解並可將其人姓名數目詳登於報以備考核云

日災洊告　○東歷七月二十五號日本東京傳電至各處畧謂岐阜縣又發水災漂去房屋三萬四千餘所人畜死傷者甚多二十六號又傳電云新瀉縣大水猝發人民均露宿山間備受飢餓慘不忍言長野縣亦被水災漂失房屋三百四十二所損壞二百二十三所洪水浸入者一萬四千七百八十八所人民死傷者一百零九人此外富山神奈川千葉宮城岡山各縣亦均有水災漂失人家不少

俄員升遷　○昨接日本東京來電云探聞現駐高麗俄國總領事衛伯君近已擢升爲該國駐韓欽差云

告白

朱鈍翁近治婦幼重症並吐血瘟痢癆膨均著手回春

本齋自製　進呈紅黃綾紙奏摺正副表文南紙綾錦畫絹赤金屏對貢牋等箋顏料印色湖筆水筆貢墨端歙等硯圖章牙器文玩各欵雅扇箋柬詩筒向蒙　士林稱許　賜顧諸君請詳察焉新到繙譯新法化學格致水陸兵法天算等書名目繁多不及備載今將時務各書臚列數種留心經濟者請來擇取可也　普天忠憤集　繪圖中東戰紀本末　中日戰輯　奏疏錄要　洋務新論　時事類編　西學六種　洋務實學　行軍鐵路工程　鐵路圖考　通商始末記　萬國史記　萬國通鑑　萬國近政考　中西紀事　自西徂東　東方交涉記　中日始末記　洋務采風記　各國富强策　新繪海國圖志足本　格物入門　格致須知十六種　時務要覽　打密電報本　德國操法　正續盛世危言　西算新法　西法算學入門　學算筆談　算草叢存　天文算學纂要三十二本　四元玉鑑　左文襄公兵書　左文襄公奏議　斯陶說林　竹葉亭雜記　論語旁証　隋唐演義　文學興國策　治國要務　無邪堂問答　泰西新史　時事新論圖說　算學叢書二十一種　新到時務報

文美齋主人白

金陵仁記南味坊

自製本機元淺京緞窖綢紗縐絨線褿貨食物金腿海味南貨俱全近因錢市漲落不同分別減價抑因無恥之徒假冒南味者甚多雖云謀利誠恐亂眞欲辨薰蘸用煩楮墨

寄售　雨前 碧螺春 龍井　每斤津錢 一千二百文 三千文 一千八百文　福建條絲格外公道　開設宮北大獅衚同內

烏利文洋行

啓者本行開設香港上海三十餘年四方馳名專售各式金銀鐘錶鑽石戒指八音琴千里鏡眼鏡等物並修理鐘表價錢比別家格外公道今本行東家巴克由上海來津開設在紫竹林裕泰飯店旁請　諸君降臨光顧是幸特此佈聞

丙申年七月十六日禮拜一

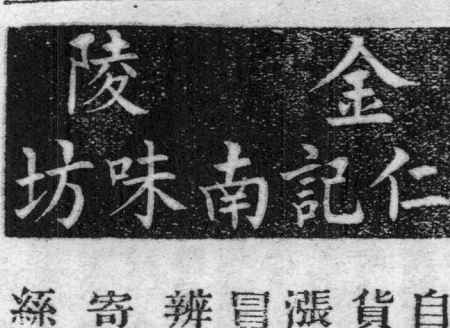

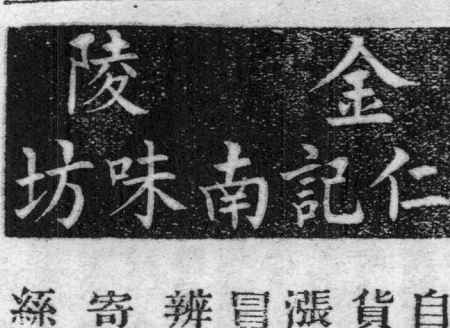

逸雲齋

本齋專辦進呈紅黃綾紙奏摺萬壽賀本正副表文大赤喜壽圍屏緙絲喜壽屏對描金灑金貢蠟清水冷金雨雪責磚宋錦龍綾各種裱綾裱絹加重白礬宮絹蘇製顏料八寶硃砂印色東瀛印色詩箋琴絃日晷羅盤端歙各硯湖筆徽墨自製水筆紈摺雅扇上嫩葵扇十錦詩箴各種帖套各式帳簿鐫刻雲白銅尺墨盒香盒金玉圖章摺紳名人書畫揭裱古今字畫册頁手捲並躉售木板石印鉛板各種書籍碑帖摹刻翰苑仿影名目繁瑣不及備載諸公賜顧者請移玉估衣街東首路北德興里大門內便是價目格外從廉

擇于六月二十日開張先此佈告

逸雲齋主人謹白

浙杭 元吉永莊

本莊自置紗羅綢緞新樣洋辮花素洋布川廣夏貨團摺雅扇南貨頭油俱全祇為近時錢市漲落不同故而各貨減價開設估衣街中間路北凡仕商賜顧者無悞特此佈達

美孚老牌煤油

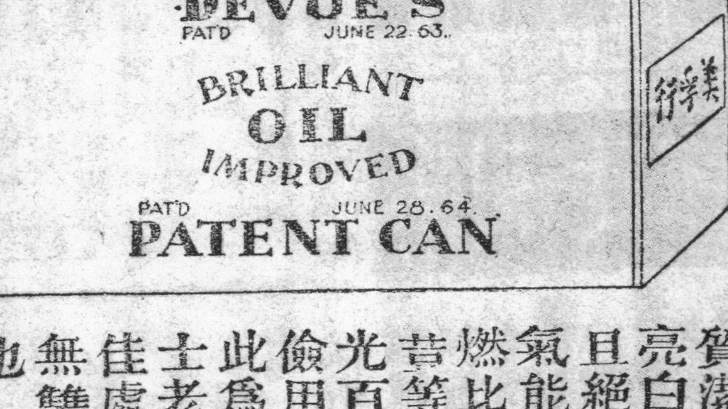

啓者美國三達煤油公司之德富士老牌煤油天下馳名萬商稱羨蓋其質潔色清亮白如銀且絕無烟氣能耐久燃比之生昔等油晶光百倍而儉用價廉此為德富士老牌之佳處誠屬無雙妙品也　士商賜顧請到天津美孚洋行採辦或向就近殷實行店購買庶不致悞

義興順號

本店自置綢緞顧繡綾羅紗絹哈喇大呢花素洋布俱全貨高價廉開設天后宮北仕商賜顧無悞特此佈達

頭號杭寧綢四錢一
頭號江寧綢三錢一
頭號摹本緞三錢五
雨前　六百文
紅梅茶每斤九百六
紅茶梗　二百二

保命險告白

啟者本行代理長明人壽保險公司如紳商欲保者請移玉至紫竹林法租界第一樓東間壁華昌洋行面議可也此佈

英商華昌洋行啟

長泰信織補局　上洋分此

本號由上洋聘來織補名師無論寧綢摹本綾羅紗絹及一切衣服如有燒破剪壞大小窟窿包管織補如原毫無痕迹精妙無比并起油彈染刷印時式洋花專染綢緞布疋漂白湖色無不格外鮮明如蒙賜顧者請認明本號招牌庶不致悞開設在天津府東門外東城根大樓便是

德陞木廠

本廠專辦河工各種樁木凡官商光顧請至堤頭村聚慶義炭廠面議定期無悞格外從廉本廠交貨特此佈告

木廠主人啓

七月十六日銀洋行情

天津九七六錢
銀盤二千六百一十五文
洋元一千八百四十文
紫竹林九六錢
銀盤二千六百五十五文
洋元一千八百七十文

七月十五日進口輪船禮拜日

新濟　輪船由上海　招商局
武昌　輪船由上海　太古行
連陞　輪船由上海　怡和行

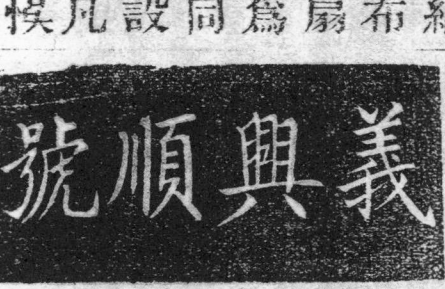

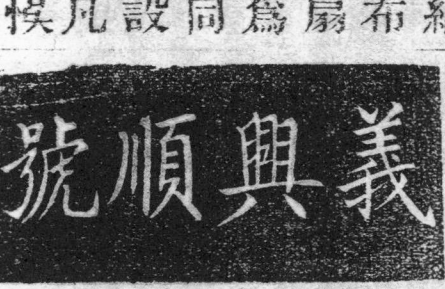

直報

光緒二十二年七月十七日　第四百九十號
西歷一千八百九十六年八月二十五日　禮拜二

上諭恭錄　味遊　餉銀收訖　勞怨不辭
匪犯就擒　戾氣所鍾　課題並錄　犯供實情
堤工轇轕　國法森嚴　情同強盜　羌無故實
銀鳳分飛　盈盈一水　東電譯登　兵輪赴寗
各行告白　京報照錄

本館大小各種中西新字均已到齊屢登報首佈告想邀　閱報諸公鑒賞惟版祇四頁逐日四方函告之事絡繹不絕限於篇幅未能全錄不足饜　閱者之目本館現已託人分往東瀛上海兩處購辦西國兩面報紙一俟寄到仍照從前時報式樣加版四頁共成八頁新聞既可多錄告白亦可鋪排合先布　聞伏希　垂鑒

直報館謹啓

上諭恭錄

上諭御史潘慶瀾奏東三省每年監斃人犯太多請飭整頓一摺各省問刑衙門遇有人命重案理宜隨審隨結以免拖累若如所奏奉天吉林黑龍江所屬近年以來每遇人命案件延不辦結以致監候各犯多斃囹圄其餘軍流徒罪各案尤多積壓殊非矜恤庶獄之道著依克唐阿延茂恩澤通飭所屬立限清厘認眞整頓倘有前項情弊卽行從嚴參辦以挽積習而恤民生欽此　上諭安徽安廬除和道著李光久調補趙時熙著補授甘肅鞏秦階道欽此

味遊

莫不飲食鮮能知味中庸爲味道言也夫道無乎不在亦惡在其不當味者何論乎遊又何況乎遊古今中外男女老幼苟値風花雪月間無人不喜一與遊而善遊者或鮮故往往遊如未遊抑且不如不遊其疾安在在喜遊而不知味乎其遊耳胡爲不昧是有學焉不可以漫而參也僕賦性朴野少年喜作漫汗遊五岳五湖遊幾遍而花柳叢中莫識其趣故不多着屐旃擅界內又復望塵不及焉愁莫愁于僕矣丙申秋客於雲津紫竹林七月望日晨鐘動後卽納履西詣永豐屯屯爲南北估帆糧艘之所泊擬以詢南北河水漲落情蓋聞永定河北漫數處子牙河亦東決數口大田多稼約半付於波臣憂國憂民爲人爲巳並塵之歸來紫竹日薄西山矣時有二妙踵門候見僕歸色忻忻握手入門行且語謂茲中元節杏花邨外南省義園設燈花搭彩棚備極陳設紅氍毹上丁歌甲舞不啻崑崙卜其晝更卜其夜遠至十里二十里香車寶馬霧集雲屯來往絡繹軟塵之起丈以十洋洋乎大觀也哉子盍趨而往視之僕曰君從何來曰適來自彼僕曰君巳代遊僕實無須再瀆矣客曰惟娛目方可騁懷遊何事也胡可云代曰坐我明語子夫人同此懷卽同此目君既以君目代吾目試卽以所娛目者指繪之更以口代吾遊吾受以耳會於心更以意代君遊可乎二妙鼓掌曰善因爭述義園內外狀彩坊高大若由旬懸燈若干盞兩旁供饌若干桌紙札數百方相方彌首摹簷觀者戶及庭階男女履迹交莫辨趾相措踵相接肩相摩兩人牽挽始得出園門南望歌舞樓前萬頭攢動氣爲雲汗爲雨臺上鑼聲鼓聲梆聲絲竹聲急徐高下相間雜少選名優登場甫掀簾臺下喝彩如鼎沸今餘音猶在耳也二妙各執羽　且述且繪且揮口津津沫生顏汗滴滴下僕進苦茗繼以盥盂曰先爲君滌熱腸拭塵面再爲

浇凡耳何如客笑納僕言僕乃率意直陳曰中元之會名爲盂蘭盖本佛氏慈悲超度忘魂與祇樹園給孤實爲一意非如元宵中秋之爲普天慶賀也　此稿未完

餉銀收訖　○山西候補知縣丁維堃管解京餉銀十萬兩於七月十一日解交戶部收訖○又湖南試用巡檢潘惠深管解京餉銀二萬兩於七月十二日解交戶部收訖均經換批飭發該委員回省銷差矣

勞怨不辭　○今歲順屬水災雖較前年稍殺然汪洋一片田園廬墓宛在中央比水退補種雜糧巳嗟無及經籌賑局委員惻隱念切勞怨不辭爰倣前年定章飭各業輸捐以資賑濟又以各商生涯不旺令其數稍減於前視各業之盛衰分勸捐之多寡大約視前次祇十之四五或十之六七左支右吾頗形棘手而中澤流民嗷嗷待哺故各印委等不勝蒿目之憂矣

匪犯就擒　○京師匪徒楊三秦五等先以包運私酒爲生兵弁莫敢如何以故肆無忌憚去年曾就　南苑偷捕野獸並結納綠林行刦商旅惡跡昭著爲某侍御訪聞奏達　天聽現由順天府府尹奉令移營購線緝拿陋悉該匪等逋逃德勝門外沙河地方當經官兵捕獲並其同黨兩人一併解送順天府府尹審辦歷認搶刦各情不諱並供夥犯二三十人均在　南苑龍王廟一帶地方藏匿於七月十一日復由官兵前往緝捕務絕根株以除民害

戾氣所鍾　○禽獸中有梟獍戾氣所鍾最不仁者也故世人以比不孝子聞前門外有王叟者膝下一子不特奉養多虧且稍不如意動輙努目揮拳非常忤逆叟以年逾七十無能約束不得巳扭而送官想賢有司仰體　朝廷孝治天下之意定能法嚴三尺藉以飭倫紀而驚愚頑也

課題並錄　○七月十六日問津三取兩書院皆係齋課業經考訖謹將兩院生童文詩各題開列於後　計開　問津書院題

生題　葉公語孔子曰吾黨有直躬者其父攘羊而子證之　童題　吾黨之直者異於是　詩題　賦得梧桐滴雨夜初涼得桐字

三取書院題　生文題　子曰温故而知新可以爲師矣　童文題　所謂大臣者　通場詩題　賦得飛書馳檄用枚皋得皋字

生五言八韻　童六韻

犯供實情　○昨從營務處門首路過見擁擁擠擠人密如林詢係提審要案私造洋鎗之王四楊二等前經該管地方探明密稟鄉甲局飭勇抄拏詳送總局轉送營務處當由總辦立時飭委提訊並將起獲私造一切器具呈驗該犯以贓証確鑿不敢推諉直認不諱且將代爲銷售洋槍與同夥之張洛等供出並稱大直沽楊鄭等庄均有私造情事除將該犯發縣聽候嚴訊外又令差弁等速將供出等犯速獲究辦按此與昨登私造軍火一則相似不知是一是二姑錄之以待質証

堤工轇葛　○掛甲寺大直沽等村鄉民等聯名赴水利局稟報被水情形並乞設法堵築等情已登前報當經該局憲遴委陳二尹葆泰逐査各村査得此段堤工向歸民修民守官不與聞卽經照章批示候移天津道轉飭天津縣照章辦理等因而村民閭甲等又行逐村逐戶派錢文若干以備向各衙門具稟資斧不知果能准行否也

國法森嚴　○日昨報登法網難逃一則經守望總局發縣復經邑尊研訊供認借錢不諱遂將該犯吳連城釘鐐嚴押赶卽轉稟督憲本月十六日辰刻蒙督憲批回令將該犯就地正法邑尊卽會同城守營徐都戎護理存城汎張千戎將吳連城綁赴市曹處決訖並將人頭懸掛西門北城墻以昭炯戒

情同強盜　○昨有北德源米局鋪夥歛取面賬途經龍王廟官渡適遇該處混混白甲見鋪夥懦弱横向借錢兩吊鋪夥不肯白卽將鋪夥扭打且從腰中抽出短刀百般威嚇行人不平亦敢怒而不敢言但爲勸解事經東汎訪知令勇將白拿獲尙不知作何訊辦

羌無故實　○昨有男婦二人相扭在縣鳴冤婦臂有刃傷傍有男子稱係房東當經委廉江大令堂訊據男供東沽人婦是身

屍身有主 ○掛甲寺下河內有男屍一具飄流一日夜之久該管地方正擬報驗適有李家樓黃姓李姓二人赶來撈獲據稱係李姓之弟昨從家中持錢一吊出門買瓜不知在何處落水淹斃遂僱人抬之而去

五虎誰攖 ○日昨道經育德菴西河沿見某大令前往驗屍詢悉緣該處停泊剝船二隻一陳甲一崔乙甲兄弟五人素兇悍號稱五虎乙父子皆忠厚前在通州因交糧生有嫌疑本月十七日復行口角甲令伊妹吞烟赴乙船拚命當即灌救得生旋於十八日兄弟五人各持槍棍找向乙船鬥毆將乙子小腹扎傷身死該管地方稟報經邑尊請委相驗畢將兇手兇器一併帶回覆訊尚不知作何擬辦

西報譯要 ○昨晚西字報云奧國福格輕地方工程局之火藥棧房忽然炸裂被傷者百餘人死者數人○又云西歷八月六號日本外部衙門接到派駐法國之日本公使電音言法日兩國改訂和約一事已由兩國全權大臣于是月四號簽押矣

清品妙墨 墨禪上人精研翰墨善寫蘭竹篆隸寓紫竹林佛照樓座間對客揮毫頃成數十幅妙筆通神不可思議向耳其人今識其書貴爲名不虛傳也謹登報以告津門雅人同鑒焉

朱鈍翁近治婦幼重症並吐血瘟痢癆膨均著手回春

告白

本齋自製 進呈紅黃綾紙奏摺正副表文南紙綾錦畫絹赤金屏對貢臘等箋顏料印色湖筆水筆貢墨端歙等硯圖章牙器文玩各欵雅扇箋柬詩筒向蒙 士林稱許 賜顧諸君請詳察焉新到繙譯新法化學格致水陸兵法天算等書名目繁多不及備載今將時務各書臚列數種留心經濟者請來擇取可也 普天忠憤集 繪圖中東戰紀本末 中日戰輯 奏疏錄要 洋務新論 時事類編 西學六種 洋務實學 行軍鐵路工程 鐵路圖考 通商始末記 萬國史記 萬國通鑑 萬國近政考 中西紀事 自西徂東 東方交涉記 中日始末記 洋務采風記 各國富強策 新繪海國圖志足本 格物入門 格致須知十六種 時務要覽 打密電報本 德國操法 正續盛世危言 西算新法 西法算學入門 算學筆談 算草叢存 天文算學纂要三十二本 四元玉鑑 左文襄公兵書 左文襄公奏議 斯陶說林 竹葉亭雜記 論語旁証 隋唐演義 文學興國策 治國要務 無邪堂問答 泰西新史 時事新論圖說 算學叢書二十一種 新到時務報 新出重訂盛世危言新編大板八本 洋務自强新論 普法戰紀 洋務抉要 使俄草 文美齋主人白

北泉興聚號

本莊自置綢緞衣莊專賣時式綢緞單夾皮棉紗女嫁衣喜事應用大小衣件之貨以及顧繡蟒袍霞被朝衣等貨無論發行門市均按銀莊照行發賣時市格外從廉本鋪開張四十餘年之久絕無加增朦混等弊貨眞價實包管退換 仕商賜顧細認本號貨之身分 祈勿與低貨較價是幸 寓天津府北門外估衣街中萬壽宮西坐北大門內招牌爲記

德陞木廠

本廠專辦河工各種椿木凡官商光顧請至堤頭村聚慶義炭廠面議定期無悞格外從廉交貨特此佈告 木廠主人啓

長泰信織補局

上洋分此

本號由上洋聘來織補名師無論寗綢羣本綾羅紗絹及一切衣服如有燒破剪壞大小窟窿包管織補如原毫無痕迹精妙無比并起油彈染刷印時式洋花專染綢緞布疋漂白湖色無不格外鮮明如蒙賜顧者請認明本號招牌庶不致悞 開設在天津府東門外東城根大樓便是

告白

啓者本行專辦外國各種烟絲香烟捲 貴客仕商如欲購買者請到紫竹林稅務司府對門集盛洋行內面議可也特此佈聞 本行謹啓

美孚老牌煤油

啓者美國三達煤油公司之德富士老牌煤油天下馳名萬商稱美蓋其

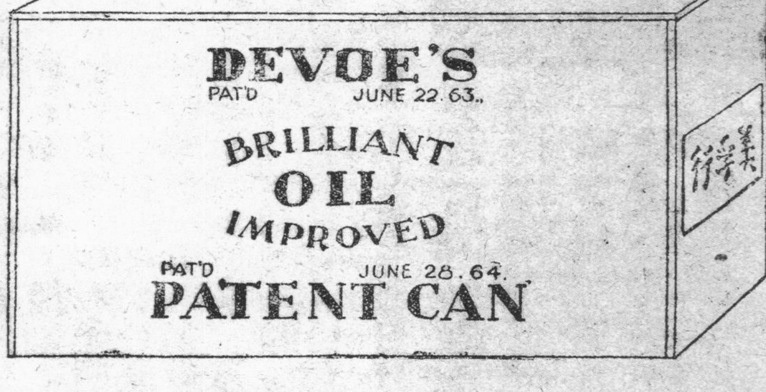

質潔色清亮白如銀且絕無烟氣能耐久燃比之生昔等油晶光百倍而儉用價廉此爲德富士老牌之佳處誠屬無雙妙品也士商賜顧請到天津美孚洋行採辦或向就近殷實行店購買庶不致悞

新開時務報

新開時務報分寄敝處分送此報之設以時務爲主義博采通論廣譯各報內以考求當務之急外以周知四國之爲故名時務報比日報字模加大皆用四號大字每月刊布三次裝訂成本每本約三十頁首載論說或論政或論學次錄諭旨（旬日內所奉上諭全錄）次采章奏（錄切實有用者其奉行故事除授報銷尋常事件不錄）次采各督撫官鈔并各直省督撫轅門鈔（關於用人行政之大者摘錄是也）次采各省要政次譯各國電報次譯東西各報論說事實次則譯刻近年以來政治學問新書（每本散附多少抽出合編亦可成帙）或則搜輯通商以後辦理交涉要案　本報分寄天津城內府署西三聖菴西代寄書籍并各報分寄處梁子亨啓

烏利文洋行

啓者本行開設香港上海三十餘年四方馳名專售各式金銀鐘錶鑽石戒指八音琴千里鏡眼鏡等物並修理鐘表價錢比別家格外公道今本行東家巴克由上海來津開設在紫竹林裕泰飯店旁本行又分莊在北門外樂壺洞保陽棧傍欒生祥內請諸君降臨光顧是幸特此佈聞

丙申年七月二十一日禮拜六

浙杭元吉永號

本莊自置紗羅綢緞新樣洋辮花素洋布川廣夏貨團摺雅扇南貨頭油俱全祇爲近時錢市漲落不同故而各貨減價開設估衣街中間路北凡仕商賜顧者無悞特此佈達

義興順號

本店自置綢緞顧繡綾羅紗絹哈喇大呢花素洋布俱全貨高價廉開設天后宮北仕商賜顧無悞特此佈達

頭號杭寗綢四錢一
頭號江寗綢三錢一
頭號摹本緞三錢五
雨前　六百文
紅梅茶每斤九百六
紅茶梗　二百二

保命險告白

啟者本行代理長明人壽保險公司如紳商欲保者請移玉至紫竹林法租界第一樓東間璧華昌洋行面議可也此佈

英商華昌洋行啟

七月二十一日銀洋行情

天津九七六錢
銀盤二千六百二十五文
洋元一千八百四十二文
紫竹林九六錢
銀盤二千六百六十五文
洋元一千八百七十二文

七月廿三日出口輪船禮拜一
海晏　輪船往上海　招商局
怡生　輪船往上海　怡和行
七月廿四日出口輪船禮拜二
通州　輪船往上海　太古行

直報

光緒二十二年七月二十三日　第四百九十五號
西歷一千八百九十六年八月三十一日　禮拜一

上諭恭錄　蘇省海運獎敘清單　平糶有期
水災詳誌　目無王法　楊花飄蕩　師嚴道尊
賊贓俱獲　九死一生　化險爲平　土棍尋仇
飛花戀蝶　望穿老眼　新米上市　雲谷籌邊
各行告白　京報照錄

本館大小各種中西新字均已到齊屢登報首佈告想邀　閱報諸公鑒賞惟版祗四頁逐日四方函告之事絡繹不絕限於篇幅未能全錄不足饜　閱者之目本館現已託人分往東瀛上海兩處購辦西國兩面報紙一俟寄到仍照從前時報式樣加版四頁共成八頁新聞既可多錄告白亦可鋪排合先布　聞伏希　垂鑒　直報館謹啓

上諭恭錄

硃筆襲照瑗補授宗人府府丞欽此　硃筆惲毓鼎轉補左春坊左中允高賡恩補授右春坊右中允欽此　上諭御史烏爾慶額奏請酌添火器營兵丁官員額缺錢糧各摺片着管理火器營王大臣會同戶部議奏欽此

蘇省海運獎敘清單　續前稿

候補縣丞恩厚擬請俟補缺後以知縣用　候補縣主簿王兆麟擬請俟補缺後以縣丞用　現任按察使司獄孫棣擬請以縣主簿在任前先補用　試用府照磨署蘇州府知事姚定信擬請俟補缺後以縣丞在任前先補用　巡撫衙門書吏徐紹宗擬請以巡檢不論雙單月選用　藩司衙門書吏董錫圭擬請以巡檢不論雙單月選用　糧道衙門書吏顧增麟省局書吏胡保鈞均擬請以從九品不論雙單月選用　滬局出力委員書吏　道員用候補知府譚泰來直隸州用前先補用知縣高彥冲均擬請　交部從優議敘　在任候選道上海縣知縣黃承暄擬請俟離知縣歸道員後加二品銜　知縣用試用縣丞章承銘擬請俟補知縣後加同知銜　試用府照磨蔡鏡瑩擬請俟補缺後以縣丞仍留原省補用　試用巡檢陳翰萱擬請俟補缺後以縣主簿用滬局書吏縣丞職銜劉燕譽擬請以縣丞不論雙單月選用　銀米首先全完各員　補用同知直隸州震澤縣知縣費鴻年擬請俟補同知直隸州後以知府用　在任候選知府南滙縣知縣汪以誠擬請俟選補知府後以道員用　在任候補知府川沙廳同知陳家熊擬請以知府本班儘先補用　知府用補用直隸州宜興縣知縣萬立鈞擬請　交部從優議叙　補用直隸州荊溪縣知縣薛星輝擬請以直隸州知州在任候補　補用同知直隸州前任嘉定縣知縣張樞擬請加一級　隨辦交米護漕出力各員弁漕標候補衛千總孫景成王兆宏均擬請俟補缺後以衛守備補用　漕標補用把總中營額外外委葉得興擬請俟補把總後以千總補用四品銜候補衛守備翟幹擬請　賞加三品頂戴

平糶有期　○本年夏間雨澤連綿禾稼受傷以致糧米價值有漲無跌誠恐小民艱於餬口擬請　下戶部妥議章程札行順天府五城開設平糶局以濟窮民茲聞戶部定於七月二十七日移會五城院憲擇地一律開辦

水災詳誌　○自前月河水漲發到處決口迭經登報茲復訪聞京西蘆溝橋下游十餘里永定河南岸於七月十三日水漲漫

口順屬固安縣適當其衝數十百里一片汪洋人畜廬舍同遭湮沒又宛平縣之西北鄉房山縣之東南鄉亦因山洪猛發淹斃人命無算業經分派委員查勘急撫矣

目無王法　○京師人數之多甲於各省品類之雜亦甲於各省故作奸犯科敗法亂紀等事日有所聞而人心所共忿國法所不容者尤莫若搶奪婦女一經被搶墮溷飄茵何堪設想西交民巷有羅氏女雖無詠絮才華却擅如花美貌年方二八尚未于歸七月十五日偶立門前爲旗人文某瞥見目逆而送之曰美而豔隨命儔嘯侶糾集多人將女擁入車中疾馳而去光天化日之中竟敢藐法至此不知城坊各官亦有所聞否也

楊花飄蕩　○婦女以名節爲重鹿車共挽鴻案相莊懿範徽音迄今猶令人欽仰乃後世淫風流行日甚一日至有棄家雞而好野鶩者斯亦奇矣客言玉田縣地方有民婦某氏平日與藁砧不睦時占脫輻旋竟與某甲私識以家中耳目衆多往來不便遂潛雇小車偕逃來京其夫入宮不見徧處探訪畧知梗槪亦來都中尋覓不料狹路相逢竟在新街口被夫撞獲奸夫見勢不佳赶卽遠颺因將氏扭住一同回籍遂得破鏡重圓但不知柳絮楊花從此不再飄蕩否也

師嚴道尊　○日昨三取書院課期由運憲照章委兩齋學師監試與考諸生多半少年喜譊好譊遂至滿院譁然某學師性嚴正惡其輕薄因進而戒之畧謂文章末技品行爲先今以校藝衡文之地儼同酒肆茶園成何體統衆皆唯唯聽命至終場無敢喧譁者記曰師嚴道尊不信然與

贓賊俱獲　○時屆秋凉晝短夜長宵小最易竊發日昨在守望總局前見有巡勇牽拉一人項掛鐵練詢係六段分局查夜盤獲竊賊一名並起出贓物若干業經失主認領當將該賊帖送總局審訊等語當時總辦尙未到局因暫行看管聽候發落云

九死一生　○鹽坨火神廟後劉姓幼子年約十一二在官渡前河岸戲耍不料失脚落水適搖船行至該處用篙勾救未能撈獲幸有過渡人某甲頗諳水性赶卽跳入河內從水底撈救上岸半晌始甦然亦九死一生矣

化險爲平　○近來風氣奢華不獨津郡然也而津郡尤甚每遇喜壽等事卽邀四城子弟或時調或戲法名曰玩票動輒通宵達旦日昨城內周姓爲行生理因慶生辰邀請多人演唱雜劇以致招引街鄰觀者如堵有浦甲與劉乙擁擠起衅遂至相毆甲用木棍將乙左目打傷當經周姓急爲理處請人醫治始得化險爲平否則定起風波矣

土棍尋仇　○本邑西門外坑沿一帶娼寮林立附近土棍藉爲生活而該妓卽以土棍爲護符有西門內大水溝祁某日久垂涎思欲染指昨向該處討索規費被甲乙等攢毆甚重當用板門舁歸並未控告料傷愈後定有一場惡戰也

飛花戀蝶　○四甲地方儲與張同院而居兩家婦女入戶穿房向無避忌儲長子年二十餘尙未授室忽於數日前將張次女誘拐以逃張欲控官儲謂且勿聲張作速偵尋免却兩家出醜於是偵騎四出至今迄無踪影落花飛絮逐浪隨風恐未易捉摸也

望穿老眼　○失迷幼孩之事層見疊出登報者屢矣日昨道經東門見有老人鬚髮如銀兩眼垂淚在彼粘貼告白自言韓姓住周家坑年逾耳順僅生一子年十四歲身穿缸靠大掛靑官尖鞋學名韓童十六日往梁家園等處看盂蘭會至今迄未回家倘有仁人君子知音送信或收留送回者則感大德無旣矣

新米上市　○滬埠自入夏以來雨暘時若早知田稻可卜豐收昨日南市各米行已見新米上市色白而潔計價每石洋五元一角想此後尙當稍跌也

雲谷籌邊　○營口采訪友人云六月二十六日統帶東邊道標定邊馬步五營張總戎國棟督率貔貅馳抵營口分駐各旅邸以衛閭閻有知其事者謂此軍向駐鳳皇城歸東邊道管轄茲者奉調至此所遺營壘改駐遼陽州徐璵齋直刺新練鎭東營○分統鎭東營何子寬大令乞假銷差以便專辦各處礦務○六月二十六夜怒雷驟發雨暴風狂拔木偃禾喧聲竟夜河中船舶互相擊撞以致

走錨斷纜者幾不可以僂指數田莊臺撞沈牛槽等船十餘艘淹斃長年二名受傷者甚衆鄉村茅屋及各路電竿大半被風所毀目下惟西錦州尚可通音餘皆因線斷暫停大約卽須分頭修理矣

四十二班　士林取出餘部出售　玉樞寶經摺附送畫報一本每摺二百文　覺世經課上下兩大本送畫報一本三百　天師親筆避時災幷鍾魁去邪靈符送畫報一本每份一百五十文　新到太上寶筏圖說　敬竈全書　葛仙翁肘後奇方　孫眞人千金寶要方　經驗良方　急沙方　驗方新編　正續驗方新編　圖註八十一種脉訣　諸葛心書十三律　先天易數　金錢數　牙牌數　淵海子評　麻衣神相　柳莊相法　歷代地理韻編　醒夢錄　快心醒睡錄　娛目醒心編　普天忠憤集　救時捷要　金壺七墨　珠邨談怪　古今眼前報　時當列國興盛記　德國練兵　劉帥地營法西法操練　泰西采風記　各國軍制　新出中西度量表一大本　新出四國日記　新政論議　論語旁証　治國要務　農學新書　公車上書　中東戰紀本末　中日戰輯附六圖　中日始末記　時事新論圖說　西事類編　文學興國策　西海記天外歸槎　洋務自歷明證八種　洋務實學　洋務十三篇　出洋須知　新到東語入門上下大本　華英和約　華英讞案　萬國通鑑　萬國史記　各國地球新錄　各國富强新策　鐵路圖考　鐵路工程　泰西易筋經　華英字典　華英尺牘　英語註解　電報新編　新到趣園八種　皇朝古學類編　正續子不語　孜政玉堂字彙　鴻寶齋字彙　分類應酧通考　繡圖詩畫舫　尺牘新編合解　續集增批分類尺牘　新式經營分類尺牘　新花樣生意尺牘　尺牘合璧　尺牘句解　續句解　商賈尺牘　花間楹聯　連八卷楹聯彙編　連四卷大部算法統宗　無邪堂問答　增删算法　九章算術細草　唐寅竹譜　詳註增圖聊齋彙編　新到再生緣　新到第二奇書林蘭香　新出池北偶談神仙怪鬼大嘉之儒　全部西遊記　後續大本西遊記　繡像石印三國　前後說唐　征東　征西　粉粧樓　呼家將　繡像包公案　明太監下西洋仙怪演義　明珠緣　十粒金丹後傳　五色姻緣傳　大明奇俠傳　昇仙傳　新到五代興隆傳　繡像施公案　天寶圖傳　平妖傳　義妖傳　飛蛇傳　一本萬利傳　草木春秋傳　蓋三國　飛蛇子　左公平西　奇緣賽桃源　八仙緣　意外緣　玉瓶梅　玉鴛鴦　夢裏一片情　續希奇古怪　客窗閒話　新鮮笑話　中外戲法大觀　熱河三十六景　姻緣十六齣　全部京調三集脚本　玉連環　臺灣福州厦門輿圖　各色畫報　均餘部無多爭取爲快價値甚廉又分寄各報出售　字林滬報　上海新聞報　新出博聞報　新出蘇報　新至時務報　代送申報　本津直報　北京官書局新出彙報　遍覽各報各有可取購閱何樣報紙賜函分明逐日分送不悞

天津城內三聖菴西寄書處紫氣堂售報處梁子亭仝啓

清品妙墨

墨禪上人精研翰墨善寫蘭竹篆隸寓紫竹林佛照樓座間對客揮毫頃成數十幅妙筆通神不可思議向耳其人今識其畫眞爲名不虛傳也謹登報以告津門雅人同鑒焉

北泉興聚號

本莊自置綢緞衣莊專賣時式綢緞單夾皮棉紗女嫁衣喜事應用大小衣件之貨以及顧繡蟒袍霞被朝衣等貨無論發行門市均按銀莊照行發賣時市格外從廉本舖開張四十餘年之久絕無加增朦混等弊貨眞價實包管退換仕商賜顧細認本號貨之身分祈勿與低貨較價是幸　寓天津府北門外估衣街中萬壽宮西坐北大門內招牌爲記

德陞木廠

本廠專辦河工各種椿木凡官商光顧請至堤頭村聚慶義炭廠面議定期無悞格外從廉本廠交貨特此佈告

木廠主人啓

上洋分此

長泰信織補局

本號由上洋聘來織補名師無論寗綢摹本綾羅紗絹及一切衣服如有燒破剪壞大小虧纏包管織補如原毫無痕迹精妙無比幷起油彈染刷印時式洋花專染綢緞布疋漂白湖色無不格外鮮明如蒙賜顧者請認明本號招牌庶不致悞

開設在天津府東門外東城根大樓便是

美孚老牌煤油

啓者美國三達煤油公司之德富士
老牌煤油天下馳名萬商稱美蓋其

質潔色清亮白如銀且絕無烟氣能耐久燃比之生荳等油晶光百倍而儉用價廉此爲德富士老牌之佳處誠屬無雙妙品也士商
賜顧請到天津美孚洋行採辦或向
就近殷實行店購買庶不致悞

浙杭 元吉永莊

本莊自置紗羅綢緞新樣洋辮花素洋布川廣夏貨團摺雅扇南貨頭油俱全祇爲近時錢市漲落不同故而各貨減價開設估衣街中間路北凡仕商賜顧者無悞特此佈達

新開 時務報

新開時務報分寄敝處分送此報之設以時務爲主義博采通論廣譯各報內以考求當務之急外以周知四國之爲故名時務報比日報字模加大皆用四號大字每月刊布三次裝訂成本每本約三十頁首載論說或論政或論學次錄 諭旨 每日內所奉上諭全錄 次采章奏 錄切實有用者其奉行故事除授報銷尋常事件不錄 次采各督撫官鈔并各直省督撫轅門鈔 關於用人行政之大者摘錄是也 次采各省要政次譯各國電報次譯東西各報論說事實次則譯刻近年以來政治學問新書 每本散附多少抽出合編亦可成帙 或則搜輯通商以後辦理交涉要案 本報分寄天津城內府署西三聖菴西代寄書籍并各報分寄處梁子亨啓

烏利文洋行

啓者本行開設香港上海三十餘年四方馳名專售各式金銀鐘錶鑽石戒指八音琴千里鏡眼鏡等物並修理鐘表價錢比別家格外公道今本行東家巴克由上海來津開設在紫竹林裕泰飯店旁本行又分莊在北門外樂壺洞保陽棧傍榮生祥內請諸君降臨光顧是幸特此佈聞

丙申年七月二十三日禮拜一

義興順號

本店自置綢緞顧繡綾羅紗絹哈喇大呢花素洋布俱全貨高價廉開設天后宮北仕商賜顧無悞特此佈達

頭號杭寧綢四錢一
頭號江寧綢三錢一
頭號摹本緞三錢五
雨前 六百文
紅梅茶每斤九百六
紅茶梗 二百二

保命險告白

啟者本行代理長明人壽保險公司如紳商欲保者請移玉至紫竹林法租界第一樓東間壁華昌洋行面議可也此佈

英商華昌洋行啟

七月二十三日銀洋行情

天津九七六錢
銀盤二千六百二十八文
洋元一千八百四十五文
紫竹林九六錢
銀盤二千六百六十八文
洋元一千八百七十五文

七月廿五日出口輪船禮拜三
海晏 輪船往上海 招商局
怡生 輪船往上海 怡和行
七月廿四日出口輪船禮拜二
通州 輪船往上海 太古行

直報

光緒二十二年七月二十四日
西歷一千八百九十六年九月初一日
第四百九十六號
禮拜二

上諭恭錄　捐廉濟衆　護軍停補　燈紅談碧
紫陌秋陰　學海示期　錦標誰奪　課生黜陟
官局議遷　役盜難分　一息千秋　案情重大
豁免房租　游獄途窮　無中生有　勦回要電
日人牟利　各行告白　京報照錄

本館大小各種中西新字均已到齊屢登報首佈告想邀　閱報諸公鑒賞惟版祗四頁逐日四方函告之事絡繹不絕限於篇幅未能全錄不足饜　閱者之目本館現已託人分往東瀛上海兩處購辦西國兩面報紙一俟寄到仍照從前時報式樣加版四頁共成八頁新聞既可多錄告白亦可鋪排合先布　聞伏希　垂鑒　直報館謹啓

上諭恭錄

上諭盛京工部侍郎着鍾靈補授欽此　上諭御史秀林等奏五城正副指揮等缺請以正途出身人員揀補等語着吏部議奏欽此
上諭御史秀林等奏五城捕務廢弛請申明舊章以備稽察一摺五城命盜案件向由該城司坊官驗明呈報山東道按限催比乃近年以來司坊各官皆因規避處分不肯隨時呈報以致該道無從稽察殊非慎重捕務之道嗣後五城地面遇有命盜等案着該御史嚴札各該司坊凜遵舊章隨時呈報儻有遺漏隱匿情弊卽由該城御史指名嚴叅以重捕務而靖地方欽此　上諭理藩院奏青海蒙古貝子陣亡請旨優卹一摺本年春間回匪竄擾青海蒙古貝子納木希哩帶兵防禦奮勇截擊該貝子力戰捐軀實堪憫惻加恩着追封郡王銜照郡王例賜卹餘依議該衙門知道欽此　上諭依克唐阿等奏安東縣大東溝地方海潮漫溢成災請旨賑撫一摺本年六月十三十四等日大雨滂沱海水暴漲以致安東縣大東溝等處居民房屋沖塌壓斃人口當經依克唐阿等委員辦理急賑惟念海濱民情本多瘠苦現又罹此奇災蕩析離居實堪憫惻仍着該將軍等寬籌賑欵查明被災輕重酌給賑恤毋任失所另片奏海城縣等處東西沒溝營地方河水漫溢成災均有坍塌民房情事以及蓋平等處亦均被水災着一併妥籌撫恤以慰災黎該部知道欽此

捐廉濟衆　○畿輔一帶自六月大雨後至七月中旬淅瀝廉纖無日不雨城外平地出泉墻屋倒塌不計其數米面柴薪均形短少雖重價無處購買現經尹憲自備千金差人四出營運按市價出售以濟貧民從此鳩形鵠面之儔得資果腹善哉博施濟衆此其見端乎

護軍停補　○日昨恩護軍統領因廂藍護軍校遺缺親蒞五龍亭照例挑補當經酌留中箭五枝者數人預備閱試騎射突有棍徒多人至公座前將某甲拽出指爲頂冒奉以老拳復各出棍棒兇毆本營官兵彈壓不服統領怒謂挑缺重事如此擾亂總由該管章京辦理不善所致且既曰有人頂冒則該管官於平時演箭漫無覺察可知令將三甲護軍缺暫扣不挑外該管三甲護軍叅領關陞等七員各記大過一次承辦三甲事務揩色護軍校立顧等撤去承辦差使仍留護軍校歸原處當差以示薄罰並諭印務章京福祿等將如何嚴定章程以杜槍冒擾亂等弊妥籌良法禀請核辦

燈紅燄碧　○京師自光緒十六年水災以後諸善士醵貲建立善堂每逢七月十五日由首事建醮掩骨亦善舉中一端也本年中元節仍循舊例在南下窪公善堂設壇諷經以荐幽魂並聞宣武門外菜市口地方亦由各舖商延請龍泉寺長椿寺各叢林戒僧舉辦盂蘭會施放燄口超度游魂厲鬼是夕燈紅燄碧雲黯風凄雖遊人雜遝閙熱非常而毛髮森然不免有悽愴之意焉

紫陌秋陰　○京師自七月望後陰雨連綿十七日黎明時天大雷電以風驟雨傾盆不啻銀河倒瀉是晚十點鐘電光閃爍恍如萬道金蛇于是豐隆控御阿香執鞭霹靂聲中雜以飛雹大如紅豆鴛鴦瓦淅瀝有聲歷數分鐘之久夜復風雨蕭蕭詰旦始止然猶濕雲履地寒意逼人天然一幅秋陰圖畫也

學海示期　○學海堂經古課向逢二七月由督憲考試近經運憲牌示七月十四日接奉督憲批示定於七月二十四日考試學海堂經古凡肄業舉貢生童屆期來院領題限十日內交卷云

錦標誰奪　○七月二十日稽古書院甄別之期投考者三百餘名　賦題　鄭監門上流民圖賦　經解題　禹貢九河考　詩題　顏閔相與期得懷字試畢由董事將卷箱封固呈送道轅校閱照例錄取八十人想詞壇文陣中不知錦標誰奪矣

課生黜陟　○津郡書院所有肄業諸生凡三課不到者即行扣除另補近有三取書院某甲某乙三課不到奉運憲牌示照例扣除以備取生王家彥梁逢中序補俟下月官課一體入院考試

官局議遷　○鐵軌官錢局向設在山海關一帶凡各處支用現錢均由該局發給近因運來現錢未能甚淨遂至人言嘖嘖議論蜂起鐵路總辦查知昨經會議欲將官錢局移設蘆台較爲近便約中秋前後即當遷徙矣

役盜難分　○定興鹽店巡役甲乙二人騎馬赴來水界看戲中途歇息適數日前該縣有刼案數起尚未破獲捕役疑甲乙爲盜遽向兜拿將甲轟斃經乙到堂供明實係定興巡役并未爲匪捕役始知錯誤然已後悔無及聞商人已具禀上控矣

一息千秋　○河東小鹽店趙姓子年二十餘前歲娶某氏爲室一對小鴛鴦瑟樂琴耽頗稱和睦昨趙得重病勢已瀕危氏對之而泣趙曰無須爾果有伉儷情能與我携手同行乎氏諾之趙喜曰吾目瞑矣語畢氣絕棺殮後氏將踐前言家人知而防閑之不得死遂斷絕飲食勺漿不入口者六日今已奄奄在牀勢將不起噫千秋名節爭此一息矣

案情重大　○張趙氏樂亭縣人遣工人李發春在督轅呈控夫弟張甲與姪乙合謀將氏出繼二支幼子害死並屢次向氏調姦謀產滅嗣蔑視人倫等情據稱在該管道府均遞過呈詞未蒙准理遵例錄批呈閱乞提案究辦云云當經委員收呈照例取保囑令候批

豁免房租　○千里長隄向由河營管轄派委經制駐札該處每遇河水漲發即由該汛逐日分報長落尺寸凡傍隄起蓋房間每歲納租津錢三百作爲辦公經費現今渾河東注以致鳳河盛漲水勢直至隄根凡隄上所住皆係貧苦流氓遇茲水災房租安出昨奉上憲　下該汛暫將房租豁免以恤窮黎聞告示業經頒發矣

游獄途窮　○日昨報登游獄起程一則嗣聞該犯等於點解後差派兵役照例押護前行不料行抵靜海縣因水阻隔不能前進即於次日折回當即禀明邑尊循例還禁一俟積水消涸道路稍通再行補解噫該匪等方出縲絏又入囹圄矣

無中生有　○河東于家廠李二者前娶孀婦某氏爲妻悍潑淫亂不受約束遂令改嫁而去昨有要姓婦口稱係氏干姐找李不依云你將我干妹賣至何處非控官究辦不可意在訛詐隨有婦鄰張二出爲調停據稱縣役已來對點經我暫行勸住須你出錢若干保管了結李本畏事遂如數付訖以斷葛藤似此無中生有平地風波狡獪伎倆眞莫能窮詰哉噫

勦回要電　○昨接陝西採訪使者飛電云回匪經董軍門勦辦所有大股今已撲滅祇剩劉逆一股手下有三千餘人徘徊於陝西鹽池灣地方想天戈所指即可盪平不禁拭目俟之

妻身以貿易不常在家聞婦不貞遂歸家盤詰妻反出言項撞婦供毫無實據憑空誣人名節竟持刀將婦砍傷男子供身係房東恐釀命案遂併來案云云大令將伊夫責押候婦傷痊再奪

銀鳳分飛　○估衣街東口路南某號發賣洋布綢緞生意頗旺該少東某甲年少風流性情倜儻與女校書銀鳳相識眷戀情深揮金似土奈家有毋兄未能操縱自如遂各處稱貸積債累三四千金近爲母兄查知赴縣送逆聞已投稟尚未奉票云

盈盈一水　○南門內某甲廚行手藝有女許字楊柳青某乙爲室乙於前數年赴伊犁貿易故女年十九尚未婚也本年六月間乙自外回津就赴岳家送信擇定七月下旬迎娶乃自送信後屢來甲家游語閒談三兩日輙一至頗有急不能待之勢甲正言阻之反因羞成怒大肆咆哮復又持械尋毆現經街隣理處尚未允服噫牽牛織女原爲歡會之期特不逢七夕銀河未容偷渡也

東電譯登　○日本東京傳電各處云日廷遣賀　俄皇加冕之山縣侯爵名有朋者於東歷八月初六日到京謁見日皇面奏一切○八月初三日東京電達各埠云頃接臺灣電報悉督橫殺地方起義之臺人已被小佐鈴田內藤二氏擊退現在日軍屯紮雲林是役也軍醫柴原氏等六人戰死中尉氏小尉科本氏以下二十七人負傷所有李吉化及太平頂一帶臺民刻下尚難平靜云

兵輪赴寗　○南洋威靖兵輪在滬南製造局修理業已工竣昨奉制憲電諭赴寗另行差遣該輪即於昨日午後二點鐘鼓輪出口矣

告白

本齋自製　進呈紅黃綾紙奏摺正副表文南紙綾錦畫絹赤金屏對貢牋等箋顏料印色湖筆水筆貢墨端歙等硯圖章牙器文玩各欵雅扇箋柬詩筒向蒙　士林稱許　賜顧諸君請詳察焉新到繙譯新法化學格致水陸兵法天算等書名目繁多不及備載今將時務各書臚列數種留心經濟者請來擇取可也　普天忠憤集　繪圖中東戰紀本末　中日戰輯　奏疏錄要　洋務新論　時事類編　西學六種　洋務實學　行軍鐵路工程　鐵路圖考　通商始末記　萬國史記　萬國通鑑　萬國近政考　中西紀事　自西徂東　東方交涉記　中日始末記　洋務采風記　各國富强策　新繪海國圖志足本　格物入門　格致須知十六種　時務要覽　打密電報本　德國操法　正續盛世危言　西算新法　西法算學入門　學算筆談　算草叢存　天文算學纂要三十二本　四元玉鑑　左文襄公兵書　左文襄公奏議　斯陶說　林　竹葉亭雜記　論語旁証　隋唐演義　文學興國策　治國要務　無邪堂問答　泰西新史　時事新論圖說　算學叢書二十一種　新到時務報

文美齋主人白

北門東 文德書局

各國通商約章成案　格致須知十六種　打密電報本　繪圖中東戰紀本末　洋務實學　時事新編　中外皇朝輿地全圖　洋務要覽　時事類編　中外經世緒言　時務叢鈔　繪圖隋唐　西算新法叢書　行軍鐵路工程　西法算學入門　常州駢體文錄　四元玉鑑　新出萬國近政考署

烏利文洋行

啓者本行開設香港上海三十餘年四方馳名專售各式金銀鐘錶鑽石戒指八音琴千里鏡眼鏡等物並修理鐘表價錢比別家格外公道今本行東家已克由上海來津開設在紫竹林裕泰飯店旁請　諸君降臨光顧是幸特此佈聞

丙申年七月十七日禮拜二

德陞木廠

本廠專辦河工各種樁木凡官商光顧請至堤頭村聚慶義炭廠面議定期無悞格外從廉本廠交貨特此佈告

本廠主人啓

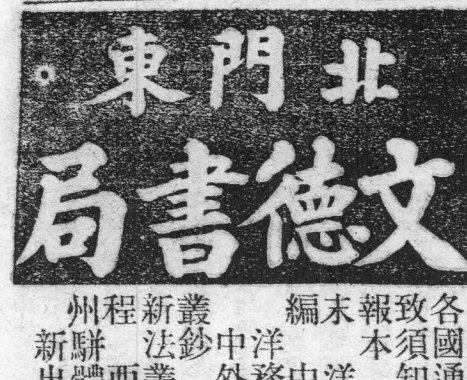

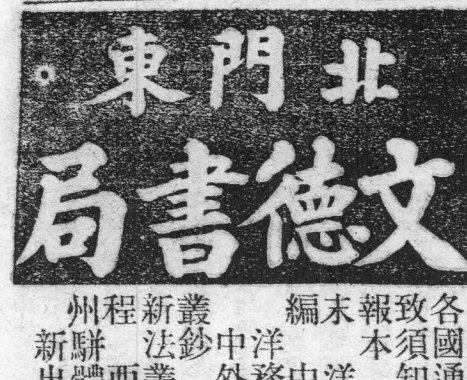

逸雲齋

本齋專辦進呈紅黃綾紙奏摺萬壽賀本正副表文大赤喜壽圖屏緙絲喜壽屏對描金洒金貢蠟清水冷金雨雪賁碑宋錦龍綾各種裱綾裱絹加重白礬宮絹蘇製顏料八寶硃砂印色東瀛印色詩箋琴絃日晷羅盤端歙各硯湖筆徽墨自製水筆紈摺雅扇上嫩葵扇十錦詩箴各種帖套各式帳簿鐫刻雲白銅尺墨盒香盒金玉圖章搢紳名人書畫揭裱古今字畫冊頁手捲並躉售木板石印鉛板各種書籍碑帖摹刻翰苑仿影名目繁瑣不及備載諸公賜顧者請移玉估衣街東首路北德興里大門內便是價目格外從廉
擇于六月二十日開張先此佈告
逸雲齋主人謹白

美孚老牌煤油

啓者美國三達煤油公司之德富士老牌煤油天下馳名萬商稱美蓋其質潔色清亮白如銀且絕無烟氣能耐久燃比之生昔等油晶光百倍而儉用價廉此爲德富士老牌之佳處誠屬無雙妙品也　士商

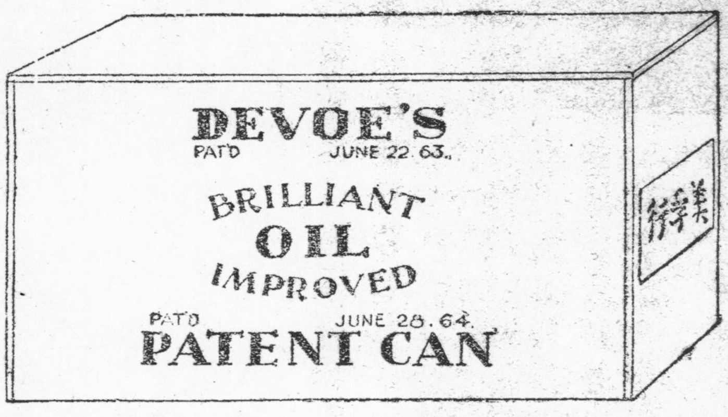

賜顧請到天津美孚洋行採辦或向就近殷實行店購買庶不致悞

浙杭 元吉永號

本莊自置紗羅綢緞新樣洋辮花素洋布川廣夏貨團摺雅扇南貨頭油俱全祇爲近時錢市漲落不同故而各貨減價開設估衣街中間路北凡
仕商賜顧者無悞
特此佈達

義興順號

本店自置綢緞顧繡綾羅紗絹哈喇大呢花素洋布俱全貨高價廉開設天后宮北
仕商賜顧無悞特此佈　達
頭號杭寗綢四錢一
頭號江寗綢三錢一
頭號摹本緞三錢五
雨　前　六百文
紅梅茶每斤九百六
紅茶梗　二百二

保命險告白

啟者本行代理長明人壽保險公司如　紳商欲保者請移玉至紫竹林法租界第一樓東間壁華昌洋行面議可也此佈
英商華昌洋行啟

J. Mc DONALD & Co.

英商天祥洋行

天祥

開設天津紫竹林專售各國銅鐵機器鐵甲礮船[illegible]火新樣鐘表洋布雜貨顏料車料道板本行貨員價實　貴官商賜顧者請到賬房面議可也本行告白

上洋分此　長泰信織補局

本號由上洋聘來織補名師無論寧綢摹本緞羅紗絹及一切衣服加有燒破剪壞大小處縫包管織補如原毫無痕迹精妙無比并起油彈染綢印時式洋花專染綢緞布疋漂白湖色無不格外鮮明如蒙　賜顧者請認明本號招牌庶不致悞　開設在天津府東門外東城根大樓便是

七月十七日銀洋行情
天津九七六錢
銀盤二千六百一十五文
洋元一千八百四十文
紫竹林九六錢
銀盤二千六百五十五文
洋元一千八百七十文

七月十八日出口輪船禮拜一
新濟　輪船往上海　招商局
盛京　輪船往上海　太古行
連陞　輪船往上海　怡和行

直報

光緒二十二年七月十八日
西歷一千八百九十六年八月二十六日
第四百九十一號
禮拜三

上諭恭錄　軍憲安良　坊官諱盜　神乎技矣
醫生受辱　直藩牌示　清查義地　營弁解紛
僞銀嫁禍　桀驁難馴　花飛有影　溺鬼討替
事堪酸鼻　臺民求振　各行告白　京報照錄

本館大小各種中西新字均已到齊屢登報首佈告想邀　閱報諸公鑒賞惟版祗四頁逐日四方函告之事絡繹不絕限於篇幅未能全錄不足饜　閱者之目本館現已託人分往東瀛上海兩處購辦西國兩面報紙一俟寄到仍照從前時報式樣加版四頁共成八頁新聞既可多錄告白亦可鋪排合先布　聞伏希　垂鑒　　直報館謹啓

上諭恭錄

上諭廣西桂林府知府員缺緊要着該撫於通省知府內揀員調補所遺員缺着沈維誠補授欽此　旨湖廣道監察御史員缺着鄭思贊補授分發浙江知府陳文璣安徽同知范啓璞湖北同知呂伯璜毛承霖直隸直隸州知州張承本浙江知州趙福康雲南知州劉成良湖北知州郭寶銘福建通判戎陳猷北河通判萬鍾彝安徽通判陸承鎬廣西通判張祺直隸知縣張美翊江蘇知縣鍾鴻鈞安徽知縣查光華湖南知縣盛弼雲南知縣徐永恒車士琛直隸知縣嚴以盛江蘇知縣鄭錢山東知縣徐承祿湖北知縣麟瑞徐鈞溥任壽彭湖南知縣許堃李叶庚四川知縣何維棣錫祉廣西知縣鄧盛藩雲南知縣王賓貴州知縣周良坫李鳳來兩淮鹽大使席信芳浙江鹽大使賀家惠兩浙鹽大使賈芳沈一鶚俱照例發往補授浙江湖州府烏鎮同知李星科山東臨清直隸州知州王壽朋俱准其補授奏署南河堰盱同知何維楨着准其實授倖滿兩淮梁朶場大使周潤着回任盛京刑部員外郎員缺着恩厚補授　昭西陵禮部員外郎員缺着雙印補授擬補吏部筆帖式桂端着准其補授欽此

軍憲安良　○京師近日屢有迷拐子女者疊經獲案嚴懲昨聞安定門內謝家衚衕趙某年近花甲平生只有一女年甫十四愛如掌珠忽於七月初十日失去無踪合家惶急赶卽偵騎四出迄無確耗嗣經仔細訪悉被隣居常某等串謀誘拐卽赴官廳禀報立將常某拘傳詳解步軍統領衙門一面勒令將女交出再行歸案擬辦事關謀拐重情想軍憲疾惡如仇必當嚴加懲辦以杜奸宄而安善良也

坊官諱盜　○向來五城地面遇有竊盜案件呈報到官例應親往勘驗將被竊情形由坊詳城勒限嚴緝倘限滿不獲卽照例開參宣武門外南橫街某宦宅於昨夜間主僕皆在睡鄉被樑上君子撥門入室傾箱倒篋竊去多贓次晨始知被竊當卽赴北城坊呈報經王少尉夢桂帶領捕役前往勘驗並未詳城現奉城憲牌示北城吏目王夢桂諱竊不報卽行撤任所遺員缺委派差委吏目孫起榮署理以爲諱盜者警

神乎技矣　○自泰西創造德律風無論相隔千百里能使聲息相通斯固奇矣乃更有奇者不但通語言並可見顏色巧靈尚

可思議哉聞化學家考得一物非金非汽形若硫磺其名曰西西之引電須借日光日光照臨天下卽借伊達之浪以傳伊達者極細之氣也因不用電線只取太陽之光照於西上生電傳聲而德律風以成今復加研求神明而變化之知可以傳聲者亦可以傳色雖山川間隔而神情面目宛如晤對一堂現雖未獲一蹴而幾然考求其理思已過半人巧極而天工生不信然與

醫生受辱　○歧黃一道古人以之壽世今則竟以害人庸醫無論已或有稍解虛實寒熱輙高自位置多端勒索以致誤人性命者比比皆然崇文門外堂子衚衕李某自負名醫有延請者非先付請封京錢四千不肯出診路遠則以次遞加雖親戚故舊弗顧也有劉某者性直爽遇有不平事輙挺身排解因聞李醫乖戾可惡於七月十一日遣人相請先付京錢六千故作緊急之狀約令速至石板橋胡同管宅診治急病李貪厚貲冒雨而往詎管宅並無人抱恙見醫來以爲不祥怒不可遏大加折辱經鄰右調停責令磕頭陪罪始得狼狽而歸知其事者無不撫掌稱快焉

直藩牌示　○廣平府知府吳中彥病故遺缺擬以迴避卽用知府岑春煦請補　署昌黎縣知縣駱孝先病故遺缺以委署遷安縣知縣廖炳樞調署所遺遷安縣員缺以署樂亭縣陳本調署遞遺樂亭縣員缺飭令部選是缺之韓光嵒赴任　萬全縣張家口縣丞任汝霖報捐離任遺缺按班輪委試用縣丞張鳳瑞署理　保定府教授任式典病故繳委遺缺按班輪委候補教諭李樾署理　東安縣知縣劉仲成升補東路同知遺缺擬以候補知縣趙炳文請補

清查義地　○朱家墳義地前經義阡局督修並監修委員稟明地址多被侵佔請行勘丈各節均登前報茲悉該義地向係鹽場廢址以故經理一切爲批驗所專責現經查明義地北界爲某姓糞廠所侵當於十六日由批驗所飭差將該廠主送案以憑訊究

營弁解紛　○日昨有雜貨店學徒某甲赴城內錢店換銀五十餘兩合錢一百二十九千當將錢帖點清携帶回鋪行至鎮署西丁家胡同一時不愼將錢帖全行遺失被飯舖伙計張乙拾去甲旋卽知覺趕緊折回索要乙不與遂相爭論幸經某營哨弁說合令甲出錢十千作謝其事乃罷

僞銀嫁禍　○日昨府署西武甲與靳乙撕袍捋帶打作一團經人勸開問其曲直武稱前數日靳持銀鐲一付煩我代當問何不自去伊言借我臉面可以多典數竿因素本相善遂深信不疑詎鐲係僞銀被當舖看破便欲送官究辦告以實情始肯暫行釋放並言非將原主找來不能了結及找伊質對竟不見面豈非容心傾陷乎衆人聞之皆斥靳不合靳惟叩頭乞饒而已其後不知若何結局

桀驁難馴　○城西先春園有土棍龐羊前因械鬭案內擬定流罪發配浙江路過某縣驗出箕斗不符當被駁回經邑尊飭差票拘將龐羊正身獲案旋於本月十五日起解並派護院人押送至靜邑交替詎行抵西門又復嘵嘵不休意圖躭延時日護院人向其斥阻該犯胆敢囘詈當卽折回稟明邑尊將該犯鞭責還禁並將解差分別板責聽候另期起解云

花飛有影　○城內二道街陳公舘於上月中旬失去幼婢一名當卽赴縣報案嗣經偵騎四出在唐官屯附近之四同口村找獲係由女僕某姓拐去隱匿多日尚未轉買不日當遞津歸案矣

溺鬼討替　○日昨東浮橋下龍王廟渡口有幼女失脚落水當經某甲跳入河中趕將撈獲幸未斃命嗣甲回家晚飯甫入門卽兩目直竪批頰有聲並自呼其名厲聲責云等候許久纔得某女相代忽被攪散躭我不能託生當追汝命甲家知爲鬼祟延僧超度尚未見效然則溺鬼討替果有之乎請以質之高明

事堪酸鼻　○自河水漲發淹斃人命屢有所聞據訪事人云河東季家樓某姓婦就河邊洗濯衣服一時失脚落水致被淹斃家中知信赶卽打撈尚未撈獲屍身該婦遺有子女四五人沿岸號哭見者無不酸鼻噫悲矣死生固云有命奈此呱呱者一旦失恃將何以生活耶

臺民求振　○臺灣府怡記洋行主人佩君投函滬上云臺灣之變內地華民露宿風餐異常困苦今雲林一帶城市村民逃避

內山男女老幼不下四萬餘人非惟無可棲身且無食物以資果腹若不速爲設法此數萬無辜赤子豈復有見天日之期乎所望中外仁人君子體上天好生之德樂爲解囊以便入山賑濟倘蒙捐助請將銀兩交上海厦門兩處滙豐銀行轉解本館意此亦一大好事因樂得附於報端

清晶妙墨　墨禪上人精研翰墨善寫蘭竹篆隸寓紫竹林佛照樓座間對客揮毫頃成數十幅妙筆通神不可思議向耳其人今識其畫眞爲名不虛傳也謹登報以告津門雅人同鑒焉

四十一班書籍到津　官紳士林全然取出餘部出售甚廉　玉樞寶經摺　覺世經課　敬竈全書　天師親筆避災除邪符　葛仙翁肘後奇方　孫眞人千金寶要方　經驗良方　急沙方　驗方新編　正續驗方新編　圖註八十一種脉訣　先天易數　金錢神數　牙牌數　淵海子評　麻衣神相　柳莊相法　歷代地理韻編　新到增補五種遺規　新到金壺七墨　醒夢錄　快心醒睡錄　娛目醒心編　救時捷要　珠邨談怪　近政考　普天忠憤集　時當列國興盛記　新到時當列國軍製　新出泰西采風　新出德國練兵　新出中西度量權衡表書　新到西國日記　古學類編　正續子不語　新至趣園八種　新出戴文節墨跡　攷正玉堂字彙　鴻寶齋字彙　花間聯　連八卷楹聯彙編　分類應酧通攷　天文算學　九章算法　算法大成　新編算學問答　同文算學課　西算新法叢書　西法算學入門　四元玉鑑細草　增刪算法統宗　中東戰紀本末　中日戰輯附六圖　中日始末記　西事類編　西海記天外歸槎　文學與國策　外洋自歷明證八種　洋務實學　洋務十三篇　洋關華英和約　出洋須知　華英讞案　萬國史記　各國地球新錄　各國富强新策　鐵路圖考　鐵路行軍工程　泰西易筋經　劉帥地營法西法操練　華英字典　華英尺牘　英語註解　英語問答　電報新編　新出池北偶談（神仙鬼怪大儒之嘉）　新到夢影緣　新至再生緣　新出第二奇書林蘭香　詳註聊齋全圖彙編　全部西遊記　後續西遊　繡像石印三國　前後說唐　征東　征西　呼家將　西浴演義（仙怪奇蹟）　明珠緣　五色姻緣　十粒金丹　昇仙傳　前後大明奇俠傳　前後施公案　新到五代興隆傳　天寶圖　八仙緣　意外緣　平妖傳　白蛇義妖傳　飛蛇傳　飛蛇子　富翁傳　陶朱公致富全書　新鮮笑語　中外戲法　賽桃源　全部京調腳本　姻緣十六齣　文武香毬　玉連環　左公平西　客窗閒語　粉糚樓　十二樓　續希奇古怪　蓋三國　臺灣福州厦門輿圖　洋務陞官圖　餘者未能全載均無多部先取爲快　各色畫報　又售京都天津蘇中中外各館時事奇聞報紙遍覽一目瞭然購閱何樣報紙賜函分明分送不悞　天津府署西三聖菴西（代寄書處紫氣堂各報分寄梁子亭）仝啓

天津美昌字號

本號自辦各國鐘表玩物新式紙烟咀頂高紙烟各樣花洋毯時式洋燈上上大小瓶香水各欵香胰皂各省東土西土黑白烟膏寄售廣東各名家臘丸並暑藥廣同濟戒烟丸貨高價格外公道諸君賜顧者請　光降是幸特此佈聞　新開在鍋店街中間坐北門面

烏利文洋行

啓者本行開設香港上海三十餘年四方馳名專售各式金銀鐘錶鑽石戒指八音琴千里鏡眼鏡等物並修理鐘表價錢比別家格外公道今本行東家巴克由上海來津開設在紫竹林裕泰飯店旁本行又分莊在北門外樂壺洞保陽棧傍榮生祥內請諸君降臨光顧是幸特此佈聞
丙申年七月十八日禮拜三

德陞木廠

本廠專辦河工各種椿木凡官商光顧請至堤頭村聚慶義炭廠面議定期無悞格外從廉本廠交貨特此佈告
木廠主人啓

逸雲齋

本齋專辦進呈紅黃綾紙奏摺萬壽賀本正副表文大赤喜壽圍屏緙絲喜壽屏對描金洒金貢蠟清水冷金雨雪賁硾宋錦龍綾各種裱綾裱絹加重白礬宮絹蘇製顏料八寶硃砂印色東瀛印色詩箋琴絃日晷羅盤端歙各硯湖筆徽墨自製水筆紈摺雅扇上嫩葵扇十錦詩箴各種帖套各式帳簿鐫刻雲白銅尺墨盒香盒金玉圖章搢紳名人書畫揭裱古今字畫册頁手捲並躉售木板石印鉛板各種書籍碑帖摹刻翰苑仿影名目繁瑣不及備載諸公賜顧者請移玉估衣街東首路北德興里大門內便是價目格外從廉

逸雲齋主人謹白

擇于六月二十日開張先此佈告

美孚老牌煤油

啓者美國三達煤油公司之德富士老牌煤油天下馳名萬商稱美蓋其質潔色清亮白如銀且絕無烟氣能耐久燃比之生昔等油晶光百倍而儉用價廉此為德富士老牌之佳處誠屬無雙妙品也士商賜顧請到天津美孚洋行採辦或向就近殷實行店購買庶不致悞

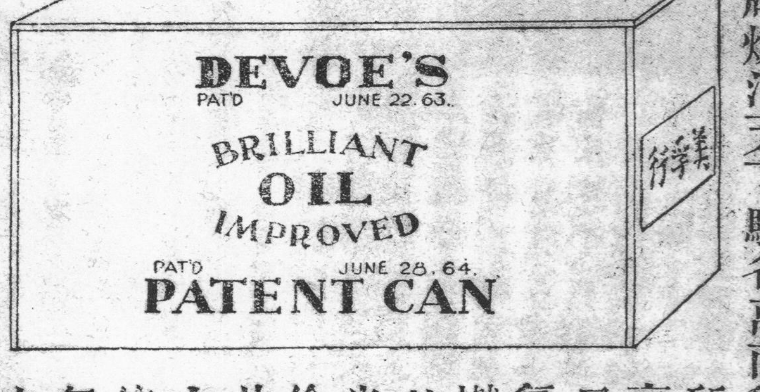

浙杭 元吉永號

本莊自置紗羅綢緞新樣洋辮花素洋布川廣夏貨團摺雅扇南貨頭油俱全祇為近時錢市漲落不同故而各貨減價開設估衣街中間路北凡仕商賜顧者無悞

特此佈達

義興順號

本店自置綢緞顧繡綾羅紗絹哈喇大呢花素洋布俱全貨高價廉開設天后宮北仕商賜顧無悞特此佈 達

頭號杭甯綢四錢一
頭號江甯綢三錢一
頭號摹本緞三錢五
雨 前 六百文
紅梅茶每斤九百六
紅茶梗 二百二

保命險告白

啟者本行代理長明人壽保險公司如 紳商欲保者請移玉至紫竹林法租界第一樓東間壁華昌洋行面議可也此佈

英商華昌洋行啟

J. M^C DONALD & Co.

英商天昶洋行

天昶

開設天津紫竹林專售各國銅鐵機器鐵甲礮船軍火新樣鐘表洋布雜貨顏料車料道板本行貨員價實 貴官商賜顧者請到賬房面議可也本行告白

上洋分此 長泰信織補局

本號由上洋聘來織補名師無論甯綢摹本綾羅紗絹及一切衣服如有燒破剪壞大小窟窿包管織補如原毫無痕迹精妙無比并起油彈染刷印時式洋花專染綢緞布疋漂白湖色無不格外鮮明如蒙賜顧者請認明本號招牌庶不致悞開設在天津府東門外東城根大樓便是

七月十八日銀洋行情

天津九七六錢
銀盤二千六百二十文
洋元一千八百四十二文
紫竹林九六錢
銀盤二千六百六十六文
洋元一千八百七十二文

七月十九日出口輪船禮拜四

新豐 輪船往上海 招商局
盛京 輪船往上海 太古行
連陞 輪船往上海 怡和行

直報

光緒二十二年七月十九日　第四百九十二號
西歷一千八百九十六年八月二十七日　禮拜四

上諭恭録　味遊　三令五申　象形堆肖
直藩牌示　憲恩高厚　勒交侵地　查災候覆
左券空操　誤認祖宗　客路堪悲　野鷲雙飛
曹州亂耗　電線靈速　各行告白　京報照録

本館大小各種中西新字均已到齊屢登報首佈告想邀　閲報諸公鑒賞惟版祗四頁逐日四方函告之事絡繹不絶限於篇幅未能全録不足饜　閲者之目本館現已託人分往東瀛上海兩處購辦西國兩面報紙一俟寄到仍照從前時報式樣加版四頁共成八頁新聞既可多録告白亦可鋪排合先布　聞伏希　垂鑒

直報館謹啓

上諭恭録

旨山海關副都統着斌傑補授未到任以前着祥瑞暫行護理欽此　太常寺題八月初三日祭　文昌帝君廟奉　旨遣溥靜行禮後殿遣徐承煜行禮欽此　又題八月初五日祭　先師孔子廟奉　旨遣榮祿行禮兩廡遣翰林官二員各分獻崇聖祠遣崇寬行禮欽此　又題八月初六日祭　社稷壇奉　旨朕親詣行禮欽此　又題八月十二日祭　關聖帝君廟奉　旨遣載勛行禮後殿遣慶福行禮欽此　又題八月十六日秋分祭　夕月壇奉　旨遣凱泰行禮從壇遣堃岫分獻欽此　又題八月十八日祭昆明湖龍神祠奉　旨遣立山行禮欽此　又題同日祭　惠濟祠　河神廟奉　旨遣啓秀行禮欽此

味遊　續前稿

記謂墟墓之間未嘗使人哀而哀心生義園外義塚纍纍觸目生哀卽非鄉誼過猶心惻苟屬鄉誼自應揮涕弗遑遑及作樂如謂唪經持咒爲廣佛氏慈悲招法僧持法器作法事焚化楮錠佈施冥資猶可説也乃竟備極陳設物貴珍廣張燈彩製尚巧奢靡綺麗以壯觀瞻華而不實古今所厭人厭之鬼歆之當無是理書曰鬼神非人實親惟德是依又曰黍稷匪馨明德惟馨若是則非德神不依鬼不饗矣燈彩陳設旨將奚屬韓文公云爲之葬埋祭祀以長其恩愛由斯味之則中元之舉罔將使後之人觀感興起以長其恩愛之恩非所以踵事增華誇多鬥靡爲士女采蘭贈芍其樂只且地使之流蕩忘返以啓其淫邪漸也詩曰君子所履小人所視今也起樓棚徵歌舞先期傳布以聳聽聞曠日相需以招遐邇致使男婦老幼舉國若狂家法稍疎者婦女輙喜出遊遊侶中一有婦女舉凡輕薄狂且粗鄙賤類無不聞而動心望而注目竊玉偸香之念妄起計着五中俱焚如火燎原不可撲滅況津埠五方雜處俗尚繁華浪子匪徒向每慣作狹邪遊携娼妓走車馬以騁强爲得意而庸碌無知之輩又爲俗例所蔽概藉進香祭掃以抒放其閫內襟懷以故廟會佳節攘攘熙熙良莠莫辨洋車馬車轡畫輪相馳逐嗇於財者亦復拖男帶女跋涉不辭大道之蕩蕩平平一屆其時徑爲逼途爲塞馬逸車覆傷物及人匪徒乘機姦淫擄掠前此元宵觀燈婦女遇害羞憤以死者藉藉傳聞言輙髮指食粟之子莫不寒心曾幾何時覆轍竟蹈何不知味之甚也

此稿未完

三令五申　○京師五方雜處良莠不齊以故搶刦拐騙等案層見迭出曾經五城察院頒發告示申明惡棍訛詐律例其畧云安良必先除莠正本尤貴清源京城地面人迹雜遝聞有一種無賴匪徒溷迹其間成羣結黨盤踞於茶坊酒肆烟館娼寮或無端訛詐或設計傾陷遇事興波擇肥而噬懦民被其魚肉飲恨吞聲莫敢與較每致釀成事端此等情形殊堪痛恨原不難按名提究第不忍不教而誅姑先出示諭禁爲此示仰諸色人等知悉爾等須知惡棍設法索詐官民張帖勒約謊稱欠債因詐不遂竟行毆斃者不分曾否得財爲首斬立決爲從絞監候其無端訛詐良民致被詐人因而自盡者絞監候爲從分別流徒至屢次生事擾害良人者發極邊足四千里充軍法律何等森嚴豈容干犯自示之後務當革面洗心另謀正業倘蹈前轍故違禁令准被擾之家扭稟本城定行從嚴究辦本城令出必行決不寬貸云云蓋凡青皮匪棍姓名住趾已經各憲查明所言不難按名提懲並非虛語第不識若輩匪徒聞而歛迹否也

象形堆肖　○姦盜邪淫皆王法所必誅也而誅不勝誅但使現本相於光天化日之中爲衆目所共覩如夏禹鑄鼎如溫嶠然犀或可激其羞惡之良心耳七月初一日行近鼓樓見一隷人鳴鑼前導後隨三男子皆着綠頭巾與二女子鎖以長練游行街市見者失笑其姓名住趾與啓衅緣由均未及詳而其爲因姦得罪則無疑何也以其着綠頭巾也或謂三男二女其中必是兩對夫婦彼一男子定係姦夫似不必着綠頭巾則對曰萬惡淫爲首淫人之妻人亦淫其妻天理昭彰報應不爽彼一男子不能不着綠頭巾也故預着之以當狂且龜鑑

直藩牌示　○署滄州知州李禹言署事期滿遺缺以平山縣石崐山調署遞遺平山縣缺委准補滄州知州惲秀孫署理　北堤七工東安縣主簿陳慶蕃升署北岸四工下汛固安縣縣丞遺缺擬以交河縣管河主簿章兆玉調補

憲恩高厚　○日昨報登園丁盼澤一則刻聞督憲准如所請何統領即飭兵勇等於月之十二日將新開河鐵橋上游土堤扒開積水悉由七里海洩出現在錦衣衛橋河干一帶所有田園高處已退出十之三四即低窪處所亦不過僅存尺許據該處鄉民云早者尚可補種白菜晚亦不失秋麥莫不欣欣色喜頌大憲之恩施焉

勒交侵地　○朱家坟清查義地經批驗所將廠主郭姓遞案大概情形迭紀前報茲悉韓姓廠基亦有侵占情事旋即一併差傳訊供據稱地從某人價買有契可憑小的不敢私占官地等語官謂即係價買亦屬冒昧便有應得之罪除各管責外並枷號示衆勒將地址騰繳再行核辦

查災候覆　○掛甲寺楊鄭等庄經閣甲會同各村民人迭赴各處報災乞賑等因前經水利局委員陳二尹查明各村隄工向係民守民修稟覆批示在案昨據閣甲等復向督轅遞稟蒙批刻經天津道委下海河主簿前往查勘該處決口是否應堵候覆核辦矣毋庸多瀆

左劵空操　○有秦某者素與僧王祠某僧相善前因乏用向假青蚨數十串暫作生理並出地契一紙作質言明到期不還將地歸僧管業刻聞該契係屬廢紙因地被河刷盡故也僧得耗大怒擬欲控官尚不知作何了結

誤認祖宗　○津邑地窄人稠富貴人家西郊一帶尚立有塋地至貧寒者每有死亡即抬赴西門外掩骨會處寄厝七月十五俗謂之鬼節婦女輩羣向叢塚間哭奠焚化紙錢而輕薄少年亦遂託言祭掃恣意流連見有少艾者輙於附近處無論誰家墳墓即焚香行禮以便親近顏色殊屬不成事體竊看婦女已干例禁況又誤認祖宗未免太不自重矣

客路堪悲　○昨午鄉祠前有一男子年三十餘歲身穿藍紬大衫足登鑲鞋手搖葵扇均已破舊自稱河南汝寗府人王姓伊父在山海關充某軍文案伊奉祖父來津探望詎伊父隨王大人赴廣東任至此舉目無親困於旅舍近祖父病卒益形窘迫無心擊筑竟作吹簫噫可悲也

野鴛雙飛　○三甲地方萬益當南劉某家殷實長子甲性喜遊蕩與侯家後某妓有嚙臂盟將以野鴛爲家雞而格於家範志

不得遂因與妓密謀作比翼雙飛妓固有夫之婦也遂以姦拐等詞赴縣呈控當蒙飭傳訊究昨早有縣役四人協同地方往劉姓家傳案矣

曹州亂耗 ○昨日字林西報載山東青州府訪事友前次來函云探聞山東曹州府地方近有土匪揭竿起事該處鄉民遇害甚多惟頭目何人及共有匪黨若干並因何肇事則該訪事人並未詳明云

電線靈速 ○字林西報云禮拜五盛杏孫觀察在中國電報滬局特發電信至英京李傳相處欲試旱路電信繞經印度線電至英國若何快捷之故是以先行電知印度政府並請借該國旱路電線一用旋爲發去電報數字據云由滬以達英京僅二分鐘時可謂靈速異帶矣

出售京都官書局彙報 上海新聞報 滬報附送異跡仙踪 新出博聞報邀請袁翔甫先生主筆 新出蘇報附送第二奇書林蘭香 代送申報 本津直報 代寄萬國公報 各色畫報 代寄中外各館各坊各室各齋號記各板式古今中外一切閒書時務洋務書籍學算等書圖畫譜册等選寄精奇一概不悞價目甚廉其物甚美 天津城內三聖菴西直報分處粱子亨啓

朱鈍翁近治婦幼重症並吐血瘟痢癆膨均著手回春

北門東 文德書局

各國通商約章成案　格
致須知十六種　打密電
報本　繪圖中東戰紀本
末　洋務實學　時事新
編　中外皇朝輿地全圖
洋務要覽　時事類編
中外經世緒言　時務
叢鈔　繪圖隋唐　西算
新法叢書　行軍鐵路工
程　西法算學入門　常
州駢體文錄　四元玉鑑
新出萬國近政考略

金陵 仁記南味坊

自製本機元淺京緞寧綢紗縐絨線糟貨食物金腿海味南貨俱全近因錢市濕落不同分別減價抑因無恥之徒假冒南味者甚多雖云謀利誠恐亂眞欲辨薰蕕用煩楮墨

寄售 雨前 碧螺春 龍井 每斤津錢 一千二百文 三千文 一千八百文 福建條絲格外公道 開設宮北大獅胡同內

清品妙墨

墨禪上人精研翰墨善寫蘭竹篆隸寓紫竹林佛照樓座間對客揮毫頃成數十幅妙筆通神不可思議向耳其人今識其畫眞爲名不虛傳也謹登報以告津門雅人同鑒焉

天津 美昌字號

本號自辦各國鐘表玩物新式紙烟咀項高紙烟各樣花洋毯時式洋燈上上大小瓶香水各欵香胰皂各省東土西土黑白烟膏寄售廣東各名家臘丸並暑藥廣同濟戒烟丸貨高價格外公道諸君賜顧者請光降是幸特此佈聞 新開在鍋店街中間坐北門面

烏利文洋行

啓者本行開設香港上海三十餘年四方馳名專售各式金銀鐘錶鑽石戒指八音琴千里鏡眼鏡等物並修理鐘表價錢比別家格外公道今本行東家巴克由上海來津開設在紫竹林裕泰飯店旁本行又分莊在北門外樂壺洞保陽棧傍榮生祥內請諸君降臨光顧是幸特此佈聞

丙申年七月十九日禮拜四

德陞木廠

本廠專辦河工各種椿木凡官商光顧請至堤頭村聚慶義炭廠面議定期無悞格外從廉本廠交貨特此佈告

木廠主人啓

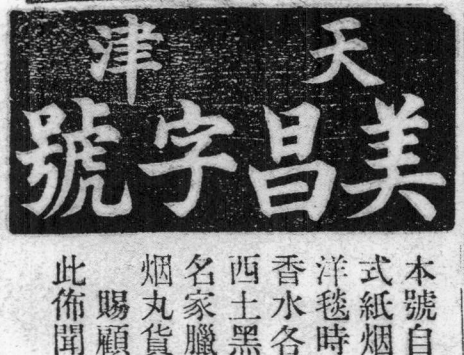

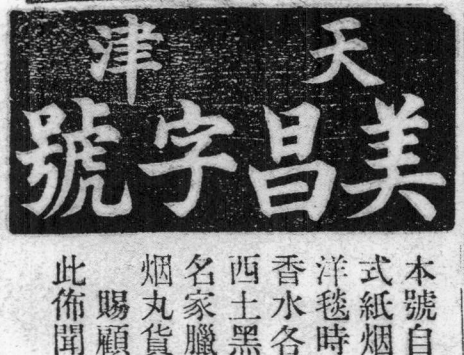

逸雲齋

本齋專辦進呈紅黃綾紙奏摺萬壽賀本正副表文大赤喜壽圍屏緙絲喜壽屏對描金洒金貢蠟清水冷金雨雪賁礶宋錦龍綾各種裱綾裱絹加重白礬宮絹蘇製顏料八寶硃砂印色東瀛印色詩箋琴紋日晷羅盤端歙各硯湖筆徽墨自製水筆紈摺雅扇上嫩葵扇十錦詩牋各種帖套各式帳簿鐫刻雲白銅尺墨盒香盒金玉圖章摺紳名人書畫揭裱古今字畫册頁手捲並鬻售木板石印鉛板各種書籍碑帖摹刻翰苑仿影名目繁瑣不及備載諸公賜顧者請移玉估衣街東首路北德興里大門內便是價目格外從廉

擇于六月二十日開張先此佈告

逸雲齋主人謹白

浙杭 元吉永號

本莊自置紗羅綢緞新樣洋辦花素洋布川廣夏貨團摺雅扇南貨頭油俱全祗爲近時錢市漲落不同故而各貨減價開設估衣街中間路北凡仕商賜顧者無悞特此佈達

美孚老牌煤油

啓者美國三達煤油公司之德富士老牌煤油天下馳名萬商稱羨蓋其質潔色清亮白如銀且絕無烟氣能耐久燃比之生昔等油晶光百倍而儉用價廉此爲德富士老牌之佳處誠屬無雙妙品也　士商賜顧請到天津美孚洋行採辦或向就近殷實行店購買庶不致悞

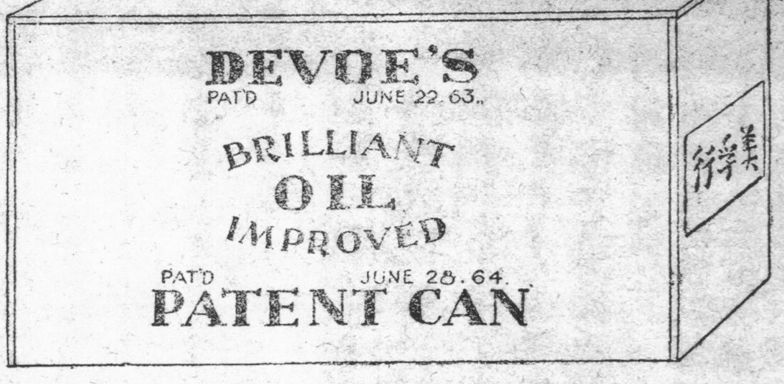

義興順號

本店自置綢緞顧繡綾羅紗絹哈喇大呢花素洋布俱全貨高價廉開設天后宮北仕商賜顧無悞特此佈達

頭號杭甯綢四錢一
頭號江甯綢三錢一
頭號摹本緞三錢五
雨前　六百文
紅梅茶每斤九百六
紅茶梗　二百二

保命險告白

啓者本行代理長明人壽保險公司如紳商欲保者請移玉至紫竹林法租界第一樓東間壁華昌洋行面議可也此佈

英商華昌洋行啓

七月十九日銀洋行情

天津九七六錢
銀盤二千六百二十文
洋元一千八百四十二文
紫竹林九六錢
銀盤二千六百六十六文
洋元一千八百七十二文

七月二十日進口輪船禮拜五
海晏　輪船由上海　招商局
怡生　輪船由上海　怡和行
七月二十日出口輪船禮拜五
盛京　輪船往上海　太古行

J. M^C DONALD & Co.

英商天昶洋行

天昶

開設天津紫竹林專售各國鋼鐵機器鐵甲礮船軍火新樣鐘表洋布雜貨顏料車料道板本行貨員價實　貴官商賜顧者請到賬房面議可也本行告白

上洋分此

長泰信織補局

本號由上洋聘來織補名師無論甯綢摹本綾羅紗絹及一切衣服如有燒破剪壞大小虛鑲包管織補如原毫無痕迹精妙無比并起油彈染刷印時式洋花專染綢緞布疋漂白湖色無不格外鮮明如蒙賜顧者請認明本號招牌庶不致悞

開設在天津府東門外東城根大樓便是

直報

光緒二十二年七月二十日
西歷一千八百九十六年八月二十八日
第四百九十三號　禮拜五

味遊　聽斷公平　守身爲大　救人惱鬼
直藩牌示　浙餉過津　靈輿待發　竊及汎官
棍徒倖免　游獄起程　屍身待認　老僧多情
學徒惹禍　佳期再緩　俄興商務　高麗要聞
各行告白　京報照錄

本館大小各種中西新字均已到齊屢登報首佈告想邀　閱報諸公鑒賞惟版祇四頁逐日四方函告之事絡繹不絕限於篇幅未能全錄不足饜　閱者之目本館現已託人分往東瀛上海兩處購辦西國兩面報紙一俟寄到仍照從前時報式樣加版四頁共成八頁新聞既可多錄告白亦可鋪排合先布　聞伏希　垂鑒　直報館謹啓

味遊　續前稿

至因轂擊不前互相毆辱尤爲司空見慣無煩掛齒者僕雖未至杏花邨下第以聞諸君者證以僕之途所遇則杏花下可意知也有少婦體似楊妃者船之蓮幾尺腰之柳以團面維麻也而厚傅脂髮維童也而濃着墨腹大如五石匏步履維艱不渝溝而憩其沿二三女伴圍繞之意似歸自杏花下而急欲臨盆者女伴唧唧聲細聽不甚了僕不暇過問勢亦不能過問也足適倦思代步而苦莫覓遂安步當之低回俯首竊爲少婦憶憶其時憶其地幷一憶其狀與情秋陽之驕油鼎無此烈臭溝之濁血池無此汚捧腹折腰想其腸痛難言劍樹刀山無此酷縱其室邇在咫尺而跬步難移奚啻千山萬水汗涔涔被面成渠白間於紅墨復下注如頭上片雲濕痕成滴羅叉之象無此變喘吁吁意似憊甚此一遊也奚啻地獄中奈何天裡意其味也辛且苦酸且鹹腥且臊穢且惡差幸紫陌紅塵時來撲面一段土氣息泥滋味攙合其間翻成混一世界而逐臭之夫方且一味蠻擠爭拜下風以爲其香如花其甘如蜜恨不得一參鼻觀一沐舌本一邊雲容以當南風解慍其與至聖之舞雩亞聖之雪宮漆園之濠上臭味差池尚堪以道里計哉客曰子言太辯記云飲食男女人之大欲存焉且不讀孟子太王好色與百姓同乎僕曰君誤解書可記一過所謂大欲存者女有家男有室父母之心人皆有之也太王好色與百姓同者所謂內無怨女外無曠夫耳夫豈遇水滸之女而垂涎抑豈出走馬之妃而公諸同好如無知者之縱妻冶容遍遊會廟以床頭曬人炫諸不識誰何之衆人耶又況携孩提於風塵暴日中以習演嬉遊致使其破慾戕生者在將來致使其感冒傷生者在當下舉平日之千珍萬惜而獨於一遊捐之事過迴思當自悔其無味極矣客額手曰聞子之言如服一劑清涼散子携我輩作廣寒遊可乎時桂魄初升乃命啓樓窓移竹榻携笛倚寮爲客三弄曲終客去遂抱紗廚月色與嫦娥晤談夢醒而朝暉已過半欞矣

聽斷公平　○日前廣和樓暨義順和兩班優伶聚衆興師一場惡戰經中城院憲將兩班戲箱封禁等情已列前報茲聞城憲提訊後將義順和管班人李敬亭廣和樓卯頭李雅亭一併枷示一個月以示儆懲並聞中東坊官人買慶於差傳時並未持票前往以致兩造始逞兇鋒復將買慶枷號一個月示衆以爲慢公者戒

守身爲大　○京師刻下時疫流行有吐瀉不止者有僅吐不瀉者有僅瀉不吐者醫藥不及卽名登鬼錄城廂內外亦漸漸有

之間時氣不正所致亦由人起居不慎飲食不節寒煖不勻饑飽不時有以感召之也守身如玉者可不慎諸

救人惱鬼　○諺云救人一命勝造七級浮屠況連拯四命其功德當何如也前門外東大市勝某作估衣生理於七月初七日偶覺心思煩悶坐臥不安邀契友李某同赴平則門外散遊提壺挈盒至河岸樹林深處席地對坐飲酒暢談忽有少婦手携兒懷抱女行至該處一併投入急湍李赶卽奮身入水將大小三口先後撈起正控救間又一男子載沉載浮復將撈救上岸得慶再生細詢姓名居趾均各還其家迨李返寓已日落崦嵫矣忽寒戰交作如醉如痴不省人事經勝灌救復厲聲索命云今日連討替身四人皆被攔阻致誤投生再討替身又須三年云云勝某知係溺鬼作祟許爲延僧超度焚化紙錠始得明白噫救人盛德也而以躭擱投生竟干鬼惱其將見死不救以求媚於邪祟乎抑寗闢怪誕邪說以盡吾惻隱之心乎此其中必有能辦之者

直藩牌示　○安平縣知縣陳慶彬署事期滿遺缺飭令是缺之王錦陽飭回本任　題補雞澤縣張道源奉部覆准飭赴新任　新選遵化理事通判英泰領憑來省飭赴新任　請補永定河南岸同知張愷康奉部議駁遺缺另以河工先儘班前補用同知唐應駒請補

浙餉過津　○外省京餉向委妥員管解到部近由銀號滙兌委員僅齎文書赴部交納甚爲妥速浙省現委徐大令思　管解京餉五萬兩業已乘輪抵津雖道經故里而因公事在身亦僅小作勾留卽當北上云

靈輿待發　○浙江運司惠菱舫都轉於今年仙逝諸公子近日自浙起程由海道扶櫬回京刻已抵津因北河水大牽道難行暫在河干停泊數日凡有交誼均往奠祭焉

竊及汛官　○日昨東汛高弁公幹回來途經小口一時失慎被妙手兒竊去囊中津帖十八千比到汛檢查始知當卽差拘該路捕快到汛喝令棍責經一再懇求賞限三日嚴行踹緝如限滿無獲立予重懲該捕唯唯而退

棍徒倖免　○昨白甲向舖夥攔路借錢經該管汛弁令差傳究等情業經佈達玆悉該汛勇目立將白甲兄弟暨地方一併遞汛據地方供稱白甲實係積案匪棍正擬送縣究辦旋經白母向米局泥首求饒舖掌心慈轉同該氏並邀集鄰衆赴汛代爲緩頰經汛弁喚甲至前再三訓誨謂匪棍擾害閭閻大干例禁姑從寬免究以觀後效倘再蹈故轍定行重懲不貸大衆稱謝白甲母子亦叩頭隨衆退下

游獄起程　○津郡地界燕南趙北風俗素稱強悍故械鬭之案層見疊出經前道憲嚴定新章遇有土棍械鬭罪不至死者擬以解獄十年或五年恐其罪擬軍徒到配潛逃回籍復滋事端也日昨土城土棍某甲城內土棍某乙均起解游獄候限滿解回查辦果能改過自新從輕寬宥倘再怙惡不悛定行從重擬罪矣

屍身待認　○昨有死屍一具流至院浮橋下河邊被木樁挂住身穿白洋布小掛藍洋布褲臉上有傷不知因何落水身死後有人認識該屍言係城內某甲卽與屍親送信令來認領不知認屍後作何辦理容俟再訪

老尙多情　○宮北張家衚衕某甲者年過花甲老尙多情上年買某姓女爲妾貌姣好而性冶蕩因甲年老力衰頗不滿意日前不知跟隨何人私行逃走並拐去衣物首飾若干件各處偵探迄無踪影甲煢煢如失乳之嬰朝啼暮哭遂成痼疾昨已魂赴泉台矣詩云由來情種是情痴其某甲之謂乎

學徒惹禍　○本埠自創行洋車遠近貧民藉此養生者不下數千戶轂擊肩摩街道更形擁擠日昨有城內貧民某甲拉座行抵北門外某洋貨舖門首因爭道與該舖學徒爭吵遂被毆傷詎甲患病初痊以致舊證復發勢甚沉重甲母意欲喊控經該舖煩人理處代爲醫治未卜能否痊愈倘因此喪命其禍殊非淺鮮也

佳期再緩　○日昨報登盈盈一水一則茲聞某乙爭吵後卽經衆街鄰理處好言安慰乙始允服並於次日到婦翁門前負荊

請罪言歸於好因七月下旬日期不吉另擇於八月初三日迎娶某乙本因急不可待之故致起紛紜詎一經理處復緩佳期是求速而反遲也女牛之歡會何其難哉

俄興商務　○西報載俄國義團水師船隊刻已預備一切擬駛往荷屬東印度羣島遊歷講求振興商務之術日內便當聯檣南下俄人刻刻經營誠知所先務矣

高麗要聞　○昨接高麗採訪使者來函云前日駐韓俄總領事衛君面奏高王畧謂高國諸事較之前去二年畧爲太平王駕現可回宮辦事等語乃高王不甚樂從仍宿俄國公使館內大旨蓋恐日人及高麗奸黨肆惡云　來函又言近有日人欲遣鐵路由釜山以達漢城蓋因高王已准法人開設鐵路由漢城直至平壤之故也

清品妙墨　墨禪上人精研翰墨善寫蘭竹篆隸寓紫竹林佛照樓座間對客揮毫頃成數十幅妙筆通神不可思議向耳其人今識其畫眞爲名不虛傳也謹登報以告津門雅人同鑒焉

出售京都官書局彙報　上海新聞報　滬報附送異跡仙踪　新出博聞報邀請袁翔甫先生主筆　新出蘇報附送第二奇書林蘭香　代送申報　本津直報　代寄萬國公報　各色畫報　代寄中外各館各坊各室各齋號記各板式古今中外一切閒書時務洋務書籍學算等書圖畫譜册等選寄精奇一概不悞價目甚廉其物甚美　天津城內三聖菴西直報分處梁子亭啓

告白

本齋自製　進呈紅黃綾紙奏摺正副表文南紙綾錦畫絹赤金屏對貢牋等箋顏料印色湖筆水筆貢墨端歙等硯圖章牙器文玩各欵雅扇箋柬詩筒向蒙　士林稱許　賜顧諸君請詳察焉新到繙譯新法化學格致水陸兵法天算等書名目繁多不及備載今將時務各書臚列數種留心經濟者請來擇取可也　普天忠憤集　繪圖中東戰紀本末　中日戰輯　奏疏錄要　洋務新論　時事類編　西學六種　洋務實學　行軍鐵路工程　鐵路圖考　通商始末記　萬國史記　萬國通鑑　萬國近政考　中西紀事　自西徂東　東方交涉記　中日始末記　洋務采風記　各國富强策　新繪海國圖志足本　格物入門　格致須知十六種　時務要覽　打密電報本　德國操法　正續盛世危言　西算新法　西法算學入門　算學筆談　算草叢存　天文算學纂要三十二本　四元玉鑑　左文襄公兵書　左文襄公奏議　斯陶說林　竹葉亭雜記　論語旁証　隋唐演義　文學興國策　治國要務　無邪堂問答　泰西新史、　時事新論圖說　算學叢書二十一種　新到時務報　文美齋主人白

告　告

啓者本行專辦外國各種烟絲香烟捲　貴客仕商如欲購買者請到紫竹林稅務司府對門集盛洋行內面議可也特此佈聞　本行謹啓

天津 美昌字號

本號自辦各國鐘表玩物新式紙烟咀項高紙烟各樣花洋毯時式洋燈上上大小瓶香水各欵香胰皂各省東土西土黑白烟膏寄售廣東各名家臘丸並暑藥廣同濟戒烟丸貨高價格外公道諸君賜顧者請　光降是幸特此佈聞　新開在鍋店街中間坐北門面

烏利文洋行

啓者本行開設香港上海三十餘年四方馳名專售各式金銀鐘錶鑽石戒指八音琴千里鏡眼鏡等物並修理鐘表價錢比別家格外公道今本行東家巴克由上海來津開設在紫竹林裕泰飯店旁本行又分莊在北門外樂壺洞保陽樓傍榮生祥內請諸君降臨光顧是幸特此佈聞

丙申年七月二十日禮拜五

逸雲齋

本齋專辦進呈紅黃綾紙奏摺萬壽賀本正副表文大赤喜壽圍屏緙絲喜壽屏對描金洒金貢蠟清水冷金雨雪灑磚宋錦龍綾各種褾綾褾絹加重白礬宮絹蘇製顏料八寶硃砂印色東瀛印色詩箋琴絃日晷羅盤端歙各硯湖筆徽墨自製水筆紈摺雅扇上嫩葵扇十錦詩牋各種帖套各式帳簿鐫刻雲白銅尺墨盒香盒金玉圖章搢紳名人書畫揭褾古今字畫册頁手捲並躉售木板石印鉛板各種書籍碑帖摹刻翰苑仿影名目繁瑣不及備載諸公賜顧者請移玉估衣街東首路北德興里大門內便是價目格外從廉

擇于六月二十日開張先此佈告

逸雲齋主人謹白

美孚老牌煤油

啓者美國三達煤油公司之德富士老牌煤油天下馳名萬商稱美蓋其質潔色清亮白如銀且絕無烟氣能耐久燃比之生苦等油晶光百倍而儉用價廉此爲德富士老牌之佳處誠屬無雙妙品也　士商賜顧請到天津美孚洋行採辦或向就近殷實行店購買庶不致悞

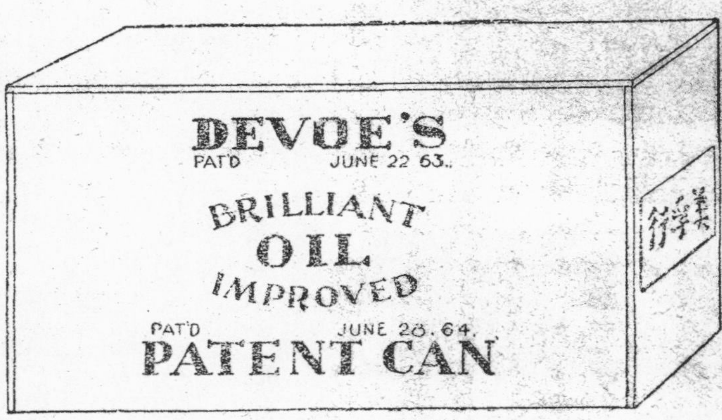

德陞木厰

本厰專辦河工各種樁木凡官商光顧請至堤頭村聚慶義炭厰面議定期無悞格外從廉本厰交貨特此佈告

木厰主人啓

上洋分此

長泰信織補局

本號由上洋聘來織補名師無論寧綢摹本綾羅紗絹及一切衣服如有燒破剪壞大小窟窿包管織補如原毫無痕迹精妙無比并起油彈染刷印時式洋花專染綢緞布疋漂白湖色無不格外鮮明如蒙賜顧者請認明本號招牌庶不致悞開設在天津府東門外東城根大樓便是

浙杭　元吉永號

本莊自置紗羅綢緞新樣洋辦花素洋布川廣夏貨團摺雅扇南貨頭油俱全厎爲近時錢市漲落不同故而各貨減價開設估衣街中間路北凡仕商賜顧者無悞特此佈達

義興順號

本店自置綢緞顧繡綾羅紗絹哈喇大呢花素洋布俱全貨高價廉開設天后宮北仕商賜顧無悞特此佈　達

頭號杭寧綢四錢一
頭號江寧綢三錢一
頭號摹本緞三錢五
雨　前　六百文
紅梅茶每斤九百六
紅茶梗　二百二

保命險告白

啟者本行代理長明人壽保險公司如紳商欲保者請移玉至紫竹林法租界第一樓東間壁華昌洋行面議可也此佈

英商華昌洋行啟

七月二十日銀洋行情

天津九七六錢
銀盤二千六百二十文
洋元一千八百四十二文
紫竹林九六錢
銀盤二千六百六十六文
洋元一千八百七十二文

七月廿一日進口輪船禮拜六
海晏　輪船由上海　招商局
怡生　輪船由上海　怡和行
七月廿一日出口輪船禮拜六
盛京　輪船往上海　太古行

直報

光緒二十二年七月二十一日
西歷一千八百九十六年八月二十九日　禮拜六　第四百九十四號

上諭恭錄　蘇省海運奬叙清單　紫陌風淸
見笑陳平　黑票脫身　柳花被捉　皇恩浩蕩
安得廣厦　逞兇被責　法重心寒　斷非好事
幾乎被騙　妻死夫傷　查賑暫停　屍身有主
五虎誰攖　西報譯要　各行告白　京報照錄

本館大小各種中西新字均已到齊屢登報首佈告想邀　閱報諸公鑒賞惟版祗四頁逐日四方函告之事絡繹不絕限於篇幅未能全錄不足饜　閱者之目本館現已託人分往東瀛上海兩處購辦西國兩面報紙一俟寄到仍照從前時報式樣加版四頁共成八頁新聞既可多錄告白亦可鋪排合先布　聞伏希　垂鑒　直報館謹啓

上諭恭錄

旨四川督標右營遊擊着馬鎮山補授廣西桂林營遊擊着張殿元補授欽此　旨這所參疎防斬犯越獄之管獄官山東代理曹縣典史劉廷桂着卽革職拿問交李秉衡提同刑禁人等嚴訊有無鬆刑賄縱情弊按例懲辦有獄官代理曹縣知縣曹啓塤雖據報先期公出究屬疎於防範着交部照例議處仍勒限將逸犯陳永椿嚴緝務獲究辦該部知道欽此

蘇省海運奬叙清單

天津通州交米出力官員書吏　候補知府王毓莘請俟補缺後以道員用　知府用候補知縣蔡世濂同知直隸州用試用知縣陳鳳蔚直隸州用儘先補用知縣杜仁幹知州用試用布理問張振榮儘先前補用主簿用試用從九品文煒均擬請　交部從優議叙　試用同知倪啓佑張辰均擬請俟補缺後以知府用　同知銜直隸州用郎用知縣李壽擬請俟得直隸州後加四品銜　候補知縣姚守彝試用知縣吳俊卿均擬請俟補缺後以同知直隸州用　同知銜候補知縣馬枚鹽提舉銜試用州判高士彬擬請　賞給五品封典　知縣用試用縣丞譚炳燮姚貴慈均擬請俟得知縣後加同知銜　候補知縣朱福潛擬請俟補缺後以直隸州用捐升府經歷試用巡檢馬彬主簿用分缺先用巡檢陳寬潤試用巡檢徐清履均擬請　賞加六品銜　六品銜主簿用候補從九品葉洵擬請　賞給六品封典　津局書吏嚴鴻壽擬請以從九品不論雙單月選用　通局書吏屈清源擬請　賞給六品頂戴　省局出力委員並各衙門書吏　三品銜在任候補道蘇州府知府桐澤擬請俟離知府任得道員後加二品頂戴　道員用候補知府蘇總捕同知劉錫庚擬請俟補知府離任得道員後加二品頂戴　直隸州用候補知縣王國振擬請俟得直隸州後加知府銜在任候選遇缺先知府長洲縣知縣王樹棻擬請開長洲縣本缺加三品銜　在任候選知府現署元昌縣知縣葉懷善擬請以知府不論雙單月仍在任候選　在任候補直隸州吳縣知縣凌焯擬請開吳縣本缺歸直隸州班補用　此單未完

紫陌風淸　○京師街道最稱平蕩車馳馬驟向無阻滯之虞後因地溝失修每逢雨後積水不消更兼傾棄灰土遂至泥濘不

便往來現經五城察院會同查驗諭令各舖戶將門前掃墊平整不准任意作踐違必重懲三令五申諄諄告戒想經此番整頓當不致仍前盧應故事周道如砥其直如矢不禁企予望之

見笑陳平 ○孀婦陳王氏原籍豫省夫故數年矢志守節絕無他意夫弟某甲見氏一貌如花欲效陳平故事竟百般調戲以致破氏名節去歲叔嫂二人移居京師數月後腰纏告罄借貸無門甚至竈冷無烟氏思名節已敗不若趁此青春作夜度生涯或可支持門戶旋有某丙與之往來極爲情密久之嫌甲在家多所未便因出京錢六百吊使之南歸永斷葛藤詎甲於上月下浣又隻身來京向丙滋鬧並以姦占等詞呈控當經城憲將兩造傳齊訊出實情令丙再出白強五十金與甲不得再行擾累遂各具結完案

黑票脫身 ○世俗謂欠債潛逃者爲起黑票以其脫身遠竄必在昧爽以前也京師彰儀門外某飯店近因債負纍纍築台無地當於日前某夜一併抽身鼠竄迨日上三竿街鄰訝其雙扉虛掩入內覘之前後左右寂然無人立時喧傳於外各債主羣往審視所有値錢之物不知何時運盡僅餘破爛家具數件而已聞該館所欠米店錢六千餘吊某會七百餘吊又零星債錢亦合數十餘吊一熟食小館而欠負至此可謂善於騰挪者矣市面之譸張如此不禁浩歎

柳花被捉 ○婦女以名節爲重鹿車共挽鴻案相莊懿範徽音迄今猶令人欽仰乃世風不古淫奔之行日甚一日至有棄家雞而好野鶩者斯亦奇矣客言玉田縣地方有民婦某氏平日與藁砧不睦時占脫輻旋與某甲私識以家中耳目衆多往來不便遂潛雇小車相約偕逃來京其夫入宮不見徧處探訪署知梗概亦來都中尋覓不料狹路相逢竟在新街口撞獲奸夫見勢不佳赶卽遠颺因將氏扭住一同回籍但不知柳絮楊花從此不復飄蕩否也

皇恩浩蕩 ○今年順直各州縣又被水患小民蕩析離居業經督憲會同順天府尹憲奏請查放急賑巳見邸抄茲聞欽奉
諭旨截留漕米十萬石交直隸督臣順天府兼尹府尹委派妥員核實散放大哉皇仁無數災黎將普被恩施矣

安得廣厦 ○津郡義塾原爲寒苦人家無力延師者而設學生有一定額數須挨次序補近來家道殷實者亦願入塾受業而缺少人多以致寒士反無插脚之地誦杜老安得廣厦千萬間之句不禁慨然

逞兇被責 ○杜九者住水月庵西北抬轎爲生性强悍昨因細故與比鄰周姓婦口角竟敢持刀逞兇登門辱罵周在鄉甲局喊控衆街鄰出爲理處令杜賠禮杜猶倔强不服遂由局送縣除板責外並枷號示衆以爲不法者警

法重心寒 ○借錢賊犯訊供處決等情迭經佈達昨由西門路過見懸挂木籠內盛人頭一顆籠上硃標賁夜借錢正犯吳連成首級等字猝然見之不覺毛髮俱立噫王法何等森嚴若輩尚不知歛迹耶

斷非好事 ○昨有差役扭一僧後隨少婦言赴縣請訊至因何起衅尙未及詳大約非好事也俟訪明再佈

幾乎被騙 ○日昨二道街某宅遣女僕持衣飾數件赴日昇當質錢十千甫出門卽有少年人自後追至衣履亦頗整潔口稱我亦典當該當掌櫃將當帖錢帖錯遞爾手可速換過女僕見情形支離不敢遽信答云既係遞錯可同向當舖質証詎行未數武少年竟抽身逸去始恍然知爲騙匪也

妻死夫傷 ○南門外崔家大橋東孫甲者鞋行生理娶橋西王娃女爲室一對小夫妻頗稱和睦日昨偶因微嫌致生口角王氏竟呑芙蓉膏身死氏兄聞信大肆咆哮並將甲毆傷甚重當卽抬赴縣署請驗蒙江大令驗傷畢復前往驗屍一俟回署再行訊斷

查賑暫停 ○昨據訪事友云十八日備濟社委員到掛甲寺一帶查放急賑遞至楊莊傳集地保村董等查問貧戶若干有某甲對以五百餘戶委員愕然言蕞爾一村何貧戶竟至五百有餘之多遂令書辦檢取先年底册當面核對確係九十餘戶委員笑謂此係義舉何可任意冒報須按照底册逐查方不至弊混甲謂如此辦法便多遺漏未免向隅委員因議論未定遂將該村暫行停止先往他村及委員去後村人紛紛抱怨甲亦無可如何祇好再行稟請而已

日人牟利　○探悉滬陸家嘴地方現有日商托由本地人出面價買田地一百三十畝開築碼頭設立輪船公司一所共計輪船四十號專駛長江外海等處又在蘇州河北岸由某浙人爲之租房二幢開設內河小輪船公司一所共計小輪十二只民船十餘號以便往來蘇杭

清品妙墨　墨禪上人精研翰墨善寫蘭竹篆隸寓紫竹林佛照樓座間對客揮毫頃成數十幅妙筆通神不可思議向耳其人今識其畫眞爲名不虛傳也謹登報以告津門雅人同鑒焉

拍賣告白

啓者准於本月二十五日即禮拜三下午三點鐘在紫竹林招商局南棧內拍賣紅茶三十三箱如欲買者請早來面拍可也特此佈聞

集盛洋行謹啓

拍賣告白

啓者准於本月二十六日即禮拜四下午二點鐘在紫竹林海大道曾公館老房子直報館院內樓上拍賣外國桌椅洋燈胰子洋燭花瓶各樣玩物等件如欲買者請早來細看面拍可也特此佈達

集盛洋行謹啓

朱鈍翁近治婦幼重症並吐血瘟痢癆膨均著手回春

天津 美昌字號

本號自辦各國鐘表玩物新式紙烟咀頂高紙烟各樣花洋毯時式洋燈上上大小瓶香水各欵香胰皂各省東土西土黑白烟膏寄售廣東各名家臘丸並暑藥廣同濟戒烟丸貨高價格外公道諸君賜顧者請　光降是幸特此佈聞　新開在鍋店街中間坐北門面

金陵 仁記南味坊

自製本機元綫京緞寧綢紗縐絨線糟貨食物金腿海味南貨俱全近因錢市漲落不同分別減價抑因無恥之徒假冒南味者甚多雖云謀利誠恐亂眞欲辨薰蕕用煩楮墨

寄售　雨前　碧螺春　龍井　每斤津錢　一千二百文　三千文　一千八百文　福建條絲格外公道　開設宮北大獅胡同內

德陞木廠

本廠專辦河工各種椿木凡　官商光顧請至堤頭村聚慶義炭廠面議定期無悞格外從廉本廠交貨特此佈告

本廠主人啓

東門北 文德書局

各國通商約章成案　格致須知十六種　打密電報本　繪圖中東戰紀本末　洋務實學　時事新編　中外皇朝輿地全圖　洋務要覽　中外經世緒言　時務叢鈔　繪圖隋唐　西算新法叢書　行軍鐵路工程　西法算學入門　常州騈體文錄　四元玉鑑　新出萬國近政考署

北泉興聚號

本莊自置綢緞衣莊專賣時式綢緞單夾皮棉紗女嫁衣喜事應用大小衣件之貨以及顧繡蟒袍霞被朝衣等貨無論發行門市均按銀莊照行發賣時市格外從廉本鋪開張四十餘年之久絕無加增朦混等弊貨眞價實包管退換仕商賜顧細認本號貨之身分新勿與低貨較價是幸

天津府北門外估衣街中萬壽宮西坐北大門內招牌爲記

上洋分此 長泰信織補局

本號由上洋聘來織補名師無論寧綢摹本綾羅紗絹及一切衣服如有燒破剪壞大小蘆縫包管織補如原毫無痕迹精妙無比并起油彈染刷印時式洋花專染綢緞布疋漂白湖色無不格外鮮明如蒙賜顧者請認明本號招牌庶不致悞

開設在天津府東門外東城根大樓便是

美孚老牌煤油

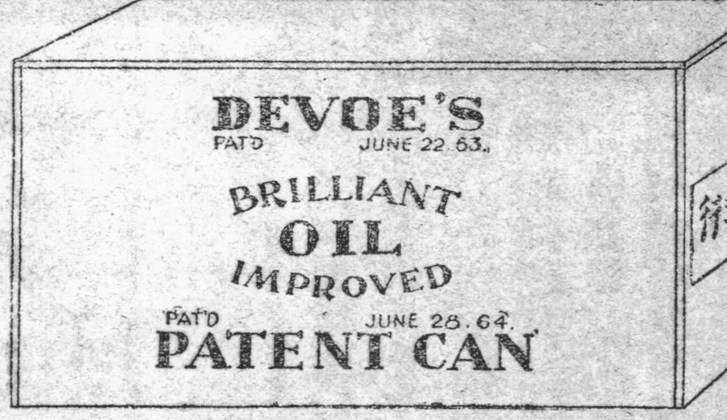

啓者美國三達煤油公司之德富士老牌煤油天下馳名萬商稱美蓋其質潔色清亮白如銀且絕無烟氣能耐久燃比之生菁等油晶光百倍而儉用價廉此爲德富士老牌之佳處誠屬無雙妙品也士商或向賜顧請到天津美孚洋行採辦或就近殷實行店購買庶不致悞

浙杭元吉永莊

本莊自置紗羅綢緞新樣洋辮花素洋布川廣夏貨圖摺雕扇南貨頭油俱全祇爲近時錢市漲落不同故而各貨減價開設估衣街中間路北凡仕商賜顧者無悞特此佈達

義興順號

本店自置綢緞顧繡綾羅紗絹哈喇大呢花素洋布俱全貨高價廉開設天后宮北仕商賜顧無悞特此佈達

頭號杭寗綢四錢一
頭號江寗綢三錢一
頭號摹本緞三錢五
雨前　六百文
紅梅茶每斤九百六
紅茶梗　二百二

保命險告白

啓者本行代理長明人壽保險公司如紳商欲保者請移玉至紫竹林法租界第一樓東間壁華昌洋行面議可也此佈

英商華昌洋行啓

七月二十四日銀洋行情

天津九七六錢
銀盤二千六百三十三文
洋元一千八百四十八文
紫竹林九六錢
銀盤二千六百七十三文
洋元一千八百七十八文

七月廿五日進口輪船禮拜三

新裕　輪船由上海　招商局
新濟　輪船由上海　招商局
重慶　輪船由上海　太古行
星景　輪船由上海　怡和行

烏利文洋行

啓者本行開設香港上海三十餘年四方馳名專售各式金銀鐘錶鑽石戒指八音琴千里鏡眼鏡等物並修理鐘表價錢比別家格外公道今本行東家巴克由上海來津開設在紫竹林裕泰飯店傍本行又分莊在北門外樂壺洞保陽棧傍榮生祥內請諸君降臨光顧是幸特此佈聞

丙申年七月二十四日禮拜二

新開時務報

新開時務報分寄敝處分送此報之設以時務爲主義博采通論廣譯各報內以考求當務之急外以周知四國之爲故名時務報比日報字模加大皆用四號大字每月刊布三次裝訂成本每本約三十頁首載論說或論政或論學次錄諭旨（旬日內所奉上諭全錄）次采各督撫官鈔并各直省督撫轅門鈔（關於用人行政之大者摘錄是也）次采各省要政次譯各國電報次譯采章奏（錄切實有用者其奉行故事除授報銷尋常事件不錄）東西各報論說事實次則譯刻近年以來政治學問新書（每本散附多少抽出合編亦可成帙）或則搜輯通商以後辦理交涉要案　本報分寄天津城內府署西三聖菴西代寄書籍并各報分寄處梁子亭啓

直報

光緒二十二年七月二十五日　第四百九十七號

西歷一千八百九十六年九月初二日　禮拜三

上諭恭錄	池工請獎單	軫念災黎
和緩復生	驢夫被騙	靈輿北上
輔仁題目	獎賞有差	實惠均沾
公事認眞	犯當嚴訊	事同捉月
應受冥誅	善不近名	棉花稽數
各行告白	京報照錄	

本館大小各種中西新字均已到齊屢登報首佈告想邀　閱報諸公鑒賞惟版祇四頁逐日四方函告之事絡繹不絕限於篇幅未能全錄不足饜　閱者之目本館現已託人分往東瀛上海兩處購辦西國兩面報紙一俟寄到仍照從前時報式樣加版四頁共成八頁新聞既可多錄告白亦可鋪排合先布　聞伏希　垂鑒　直報館謹啓

上諭恭錄

硃筆楊宜治補授通政使司參議欽此

池工請獎單

道銜懷慶府知府江槐庭　請以道員在任候補並加三品銜　三品銜在任候補知府陝州直隸州知州黃景請侯補知府後以道員用　東河候補同知李大鎔　請侯補缺後以知府用　三品銜知府用候補直隸州知州新捐離任河內縣知縣高袖海　請隨帶加一級　河南候補班補用知州毛大猷　請侯補缺後以直隸州知州補用並加四品銜　在任候補知府調補祥符縣武陟縣知縣孫叔謙　請隨帶加一級　同知銜署河內縣事拔貢知縣龔世清　請侯補缺後以直隸州用　河南優貢知縣郭瑩　請歸本班儘先補用並加同知銜　五品頂戴河內縣管河縣丞顧玉蔭　請以知縣在任候補　河南試用府經歷袁禮元　請侯補缺後以知縣仍留原省補用　東河候補縣丞雍器之　請侯補缺後以知縣簽掣山東河南補用　河南候補縣丞劉士燮　請侯補缺後以知縣儘先補用　東河候補縣丞孫祝三　請侯補缺後以知縣用　分省試用縣丞靳塏　請侯補缺後以知縣用　候選訓導王士志　請以本班儘先前卽選　候選訓導任福恒　請以本班儘先前卽選　河南試用從九莊守正　請以巡檢補用　候選從九品王紹光　請以從九品不論雙單月儘先選用　河南試用巡檢秦煇祖　請侯補缺後以主簿補用　東河候補閘官王赤城　請侯補缺後以主簿補用　東河候補閘官周錫三　請侯補缺後以主簿仍留東河補用　試用典史何爾炘　請加六品銜　試用典史張書紳　請加六品銜　候選縣丞河內縣典史王紹舜　請侯選缺後以知縣用　監生王鳳翥　請以從九品不論雙單月儘先選用　撫標左營遊擊銜儘先補用都司郁文　請以遊擊留標補用　河北鎮標世襲雲騎尉玉富　請加都司銜　河北鎮標滑縣營白道口把總儘先千總閃文元　請加都司銜

軫念災黎　○今夏京畿雨水過多秋收歉薄　皇上軫念民艱情殷撫卹特旨賞米三千石在大紅門及定福莊等處各設粥廠一所由順天府委員分往各廠監視自八月初一日爲始一律散放以濟災黎

和緩復生　○京師前門內安福胡同潘某妻吳氏左腋下忽生小塊狀如贅尤塊漸長而人漸瘦約半載骨立形銷飲食不進近又能作人言若應聲虫潘大怪之謂有鬼祟雖巫覡禳祈舉未奏效諸醫亦相視束手不敢下藥昨因鄰右保荐延西長安街葉醫診視藥言證由肝經鬱熱熱生風風生虫虫食血多遂能作聲古亦有之今幸遇我可保無恙因用烏梅丸三劑其聲立止塊亦漸銷現已起居如常沉疴若失其術可謂神矣雖和緩復生何以踰此

驢夫被騙　○七月中旬有老幼二人自稱冀州人在京師開設手藝作坊由張家灣東吳營僱驢二頭言明送至前門外珠市口制錢一吊二百文且路費短少道上打尖又花制錢六百餘亦係脚夫墊辦至東珠市下驢老者令驢夫少待言向某舖借錢清還一切少者亦至冰窖衚衕內小解詎知借端而逸一去不返至鐘鳴七點脚夫尚在街頭尋覓被人勸說始惘惘然含淚而去

靈輿北上　○恵菱舫都轉靈櫬來津業登前報茲聞在河干停泊數日僱用民船北上本擬稟請督憲借用小火輪拖帶以期迅速奈現有要差不克前往因派委礮船護送今早已啓行矣

輔仁題目　○十八日輔仁書院齋課改於二十三日補試等因已紀前報茲經考訖謹將文詩各題照錄　生文題　邦有道危言危行　詩題　賦得青山都是好屏風得山字五言八韻　童文題　何爲食膾炙　詩題　賦得酒罷輒吟詩得吟字五言六韻

獎賞有差　○昨報登關道課期委員命題監試各節茲悉卷已閱畢循例張榜　生取超等十二名王春瀛居首獎銀五兩餘以次遞減　特等三十名第一獎銀二兩六錢　一等高振岡等七十二名前三名加獎一兩　童上取三名第一獎銀三兩　中取李澍等八名第一名獎銀一兩　次取周之銘等七十名前三名獎銀各八錢現據生員王鳳書童生周學恭稟請退考照章牌示以備補生童吳蔚文張恩榮挨補

實惠均沾　○前報紀查賑暫停一則嗣經委員復至該村曉諭災民並詰問某甲阻撓善舉緣由據稱某甲並無地畝每遇水旱偏災即倡議報災請賑借端漁利云云委員得供遂飭該地方此次放賑須協同村民逐戶清查不准村董攙越致生弊竇所有被水村庄一律照辦各村民無不欣欣色喜以爲實惠均沾不至如從前之侵蝕也

公事認眞　○三段守望局向爲金愼之大令管理現因永定河工程要緊奉委前往帮辦一切所遺局差札委候補府經歷顧延奇參軍接辦到局後一切公事認眞經理日昨率勇查夜行至河北大衚衕內拿獲賊犯二名朱永清陳玉林起出衣物等件由總局覆訊隨將贓賊一並送縣究辦

犯當嚴訊　○自遣散諸軍雖給發川資押送回籍而逗遛滋事者仍復不少日昨小站新建陸軍營務處拿獲游勇姜得順一名並洋槍一杆一併押護送縣聽候嚴訊聞該匪係强刦北羊碼頭海船駕長某姓案內正盜未知確否俟訪明續登

事同捉月　○日昨二道街唐甲與某乙偕行至東浮橋下忽向河指曰何處浮來皮箱一具可急撈取乙審視無所覩甲竟脫衣入水久之不見其出始知作太白捉月故事矣天下事怪怪奇奇何所不有哉

應受冥誅　○河北關下地名窰窪妓寮林立土棍出沒其中最易滋事去年王甲與某乙因爭風吃醋刃傷某妓身死當經驗訊屬實甲亦供認不諱擬罪斬監候秋後處決詎於本月二十三日在監病故邑尊稟請鄰封相驗蒙委河防府驗係因病身死並無淩虐別情已飭屬認領矣

善不近名　○昨有婦人年約三十許懷抱幼男隨一老嫗在城內二道街相抱痛哭據稱武清縣人夫自前年出外未歸現因大水成災一家三口來津就食奈母老多病不堪異鄉困苦欲作歸計苦無川資擬將幼子賣錢十千而骨肉情切不忍割捨云云且訴且泣觀者無不酸鼻有某善士慨助津帖十千勸令作速回家勿再遷延致多未便嫗婦揮涕叩頭并問姓名善士不答而去噫爲善無近名若善士者吾當馨香祝之矣

棉花稽數　〇法國善於考究栽種之人名衛理穆蘭者近赴埃及遊歷而於埃及棉花一事詳細陳報據云埃及之棉出口前往英國利文浦者原先不過一萬五千包每包約重六担半嗣於一千八百五十年前往利文浦之棉增至七萬九千包後於一千八百八十年前赴利文浦之棉其包已有二十四萬之多每年埃及所出之棉約值英銀一千萬磅

怨聲載道　抄錄　白云向者同治年間崇憲蒞任通商大臣札調通永鎮馬步兵百名來津差遣分派各署各局營務處各處供差其應支糧餉仍行各回本營請領以資供差用度今玉田營自葉都司到任以來凡調出供差之餉概扣不發其本營亦不驗補曠缺兢餉自飽私囊而在津當差之兵糧餉無著枵腹從公未免向隅及至回營領餉皆持紅簿爲憑葉都司亦扣不發給其兵丁領餉往返川費更賠累不堪謹白

清品妙墨　墨禪上人精研翰墨善寫蘭竹篆隸寓紫竹林佛照樓座間對客揮毫頃成數十幅妙筆通神不可思議向耳其人今識其畫眞爲名不虛傳也謹登報以告津門雅人同鑒焉

拍賣告白

啓者准於本月二十六日即禮拜四下午二點鐘在紫竹林海大道曾公館老房子直報館院內樓上拍賣外國桌椅洋磁臉子洋燭花瓶各樣玩物等件如欲買者請早來細看面拍可也特此佈　達

集盛洋行謹啓

告白

本齋自製　進呈紅黃綾紙奏摺正副表文南紙綾錦畫絹赤金屏對貢牋等箋顏料印色湖筆水筆貢墨端歙等硯圖章牙器文玩各欵雅扇箋柬詩筒向蒙　士林稱許　賜顧諸君請詳察焉新到繙譯新法化學格致水陸兵法天算等書名目繁多不及備載今將時務各書臚列數種留心經濟者請來擇取可也　普天忠憤集　繪圖中東戰紀本末　中日戰輯　奏疏錄要　洋務新論　時事類編　西學六種　洋務實學　行軍鐵路工程　鐵路圖考　通商始末記　萬國史記　萬國通鑑　萬國近政考　中西紀事　自西徂東　東方交涉記　中日始末記　洋務采風記　各國富强策　新繪海國圖志足本　格物入門　格致須知十六種　時務要覽　打密電報本　德國操法　正續盛世危言　西算新法　西法算學入門　算學筆談　算草叢存　天文算學纂要三十二本　四元玉鑑　左文襄公兵書　左文襄公奏議　斯陶說林　竹葉亭雜記　論語旁証　隋唐演義　文學興國策　無邪堂問答　泰西新史　時事新論圖說　算學叢書二十一種　新到時務報　新出重訂盛世危言新編大板八本　治國要務　洋務自强新論　普法戰紀　使俄草

文美齋主人白

東門北　文德書局

各國通商約章成案　格致須知十六種　打密電報本　繪圖中東戰紀本末　洋務實學　時事新編　中外皇朝輿地全圖　洋務要覽　時事類編　中外經世緒言　時務叢鈔　繪圖隋唐　西算新法叢書　行軍鐵路工程　西法算學入門　常州騈體文錄　四元玉鑑　新出萬國近政考畧

北泉興聚號

本莊自置綢緞衣莊專賣時式綢緞單夾皮棉紗女嫁衣喜事應用大小衣件之貨以及顧繡蟒袍霞被朝衣等貨無論發行門市均按銀莊照行發賣時市格外從廉本舖開張四十餘年之久絕無加增朦混等弊貨眞價實包管退換仕商賜顧細認本號貨之身分祈勿與低貨較價是幸

寓天津府北門外估衣街中萬壽宮西坐北大門內招牌爲記

上洋分此

長泰信織補局

本號由上洋聘來織補名師無論甯綢摹本綾羅紗絹及一切衣服如有燒破剪壞大小窟窿包管織補如原毫無痕迹精妙無比并起油彈染刷印時式洋花專染綢緞布疋漂白湖色無不格外鮮明如蒙賜顧者請認明本號招牌庶不致悞

開設在天津府東門外東城根大樓便是

美孚老牌煤油

啓者美國三達煤油公司之德富士老牌煤油天下馳名萬商稱美蓋其質潔色清亮白如銀且絕無烟氣能耐久燃比之生荳等油晶光百倍而儉用價廉此爲德富士老牌之佳處誠屬無雙妙品也士商賜顧請到天津美孚洋行採辦或向就近殷實行店購買庶不致悞

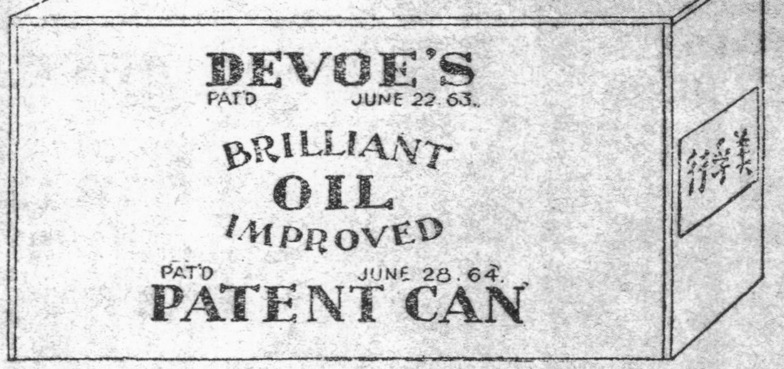

德陞木厰

本厰專辦河工各種椿木凡官商光顧請至堤頭村聚慶義炭厰面議定期無悞格外從廉本厰交貨特此佈告

本厰主人啓

天津 美昌字號

本號自辦各國鐘表玩物新式紙烟咀頂高紙烟各樣花洋毯時式洋燈上上大小瓶香水各欵香胰皂各省東土西土黑白烟膏寄售廣東各名家臘丸並暑藥廣同濟戒烟丸貨高價格外公道諸君賜顧者請光降是幸特此佈聞

新開在鍋店街中間坐北門面

烏利文洋行

啓者本行開設香港上海三十餘年四方馳名專售各式金銀鐘錶鑽石戒指八音琴千里鏡眼鏡等物並修理鐘表價錢比別家格外公道今本行東家巴克由上海來津開設在紫竹林裕泰飯店旁本行又分莊在北門外樂壺洞保陽棧傍榮生祥內請諸君降臨光顧是幸特此佈聞

丙申年七月二十五日禮拜三

浙杭 元吉永莊

本莊自置紗羅綢緞新樣洋辮花素洋布川廣夏貨團招雜扇南貨頭油俱全祗爲近時錢市漲落不同故而各貨減價開設估衣街中間路北凡仕商賜顧者無悞特此佈達

義興順號

本店自置綢緞顧繡綾羅紗絹哈喇大呢花素洋布俱全貨高價廉開設天后宮北仕商賜顧無悞特此佈達

頭號杭寗綢四錢一
頭號江寗綢三錢一
頭號摹本緞三錢五
雨前 六百文
紅梅茶每斤九百六
紅茶梗 二百二

保命險告白

啟者本行代理長明人壽保險公司如紳商欲保者請移玉至紫竹林法租界第一樓東間壁華昌洋行面議可也此佈

英商華昌洋行啟

七月二十五日銀洋行情

天津九七六錢
銀盤二千六百二十三文
洋元一千八百四十八文
紫竹林九六錢
銀盤二千六百七十三文
洋元一千八百七十八文

七月廿七日出口輪船禮拜五

新裕 輪船往上海 招商局
新濟 輪船往上海 招商局
重慶 輪船往上海 太古行
順和 輪船往上海 怡和行

第四百九十八號 禮拜四

直報

光緒二十二年七月二十六日
西歷一千八百九十六年九月初三日

上諭恭錄　譯中日通商條約　與衆棄之　七月分缺單
禮重恭陪　哀榮備至　以均勞逸
控案批回　局弁勤勞　船行遇盜　彩鳳隨鴉
盜風猖獗　載鬼兩車　偷兒鼠竄　農工賽會
英艦記數　各行告白　京報照錄

本館大小各種中西新字均已到齊屢登報首佈告想邀　閱報諸公鑒賞惟版祗四頁逐日四方函告之事絡繹不絕限於篇幅未能全錄不足饜　閱者之目本館現已託人分往東瀛上海兩處購辦西國兩面報紙一俟寄到仍照從前時報式樣加版四頁共成八頁新聞既可多錄告白亦可鋪排合先布　聞伏希　垂鑒　直報館謹啓

上諭恭錄

上諭延茂奏查明副都統被參各節據實覆陳並查出另有勒索刑逼等情各摺片阿勒楚喀副都統富和前經給事中文郁奏參貪婪剛僻及濫用非刑各款經延茂查明均有實據富和本應嚴議姑念該副都統前在軍營曾有戰功現已病故免其置議伊姪藍翎驍騎校英魁遇案押放自便致招衆怨筆帖式富山驍騎校雙山爲該副都統代索賀壽各儀均屬有玷官箴僅予議處殊屬輕縱英魁富山均着即行革職餘着照所議辦理至續經查出勒索刑逼案內之委官德力佈着先行革職由該署將軍咨行全福提同恩祿等秉公研訊確情從嚴懲辦該部知道欽此　硃筆陸寶忠補授詹事府少詹事欽此　上諭安徽安廬滁和道員缺着李廷簫補授欽此　旨阿勒楚喀副都統着嵩魯岱補授欽此

譯中日通商條約

西八月一號上海字林西報內載日本新報內有西六月二十四東京電音謂中日新訂通商條約自畫押之日起應於三個月內批准在北京互換今譯其大旨如左　一日人爲商務起見應准其在中國內地各處隨便游歷　二日本駐紮中國領事官應照治外法權之例仍有權管理日本民人之僑居中國者　三日本民人之在中國者可在中國通商口岸約定界內隨便租購地產房產　四日本民人可在中國通商口岸隨便舉辦製造工業其工業應抽稅則悉照馬關條約辦理因新訂條款並無定章　五日人應還關稅照最優待之國而定凡進口貨赴內地者照進口稅加抽一半該半稅加抽後不得再抽他項內地稅　六新訂條約互換後施行日期以十年爲度　以上所訂各利益華人之在日本者無一項得以均沾

光緒二十二年七月分缺單　○知縣湖南龍山周仁壽近山東東阿李誠保丁廣西興業吳紹澄修墓四川崇姚良椿丁奉節曾秀翹陝西定邊朱宗城俱修墓陝西清澗張沖宵未驗看安徽銅陵姚鵬翕勒休　縣丞浙江樂清王汝藩病　縣主簿浙江烏程吳鍾彥升　巡檢江西南康王傳敬故　典史江西興國張樹森丁順天懷柔陳廷勳革湖南湘潭李玉書近四川峨眉邱煥奎革

禮重恭陪　○太常寺題八月初三日祭　文昌帝君廟奉　旨遣溥靜行禮後殿遣徐承煜行禮欽此已見邸抄茲將各部院開送陪祀司員訪錄於左　宗人府經歷宗室頤勛漢堂主事李威筆帖式恒廉榮章　內閣中書奎文瑞鳳王桂琛林介弼　翰林院

編修宗室寶豐耆齡王序徐中銓　詹事府主簿何應驥王玉麟筆帖式寶山增全　吏部員外郎升允主事阿克敦堂主事李文晉七品京官李廷颺　戶部員外郎存興主事覺羅炳諴郎中蔡源深主事陳福蔭陳國華　禮部員外郎緒恩主事多福員外郎吳國庸主事姚桐生　兵部郎中崇昆員外郎廣潤主事和庚吉黃士俊　刑部員外郎松濤主事玉慶員外郎劉光第王金鎔　刑部堂主事華林員外郎文潤主事李墉夏澤川等於是日前往敬謹陪祀以崇典禮

哀榮備至　○順天府府尹胡大京兆夫人日前仙逝府署高搭起脊棚座延請嵩祝寺旃壇寺隆福寺雍和宮喇嘛番僧西直門萬壽寺宣武門長椿寺廣惠寺龍泉寺善果寺崇效寺法源寺戒僧西便門外白雲觀地安門玉清觀黃冠道唪經建醮門前鼓樂吹手十二名縉紳諸鉅公前往弔唁輿馬紛紛冠裳濟濟聞雇定順治門外玉豐槓房六十四名槓夫全分儀仗鼓樂轎亭松獅松亭松轎官銜牌一百二十對已於七月二十三日發引誠可謂哀榮備至矣

與衆棄之　○太監李長才張壽山等在戲館尋衅滋事拒傷勇丁趙雲起因傷斃命等情迭經紀報前經刑部江蘇司審擬斬立決專摺奏請恭候　命下原摺留中將欲從緩辦理近聞諸侍御屢有指糾昨於七月十九日由刑部委員將張壽山一名由獄提出綁入囚車押赴市曹以正刑章

以均勞逸　○津郡五方雜處縣署公事甚煩向有幫審委廉清理案牘而精明強幹者恒兼別項要差固由上憲信任亦能者之多勞也近聞官場傳說上憲因候補人員擁擠差難遍及凡在縣幫審者不准再兼別項差使以資調劑不日當有更換云

控案批回　○昨樂亭縣孀婦張趙氏遣抱赴督轅呈控等因業經登報茲蒙督憲批云府批甚明爾等何得以姦私逆倫盜產滅嗣重情來轅砌瀆惟案已控道飭縣訊斷仍仰樂亭縣提集應訊人証秉公研訊據實錄供詳辦應即回縣候質勿得逗遛粘單抄存此批

局弁勤勞　○鄉甲東西分局現經裁撤局中向有武弁一員帶領勇丁數十名晝夜巡查以期閭閻安靖刻聞將二弁調歸總局幫辦呂君筱波在呂君當可收指臂之助而總局管轄全境事務繁紛二弁當多一分勤勞矣

船行遇盜　○昨有文安縣舉人在道署遞稟據稱竊舉因事來津乘船行至靜海縣屬之獨流鎮陡被賊匪多人執持槍械登船威嚇所帶衣物銀錢搶掠一空開列失單呈閱懇恩嚴緝等語委廉閱稟諭令候批

彩鳳隨鴉　○草廠菴迤西瓦匠楊甲常在富人陳姓家傭工以貧故年四旬尚未授室前託媒人爲覓佳婦媒聞其居趾產業因指陳宅曰此即吾家專養房產媒信之果有東北鄉富戶某丙爲女擇壻媒盛稱甲之門閥若何家產若何丙爲所動約日來津相看領至陳姓門前果見光潔整齊仍恐年貌不符並央倪某頂名出見遂締姻焉詎迎娶入門僅住破屋一間且年老而貌不揚女大恚恨日昨竟懸梁自盡幸經鄰人解救尚未斃命然彩鳳隨鴉殊非匹偶終恐半道乖睽難歌偕老也

盜風猖獗　○獻縣舊多盜近又加以砍刀會悍而且衆以致閭閻夜不安枕胡大令千里素稔其惡蒞任後以捕頭某甲爲爪牙嚴拿密緝所獲巨盜不下十數起悉論如法故若輩恨入骨髓欲甘心焉昨有客來自河間據稱前數日該匪等乘甲不備猝至其家將老幼數口盡行殺死以洩忿未知確否果如所云則該匪之猖獗眞可畏哉

載鬼兩車　○昨夜四更時有東洋車二輛行至西門內見北胡同走來二人衣履華美操南省口音雇車往紫竹林並不說價拉至北牌樓前即下車而去每輛給津錢五百車夫甚喜遂往河東劉家店住宿次晨由車箱內拿錢只賸燒帋一張兩車夫質証彼此相同乃知昨夜遇鬼按鬼神者二氣之良能有形無質何必坐車即坐車又何必給以帋錢且何以夜則爲錢晝則成帋若遇講學家必斥爲誕妄不經矣

偸兒鼠竄　○日昨有某車把小車數輛推運糖包赴西街某棧交納行抵閘口西官道天正炎熱汗流如雨在茶攤少歇適有

僉兒趁車夫等歇息卽用小刀將糖包挖破竊取至數斤之多經某乙瞥見赶卽揪扭奉以老拳意欲設法懲治正吵鬧間該棧夥計赶至詢其情由因未傷財卽行釋放僉兒抱頭鼠竄而去

農工賽會　○西報載栢靈都城近開互賽農工大會由普魯士之富德烈親王爲主政自西歷本年五月一號開會之日始連賽六閱月請各國之人各以農工之器用技藝來相比賽計與賽者分二十三類想究心農事工藝之學者皆當聯袂往觀也

英艦記數　○現計英國海軍船隻駐紮中國各處者大小共二十一艘最大者名選持良馬力一萬三千四弁兵六百二十砲十四尊次名艾得嘉馬力一萬二千四弁兵五百四十四砲十二尊其最小者馬力四百六十四弁兵數十砲數尊而已

清品妙墨　墨禪上人精研翰墨善寫蘭竹篆隸寓紫竹林佛照樓座間對客揮毫頃成數十幅妙筆通神不可思議向耳其人今識其畫眞爲名不虛傳也謹登報以告津門雅人同鑒焉

出售京都官書局彙報　上海新聞報　滬報附送異跡仙踪　新出蘇報附送第二奇書林蘭香　代送申報　本津直報　代寄萬國公報　新出時務報　各色畫報　新出博聞報邀請袁翔甫先生主筆　代寄中外各館各坊各室各齋號記各板式古今中外一切閒書時務洋務書籍學算等書圖畫譜册等選寄精奇一概不悞價目甚廉其物甚美　天津城內三聖菴西直報分處梁子亨

告白

本齋自製　進呈紅黃綾紙奏摺正副表文南紙綾錦畫絹赤金屏對貢牋等箋顏料印色湖筆水筆貢墨端歙等硯圖章牙器文玩各欵雅扇箋柬詩筒向蒙　士林稱許　賜顧諸君請詳察焉新到繙譯新法化學格致水陸兵法天算等書名目繁多不及備載今將時務各書臚列數種留心經濟者請來擇取可也　普天忠憤集　繪圖中東戰紀本末　中日戰輯　奏疏錄要　洋務新論　時事類編　西學六種　洋務實學　行軍鐵路工程　鐵路圖考　通商始末記　萬國史記　萬國通鑑　萬國近政考　中西紀事　自西徂東　東方交涉記　中日始末記　洋務采風記　各國富强策　新繪海國圖志足本　格物入門　格致須知十六種　時務要覽　打密電報本　德國操法　正續盛世危言　西算新法　西法算學入門　算學筆談　算草叢存　天文算學纂要三十二本　四元玉鑑　左文襄公兵書　左文襄公奏議　斯陶說林　竹葉亭雜記　論語旁証　隋唐演義　文學興國策　治國要務　無邪堂問答　泰西新史　時事新論圖說　算學叢書二十一種　新到時務報　新出重訂盛世危言新編大板八本　洋務自强新論　普法戰紀　洋務抉要　使俄草

文美齋主人白

術精和緩

余年近五旬下部受寒兩腿筋骨疼痛鍼藥罔效幾成癱瘓幸蒙天津道西箭道內任棟臣先生診治服藥十餘劑起立步履如常感激無已登報誌謝

肉市口西茂記雜貨棧臨清焦聚魁啓

德陞木廠

本廠專辦河工各種椿木凡官商光顧請至堤頭村聚慶義炭廠面議定期無悞格外從廉本廠交貨特此佈告

木廠主人啓

北泉興聚號

本莊自置綢緞衣莊專賣時式綢緞單夾皮棉紗女嫁衣喜事應用大小衣件之貨以及顧繡蟒袍霞被朝衣等貨無論發行門市均按銀莊照行發賣時市格外從廉本鋪開張四十餘年之久絕無加增等弊貨眞價實包管退換仕商賜顧細認本號貨之身分祈勿與低貨較價是幸

寓天津府北門外估衣街中萬壽宮西坐北大門內招牌爲記

上洋分此

長泰信織補局

本號由上洋聘來織補名師無論窵綢摹本綾羅紗絹及一切衣服如有燒破剪壞大小虧縫包管織補如原毫無痕迹精妙無比并起油彈刷印時式洋花專染綢緞布疋漂白湖色無不格外鮮明如蒙賜顧者請認明本號招牌庶不致悞

開設在天津府東門外東城根大樓便是

美孚老牌煤油

啓者美國三達煤油公司之德富士老牌煤油天下馳名萬商稱美蓋其質潔色清亮白如銀且絕無烟氣能耐久燃比之生菎等油晶光百倍而儉用價廉此為德富士老牌之佳處誠屬無雙妙品也士商或向

賜顧請到天津美孚洋行採辦就近殷實行店購買庶不致悞

浙杭 元吉永茂

本莊自置紗羅綢緞新樣洋綳花素洋布川廣夏貨國招雅扇南貨頭油俱全祇為近時錢市漲落不同故而各貨減價開設估衣街中間路北凡仕商賜顧者無悞特此佈達

義興順號

本店自置綢緞顧繡綾羅紗絹哈喇大呢花素洋布俱全貨高價廉開設天后宮北仕商賜顧無悞特此佈達

頭號杭寧綢四錢一
頭號江寧綢三錢一
頭號摹本緞三錢五
雨前 六百文
紅梅茶每斤九百六
紅茶梗 二百二

保命險告白

啟者本行代理長明人壽保險公司如紳商欲保者請移玉至紫竹林法租界第一樓東間壁華昌洋行面議可也此佈

英商華昌洋行啟

七月二十六日銀洋行情

天津九七六錢
銀盤二千六百三十三文
洋元一千八百四十八文
紫竹林九六錢
銀盤二千六百七十三文
洋元一千八百七十八文

七月廿七日出口輪船禮拜五

新裕 輪船往上海 招商局
新濟 輪船往上海 招商局
重慶 輪船往上海 太古行
順和 輪船往上海 怡和行

烏利文洋行

啓者本行開設香港上海三十餘年四方馳名專售各式金銀鐘錶鑽石戒指八音琴千里鏡眼鏡等物並修理鐘表價錢比別家格外公道今本行東家巴克由上海來津開設在紫竹林裕泰飯店旁本行又分莊在北門外樂壺洞保陽棧傍榮生祥內請諸君降臨光顧是幸特此佈聞

丙申年七月二十六日禮拜四

金陵 仁記南味坊

自製本機元湲京緞窰綢紗縐絨線糟貨食物金腿海味南貨俱全近因錢市漲落不同分別減價抑因無恥之徒假冒南味者甚多雖云謀利誠恐亂眞欲辦薰蘸用煩楷墨

寄售 雨前 每斤津錢一千二百文 碧螺春 三千文 龍井 一千八百文 福建條絲格外公道 開設宮北大獅胡同內

朱鈍翁近治婦幼重症並吐血瘟痢痨膨均著手同春

直報

光緒二十二年七月二十七日　第四百九十九號
西歷一千八百九十六年九月初四日　禮拜五

上諭恭錄　道聽　璇宮節費　餉銀到部
恤此災黎　都門封案　封案嚴拏　捕廳示諭
有裨圜法　催租致禍　一波又起　新婦詐瘋
左道惑人　客死堪憐　毆傷抬驗　彙利被封
各行告白　京報照錄

本館大小各種中西新字均已到齊屢登報首佈告想邀　閱報諸公鑒賞惟版祇四頁逐日四方函告之事絡繹不絕限於篇幅未能全錄不足饜　閱者之目本館現已託人分往東瀛上海兩處購辦西國兩面報紙一俟寄到仍照從前時報式樣加版四頁共成八頁新聞既可多錄告白亦可鋪排合先布　聞伏希　垂鑒
直報館謹啓

上諭恭錄

上諭江蘇江甯府知府員缺緊要着該督撫於通省知府內揀員調補所遺員缺着劉名譽補授欽此　旨這所叅疏防絞犯越獄脫逃之管獄官甘肅肅州直隸州吏目黃照着卽革職拿問交陶模提同刑禁人等嚴訊有無鬆刑賄縱情弊按律懲辦有獄官肅州直隸州知州廖振喬着一併交部議處仍勒限將逸犯李沅亭嚴緝務獲究辦該部知道欽此　兵部題考試八旗繙譯文童監試馬步射奉硃筆着派啓秀熙敬監試馬步射欽此　硃筆這監試着恩綸去欽此　旨着於八月十九日換戴暖帽

道聽

館鄰內地會會中傳教士着華服操華語朝暮出門輒相値然未曾一相過從問答也昨因送客大門外適値教士與鄰人論中華風水言之超超確有見地正未可以中外異視也鄰之華人言風水也約謂陽宅以門主爲定陰宅以方向煞水爲定如丁方上應壽星主壽考兌龍辰水遇有毀折主闕唇露齒種種言論頗涉神怪且云近有地師來自興國述某家祖墳不利必須遷葬及發掘其祖骸骨果僅存其一二爰爲卜吉壤重葬之斷以十二年後財丁自當並旺至其年果富甲一郡焉教士曰依我泰西諸國之說則不謂然山谷變遷亘古無不消之物古之名墳其骨未必長存也人世不能有生而無死人事卽不能有盛而無衰中華動謂盛衰關乎運會關乎風水自泰西論之則皆以人事爲憑富貴貧賤夭壽窮通天爲之實人爲之初無與於風水也聞中華上古初無人談及風水何以聖賢迭出黎庶乂安中華而外寰宇中無地無人有君卽國國之大小計以千百皆不聞講求風水何以蕃衍富强駸駸日盛卽如歐洲諸國甲兵之雄貨財之殖甲於天下其結廬也類取高埠起高樓四面窗櫺疏而無蔽取洞闢也其樓自兩三層至六七層無沾沾於門主方向者有講之者惟講繼長增高勿爲他樓所蔽卽其氣不爲他人所壓實則爲凉爽爲華潔耳及其死也但擇平坦空曠處纍纍鱗葬卽貴至王侯富至猗頓亦若是焉而已稽其人生前製造機器之精巧百出不窮無美不備其專心致力處可奪天工疑鬼疑神令人不可思議然絕無作無益以害有益之事非若華人之索諸虛無求之冥漠渺渺也云云歸而瀹茗獨坐取兩人之言而默繹之憮然爲間曰華洋之所以强弱異形者果何以巽異之於務實不務實而已矣洋人惟務實也故日進於精精則神華人惟不務實也故日趨於妄妄則誕固

不獨風水一節而風水其顯然者也　此稿未完

璇宮節費　○內務府劄勅戶部中秋節　皇太后例有節費銀十萬兩歷經遵辦在案現届中秋限於八月初六日以前將銀解交　內務府呈進　甯壽宮以備御用云

餉銀到部　○山西候補知縣潘慶滋管解京餉銀十萬兩湖北候補府經歷袁恩第管解京餉銀二萬兩均於七月二十日赴戶部當月司掛號以便示期交納

恤此災黎　○今夏畿南被災甚重前經順天府派委大宛兩縣查勘得右安永定門外南至馬家堡西至蘆溝橋東至馬駒橋共被災二百四十八村委員於七月初九初十兩日放賑大口各領制錢二百文粟米六斗小口減半云

都門刦案　○京師齊某攜眷赴昌平州車四輛載男婦十餘口七月二十一日黃昏時行至德勝門外淸河地方突來賊匪二十餘人手持洋鎗刀械刦去銀兩衣物計贓二百餘金並施放洋鎗將齊某子轟傷當赴北城外坊報案會同營汎勘驗被刦情形據實詳城令捕嚴緝未知果能弋獲否

刦案嚴拏　○日昨文安縣舉人在道轅禀報被刦等情業經佈告茲蒙道憲批云閱禀已悉查近來屢有行船被搶之案實屬不成事體仰靜海縣選差幹捕懸賞購線勒限嚴緝並移會營汎鄰封一體嚴拏務獲究辦毋任遠颺切切禀單抄存

捕廳示諭　○捕廳勞少尉因地面不靖日昨傳諭各堡地方言津郡人烟稠密宵小最易潛踪現當秋令日短夜長須嚴加察查庶使閭閻安謐並發告示數張務須按堡懸掛該地方等唯唯遵退

有裨圜法　○津郡私錢盛行不能禁斷皆由私爐太多易於販運故也聞昨由守望總局勇丁在趙李庄等處抓獲私爐一座人犯八名一併帶局審訊俟訊有端倪當卽送縣從嚴究辦經此一番懲警不但維持市面於圜法亦大有裨益也

催租致禍　○西門外某甲置有草房十數間專事出租有拉洋車之某乙亦賃甲房居住因前數日雨水連綿生意不佳拖欠房錢數百屢要未還遂相口角致乙妻一時氣忿投水身死經地方赴縣禀報請委相驗至如何訊斷尙未訪明

一波又起　○日昨報登五虎誰攖一則當經驗訊後將兇手兇器一併帶回署中經林大令堂訊兩造供詞各執尙未定讞遂將甲弟兄嚴押候訊月之二十二日甲妹因前次呑烟灌救得生餘毒未淨於是晚毒發斃命經地方禀明屍母已呈請免驗不知邑尊作何辦理此所謂一波未平一波又起也

新婦詐瘋　○西局迤東趙姓子娶萬家庄某甲女爲妻過門數日該氏忽哭忽笑或赤體跳足作諸醜態初疑有瘋疾及細加體驗皆係有心裝點緣從前締姻時兩家門戶相當近趙姓家道稍替該氏嫌貧故也因知會媒人邀氏父來家查問氏果吐露實情氏父怒其不遵婦道有玷家聲遂商同翁壻卽於日昨用轎抬回家中嚴加管教不知果能聽命否俟訪再佈

左道惑人　○津郡廟宇雖多非載在祀典者從無勅封字樣惟河北胡三太爺經原任鹽政崇專摺奏請奉　旨勅封總錄仙籍通眞道人今有本地人某甲先在鼓樓司香火習見怪誕等事遂託言棚仙附體有求必應愚夫婦皆敬信之舉國若狂日昨各處撒帖謂月之二十四日爲棚仙壽辰是日高搭彩棚擺設綵轎邀請法鼓大樂等劇並竪門牆二座大書勅對字樣殊屬可笑曾亦知燒香聚衆作會歛錢有干例禁否也

客死堪憐　○京南各州縣連年被水災民紛紛來津就食壯者尙可傭工作苦弱者卽流爲乞丐往往客死他鄉實堪憫惻日昨道經閘口關帝廟西坑沿見第七根木樁有一無名男子自縊身死該管地方赴縣禀報請委相驗飭令掩埋插標待認不知係窮急自盡抑或另有別情事關人命未敢臆斷也

毆傷抬驗　○日昨晚五點鐘時道經縣署前見衆人圍看板門上仰臥一人遍身血蹟模糊據云受傷人係某甲與西門北鞋

舖某乙素識無嫌前因赴榆關投營有蓄積銀十數兩暫存乙鋪本月二十五日由外回家向其取用不料乙堅不承認兩相爭論乙即喝令鋪夥將甲毆傷腎囊亦被抓破因抬赴縣署求驗等語然係一面之詞未敢遽信姑錄之以待再訪

彙利被封 ○華人某甲假冒美商牌號在蘇垣胥門外集合股份開設彙利小輪船局行駛蘇杭滬濱一帶思奪利權事爲撫憲趙中丞訪悉隨即行文上海關道知該公司並無照會遂於前日特飭長洲縣張大令親往該處將房發封

清品妙墨 墨禪上人精研翰墨善寫蘭竹篆隸寓紫竹林佛照樓座間對客揮毫頃成數十幅妙筆通神不可思議向耳其人今識其畫眞爲名不虛傳也謹登報以告津門雅人同鑒焉

術精和緩 余年近五旬下部受寒兩腿筋骨疼痛鍼藥罔效幾成癱瘓幸蒙天津道西箭道內任棟臣先生診治服藥十餘劑起立步履如常感激無已登報誌謝

肉口市西茂記雜貨棧臨清焦聚魁啓

出售京都官書局彙報 上海新聞報 滬報附送異跡仙踪 新出博聞報邀請袁翔甫先生主筆 新出蘇報附送第二奇書林蘭香 代送申報 本津直報 代寄萬國公報 新出時務報 各色畫報 代寄中外各館各坊各室各齋號記各板式古今中外一切開書時務洋務書籍學算等書圖畫譜册等選寄精奇一概不悞價目甚廉其物甚美 天津城內三聖菴西直報分處梁子亨

告白

本齋自製 進呈紅黃綾紙奏摺正副表文南紙綾錦畫絹赤金屏對貢牋等箋顏料印色湖筆水筆貢墨端歙等硯圖章牙器文玩各欵雅扇箋柬詩筒向蒙 士林稱許 賜顧諸君請詳察焉新到繙譯新法化學格致水陸兵法天算等書名目繁多不及備載今將時務各書臚列數種留心經濟者請來擇取可也 普天忠憤集 繪圖中東戰紀本末 中日戰輯 奏疏錄要 洋務新論 時事類編 西學六種 洋務實學 行軍鐵路工程 鐵路圖考 通商始末記 萬國史記 萬國通鑑 萬國近政考 中西紀事 自西徂東 東方交涉記 中日始末記 洋務采風記 各國富強策 新繪海國圖志足本 格物入門 格致須知十六種 時務要覽 打密電報本 德國操法 正續盛世危言 西算新法 西法算學入門 算學筆談 算草叢存 天文算學纂要三十二本 四元玉鑑 左文襄公兵書 左文襄公奏議 斯陶說林 竹葉亭雜記 論語旁証 隋唐演義 文學興國策 治國要務 無邪堂問答 泰西新史 時事新論圖說 算學叢書二十一種 新到時務報 新出重訂盛世危言新編大板八本 洋務自強新論 普法戰紀 洋務抉要 使俄草

文美齋主人白

北門東 文德書局

各國通商約章成案 格致須知十六種 打密電報本 繪圖中東戰紀本末 洋務實學 時事新編 中外皇朝輿地全圖 洋務要覽 時事類編 中外經世緒言 時務叢鈔 繪圖隋唐 西算新法叢書 行軍鐵路工程 西法算學入門 常州駢體文錄 四元玉鑑 新出萬國近政考畧

北泉興聚號

本莊自置綢緞衣莊專賣時式綢緞單夾皮棉紗女嫁衣喜事應用大小衣件之貨以及顧繡蟒袍霞被朝衣等貨無論發行門市均按銀莊照行發賣時市格外從廉本鋪開張四十餘年之久絕無加增朦混等弊貨眞價實包管退換 仕商賜顧貨細認本號貨之身分祈勿與低貨較價是幸

寓天津府北門外估衣街中萬壽宮西坐北大門內招牌爲記

上洋分此

長泰信織補局

本號由上洋聘來織補名師無論寧綢摹本綾羅紗絹及一切衣服如有燒破剪壞大小麄縫包管織補如原毫無痕迹精妙無比并起油彈染刷印時式洋花專染綢緞布疋漂白湖色無不格外鮮明如蒙賜顧者請認明本號招牌庶不致悞

開設在天津府東門外東城根大樓便是

光緒二十二年七月二十七日 直報 第三版

美孚老牌煤油

啓者美國三達煤油公司之德富士老牌煤油天下馳名萬商稱美蓋其質潔色清亮白如銀且絕無烟氣能耐久燃比之生荳等油晶光百倍而儉用價廉此為德富士老牌之佳處誠屬無雙妙品也士商賜顧請到天津美孚洋行採辦或向就近殷實行店購買庶不致悞

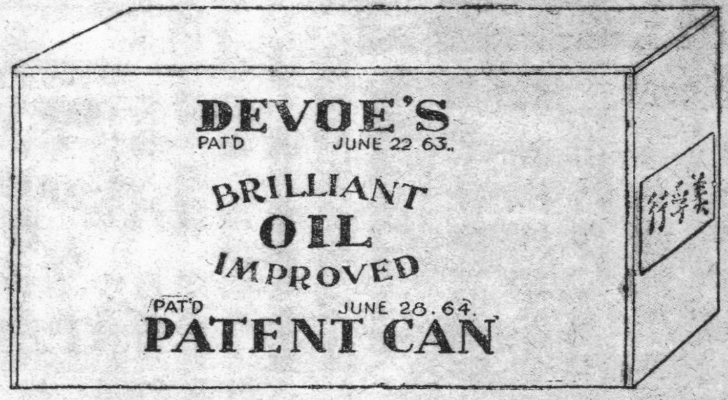

浙杭 元吉永號

本莊自置紗羅綢緞新樣洋瓣花素洋布川廣夏貨團摺雅扇南貨頭油俱全祇為近時錢市漲落不同故而各貨減價開設估衣街中間路北凡仕商賜顧者無悞特此佈達

德陞木廠

本廠專辦河工各種椿木凡　官商光顧請至堤頭村聚慶義炭廠面議定期無悞格外從廉本廠交貨特此佈告
本廠主人啓

烏利文洋行

啓者本行開設香港上海三十餘年四方馳名專售各式金銀鐘錶鑽石戒指八音琴千里鏡眼鏡等物並修理鐘表價錢比別家格外公道今本行東家巴克由上海來津開設在紫竹林裕泰飯店旁本行又分莊在北門外樂壺洞保陽棧傍榮生祥內請諸君降臨光顧是幸特此佈　聞

丙申年七月二十七日禮拜五

義興順號

本店自置綢緞顧繡綾羅紗絹哈喇大呢花素洋布俱全貨高價廉開設天后宮北仕商賜顧無悞特此佈　達

頭號杭寧綢四錢一
頭號江寧綢三錢一
頭號摹本緞三錢五
雨　前　六百文
紅梅茶每斤九百六
紅茶梗　二百二

天津 美昌字號

本號自辦各國鐘表玩物新式紙烟咀項高紙烟各樣花洋毯時式洋燈上上大小瓶香水各欵香胰皂各省東土西土黑白烟膏寄售廣東各名家臘丸並暑藥廣同濟戒烟丸貨高價格外公道諸君賜顧者請　光降是幸特此佈聞　新開在鍋店街中間坐北門面

保命險告白

啟者本行代理長明人壽保險公司如　紳商欲保者請移玉至紫竹林法租界第一樓東間壁華昌洋行面議可也此佈
英商華昌洋行啟

七月二十七日銀洋行情
天津九七六錢
銀盤二千六百二十五文
洋元一千八百四十文
紫竹林九六錢
銀盤二千六百六十五文
洋元一千八百七十文

七月廿九日出口輪船禮拜日
新豐　輪船往上海　招商局
武昌　輪船往上海　太古行
星景　輪船往上海　怡和行

直報

光緒二十二年七月二十八日　第五百號
西歷一千八百九十六年九月初五日　禮拜六

上諭恭錄　道　聽　剔除積弊　整頓地方
百忍餘風　歸颿安穩　棠陰在望　學海課題
道課改期　土匪横行　迹襲東山　嚴戢盜風
老人路死　私鑄誌詳　惡之欲死　鮮城新語
各行告白　京報照錄

本館大小各種中西新字均已到齊屢登報首佈告想邀　閱報諸公鑒賞惟版祇四頁逐日四方函告之事絡繹不絕限於篇幅未能全錄不足饜　閱者之目本館現已託人分往東瀛上海兩處購辦西國兩面報紙一俟寄到仍照從前時報式樣加版四頁共成八頁新聞既可多錄告白亦可鋪排合先布　聞伏希　垂鑒　直報館謹啓

上諭恭錄

上諭啓秀等奏特參倉監督開放兵米攙雜不堪請旨懲處一摺本年七月分南新倉應放廂黄旗蒙古兵丁甲米據該都統等呈進米樣且稱該監督一味支吾任意刁抗着倉塲侍郎查明放米情形據實具奏仍將應放兵米迅行開放毋誤兵食該倉監督何以僅止廣瑞一員其漢監督因何未經到倉之處着一併査明具奏欽此　軍機大臣面奉　諭旨本月二十七日所有進內當差之王公文武大小官員均着穿蟒袍補掛一日欽此

道聽　續前稿

夫人必有生也而後有死溯自成形受命以來戴天履地必生前有與天地並立者其身後之名始可與河山並壽常留天地之間至其身體髮膚雖聖神不能不與艸木同腐聖如孔子曾有死欲速朽之言且五父之殯幸有石曼父之母以指示其處否則抱憾終身矣斯時孔子學已成名已立弟子繁有徒倘使其先大夫葬諸吉地便可庇蔭後人即孔子不存此奢願私心其弟子中聰明智慧能究地理五行者甚不乏人何難講求龍脈爲其師以妥先靈在孔子亦必不力阻乃於弟子請示時再三議度然後準今酌古命以馬鬣封之並無所謂山也向也煞也水也孔子豈不思垂裕後昆並薄待其先大夫於九京哉夫亦謂孝子仁人之掩其親惟務求實亦必有道矣至於青山白雲人行輙以荷插相從曰死便埋我世人或笑其曠然而劉伶之達從此不死其達何在達於實而已矣若夫今人之營葬者非爲其先實爲其後爲名耳爲利耳自古迄今名利二字孰不知之孰不好之自已不能致仰祖父致之可也祖父已爲致於生前其子孫賴先人緒業履厚席豐策名當時不思競競於服疇食德以勿墜箕裘乃仍求塚中枯骨以更爲永福其姒續其心不可以爲仁其心即不可以爲孝不實求於仁孝而妄求於地理地理其可恃乎猶憶隨園三十種中論卜葬云以古今來成敗言之王季之墓爲灤水所齧無損周家八百年之基業漢廷尉吳融以人所封之地葬母人皆言其必滅而子孫貴盛隋文帝曰我家墓田若云不吉我不當爲天子若云吉我弟不當戰死黃巢李自成之敗俱以掘其祖墓故乃何以唐高祖起兵亦被長安留守盡發其祖墳而依然無恙風水之無據即典册所載亦可見一斑又陳同甫駁蔡季通云古人皇氏定九州尚無百官先有山川不知何者爲靴山何者爲笏山亦可想見其謬也惟是術家但論其數季通則推究以理如云水本動欲其靜山本靜欲其動聚散言乎其大勢面背言乎其性情知山川之大勢默定

於數理之外而後能推順逆於咫尺微茫之間善觀者以有形察無形不善觀者以無形蔽有形斯語可抉相地之奧矣此皆據理以言之也昔有凶人葬於吉地朱子曰此地若發是無天理此地不發是無地理由是觀之卽風水有靈而務實者自當據天理於人事求之思爲迷途之返也可

剔除積弊　○步軍左翼某翼長以步軍營本爲緝捕盜賊巡查地面而設自應竭力整頓以期安謐地方擬飭各營官廳嗣後照例仍由步軍校委步軍校輪流値班不得藉口另有差使率以六七品領催暫行坐補致有取巧偸安等弊所有各冏山六七品領催槪歸本隊帶兵守夜以專責成現經稟明堂憲分行各冏山一體遵照

整頓地方　○日昨步軍統領以京城竊盜諸案迭出不窮所有東西交民巷押寶賭場難保不容留匪類因諭左右翼尉派令弁兵分投抄逐永遠禁止以冀杜絶竊盜安輯地方

百忍餘風　○京師右安門外楊家溝地方有韓姓甲乙丙昆季三人同守先人遺業頗堪温飽乃甲乙素不務正因之祈產而居不一年兩兄產業蕩然丙在菜行營生克勤克儉稍有餘貲甲乙視爲魚肉巧取豪奪已非一次無如欲壑難盈貪得無厭昨又蜂擁而來勢甚兇悍丙一見駭然詢其何意僉稱分家不均須將產業重分丙央謂現在所有乃分家後熬薑呷錯所得兄若不嫌固可共享若必欲分去則弟半生辛苦頓成畫餅況此後視茫茫而髮蒼蒼兄其忍使塡諸溝壑耶兩兄不聽拳棍并下旋經鄰佑評論稍加分潤其事始了說者謂甲乙不足責若丙者辱之而不校奪之而不爭百忍家風其庶幾乎

歸飆安穩　○昨據官場友人聲稱現接電音　李中堂於七月二十日到美二十一日見美總統呈遞國書八月初一日可到日本橫濱大約八月底準抵津門並聞季皐四公子不日由聿起身前往迎接云

棠陰在望　○調補直隸布政司員梧岡方伯鳳林交卸山西藩篆已於七月十八日奏起程北上道入都　陛見後卽赴保陽新任云

學海課題　○學海堂經古本月輪應督課先期由運憲請示批飭於二十四日命題考試先行牌示各節業登前報茲已考訖謹將各題照錄　曾子天元解　元西北地理說　山川能說賦以形勢故事鄭君兩讀爲韵　讀鹽鐵論書後　擬宋之問明河篇限八月初四日交卷逾限不收

道課改期　○八月初三日輔仁書院係屬道課期現由該院房書知照觀察因公改期擬於初八日補試

土匪橫行　○聞諸官塲云昨由熱河之朝陽縣來電畧謂有土匪二千餘名在該處聚集以致民心惶惶等語查該處前數年曾有亂端鄉愚受害匪細故此一聞風聲不覺羣相驚擾也

迹襲東山　○納妓藏嬌爲優游林下者之佳話初不聞獲咎者亦爲之也本月二十五日龍家小班內之翠福妓從良吉期說者以爲係獲咎之某達官以數千金爲脫籍云確否訪實再錄

嚴戢盜風　○本埠貧夜借錢之事始於光緒十八九等年曾經拏獲劉鳳山一名由前督憲李傅相批飭就地正法本年夏間又經鄉甲局拏獲一名吳連成奉督憲王夔帥批照劉鳳山案情辦理業經斬梟訖現由鄉甲總局憲分飭各段認眞踹緝以靖閭閻除分札外並按堡頒發告示俾衆周知

老人路死　○日昨河北院署後地方赴縣報稱本月二十四日夜有一無名男子年逾七旬在鐵橋北大胡同南口被跌身死查看腰間有房地等契理合稟明請驗等語邑尊請委某大令相驗實係痰壅所致查驗地契知係住居北鄉之郞庄當卽飭令地方暫埋插標候査傳屍屬到津認領

私鑄誌詳　○前報紀拏獲私爐一座匪犯八名係在趙李庄茲聞又在王家場地方獲犯二十名私錢若干串並起出鐵碾錢

模風箱等器具一併帶回總局由局憲會同府憲沈太尊將該犯等發縣分班管押聽候稟明督憲再行訊辦按開爐私鑄皆罪應斬絞倘撤底根究恐販運之人與售買之家均不能置身法外也噫

惡之欲死　○古語云生男勿喜女勿悲誠謂男與女皆稟天地好生之德未必男皆克家女不作門楣也河北某甲年方强壯已有女六人前日又產一女夫婦皆大悉恨欲將三小女致死遂買紅礬研末令三女食訖候之許久皆無恙或謂吉人天相三女日後必當富貴或謂非也市中售賣紅礬恐釀人命往往以假亂眞故得不死二說未知孰是姑並存之

鮮城新語　○朝鮮於上月十五日又由仁川到有俄兵五十名兵頭二名大鋼砲一尊仍駐俄公使館刻已共有俄兵一百七八十名聞有保護國王還宮之說未知果否○慶尚道所屬之慶州與興河清盈德四郡風聞變民又起約有三四千名郡守皆逃竄無踪又聞江原道洪川嶺東兩郡亦有變民爲亂約二千餘名勢甚猖獗不知何日始克盪平也

謹啓者屈臣氏藥房李禹洲楊瑞滔兩位旋粵所有賬目限八月初一開支至初十日止此　佈

清品妙墨　墨禪上人精研翰墨善寫蘭竹篆隸寓紫竹林佛照樓座間對客揮毫頃成數十幅妙筆通神不可思議向耳其人今識其書眞爲名不虛傳也謹登報以告津門雅人同鑒焉

告白

朱鈍翁近治婦幼重症並吐血瘟痢瘵膨均著手回春

本齋自製　進呈紅黃綾紙奏摺正副表文南紙綾錦畫絹赤金屏對貢牋等箋顏料印色湖筆水筆貢墨端欵等硯圖章牙器文玩各欵雅扇箋柬詩筒向蒙　士林稱許　賜顧諸君請詳察焉新到繙譯新法化學格致水陸兵法天算等書名目繁多不及備載今將時務各書臚列數種留心經濟者請來擇取可也　普天忠憤集　繪圖中東戰紀本末　中日戰輯　奏疏錄要　洋務新論　時事類編　西學六種　洋務實學　行軍鐵路工程　鐵路圖考　通商始末記　萬國史記　萬國通鑑　萬國近政考　中西紀事　自西徂東　東方交涉記　中日始末記　洋務采風記　各國富强策　新繪海國圖志足本　格物入門　格致須知十六種　時務要覽　打密電報本　德國操法　正續盛世危言　西算新法　西法算學入門　算學筆談　算草叢存　天文算學纂要三十二本　四元玉鑑　左文襄公兵書　左文襄公奏議　斯陶說林　竹葉亭雜記　論語旁証　隋唐演義　文學興國策　治國要務　無邪堂問答　泰西新史　時事新論圖說　算學叢書二十一種　新到時務報　新出重訂盛世危言新編大板八本　洋務自强新論　普法戰紀　洋務抉要　使俄草　文美齋主人白

新開廣怡安號

中秋月餅

本號專辦廣洋雜貨包辦酒席承接金猪各欵燒臘糖菓餅食送禮品物細點名茶先行交易擇吉開張特此佈聞

天津紫竹林廣怡安號謹啟

術精和緩

余年近五旬下部受寒兩腿筋骨疼痛鍼藥罔效幾成癱瘓幸蒙天津道西箭道內任棟臣先生診治服藥十餘劑起立步履如常感激無已登報誌謝

肉市口西茂記雜貨棧臨清焦聚魁啓

北泉興聚號

本莊自置綢緞衣莊專賣時式綢緞單夾皮棉紗女嫁衣喜事應用大小衣件之貨以及顧繡蟒袍霞被朝衣等貨無論發行門市均按銀莊照行發賣時市格外從廉本鋪開張四十餘年之久絕無加增朦混等弊貨眞價實包管退換仕商賜顧細認本號貨之身分祈勿與低貨較價是幸

寓天津府北門外估衣街中萬壽宮西坐北大門內招牌爲記

上洋分此

長泰信織補局

本號由上洋聘來織補名師無論寧綢摹本綾羅紗絹及一切衣服如有燒破剪壞大小窟窿包管織補如原毫無痕迹精妙無比并起油彈染刷印時式洋花專染綢緞布疋漂白湖色無不格外鮮明如蒙賜顧者請認明本號招牌庶不致悞

開設在天津府東門外東城根大樓便是

美孚老牌煤油

啓者美國三達煤油公司之德富士老牌煤油天下馳名萬商稱美蓋其

質潔色清亮白如銀月絕無烟氣能耐久燃比之生昔等油晶光百倍而儉用價廉此為德富士老牌之佳處誠屬無雙妙品也 士商賜顧請到天津美孚洋行採辦 或向就近殷實行店購買庶不致悞

德陞木廠

本廠專辦河工各種椿木凡 官商光顧請至堤頭村聚慶義炭廠面議定期無悞格外從廉本廠交貨特此佈告

本廠主人啓

烏利文洋行

啓者本行開設香港上海三十餘年四方馳名專售各式金銀鐘錶鑽石戒指八音琴千里鏡眼鏡等物並修理鐘表價錢比別家格外公道今本行東家巴克由上海來津開設在紫竹林裕泰飯店旁本行又分莊在北門外樂壺洞保陽棧傍榮生祥內請諸君降臨光顧是幸特此

佈 聞

丙申年七月二十八日禮拜六

天津 美昌字號

本號自辦各國鐘表玩物新式紙烟咀項高紙烟各樣花洋毯時式洋燈上上大小瓶香水各欵香胰皂各省東土西土黑白烟膏寄售廣東各名家臘丸並暑藥廣同濟戒烟丸貨高價格外公道諸君賜顧者請 光降是幸特此佈聞 新開在鍋店街中間坐北門面

浙杭 元吉永莊

本莊自置紗羅綢緞新樣洋辦花素洋布川廣夏貨團摺雅扇南貨頭油俱全祇為近時錢市漲落不同故而各貨減價開設估衣街中間路北凡仕商賜顧者無悞特此佈達

義興順號

本店自置綢緞顧繡綾羅紗絹哈喇大呢花素洋布俱全貨高價廉開設天后宮北仕商賜顧無悞特此佈 達

頭號杭寧綢四錢一
頭號江寧綢三錢一
頭號摹本緞三錢五
雨 前 六百文
紅梅茶每斤九百六
紅茶梗 二百二

保命險告白

啟者本行代理長明人壽保險公司如 紳商欲保者請移玉至紫竹林法租界第一樓東間華昌洋行面議可也此佈

英商 華昌洋行啟

七月二十八日銀洋行情

天津九七六錢
銀盤二千六百二十五文
洋元一千八百四十文
紫竹林九六錢
銀盤二千六百六十五文
洋元一千八百七十文

七月廿九日出口輪船禮拜日

新豐 輪船往上海 招商局
武昌 輪船往上海 太古行